CHRISTINA DODD
Sündiges Abenteuer

Buch

Emma Chegwidden ist schön, sittsam und auf ihren guten Ruf bedacht. Niemals käme es ihr in den Sinn, den gesellschaftlichen Regeln nicht zu folgen. Bis zu jener Nacht, in der sie in die starken Arme von Michael Durant läuft. Seine düstere Ausstrahlung sollte sie erschrecken, sein Wunsch nach Rache sollte sie abstoßen. Er ist zynisch, gefährlich und unbarmherzig und der letzte Mann, den Emma herausfordern sollte. Doch sein Verlangen ist zu wild, um ihm zu widerstehen. Emma erkennt rasch, dass Michaels Leidenschaft aus einem tiefen Schmerz geboren ist. Sie will sein Herz berühren, um ihn von der Dunkelheit in seiner Seele zu befreien. Doch zunächst muss sie den Mut finden, ihrem eigenen Begehren nachzugeben …

Autorin

Christina Dodd wurde für ihre Romane bereits vielfach ausgezeichnet – unter anderem mit dem America's Golden Heart Award und dem RITA Award. Ihre Bücher stehen regelmäßig auf diversen amerikanischen Bestsellerlisten. Die Autorin lebt mit ihrem Mann und den beiden Kindern in Texas.

Weitere Informationen finden Sie unter: www.christinadodd.com

Von Christina Dodd bei Blanvalet lieferbar:

Die Herzensdiebin (36990) · In den Armen des Fremden (36859) · Mein Herz in deiner Hand (36355) · Ketten der Liebe (37043) · Samtschwarze Nacht (37261) · Gefährliche Maskerade (37728)

Christina Dodd

Sündiges Abenteuer

Roman

Aus dem Amerikanischen
von Juliane Korelski

blanvalet

Die Originalausgabe erschien 2010 unter dem Titel
»In Bed with the Duke« bei Signet, published by
New American Library, a division of Penguin Group Inc., New York.

MIX
Papier aus verantwortungsvollen Quellen
FSC® C014496
FSC
www.fsc.org

Verlagsgruppe Random House FSC-DEU-0100
Das FSC®-zertifizierte Papier *Holmen Book Cream*
für dieses Buch liefert Holmen Paper, Hallstavik, Schweden.

1. Auflage
Deutsche Erstausgabe Januar 2013 bei
Blanvalet, einem Unternehmen der
Verlagsgruppe Random House GmbH, München

Umschlaggestaltung: © Johannes Wiebel | punchdesign,
unter Verwendung von Motiven von
Agnieszka Guzowska/Shutterstock.com und von Chris Cocozza
Redaktion: Regine Kirtschig
LH · Herstellung: sam
Satz: DTP Service Apel, Hannover
Druck und Bindung: GGP Media GmbH, Pößneck
Printed in Germany
ISBN: 978-3-442-38057-2

www.blanvalet.de

Für Scott und Jerry, die beiden kleinen Jungs, die so gerne alte Hüte trugen, alte Besenstiele durch die Ärmel alter Mäntel steckten, die Stroh in die Ärmel stopften und auf diesen imaginären Pferden durch die Nachbarschaft ritten, um für Gerechtigkeit zu kämpfen.

Sie waren die Strohmänner von Romney Marsh.

Möge ihr Geist lange fortleben.

1

Moricadia, 1849

Als das Streichquartett aufhörte zu spielen, erkannte Comte Cloutier, dass dieser Moment genau richtig war, um die Aufmerksamkeit aller Gäste in Hörweite auf sich zu ziehen. »Lady Lettice, habt Ihr von dem Geist gehört, der nachts hier durch die Gegend reitet?«

Auf jeden Fall zog er die Aufmerksamkeit des Engländers Michael Durant auf sich, dem Erben des Duke of Nevitt. Auf Lord und Lady Thibaults exklusivem Ball hatte bisher nur wenig seine Aufmerksamkeit zu fesseln vermocht. Diese Veranstaltung war das Ebenbild aller englischen Bälle, an denen er bisher teilgenommen hatte, und ebenso ähnelte er frappierend den preußischen Bällen, den französischen Bällen, den venezianischen Bällen … Er war durch ganz Europa gereist und hatte unterwegs beobachtet, dass die Reichen einander so lange gegenseitig imitierten, bis einer langweiliger wirkte als der andere.

Auch an diesem Abend spielten die Musiker, die Gäste tanzten, und das Essen war vorzüglich. Das Spielzimmer war gut besucht. Fürst Sandre und seine Schergen verliehen der Veranstaltung einen fürstlichen Hauch.

Aber bisher hatte Michael nichts belauscht, das für ihn von

Bedeutung war. Bis jetzt. Und er wusste, das lag daran, dass Cloutier noch nicht realisiert hatte, wie schwerwiegend sein Fehltritt tatsächlich war. Er ahnte nicht, dass er schon morgen fort wäre. Man würde ihn aus Moricadia herauswerfen und nach Frankreich zurückschicken, spätestens dann würde er seinen Hang zur Schwatzhaftigkeit verfluchen.

Sichtlich interessiert näherte Michael sich der Gruppe Verehrer, die sich um Lady Lettice Surtees drängten.

»Ein Geist?« Lady Lettice stieß einen kleinen, schrillen Schrei aus, der eher zu einem jungen Mädchen passte. »Nein! Bitte sagt mir, was es mit diesem Geist auf sich hat.« Ehe Cloutier antworten konnte, drehte sie sich zu ihrer Gesellschafterin um, einer etwa zwanzig Jahre jungen Frau. »Mach dich nützlich, Mädchen!«, schnappte sie. »Fächle mir Luft zu! Mit so vielen Bewunderern zu tanzen ist schrecklich ermüdend.«

Das Mädchen – ein armes, unterdrücktes Ding mit einer Spitzenhaube auf dem stumpfen braunen Haar – nickte stumm. Aus dem großen Retikül, das sie an der Taille trug, zog sie einen elfenbeinfarbenen Fächer mit zarter Spitze, nahm hinter Lady Lettices rechter Schulter Aufstellung und begann, ihrer plötzlich erröteten und erhitzten Herrin frische Luft zuzufächeln.

Lady Lettice beklagte sich: »Es ist hier drin einfach zu warm. Findet Ihr nicht auch, dass es zu warm ist, Lord Escobar?«

Escobar wich nicht von ihrer linken Seite. »In der Tat, Senorita, es ist ungewöhnlich warm für einen Sommerabend in diesen Breiten.«

Es war eine ziemlich plumpe Schmeichelei, Lady Lettice

als »Senorita« zu bezeichnen. Sie war eine Witwe in den frühen Vierzigern, ihre Wangen wurden bereits leicht schlaff – im Alter würde das ihr größter Makel sein. Aber ihr Busen war beeindruckend und wurde durch das ungehörig tief ausgeschnittene, gerüschte Mieder des Kleids noch betont. Ihre Taille wurde vom Korsett heftig eingeschnürt, weshalb sie vermutlich nur schwer Luft bekam und es kaum verwunderte, dass das Tanzen sie ermüdete.

Keine dieser Äußerlichkeiten war besonders wichtig. Denn Lady Lettice war wohlhabend, und das halbe Dutzend Männer, das sich um sie drängte, wusste davon. Sie rangelten um den besten Platz neben ihrem vergoldeten Stuhl, boten ihr Kelche mit gekühltem Champagner an, grinsten breit und musterten hinter ihrem Rücken prüfend die hübschen Debütantinnen, die an den Wänden des Ballsaals standen. Mädchen, die allemal hübscher und viel jünger waren, die aber ohne das nötige Vermögen daherkamen, das für eine gute Partie so wichtig war.

»Nun erzählt mir von diesem Geist, Cloutier.« Lady Lettice zog ein weißes Baumwolltaschentuch zwischen ihren Brüsten hervor und betupfte ihre verschwitzte Oberlippe.

»Dieser Geist … Sie nennen ihn den Schnitter. Er reitet in der Nacht in aller Stille. Eine riesige weiße Gestalt in zerfledderten Lumpen auf dem Rücken eines weißen Pferds. Seine Haut ist totenbleich, seine Kleider sind kaum mehr als Fetzen, und wo seine Augen sein sollten, sind nur schwarze Löcher. Eine Furcht einflößende Erscheinung, dennoch flüstern die Bauern seinen Namen voller Ehrfurcht und behaupten, er sei der Geist von Reynaldo, der seit zweihundert Jahren tot ist und der letzte König moricadischer Abstammung war.«

»Bauern«, sagte Lady Lettice abfällig. »Bauern haben doch keine Ahnung.«

»Da möchte ich Euch nicht widersprechen«, stimmte Cloutier zu. »Aber nicht nur Bauern haben dieses Gespenst gesehen. Reisende, die in diese schöne Stadt kommen, um von dem Heilwasser zu trinken und sich an den Spieltischen zu vergnügen, haben ihn auch gesehen. Es geht das Gerücht, dass man fliehen sollte, falls man kein Moricadier ist und das Pech hat, dem Schnitter zu begegnen. Denn dieses schreckliche Phantom«, Cloutier senkte seine Stimme, »ist das erste Zeichen des drohenden Untergangs.«

Michael schnaubte. Der Laut durchbrach die entsetzte Stille.

Lady Lettice blickte ihn an. »Ihr seid wahrlich impertinent! Wisst Ihr, wer dieser Mann ist?« Sie zeigte auf Cloutier.

Ihre Gesellschafterin mochte ein graues Mäuschen sein, aber sie war ein kluges, aufmerksames Mäuschen, denn sie quiekte leise, als wollte sie Lady Lettice warnen, und wedelte heftiger mit dem Fächer.

Ihre Herrin schenkte der jungen Frau keine Beachtung. »Er ist der Comte Cloutier und stammt aus einer der vornehmsten Familien Frankreichs. Man schnaubt nicht, wenn er spricht.«

»Das tut man sehr wohl, wenn man Michael Durant heißt und Erbe des Herzogtums Nevitt ist.« Cloutier verneigte sich vor Michael.

»Oh.« Lady Lettice versuchte gar nicht erst, von ihrer eigenen Unhöflichkeit peinlich berührt zu sein. Sie war dafür viel zu aufgeregt, da sich offensichtlich ein neuer, aussichtsreicher Verehrer zu ihnen gesellen wollte. »Mylord. Euer Gnaden.« Sie stotterte, weil sie nicht zu wissen schien, wie sie ihn anreden sollte.

Cloutier erwiderte Michaels Blick. Und obwohl er wusste, dass Lady Lettice mit ihrem Bemühen um Michael zu hoch griff, stellte er sie einander vor. »Lady Lettice Surtees, dies ist Lord …«

»Bitte.« Michael hob die Hand. »In England ist mein Name altehrwürdig. In Moricadia allerdings bin ich nicht mehr als ein politischer Gefangener. Ein Niemand. Ein Mann, der aufgrund der Unterdrückung durch die Herrscherfamilie und Fürst Sandre aus dem ihm vertrauten Leben gerissen wurde. Nennt mich einfach Durant. Es ist der einzig angemessene Titel für einen Mann wie mich, der in Ungnade gefallen ist … Ich gebe zu, ich sollte mich sogar schämen, den Namen meiner Familie so schäbig zu missbrauchen.« Seine Stimme war ein leises Krächzen.

Lady Lettice war erschüttert. »Ein politischer Gefangener? Ich bin entsetzt, Gentlemen. Entsetzt! Wie ist das möglich?«

»Das einzige Gespenst, das in Moricadia umgeht, bin ich, Mylady. Denn ehe man mir heute Abend erlaubte, mein Gefängnis zu verlassen, war meine Existenz kaum mehr als ein Gerücht.« Michael verneigte sich und schlenderte weiter. Seine Tragödie war so meisterhaft vorgebracht, dass er sich damit vermutlich die Bewunderung des Schauspielers Edmund Kean erworben hätte.

»Der arme Mann.« Lady Lettice flüsterte so laut, dass es jedem in ihrer Umgebung in den Ohren gellte. »Was hat er verbrochen?«

Michael blieb hinter einer Marmorsäule stehen und lauschte.

Zunächst antwortete niemand. Dann erklärte Escobar widerstrebend: »Durant ist mit den de Guignards aneinandergeraten. Ihnen gehört dieses Land. Sie herrschen hier. Der erste de Guignard hat einst König Reynaldo abgesetzt und ließ ihn ermorden. Jetzt unterdrücken die de Guignards die Moricadier und treten sie mit ihren juwelenbesetzten Stiefeln.« Er senkte die Stimme. »Es gibt Gerüchte über eine Rebellion und dass der wahre König zurückkehrt, um seinen Thron zu beanspruchen.«

»Wie romantisch!« Lady Lettice fasste sich ergriffen an den Busen.

»Das ist es, wenn man davon absieht, dass die de Guignards Durant beschuldigen, den Rebellen zu helfen. In den letzten zwei Jahren hat man geglaubt, er habe dafür mit dem Leben bezahlt. Erst kürzlich ist ans Licht gekommen, dass Lord und Lady Fanchere, die Vertraute und Verbündete von Fürst Sandres sind, ihn unter Hausarrest gestellt haben.« Escobars Stimme war nur noch ein Flüstern, als er ergänzte: »Es heißt, er hat die meiste Zeit dieser vergangenen zwei Jahre im mittelalterlichen Kerker unterhalb des königlichen Palasts verbracht.«

Es wurde totenstill, während die Männer zu Fürst Sandre herüberschauten. Er stand am anderen Ende des Ballsaals in der Nähe des kleinen Podiums, auf dem das Streichensemble spielte. In seiner förmlichen Uniform und mit unzähligen Orden an der Brust sah er adrett und weltmännisch aus. Speichellecker umstanden ihn, und er spielte die Rolle des edlen Fürsten ganz selbstverständlich. Er umschmeichelte die Reichen, die nach Moricadia kamen, um zu spielen, und er gestattete sogar, dass sie ihn mit den Schultern berührten. Ein zugänglicher Monarch, ein Hauch Fürstlichkeit fürs Volk.

Michael verabscheute Sandre für das, was er war. Und für das, was er vorgab zu sein.

»Aber ich verstehe nicht«, beharrte Lady Lettice. »Wie können die de Guignards es wagen, einen englischen Adeligen gegen seinen Willen festzuhalten?«

»Die de Guignards haben schon immer viel gewagt und gewonnen.« Cloutier klang verbittert; seine Familie hatte die vergangenen zweihundert Jahre nicht annähernd so heil überstanden.

»Im Falle Moricadias haben sie gewonnen und anschließend König Reynaldos Linie ausgerottet ... Zumindest behaupten sie das. Die Rebellen behaupten aber etwas anderes. Nun, es bleibt die Tatsache, dass die de Guignards sich das alles hier«, Escobar zeigte mit beiden Händen zum Fenster, wo die hell erleuchteten Villen, Spielhöllen und edlen Heilbäder sich an den Hängen der Pyrenäen erstreckten, »unter den Nagel gerissen haben. Aber wir wagen nicht, laut darüber zu zu reden.«

»Warum nicht?« Vor Aufregung wurden Lady Lettices Augen riesengroß.

»Weil Fürst Sandre seine Spione überall hat, und er toleriert keine Andersdenkenden in seinem Land.« Escobar verbeugte sich. »Wenn Ihr mich jetzt bitte entschuldigt? Ich habe da drüben einen alten Freund gesehen, den ich begrüßen muss.«

Michael trat hinter der Säule hervor und nickte dem Mann zu, als dieser an ihm vorbeieilte. Kluger Escobar. Er würde sich eine andere reiche Witwe suchen. Eine, die nicht im Zentrum eines heraufziehenden, möglichen Aufruhrs stand.

Mr Graf, ein gut gekleideter, junger Mann von 22 Jahren mit goldenen Locken, die ihm neckisch in die Stirn fielen, nahm sogleich seinen Platz ein.

Mr Graf hatte letzte Nacht im Spielzimmer eine ziemliche Pechsträhne erwischt; er brauchte eine wohlhabende Braut, und zwar möglichst schnell, bevor sein Vater in Deutschland das ganze Ausmaß des Schadens entdeckte.

Natürlich widmete er der kleinen Gesellschafterin keinen Blick, die noch immer eifrig Lady Lettices Hals Luft zufächerte. Die anderen Verehrer ignorierten sie ebenfalls.

Allesamt Narren. Das Mädchen war wie ein nervöses Kaninchen. Die triste, graue Wolle ihres schlichten Kleids schmeichelte ihrer blassen Gesichtsfarbe nicht, und der Schnitt verbarg vollständig, was durchaus eine schön geformte Figur sein mochte. Sie war dünn und wirkte beinahe zerbrechlich. Sie hatte typisch englische Gesichtszüge, und vielleicht hätte Michael sie sogar hübsch gefunden. Aber sie hielt das Kinn gesenkt, die Augen niedergeschlagen, und die Schultern waren nach vorne gekippt, als fürchtete sie, jeden Augenblick auf die Wange geschlagen zu werden.

Wenn man Michael fragte, wären die Lords und Gentlemen, die verzweifelt um Lady Lettices Aufmerksamkeit buhlten, um sie glücklich in den Hafen der Ehe zu geleiten, gut beraten, wenn sie sich stattdessen ihre geduckte Dienerin anschauten. Michael wusste nicht, ob das Mädchen immer schon so verängstigt gewesen war, aber er würde alles darauf wetten, dass erst Lady Lettice ihren Willen vollständig gebrochen hatte. Die junge Frau wirkte auf ihn, als halte Lady

Lettice sie kurz und ließe sie hungern. Auf jeden Fall fürchtete sie sich zu Tode.

Gut möglich also, dass Lady Lettice ihre Verehrer über ihr wahres Wesen täuschte. Doch sobald sie verheiratet war, würde sie dem armen Tropf die Kontrolle nicht überlassen.

Der unglückliche Mr Graf drängelte sich zwischen den ehrgeizigen Count Rambaudi von Piemont und den englischen Lord Bedingfield. Das Ergebnis war desaströs – für die Gesellschafterin. Sie stießen gegen ihren Arm. Der Fächer schlug gegen den Hinterkopf von Lady Lettice und ließ die Löckchen über ihrem Ohr abstehen. Wie ein hungriger Wolf fuhr sie zu der jungen Frau herum. »Du schreckliches Mädchen! Wie kannst du es wagen, mich zu schlagen?«

»Ich wollte nicht …« Die Stimme der jungen Frau passte zu ihrem Verhalten: leise und verängstigt. Sie zitterte.

In aller Eile richtete Lady Lettice ihre Haarnadeln wieder, doch als die junge Frau versuchte, ihr zu helfen, schlug sie nach ihren Händen. »Verschwinde schon, dummes Ding. Ich sollte dich sofort auf die Straße setzen. Das sollte ich tun.«

»Nein Ma'am, bitte nicht! Es wird kein zweites Mal vorkommen.« Die junge Frau schaute zu den Männern, die sie umstanden, und suchte vergeblich Hilfe. Keiner der verarmten Aristokraten und Gentlemen, schon gar nicht jene, die sie in diese Schwierigkeiten gebracht hatten, scherten sich auch nur im Geringsten um das Schicksal einer Dienerin. »Ich flehe Euch an. Lasst mich bei Euch bleiben.«

»Es tut ihr eigentlich nicht leid«, erklärte Lady Lettice den anderen. »Sie sagt das nur, weil sie eine Waise ohne Familie ist. Ohne meine Freundlichkeit müsste sie verhungern. Nicht wahr, Emma?«

»Ja, Ma'am.« Emma zupfte das Tuch um Lady Lettices Schultern zurecht, dann nahm sie das Taschentuch, das Lady Lettice umklammert hielt, und betupfte ihre Wange.

»Also gut, hör schon auf damit.« Lady Lettice schob sie weg. »Du machst mich rasend. Ich behalte dich, aber wenn du mich noch einmal schlägst …«

»Das werde ich nicht! Ich danke Euch.« Emma machte einen Knicks. Und noch einen.

»Eigentlich …« Lady Lettice nahm das Taschentuch entgegen und starrte es nachdenklich an. Michael konnte förmlich sehen, wie ihr Verstand begann zu arbeiten und etwas Bösartiges ersann. »Ich möchte das hier gerne angefeuchtet haben. Geh zu den Waschräumen und mach es nass.«

»Wie Ihr wünscht, Lady Lettice.« Emma nahm das Taschentuch und eilte davon.

»Seht genau hin, Gentlemen«, sagte Lady Lettice. »Das wird unterhaltsam. Dieses dumme Ding hat absolut keinen Orientierungssinn. Sie geht nach rechts, wenn sie nach links muss, nach Norden, wenn ihr Ziel im Süden ist. Die Waschräume befinden sich rechts, daher wird sie nach links gehen.«

Die Männer um sie herum beobachteten, wie Emma zu der Tür ging und zögerte.

Im Stillen drängte Michael sie, nach rechts zu gehen.

Aber wie versprochen wandte sie sich nach links.

Der kleine Kreis der Speichellecker brach in schallendes Gelächter aus.

Michael verzog das Gesicht.

Lady Lettice kicherte. »Möchten die Gentlemen gerne wetten, wie lange es dauert, bis meine dumme Gesellschaftsdame ihren Weg zu mir zurückfindet?«

»Weidmannsheil!«, rief Bedingfield. »Und ich wette, Euer Taschentuch wird noch immer staubtrocken sein, wenn sie zurückkommt.«

Die kleine Gruppe drängte sich um Lady Lettice, und sie machten sich einen Spaß daraus, ein Mädchen zu verhöhnen, das keinem von ihnen etwas Böses getan hatte.

Michael, der schon immer eine Schwäche für Außenseiter gehabt hatte, ging leise davon. Er wollte die bedauernswerte Gesellschaftsdame vor ihrer eigenen Dummheit bewahren.

2

Emma war verloren. Sie lief die hell erleuchteten Korridore auf und ab, stolperte in verdunkelte Zimmer, wohin Paare sich zurückgezogen hatten, um sich zu lieben. Dann stolperte sie rückwärts schnell wieder heraus, murmelte eine Entschuldigung und wünschte, sie wäre in England, wo die Paarungsrituale eher im Geheimen stattfanden und nicht so animalisch waren.

Schließlich fand sie eine Tür zum Garten und trat auf die Terrasse. Sie schaute zu dem Chateau zurück. Von hier konnte sie die Musik aus dem Ballsaal hören und sah die Lichter, die durch die hohen Fenster nach draußen fielen. Wenn sie sich genau umschaute, fand sie den Weg zurück ins Haus bestimmt und konnte dort ihre Suche erneut beginnen.

Aber wie ging es dann weiter? Sie hätte ihre Mission immer noch nicht erfolgreich erfüllt, und sie wusste, was es sie kosten würde, wenn sie Lady Lettices Befehlen nicht gehorchte.

Moricadia war ein wunderschöner kleiner Edelstein hoch oben in den Pyrenäen. Gesegnet mit spektakulären Ausblicken, ländlichen Almen und heißen Quellen, denen man nachsagte, sie könnten die Kranken heilen. Aber Emma stand hier unter dem Sternenzelt, starrte auf einen sprudelnden Springbrunnen und wünschte, sie wäre reich, adelig und schön, statt arm, gewöhnlich und gut ausgebildet zu sein. Was brachte es einer Frau, wenn sie gesunden Menschenverstand und einen scharfen Verstand hatte, wenn ihre Hauptaufgabe doch darin bestand, einem schwitzenden Biest frische Luft zuzufächeln und nachts die von Hühneraugen übersäten Füße zu massieren? Wenn Gott schon keines ihrer Gebete erhörte, hätte sie wenigstens gedacht, Er könne ihr die Fähigkeit verleihen, heil ihren Weg von Punkt A zu Punkt B zu finden, ohne unterwegs verloren zu gehen. Wenigstens dieses eine Mal, damit sie das Taschentuch von dem Biest anfeuchten konnte.

Wie ihr Vater so schön gesagt hatte, war sie immer ein schüchternes Kind gewesen. Aber sie hatte auch immer einen analytisch arbeitenden Verstand besessen, und das war eine Gabe Gottes, die sie nutzen sollte, um ihr Leben und das vieler anderer Menschen besser zu machen.

Daher trat sie an den Springbrunnen und tauchte Lady Lettices Taschentuch in das Becken, bis es ordentlich nass war. Dann holte sie es heraus und wrang es aus.

Als sie ein warmes, kratziges Lachen hinter sich hörte, machte sie einen Satz und ließ das Taschentuch fallen. Sie drehte sich um und stand dem tragischen Engländer Michael Durant gegenüber.

»Ich bin Euch gefolgt, weil ich Euch den Weg zu den Waschräumen zeigen wollte. Wie ich sehe, habt Ihr eine bessere Lösung gefunden.« Er nickte zu dem Springbrunnen.

»Es ist nicht so, wie Ihr denkt.« Das war ihr schlimmster Albtraum. Er würde sie bestimmt an das Biest verraten. Dann würde sie in einem fremden Land auf die Straße gesetzt, ohne irgendwelche Mittel und ohne eine Vorstellung, wohin sie sich wenden konnte. Sie würde bestimmt sterben – oder ein schlimmeres Schicksal als den Tod erleiden. »Ich bin nicht absichtlich hier herausgegangen …«

Er hielt eine Hand hoch. »Bitte. Lady Lettice hat Eure Fähigkeit, verloren zu gehen, sehr deutlich gemacht. Was sie aber wohl nicht bedacht hat, ist vermutlich Euer Improvisationstalent. Miss …?«

»Chegwidden.« Sie machte einen Knicks, wie man es ihr in Miss Smiths Schule für junge Damen beigebracht hatte. »Emma Chegwidden.«

Im Ballsaal hatte sie Michael Durant heimlich beobachtet. Dort war er ihr nicht besonders vornehm erschienen. Er war eher ein großer, grobschlächtiger Kerl mit schweren Knochen. Sein schwarzer Anzug war aus feinstem Stoff geschneidert und sprach von einem ausgezeichneten Geschmack, sie hätte drauf gewettet, dass er bei den besten Schneidern Londons ein und aus ging. Doch die Sachen passten ihm nicht gut: Die Anzugsjacke spannte über den breiten Schultern, die Hose schlackerte um die Hüften. Das Ganze ließ ihn wie ein Schlachtross wirken, das man in die Kleidung eines Edelmanns gesteckt hatte. Seine Haare waren rot, ohne einen Hauch Grau. Seine Augen leuchteten hell und strahlend grün. Die Haut war gebräunt; er schien ein Mann zu sein, der sich gern unter freiem Himmel aufhielt.

Er verneigte sich. »Es ist mir ein Vergnügen, Miss Chegwidden. Stammt Ihr etwa von den Chegwiddens in Yorkshire ab?«

»Von ebendiesen.« Wie dumm, erleichtert zu sein, nur weil Durant ihre Familie kannte, die zwar verarmt, aber durchaus respektabel war. Doch seine Worte wärmten sie. »Mein Vater war Vikar in der Kapelle zu Freyaburn nahe St. Ashley.«

»Ich kenne die Gegend gut. Sehr schön dort. Sehr ursprünglich. Vermisst Ihr Eure Heimat?«

»Oh ja. Im Frühling, wenn der Wind über das Moor pfeift und das Heidekraut niederdrückt, dann …« Ihr Atem stockte. Es war ihr zur zweiten Natur geworden, nie an zu Hause zu denken. Törichte Tränen schossen ihr in die Augen, die sie oft genug zum Gespött der Leute machten.

Aber er sagte nur: »Ich finde, Moricadia unterscheidet sich in vielerlei Hinsicht von England, denkt Ihr nicht auch?«

»Sehr.« Sie schluckte hart und gewann die Fassung wieder. Dann zeigte sie nach Osten. »Die Stadt ist so weltoffen, hell und voller wohlhabender Besucher, die nach Zerstreuung suchen.«

»Eigentlich ist Tonagra«, er nahm ihren Finger und zeigte in die entgegengesetzte Richtung, »eher dort.«

»Oh.« Seine Korrektur war ihr nicht peinlich. Nein, ihr wurde vielmehr bewusst, wie lange es her war, seit sie mit einem anderen Menschen Kontakt gehabt hatte – zumindest einem Menschen, der es nicht darauf anlegte, sie zu erniedrigen. Seine Berührung war warm und drang durch ihren dünnen Baumwollhandschuh. Eine sanfte, leichte Berührung.

»Aber ich habe Euch unterbrochen.« Er ließ ihre Hand los, als sie nicht sofort weitersprach, fragte er: »Miss Chegwidden?«

Leicht verwirrt aufgrund ihrer mäandernden Gedanken sprach sie hastig weiter. »Hier in Moricadia sind die Spielsalons riesig und wunderschön ausgestattet. Und ja, ich wiederhole mich, so viele Besucher! So viel Wohlstand! Die Chateaus sitzen wie kleine Punkte auf den Berghängen, ähnlich den Sternen am Nachthimmel. Aber andererseits sind die

Menschen hier so arm, und ich habe das Gefühl, als könnte keine menschliche Behausung und kein Bemühen der Zivilisation diese gewaltigen Berge oder die verwilderten Wälder an den Hängen bezähmen.« Sie erinnerte sich an die enge, gewundene Straße, auf der sie in Lady Lettices Mietkutsche hergekommen waren. Wie die Wälder scheinbar immer näher rückten, wie sie einzelne Felsen entdeckte, die aus dem Dunkel aufragten, wenn sie einen Gipfel erreichten. Emma erschauerte und zog den Schal enger um ihre Schultern.

Als ihr bewusst wurde, dass er sie beobachtete, wurde sie rot.

Im Ballsaal hatte sie ihn für einen Aufschneider gehalten. Noch ein Adeliger, der mit seiner eigenen Tragödie kokettierte, um sich so das Mitgefühl der Anwesenden zu sichern und im Gespräch zu bleiben.

Hier draußen machte er einen ganz anderen Eindruck auf sie. Er schien amüsiert zu sein und brachte mehr als nur ein bisschen Mitgefühl für ihre Misere auf. Doch er sah zu viel. Er verstand ihre Gefühle zu gut, und bei Nacht, da nur die Sterne ihnen Licht spendeten, verfügte er über eine Ruhe, die sie beunruhigte. Wie ein Tiger, der auf seine Beute lauerte. Sie sollte zusehen, dass sie nicht als wehrloses Opfer endete.

Darum musste sie behutsam vorgehen. Für den Moment wirkte Durant auf sie freundlich, doch er konnte genauso widerlich und spöttisch sein wie die anderen Gentlemen, die sich um Lady Lettice drängten. Vermutlich war er noch um einiges gefährlicher, denn er lud sie ein, sich ihm anzuvertrauen.

»Beachtet mich einfach nicht, Mylord«, erklärte sie möglichst gelassen. »Das sind nur dumme Gedanken.«

»Ganz und gar nicht. Sie zeigen großes Einfühlungsvermögen.«

»Ihr seid hier schon sehr lange, nicht wahr?«

»Das stimmt, ja.«

»Ist es Eurer Familie nicht möglich, das Lösegeld zu zahlen?«

»Welches Lösegeld?«

»Das nötig ist, um Euch freizukaufen, damit Ihr heimkehren könnt.«

»Meine Familie wäre von dieser Anfrage aufs Höchste überrascht. Sie halten mich für tot.«

»Wie schrecklich für Eure Familie! Könnt Ihr ihnen nicht heimlich eine Nachricht schicken, um ihren Kummer zu lindern?«

»Ich habe mich dagegen entschieden.«

Entsetzen und Abscheu ließen sie erstarren. »Ihr habt aber doch Familie. Eine Mutter, einen Vater …«

»Und zwei Brüder.«

»Und Ihr habt entschieden, nicht in den Schoß der Familie zurückzukehren?«

»Ich würde sie niemals bitten, Geld zu schicken, nur damit es die Taschen der de Guignards füllt.«

Sie hätte alles gegeben, wenn sie ihren Vater zurückbekäme. Hätte jeden Betrag gezahlt, hätte gefleht und gebettelt. Und dieser Mann weigerte sich, seinen Verwandten Nachricht zu schicken, weil … weil … »Dann ist *Stolz* der Grund für Eure Zurückhaltung? Ihr wünscht nicht, Moricadia zu verlassen, und der Schmerz Eurer Lieben kümmert Euch nicht?«

Er machte einen Schritt auf sie zu.

Plötzlich erinnerte sie sich wieder, dass sie allein im Garten stand. Niemand wusste, wo sie steckte. Michael Durant war ein mächtiger Adeliger, und sie hatte ihn soeben indirekt kritisiert.

Sie machte einen Rückzieher. »Ich habe wohl meine Grenzen überschritten, verzeiht. Aber Ihr solltet Euch wegen Eures Egoismus' wirklich schämen.«

»Ihr habt in beiden Punkten recht.« Seine Stimme klang höflich und zurückhaltend. »Darf ich Euch behilflich sein, Lady Lettices Taschentuch zu retten?«

Sie schaute in den Brunnen, wo das weiße Quadrat in dem klaren Wasser schwamm. »Vielen Dank, das kann ich allein.« Ohne sich von ihm abzuwenden, beugte sie sich herunter, fasste das Taschentuch mit den Fingerspitzen und wrang es über dem Brunnen leicht aus. »Lady Lettice macht das also, um mich zu beschämen.« Das war eine bittere Pille, die sie nur schwer schlucken konnte. Alle lachten jetzt über sie, und sie konnte nichts dagegen tun.

»Sie ist keine Dame, glaube ich.«

»Nein.« Sie wrang das Taschentuch noch einmal aus und stellte sich vor, es sei Lady Lettices Hals.

»Und keine besonders angenehme Frau.« Er stieg die Treppe hinauf und schaute zu ihr hinunter. »Wollen wir wieder in den Ballsaal gehen?«

Sie dachte, er wollte sie dorthin führen, und folgte ihm misstrauisch.

Er hielt ihr die Tür auf und beobachtete sie, während sie hindurchging.

Sie straffte die Schultern.

»Hier entlang.« Er zeigte zum Ende des Korridors, und

während sie gingen, fuhr er fort: »Ich erinnere mich, dass sie die einzige Tochter einer Fabrikantenfamilie war und ihres Vermögens wegen von Baron Surtees geheiratet wurde.«

»Als sie siebzehn war, soll sie eine große Schönheit gewesen sein.« Emma sagte nicht, dass Lady Lettice inzwischen ein großes Biest war. Sie vermutete, dass Durant, der sein Umfeld sehr aufmerksam beobachtete, das bereits erkannt hatte.

»Ich habe zudem gehört, dass Surtees nach gut zwanzig Jahren in dieser elenden Ehe die Flucht gelang, indem er verstarb.«

»Ihr seid wirklich lieblos, Mylord.« Sie atmete tief durch, um nicht laut aufzulachen, während sie sprach. Erst als sie sich wieder unter Kontrolle hatte, fügte sie hinzu: »Aber im Grunde habt Ihr recht. Lady Lettice tut und lässt, was sie will. Sie hat seinen Titel und ihr eigenes Vermögen, das nach der Ehe noch recht unberührt war, engagierte eine respektable Gesellschafterin, die keine eigenen Mittel hat, keine Familie und daher keine Möglichkeit, ihr zu entkommen. Das bin ich, übrigens. Und dann hat sie sich aufgemacht, eine große Europareise zu machen.«

»In der Hoffnung, ihr nächstes Opfer … äh, ihren nächsten Ehemann kennenzulernen und zu heiraten.«

Seine Größe beunruhigte sie. Sie betrachtete verstohlen seine Hände. Große Hände. Mit dicken Knöcheln und schweren Knochen. Breiten Handtellern. Hände, die von seiner Kampferfahrung gezeichnet waren. Eine weiße Narbe führte quer über einen Knöchel seiner linken Hand. Er hatte etwas oder jemanden geschlagen, und dabei war die Haut aufgeplatzt. Und sie spazierte allein mit ihm durch die Nacht.

Resolut sprach sie weiter: »Ursprünglich hat Lady Lettice nach einem jungen Engländer gesucht, weil sie dachte, es sei eine gute Idee, einen Gentleman zu heiraten, der sie in der englischen Gesellschaft in die höchsten Kreise führt. Aber die jungen Männer waren ihr zu sprunghaft und schmeichelten ihr nicht genug.« Emma fuhr mit dem Finger über die leichte Erhebung an ihrem Kinn. »Darum hat sie sich klugerweise den Gentlemen vom Kontinent zugewandt. Sie sind so viel weltgewandter im Umgang mit Frauen ihres Alters und ihres Reichtums.«

»Das kann ich mir vorstellen. Hier entlang.« Durant wandte sich nach rechts, dann wieder nach links. Er führte sie durch Flure, die von geschlossenen Türen gesäumt wurden und von vereinzelten Kerzen nur spärlich beleuchtet wurden.

»Seid Ihr sicher?« Sie hätte schwören können, dass sie wieder Richtung Garten unterwegs waren.

»Ich verirre mich nie.« Er klang absolut selbstsicher.

Ein lästiger Mann. Er verirrte sich vielleicht nicht, aber er steckte augenscheinlich in Schwierigkeiten. Schärfer als beabsichtigt fragte sie: »Was habt Ihr angestellt, dass man Euch als politischen Gefangenen eingesperrt hat?«

Er blieb stehen.

Sie blieb ebenfalls stehen.

»In Moricadia ist es nicht besonders ratsam, seine Nase in politische Angelegenheiten zu stecken.« Er tippte mit dem Finger gegen ihre Nasenspitze. »Denkt daran.«

Seine Unterstellung erzürnte sie, und sie erwiderte: »Etwas so Dummes würde ich sicherlich nicht tun.«

Seine Augenbrauen, die weich und wohlgeformt waren,

hoben sich zweifelnd. »Natürlich nicht. Ihr seid überaus sensibel.«

Erst seine Erwiderung ließ sie erkennen, dass sie ihn tatsächlich gerade als dumm bezeichnet hatte. »Mylord, ich wollte nicht …«

»Völlig in Ordnung. Ihr habt ja irgendwie recht. Hier.« Er öffnete eine Tür zur Rechten.

Plötzlich waren Musik und Gelächter wieder zu hören, und als Emma durch die Tür spähte, sah sie den Speisesaal, in dem Lady Thibaults Diener bereits für eine mitternächtliche Mahlzeit eindeckten. Dahinter konnte sie durch offene Glastüren den Ballsaal sehen.

Sie konnte ein erleichtertes Seufzen nicht unterdrücken. Sie war rechtzeitig zurückgekehrt und hatte Lady Lettices Zorn nicht auf sich geladen. Außerdem war sie nicht mehr mit dem geheimnisvollen Michael Durant allein.

»Habt Ihr Lady Lettices Taschentuch noch?«, fragte er.

»Ich verliere nichts, Mylord.« Sie zeigte es ihm. Die ganze Zeit hatte sie es festgehalten. »Ich verliere nur mich selbst.«

»Jetzt seid Ihr in Sicherheit. Ich lasse Euch nun allein, damit Ihr in aller Ruhe zu Lady Lettice zurückkehren könnt.« Er verbeugte sich. »Es war mir ein Vergnügen, Miss Chegwidden.«

Sie machte einen Knicks. »Mylord, ich danke Euch von ganzem Herzen.« Sie sah ihm nach, als er davonging. Dieser Mann war wirklich erstaunlich. Auf der einen Seite machte er einen netten Eindruck und rettete sie aus einer Notlage. Andererseits war er so herzlos und ließ seine Familie in dem Glauben, er sei tot. Trotzdem überwog die Dankbarkeit. Denn nur seinetwegen war sie so zeitig in den Ballsaal zurückgekehrt. Das Taschentuch war feucht und Lady Lettices gemeines Spiel hatte sie für sich entscheiden konnte.

Natürlich würde Lady Lettice infolgedessen schlechte Laune bekommen, denn sie verlor nicht gerne. Die nächtliche Pflicht, diese garstige Frau aus ihrem Korsett zu schälen, würde vermutlich noch quälender. Aber manchmal war es eben doch gut zu gewinnen – egal, welche Konsequenzen ein Sieg hatte. Jetzt stand diesem Triumph dank Michael Durant nichts mehr im Wege.

3

Michael beobachtete, wie Miss Chegwidden an den langen Tischen vorbeieilte, die mit Porzellan und Silber eingedeckt waren. Sie verschwand im Ballsaal.

Sie war nicht so unattraktiv, wie er erst gedacht hatte. Wenn sie die Schultern straffte, wurde deutlich, dass er mit seiner Vermutung richtig gelegen hatte. Sie hatte eine gute Figur, einen üppigen Busen, der unter dem schlichten und hässlichen Mieder verschwand. Ihr dunkles Haar hatte winzige, kastanienrote Akzente, und ihre Augen … die Augen waren ungewöhnlich. Nicht schlammfarben, wie er im ersten Moment gedacht hatte. Denn wenn sie echte Gefühle zeigte – wie ihre Empörung, weil er seine Familie mit Missachtung strafte – erwachten goldene Funken zum Leben, und die Augen schimmerten aquamarinblau.

Nein, Miss Chegwidden war wirklich nicht so verängstigt, wie er im ersten Moment geglaubt hatte. Sie fürchtete sich wohl vor Lady Lettice, aber sie war in ihrer Kritik ihm gegenüber sehr offen gewesen.

Er schmunzelte. Tatsächlich fühlte es sich direkt gut an, wenn eine junge Engländerin seinen Charakter in Zweifel zog. Es war normal. Als wäre er wieder daheim in London im Haus seiner Familie und müsse sich für seine Abenteuerlust vor seiner Stiefmutter rechtfertigen oder seinem Vater erklären, warum er seine Rolle als Erbe Durants nicht ernst genug nahm. Oder als machte sein aufrechter Bruder Jude ihm Vorhaltungen, weil er seine Pflichten vernachlässigte.

Sein jüngster Bruder Adrian hatte Michael für seine Wildheit nie verurteilt. Der ernste Junge hatte Michael verehrt, und Michael hatte ihn im Gegenzug ebenfalls verehrt.

Er wünschte, er könne ihnen einfach eine Botschaft schicken und sie wissen lassen, dass er am Leben war. Aber das wagte er nicht. Noch nicht. Und er betete, dass kein Besucher aus England ihnen die Wahrheit erzählte. Denn wenn sie wüssten, dass er noch lebte, würde nichts sie daran hindern, nach Moricadia zu kommen und ihn nach Hause zu holen.

Aber er war hier noch nicht fertig.

Trotzdem vermisste er sie. Wie überrascht Miss Chegwidden wohl wäre, wenn sie das wüsste.

Er nahm den Umweg außen um den Ballsaal und betrat hinter Lady Lettices Rücken und der Gruppe ihrer Verehrer den Saal.

Wenn das überhaupt möglich war, hatte das Gedränge in der Zwischenzeit noch zugenommen. Die offenen Türen trugen in dieser Sommernacht nicht zur Abkühlung bei, und er konnte dabei zusehen, wie die Eleganz der Gäste dahinwelkte. Eiskalter Champagner wurde auf Tabletts serviert und kühlte die Kehlen, die Stimmen vermischten sich mit der Musik und schufen eine lärmende Kakophonie. Er sehnte sich in den stillen Raum bei Lady Fanchere zurück, wo er nur auf die Gitterstäbe vor seinem Fenster starren und sich nach seinem Zuhause sehnen konnte.

Doch wenn er ehrlich war, erging es ihm hier besser, denn es gab genug, das ihn ablenkte.

Er hoffte, Miss Chegwidden würde heil durch dieses Gedränge bis zu Lady Lettice kommen. Er hätte sie selbst dorthin geführt, aber wenn sie nach längerer Abwesenheit an seiner Seite in den Ballsaal zurückgekehrt wäre, hätte das ihrem Ruf geschadet. Wenn er nicht selbst in so ein schreckliches Chaos verwickelt gewesen wäre, hätte er versucht, irgendetwas zu tun, um ihre unhaltbare Situation zu verbessern.

Aber er war nun einmal in dieses Chaos verwickelt.

Als habe dieser Gedanke neue Probleme heraufbeschworen, blickte er auf und sah direkt in die Augen von Raul Lawrence. Er neigte den Kopf.

Raul nickte ebenfalls und wandte sich ab.

»Kennt Ihr ihn?« Die Stimme, die direkt neben Michaels linker Schulter erklang, ließ ihn erstarren. Er schluckte und versuchte, seine plötzlich trockene Kehle zu befeuchten.

Zu viel stand hier auf dem Spiel. Er durfte sich nur wegen der Erinnerungen keinen Fehltritt erlauben. Darum zwang er ein leises Lächeln auf seine Lippen und drehte sich zu dem Mann um, der ihm so viele Schmerzen zugefügt hatte. »Rickie de Guignard. Wie schön, Euch wiederzusehen. Und wie angenehm für uns, dass es unter so frappierend anderen Umständen geschieht.«

»In der Tat.« Rickie de Guignard unterschied sich sehr von den anderen de Guignards. Er war groß und schlaksig, weit über eins achtzig und hatte außergewöhnlich lange und schlanke Gliedmaßen. Seine Finger wirkten skelettartig, er hatte breite Gelenke und schlanke Knochen. Michael hatte guten Grund zu der Annahme, dass diese Hände stark und geschickt waren. Er hatte die Angewohnheit, seinem Gegenüber zu nahe zu kommen und dem Opfer starr ins Gesicht zu schauen. Als er das erste Mal eingekerkert wurde, hatte Michael noch geglaubt, diese Angewohnheit sei der Versuch, sein Gegenüber einzuschüchtern. Schließlich befand er allerdings, der Mann könne einfach nicht gut sehen. Letzten Endes war es auch egal. Der Anblick dieser Stirn, die so breit war wie ein Grabstein, dazu dieses hohlwangige Gesicht und die Hakennase ließen ihm das Blut in den Adern gefrieren.

Auch jetzt wurde ihm eiskalt, als Rickie sich zu ihm beugte und ihn anglotzte. »Kennt Ihr ihn?«, wiederholte Rickie.

Michael wich nicht zurück. »In der Tat. Raul Lawrence. Der Bastard von Viscount Grimsborough.«

Rickie hüpfte aufgeregt wie ein übergroßer Welpe auf und ab. »Ihr kennt ihn gut?«

»Nein. Grimsborough hat ihn adoptiert und danach die bessere Gesellschaft gezwungen, sich mit ihm abzugeben. Aber Lawrence ist jünger als ich. Wir sind nur entfernt miteinander bekannt.« Michael näherte sein Gesicht nun Rickies. »Warum? Wessen verdächtigt Ihr *ihn*?«

»Wir mögen es einfach, Informationen über Leute zu sammeln. Besonders über Leute wie ihn. Er hat beschlossen, sich in Moricadia niederzulassen.«

»Über Geschmack lässt sich bekanntlich nicht streiten.«

Rickie wich zurück. Seine braunen Augen blitzten wütend.

Michaels Kehle zog sich zusammen.

Jetzt wanderte Rickies Blick zu Michaels Händen, die in Handschuhen steckten und die er ängstlich umeinanderschlang. Mit einer Stimme, die leise und drohend klang, sagte er: »Ihr seid ein elender Aristokrat. Ihr wünscht, Ihr könntet wieder nach England zurück, nicht wahr, Durant?«

»Mit jeder Faser meines Körpers, ja.« Michael hatte noch nie etwas so ernst gemeint.

»Ich verspreche Euch, solange Ihr uns nicht sagt, was wir wissen wollen, werdet Ihr diese Gestade nie wiedersehen.«

»Dann werde ich sie nie wiedersehen, denn ich weiß nicht, was Ihr glaubt, das ich wissen sollte.«

»Ich glaube Euch kein Wort.«

»Ihr glaubt doch nicht allen Ernstes, ein elender Aristokrat wie ich könnte zwei Jahre lang im Kerker des Palasts Eurem freundlichen Drängen widerstehen?«

Die Wut, die Rickies Gesicht verzerrte, gefiel Michael, machte ihm zugleich aber auch Angst. Dieses Mal waren seine Hände nicht gefesselt. Wenn Rickie nach ihm schlug, konnte er angemessen reagieren.

Aber er wusste, was dann mit ihm passierte. Man würde ihn einsperren. Dunkelheit. Tod.

Schließlich kam ihm das Glück zur Hilfe. Auf ziemliche unglückliche Art.

Die Hand eines Mannes umschloss Michaels Schulter und zog ihn zurück, und der Mann trat zwischen die beiden. Es war Fürst Sandre. Attraktiv, weltmännisch und reich – und korrupter als jeder andere Unmensch in diesem an Korruption leidenden Land. »Gentlemen, Gentlemen! Dieser Ball ist ein Höhepunkt der diesjährigen Saison. Die Leute schauen schon her, weil Ihr eine Szene macht.«

Michael stand aufrecht da, die Knie fühlten sich steif an. Sein Blick traf Rickies. »Ihr habt keine Ahnung, was für eine Szene ich machen kann.«

»Aber ist es das wert? Ihr würdet schon wieder Eure Freiheit verlieren«, erklärte Fürst Sandre mild.

Diese deutliche Drohung verfehlte ihre Wirkung nicht. Michael stolperte rückwärts. Er musste bei diesem Spiel mitmachen. Was auch geschah, er musste mitspielen. »Nein.«

»Ehe ich mit Euch fertig bin, werdet Ihr mir geben, was ich will.« Rickie stapfte davon. Seine langen Glieder wirkten staksig.

Mit seinen 35 Jahren stand Fürst Sandre in der Blüte seines Lebens. Er ritt täglich, focht mit geradezu niederschmetterndem Ergebnis für seine Gegner und verführte Frauen, ohne darüber nachzudenken. Das dunkle Haar trug er zurückgekämmt, und an den Schläfen zeigten sich wie zarte Flügel die ersten Silbersträhnen. Bei welcher Gelegenheit auch immer, ob angesichts einer Pechsträhne am Spieltisch oder einer Runde abscheulicher Folter in seinem Kerker, seine dunkelblauen Augen blitzten stets vergnügt. Er lächelte und beobachtete, wie die Gäste seinem Cousin Platz machten. Wie ein Fischschwarm, der vor einem Hai zurückschreckte. »Ihr habt eine Art an Euch, die Rickie verwirrt.«

»Ich gebe mein Bestes.«

»Was habt Ihr dieses Mal gemacht?« Er nahm von einem vorbeischwebenden Tablett eine Champagnerflöte und nippte daran. Als erinnerte er sich just in diesem Moment daran, fügte er hinzu: »Ach ja! Er war neugierig, weil er wissen wollte, ob Ihr mit dem Engländer Raul Lawrence befreundet seid.«

Michael war klug genug, die seine Worte nicht zu ignorieren oder auch nur mit einem Wort von der Version abzuweichen, die er Rickie erzählt hatte. Die de Guignards würden später ihre Notizen vergleichen, und er durfte auf keinen Fall bei einer Lüge erwischt werden. »Wir sind miteinander bekannt. Aber er ist ein Bastard, Fürst Sandre. Der Erbe des Herzogtums Nevitt verkehrt nicht mit einem Bastard.« Michael wusste um seinen Wert als einer der höchsten Aristokraten Englands. »Wenn Ihr ihn verdächtigt, in dunkle Machenschaften verstrickt zu sein, werdet Ihr Eure üblichen Methoden anwenden müssen, um das herauszufinden: ihn bespitzeln und täuschen.«

Fürst Sandre geriet nicht in Wut wie sein Cousin. Stattdessen verneigte er sich knapp und erklärte: »Ihr scheint Euren Hausarrest zu genießen, Mylord. Lady Fanchere sagte, Ihr seid der perfekte Gast. Sie war es, die mich überzeugt hat, Euch zu diesem Ball einzuladen.«

Lügner. Du versuchst nur, mit etwas subtileren Methoden dahinterzukommen, was ich weiß. Du beobachtest, mit wem ich spreche und wer mit mir spricht. Du lässt die Leine locker und ziehst sie dann im unerwartetsten Moment wieder an, um mich zu würgen. Du hoffst, der Schmerz wird meine Zunge lockern, damit ich dir endlich erzähle, wer gegen dich und deinen Thron konspiriert. »Ich muss unbedingt daran denken, mich bei Lady Fanchere zu bedanken.«

»Ich hätte Euch schon früher mehr Freiheiten gelassen. Aber Ihr verhaltet Euch recht widerspenstig.« Fürst Sandre nahm noch einen Schluck. »Eure Stimme hörte sich übel an.«

Michael berührte die Krawatte, die seinen Hals bedeckte. »In der Tat.«

»Ich freue mich umso mehr zu hören, dass es Euch so viel besser geht. Betet zu Gott, dass es auch so bleibt.« Das war eine überaus geschickte, boshafte Drohung. Eine deutliche Drohung. Aber warum sollte Prinz Sandre sich auch bemühen, seine wahren Beweggründe vor Michael zu verbergen?

Michael war einer der wenigen Männer, die bis in die Tiefen seiner verrotteten Seele hatten schauen dürfen. Oder besser gesagt: einer der wenigen *lebenden* Männer, die seine Seele gesehen hatten. »Ich versichere Euch, Fürst Sandre, ich würde nichts unternehmen, das meine Stimme aufs Spiel setzen könnte.« *Wie sehr er Sandre doch hasste!*

»Schön. Es ist schließlich nicht leicht, Euren Platz im House of Lords einzunehmen, wenn Ihr nicht sprechen könnt. Noch schwieriger wird es, wenn Ihr tot seid.«

»Tatsächlich ist das Parlament gelegentlich so langweilig, dass die Lords, die dort sitzen, sich zu Tode langweilen. Manche sind schon tot.«

Fürst Sandre lachte. »Das kann ich nachvollziehen.«

»Ist schon eine interessante Einrichtung, so ein Parlament. Erlaubt es, Einfluss auf die Regierung zu nehmen. Bewahrt einen vor Aufständen wie jenem, der die Franzosen dazu trieb, ihren eigenen König zu köpfen.«

Fürst Sandres Nasenflügel blähten sich. Er lächelte noch immer. »Dasselbe vermag eine Geheimpolizei, die von einer starken Hand geführt wird.« Fürst Sandre hob seine Champagnerflöte. Mit einer langsamen, kontrollierten Bewegung zerquetschte er das Glas mit der Hand.

Das Geräusch von splitterndem Kristallglas durchschnitt den Ballsaal und ließ alle verängstigt verstummen. Die Gäste in der Nähe erstarrten. Champagner tropfte auf den gebohnerten Holzfußboden.

Fürst Sandre ließ den Stiel fallen, und er zerschellte wie ein Schlusspunkt auf dem Boden.

Dann zog er eine Glasscherbe aus seiner Handfläche. Blut befleckte augenblicklich seinen weißen Handschuh. Mit dem gewohnt ruhigen Lächeln meinte er: »Wie ungeschickt von mir. Ich hoffe, Ihr vergebt mir, Mylord. Ich werde unsere Gastgeberin aufsuchen, damit sie diese Wunde versorgt.«

»Natürlich.« Michael verbeugte sich. »Prinz Sandre, ich hoffe, Ihr tragt keinen dauerhaften Schaden davon.«

»Nein.« Er zog den beschmutzten Handschuh aus und drückte ihn in die geballte Faust, um die Blutung zu stillen. »Ich weiß immer genau, wie viel Druck ich ausüben darf.«

Als sei dies ihr Stichwort, eilten Lakaien herbei, um den Fußboden zu reinigen. Das Streichquartett begann wieder zu spielen, die Stimmen erhoben sich, und alle gerieten wieder in Bewegung.

Lady Thibault tauchte an Fürst Sandres Seite auf. »Wenn Ihr mir folgen würdet, mein Fürst? Ich werde meinen Leibarzt rufen lassen, damit er sich um Eure Wunde kümmert.«

»Ihr seid wie immer zu freundlich. Aber ich bedarf keines Arztes. Ihr werdet Euch um mich kümmern.« Fürst Sandre packte ihren Arm mit der freien Hand und drückte das zarte Fleisch über ihrem Ellbogen.

Michael sah, wie sie blass wurde. Schweiß brach auf ihrer Stirn aus. Arme Frau. Selbst ein so kleiner Gewaltakt wie das Zerbrechen eines Glases hatte Fürst Sandre erregt, und sie musste nun den Preis dafür zahlen.

Michael trat zurück, damit die Lakaien den Dreck aufwischen konnten. Er erhaschte einen Blick auf das schäbige, graue Kleid, das Miss Chegwidden trug. Sie bewegte sich gewohnt steif mit gesenktem Kopf und gebeugten Schultern durch die Menge. Sie hielt das feuchte Taschentuch in beiden Händen und bewegte sich auf Lady Lettice zu, als handelte es sich um den Heiligen Gral.

Armes Ding. Er hätte Lady Lettices unglückseliger Gesellschaftsdame beigestanden, wenn er gekonnt hätte. Aber wie die Dinge derzeit standen, konnte er niemandem helfen, ohne dass es für alle Beteiligten ernste Konsequenzen hatte.

Das Schlimmste war für sie überstanden. Für sie war es das Beste, wenn er nichts mehr tat.

Das Gedränge hatte zugenommen, und Emma hatte den Ballsaal fast vollständig umrundet, ehe sie Lady Lettice bemerkte, die wie eine Krötenkönigin auf ihrem Seerosenblatt thronte, während ihre Verehrer sich wie Guppys um sie drängten. Gott sei Dank; Emma war die Vorstellung verhasst, in den richtigen Raum zurückzufinden, dort aber daran zu scheitern, ihre Arbeitgeberin zu erreichen.

Sie trat hinter die kleine Gruppe Verehrer. Soeben erklärte Cloutier: »Sie muss in einer Minute hier sein, sonst verliere ich!«

Diese kleine, verabscheuungswürdige Gruppe Guppys hatte auf den Zeitpunkt gewettet, wann sie zurückkehrte – oder ob sie überhaupt zurückkehrte. Die Wut, von der sie gedacht hatte, sie sei schon vor langer Zeit unter Lady Lettices gewaltigem Unmut zerquetscht worden, tauchte unerwartet wieder auf. Sie drängte rasch in den Kreis der Verehrer. »Was habt Ihr verloren, Mylord?«

»Ha!«, rief Cloutier triumphierend.

Lady Lettice zuckte zusammen. Ihre Haut wurde vor Missfallen bis zu den schamlos nackten Brüsten knallrot, und sie schnappte: »Wo kommst du denn her, du lästiges Mädchen?«

Emma knickste artig und lächelte unaufrichtig, denn sie

wusste, was Lady Lettice auch gewettet hatte, hatte sie soeben verloren. »Im Waschraum, wie Ihr es befohlen habt.« Emma hielt ihr das Taschentuch hin.

Lady Lettice nahm es ihr aus der Hand. »Es ist zerknüllt und viel zu nass. Du bist zu dumm.«

Emmas kurzer, unerwarteter Anflug von Selbstvertrauen fiel wieder in sich zusammen.

»Kannst du denn nichts richtig machen? Muss ich dir jede Kleinigkeit erklären? Wie konnte ich nur glauben, dass du das Beste bist, was die Akademie der Gouvernanten zu bieten hat! Es ist einfach entsetzlich. Ich sollte der Direktorin schreiben und mich beschweren. Genau das sollte ich tun!« Mit einer Handbewegung schüttelte Lady Lettice das Taschentuch.

Ein kleiner, zappelnder Goldfisch schlüpfte heraus und verschwand in ihrem Ausschnitt.

Sie schrie. Sprang auf die Füße und schlug sich gegen die Brust. Schrie erneut.

Die Musik verstummte erneut. Die Tänzer drehten sich zu ihnen um.

Lady Lettice steckte die Hand in ihren Ausschnitt, kämpfte gegen die Stäbe ihres Korsetts und versuchte, die kleine, zappelnde Kreatur zu packen.

Die Männer um sie brachen in schallendes Gelächter aus. Mr Graf krümmte sich sogar vor Lachen.

Noch immer schreiend hob sie die Röcke und zeigte ihre dicklichen Waden. Dann sank sie wieder auf den Stuhl und beugte sich so weit wie möglich vor. Sie wackelte wie Pudding, aber keine ihrer akrobatischen Übungen vermochte, den Fisch aus ihrem Ausschnitt zu locken.

Schon bald verbreitete sich die Geschichte im ganzen Saal. Tänzer drängten sich um sie, man lachte und zeigte mit dem Finger auf Lady Lettice. Die Schadenfreude brannte so heiß wie ein Waldbrand.

Emma Chegwidden aber wich zurück. Sie schlug die Hand vor den Mund und flüsterte: »Ich bin ruiniert. Ich bin ruiniert …«

4

Emma stand auf der verlassenen, staubigen Straße vor dem Château. Sie zitterte aus Angst und vor Kälte. Sie war so allein wie nie zuvor in ihrem Leben, noch dazu in einem fremden Land und ohne eine Möglichkeit, ihren Lebensunterhalt zu bestreiten. Nicht einmal das Lebensnotwendige war ihr geblieben. Dafür hatte eine zornige und zutiefst gedemütigte Lady Lettice gesorgt. Sie hatte Emma nicht einmal erlaubt, ihren Mantel zu holen. Ihre wenigen Habseligkeiten waren noch im Hotel, das Meilen von hier entfernt lag. Sie hatte seit dem frühen Morgen nichts mehr gegessen. Es war Neumond, und die Sterne benetzten den Himmel nur mit wenig Licht. Dichte Wälder und große Berggipfel ragten um das Château auf. Und ihre dünnen Schuhe waren für lange Gewaltmärsche nicht geschaffen.

Aber sie hatte keine Wahl. Sie konnte entweder losgehen oder sich hinsetzen und sterben. Lady Lettice hatte alles Mögliche getan – hatte sie geschlagen, ausgeschimpft und sie gedemütigt. Doch wie elend ihr Leben in diesem Moment auch erscheinen mochte, wie unterdrückt und hoffnungslos sie sich fühlte, jetzt durfte sie nicht aufgeben. Noch nicht.

Daher stand sie unentschlossen vor dem Château und schaute nach links und rechts. Sie versuchte sich zu erinnern, auf welchem Weg sie gekommen waren und wie sie zurück zum Hotel und dann nach Tonagra gelangen konnte, wo sie vielleicht Arbeit und einen Unterschlupf fand. Aber die Kutsche, die sie hergebracht hatte, war eingetroffen, als das Sonnenlicht des frühen Abends noch durch die Bäume schien. Da hatte alles so anders ausgesehen. Sie konnte sich eine Wegstrecke einprägen, wenn sie genug Zeit dazu hatte, doch vor wenigen Stunden hatte sie dafür gar keinen Anlass gesehen. Sie schloss die Augen und stellte sich den Weg in Gedanken vor. Sie waren von links gekommen; ja, sie war jetzt sicher, sie musste sich nach links wenden. Sie ging los.

Hinter ihr verschwand das Château mit seinen Lichtern und der Musik in der Dunkelheit. Die Straße wand sich einen Gebirgskamm entlang durch den dunkelsten Teil des Walds, und selbst nachdem ihre Augen sich an das Dunkel gewöhnt hatten, sah sie nichts außer riesigen Bäumen, die den Ausblick auf den Nachthimmel versperrten. Zwischen den Pinienstämmen hörte sie das Rascheln der Nachttiere. Einmal schoss ein schwarzer Schatten auf sie zu. Sie schnappte nach Luft und duckte sich. Die Eule heulte und flog weiter.

Im Hochgebirge fiel die Temperatur nachts schnell, sie steckte ihre Hände in die Achselhöhlen und versuchte vergebens, sie warm zu halten. Als sie schon umkehren wollte, führte die Straße plötzlich steil nach unten, und sie erinnerte sich noch sehr gut daran, wie steil der Aufstieg zum Château gewesen war. Also war sie in der richtigen Richtung unterwegs.

Sie ging weiter, hungrig, erschöpft und halb erfroren. Die Straße wurde unwegsamer. Sie tröstete sich damit, dass die Fahrspur tiefer wurde, weil die Kutschenräder sie tiefer ins Erdreich gedrückt hatten und nicht, weil das Wasser an den

Berghängen im Frühling während der Schneeschmelze sie freigespült hatte – was im Übrigen schon Monate her sein musste. Tief in ihrem Herzen wusste sie, dass Kutschen niemals so eine steile Steigung bezwingen konnten und genauso wenig zwischen den Bäumen passieren konnten, die immer näher zu rücken schienen und mit ihren blättrigen Fingern nach ihr griffen.

Sie blieb stehen. Rieb mit beiden Händen über die Stirn.

Es war so dunkel. Es war so abschüssig. Ihr war kalt. Und sie hatte Hunger. Sie wollte sich einfach nur noch hinlegen und einschlafen.

Direkt vor sich hörte sie ein tiefes, gutturales Knurren.

Sie blieb wieder stehen.

Ein Paar helle Augen schimmerten im Dickicht jenseits der Straße.

Sie machte einen Schritt zurück.

Ein Geschöpf schlich aus dem Wald und blieb direkt vor ihr stehen. Das Knurren wurde lauter. Feindseliger.

Die kleinen Härchen in ihrem Nacken stellten sich auf.

Der Wolf schnellte vor.

Sie schrie. Drehte sich um und rannte los. Hinter sich konnte sie den Wolf hecheln hören. Ihr Fuß verfing sich in der tiefen Furche. Sie stolperte, fiel und rappelte sich wieder auf, kraxelte den Weg auf allen vieren hinauf und hoffte entgegen aller Wahrscheinlichkeit, dass jemand sie hörte und ihr zur Hilfe kam. Sie schaute nach oben zum Berggipfel. Und dann sah sie ihre Rettung. Die Gestalt eines Mannes löste sich aus dem Nebel, und die Sterne verblassten. Mit letzter Hoffnung und Kraft rannte sie auf ihn zu … und erkannte entsetzt, dass es sich nicht um einen lebenden Mann handelte.

Seine Haut war kalkweiß. Die Kleidung war weiß und zerfetzt. Das flatternde Tuch einer Leiche. Hinter ihm stand ein Pferd, das so geisterhaft und entrückt war wie sein Reiter.

Sie starrte den Schnitter an.

Dann schrie sie erneut, laut und schrill. Sie versuchte umzukehren. Sie stolperte über eine Baumwurzel. Ihr armer, bereits geschundener Knöchel gab nach, und sie fiel ins Gebüsch. Spröde Äste kratzten ihre Haut und brachen unter ihrem Gewicht durch. Sie hatte die Kontrolle über ihren Körper verloren und rollte auf den Waldboden, der mit Piniennadeln weich gepolstert war. Dann stieß sie sich den Kopf an einem Stein, und einen Moment lang verlor sie das Bewusstsein.

Als sie zu sich kam, lag sie auf dem Bauch. Ihr Gesicht lag in den Lehm des Waldbodens gedrückt. Der Geruch nach Piniennadeln stieg ihr in die Nase. Desorientiert stützte sie sich auf die Hände und kam hoch. Dann sank sie erschöpft wieder in den Dreck.

Ihr war schwindelig. Jeder Knochen im Körper schmerzte. Schließlich war ihr Mut nach all den schrecklichen Tagen und so vielen Kräfte zehrenden Nächten gebrochen. Sie hatte erneut einen Tiefpunkt erreicht und würde jetzt sterben.

Hände packten sie unterhalb der Rippen. Sie spürte heißen Atem auf ihrem Gesicht, als sie umgedreht wurde. Dann erst schaute sie in das abscheuliche Antlitz. Es war tatsächlich der Schnitter, und seine Augen … waren nichts als leere Höhlen.

Mit einem leisen Seufzen verlor sie das Bewusstsein.

Der Schnitter hob sie hoch, warf sie sich über die Schulter und stieg in den Sattel seines Pferds. Er verschwand in der Dunkelheit.

Später in dieser Nacht saß der Schnitter wieder im Sattel. Das Pferd tänzelte unter seinen Schenkeln warm und unruhig. Die Sterne funkelten hell im Westen. Doch im Osten berührte schon die leise Ahnung des heraufdämmernden Morgens den Himmel. Er beobachtete, wie die lange Reihe der Kutschen sich langsam die Straße entlang vom Château wegbewegte. Läufer trugen Fackeln, die den Gästen den Weg wiesen. Gelegentlich stieg betrunkenes Gelächter in den Nachthimmel auf, aber die meiste Zeit war es still. Die Feiernden waren nach Stunden des Tanzes, des Spiels und des Trinkens erschöpft. Eine nach der anderen rollten die Kutschen davon. Sie nahmen unterschiedliche Straßen, er verharrte ganz ruhig und wartete. Schließlich bewegte er sich zuerst ganz langsam und dann immer schneller werdend den Berg hinunter. Sein Plan, den er unter verzweifelten Umständen einst geschmiedet hatte, führte ihn.

Und sein Durst nach Vergeltung.

5

»Rickie. Rickie!« Lady de Guignard rüttelte die Schulter ihres Ehemanns.

»Um der Liebe Gottes willen, Aimée!« Er klang schläfrig und zugleich genervt. »Es ist vier Uhr in der Früh. Was für eine Narretei hat dich jetzt wieder gepackt, dass es nicht warten kann?«

»Nein, nein, keine Narretei! Du weißt doch, dass man sich erzählt, dass ein Gespenst auf diesen Straßen bei Neumond auf Jagd geht?«

»Wer ist *man*?« Rickie klang beiläufig. Er versuchte, seine langen Beine in der engen Kutsche auszustrecken.

Aber sie lebte inzwischen seit zwanzig Jahren an seiner Seite. Er konnte die Wahrheit nicht vor ihr verbergen. Und die Wahrheit war: Er war alarmiert. »Diese Engländerin, Lady Lettice. Sie wusste alles über den Schnitter. Sie hat mir davon erzählt, als wir uns im Waschraum begegnet sind. Sie meinte, der Schnitter sei der Geist von König Reynaldo.«

»Ist er kopflos?« Sie konnte Rickie in der Dunkelheit nicht sehen, aber er klang ungeduldig und herablassend. »Denn als wir de Guignards das Land eingenommen haben, haben wir Reynaldo gehängt, bis er tot war, und dann haben wir ihm den Kopf abgehackt, ihn aufgespießt und auf dem Marktplatz von Tonagra ausgestellt.«

Aimée schnappte nach Luft. »Ein kopfloser Geist? Ich glaube, das hat sie nicht gewusst!«

»Mein Gott, Weib. Du bist wirklich das dümmste ...« Seine Stimme klang richtig ärgerlich.

Lady de Guignard fummelte an den Spitzenrüschen an ihrem Hals herum. »Wenn du einmal nach draußen schaust, wirst du sehen, dass heute Neumond ist.«

»Dann ist es eben so. Reynaldo ist seit Jahrhunderten tot. Warum sollte er ausgerechnet jetzt anfangen, dieses Land heimzusuchen?«

»Er ist der Vorbote für die Rückkehr des neuen Königs«, erklärte sie.

»Teufel noch mal!« Rickie setzte sich auf. »Woher kommt dieses Gerücht schon wieder? Wir haben dieses Rattennest dieses zweitklassigen Königtums ausgerottet. Es gibt keinen König, der zurückkehren könnte.«

»Lady Lettice sagt, die königliche Familie versteckt sich nicht weit von hier in einem Château. Sie meint, sie planen den Sturz des grausamen Regimes der de Guignard, und ...«

Er unterbrach sie ungeduldig. »Dir ist schon bewusst, dass mit dem ›grausamen Regime der de Guignard‹ auch du gemeint bist?«

»Oh nein! Du bist das.«

»Du bist meine Frau.«

»Ich hab nur in die Familie eingeheiratet.«

Sie sah, wie sich im Dunkeln der Schatten seiner Faust hob.

Sie zuckte zurück.

Die Kutsche taumelte. Wurde langsamer.

Er atmete tief durch und ließ die Hand sinken.

Die Kutsche hielt an.

»Was ist da los? Warum halten wir an?« Er blickte aus dem Fenster.

»Ist es der Schnitter?« Ihre Stimme bebte.

Er fuhr wie eine zustoßende Schlange zu ihr herum. »Nein. Das ist nicht der Schnitter. Es gibt keinen Schnitter. Wenn es einen gibt, ist es ein Mann, der sich in ein gespenstisches Kostüm gekleidet hat, um die Unwissenden in Angst und Schrecken zu versetzen. Das ist übrigens der Grund, warum es bei dir so vortrefflich funktioniert.«

»Also, Rickie.« Tränen stiegen in ihre Augen. »Das war gemein.«

»Gemein? Oh nein. Das war nicht gemein. Du hast ja keine Ahnung, wozu ich fähig bin«, murmelte er. Mit einem Ruck öffnete er den Kutschenschlag und sagte: »Ich steige aus und sehe nach, was da los ist.«

Sie flatterte wie eine Pfauenhenne. »Sei vorsichtig!«

»Nicht einmal diese ungebildeten Bauern sind so dumm, mit mir zu spielen.« Er schwang sich aus der Kutsche und rief: »Weiter geht's! Ich will nach Hause in mein Bett!« Seine Stimme verklang, und er stapfte in die Dunkelheit.

Lady de Guignard kauerte sich in die Ecke der Kutsche und wimmerte leise. Egal, was Rickie sagte, sie glaubte an den Schnitter. Sie glaubte, Reynaldo sei zurückgekehrt, um Rache zu nehmen. Und auch wenn sie so tat, als sei sie unwissend, und Rickie vermutlich glaubte, sie wüsste nichts von den Pflichten, denen er im Kerker von Fürst Sandres Palast nachging, wusste sie alles. Sie zitterte jedes Mal, wenn er sie mit diesen beängstigend langen Fingern berührte und sie mit seinem großen, knochigen Körper bedeckte.

Zugleich wusste sie ganz genau, dass Rickie ihr einziger Schutz in diesem heruntergekommenen Land war. Sie wartete angespannt auf seine Rückkehr.

Aber allmählich forderte der Wein, den sie an diesem Abend genossen hatte, sowie die späte Stunde ihren Tribut. Unaufhaltsam sank sie immer tiefer in das Polster. Sie schloss die Augen für eine Minute. Nur eine Minute ... Dann noch eine, und dann ... Mit einem Ruck wachte sie auf. Die Kutsche war wieder angefahren.

Rickie musste das Problem gelöst haben. Sie waren doch nie in echter Gefahr! Sie wusste insgeheim, dass er immer recht hatte. Keiner von diesen moricadischen Bauern würde es wagen, ihn an irgendetwas zu hindern.

Alle fürchteten sich vor Rickie de Guignard. Jeder außer Fürst Sandre. Und obwohl sie nicht besonders klug war und nie einen Beweis dafür gesehen hatte, wusste sie, dass Fürst Sandre schlimmer war als ihr Mann ... und der war schon ein richtig übler Geselle.

»Was war los, Rickie?«, fragte sie verschlafen.

Niemand antwortete.

»Rickie?« Sie tastete auf dem Sitz neben sich, dann auf der Polsterbank gegenüber.

Rickie war nicht bei ihr.

Hatte er beschlossen, lieber mit dem Kutscher auf dem Bock zu fahren? Das war für ihn sehr ungewöhnlich. Er war pingelig, und es war ihm wichtig, dass seine elegante Kleidung makellos blieb.

Sie klopfte gegen das Kutschendach und rief: »Hallooo! Bist du da oben?«

Niemand antwortete.

Die Kutsche fuhr weiter die Straße entlang. Sie spähte aus dem Fenster. Die Morgendämmerung zog herauf, und der graue Nebel wurde lichter. Auf der Hügelkuppe bemerkte sie eine Bewegung, und sie blickte genauer hin. Sie entdeckte eine gespenstische Gestalt in weißen Fetzen auf einem Schimmel.

Er hatte schwarze Löcher, wo die Augen sein sollten.

Sie warf sich zurück, ihr Rücken stieß gegen die Kutschenwand. Dann kauerte sie sich verzweifelt auf den Boden. Sie legte die Hände auf ihre Augen und stöhnte. Die Furcht wand sich wie eine Schlange in ihrem Bauch.

Ganz langsam kletterte sie schließlich wieder auf den Sitz. Sie hielt sich geduckt und kroch zum Fenster. Sie nahm allen Mut zusammen, dessen sie fähig war, und schaute noch einmal hinaus.

Die Gestalt des Schnitters war verschwunden.

Aber als sie an der Kreuzung mit dem Galgen vorbeifuhren, sah sie eine lange Gestalt am Galgenkreuz baumeln. Seine Füße zuckten noch im Tanz des Todes.

Sie schrie entsetzt auf.

Es war ihr Mann.

Es war Rickie de Guignard.

6

Von aufkommender Panik überrollt riss Emma die Augen auf und starrte nach oben.

Sie lag auf einem Bett mit sauberen Laken, feiner Bettdecke mit Daunen und Brokatvorhängen. Der Raum war klein, aber hübsch ausgestattet. Auf dem Boden lagen Teppiche, es gab eine Truhe, und darüber hing ein Spiegel. Neben dem Bett stand ein Tischchen mit Waschschüssel und einem Wasserkrug. Helles Nachmittagssonnenlicht strömte durch die offenen Fenster, und von draußen konnte sie das Zwitschern der Vögel hören.

Sie wusste nicht, wo sie war.

Sie wusste nicht, wie sie hierhergekommen war.

Sie hob den Arm und schaute auf den weißen Ärmel, der mit Spitze am Ärmelaufschlag verziert war. Dann tastete sie nach ihrem Hals, wo Knöpfe ein Nachthemd verschlossen.

Dies war nicht ihr Nachthemd. Es war viel zu hübsch, um ihr Nachthemd zu sein.

Offensichtlich war sie gestorben und direkt in den Himmel aufgestiegen.

Aber nein, das war unmöglich. Denn im Himmel wäre sie nicht mit dem dringenden Bedürfnis zu pinkeln aufgewacht.

Sie setzte sich abrupt auf.

Das ließ nur einen Schluss zu. Schließlich war doch noch

eingetreten, was sie immer gefürchtet hatte: Sie war in einem Haus mit schlechtem Ruf gelandet.

»Bitte, Miss Chegwidden.« Eine junge Frau, die in das saubere und gebügelte Kleid einer Zofe gekleidet war, machte ein paar Schritte auf sie zu. Mit schwerem, französischem Akzent sagte sie: »Ihr dürft nicht aufstehen. M'ladys Befehle.«

Emma starrte sie entsetzt an. »Wer bist du? Und wer ist M'lady?«

»Ich bin Tia, und Ihr seid in dem Haus von Lady Fanchere.«

Lady Fancheres Name klang für sie vertraut. Aber Emma wusste nicht, wo sie ihn schon einmal gehört hatte. »Ist sie die Vorsteherin in diesem Etablissement?«

Die Zofe umfasste ihre Schultern und drückte sie wieder in die Kissen. »Ich verstehe nicht, was Ihr meint, Miss.«

Tias Akzent war nicht französisch, erkannte Emma. Sie war Moricadierin, und Lady Fanchere war … Sie war … Emma runzelte die Stirn und versuchte, sich an diese vage Erinnerung zu klammern, die durch ihren Kopf waberte.

Letzte Nacht. Sie war auf dem Ball gewesen und hatte Lady Lettice frische Luft zugefächelt, als jemand bemerkte: *Lord und Lady Fanchere, die Vertraute und Verbündete von Fürst Sandre sind, haben ihn unter Hausarrest gestellt.*

Wer wurde von Lord und Lady Fanchere unter Hausarrest gestellt?

Die Antwort kam ihr genauso plötzlich wieder in den Sinn. *Michael Durant. Erbe des Duke of Nevitt.*

Die Erinnerung an die vergangene Nacht war bruchstückhaft, aber an Michael Durant erinnerte sie sich ganz deutlich. Die roten Haare, die grünen Augen, die feine Kleidung …

Die wahrhaft hochmütige Art, wie er die Sorge seiner Familie über sein Verschwinden mit einem Wort beiseitegewischt hatte. Dann seine Freundlichkeit ihr gegenüber ... Er war ein merkwürdiger Mann, und sie wusste nicht, ob sie ihn verachten oder mögen sollte.

Sie erinnerte sich auch wieder an etwas anderes. An etwas, das am Rand ihres Verstands lauerte und an ihr zupfte. Etwas, das sie frösteln ließ ... »Da war ein Wolf!«, rief sie.

Beruhigend erwiderte die Zofe: »Ja, Miss. Natürlich war da ein Wolf. Ich rufe rasch Lady Fanchere, dann könnt Ihr ihr alles darüber erzählen.«

Emma war so in ihre Gedanken vertieft, dass sie kaum bemerkte, wie Tia aus dem Zimmer schlüpfte.

Sie bemerkte aber auf jeden Fall, dass die Schlafzimmertür wieder aufging und eine Lady eintrat. Tia war ihr dicht auf den Fersen.

Die Lady war von mittlerer Größe, war zwischen dreißig und vierzig Jahren alt und hatte eine hübsches Gesicht und eine wohlgeformte Figur. Sie war für Emma auch der Inbegriff einer Schlossherrin. Sie trug ein gutes, aber schlichtes Kleid, hatte einen großen Schlüsselring am Gürtel und machte auf Emma einen tüchtigen Eindruck. Ihr blond schimmerndes Haar trug sie zu einem Knoten im Nacken aufgesteckt, um den ein Netz lag, ihre großen braunen Augen betrachteten Emma und fällten sogleich ein Urteil über sie, von dem Emma befürchtete, es sei nicht besonders schmeichelhaft. Sie blieb am Fußende des Betts stehen und schob die Hände in die Schürzentaschen. »Ihr seid also endlich wach. Miss Emma Chegwidden, nehme ich an?«

Emma setzte sich auf. »Die bin ich.«

»Ich bin Lady Fanchere. Die Tochter von Bernardin de Guignard und Ehefrau von Lord Fanchere, dem Finanzminister von Fürst Sandre.«

Obwohl sie im Bett saß, versuchte Emma sich an einem höflichen Knicks.

Lady Fanchere winkte ab. »Tia, sei so lieb und bring Miss Chegwidden ihr Frühstück.«

Tia stellte ein Tablett auf das Tischchen neben dem Bett. Sie schüttelte die Kissen in Emmas Rücken auf und stellte das Tablett schließlich auf ihren Schoß.

Der Geruch nach frisch gebackenem Brot und heißem Tee ließ Emma vor Hunger fast in Ohnmacht fallen. Aber sie konnte unmöglich in Gegenwart der Hausherrin essen.

Lady Fanchere schien ihre Gedanken zu lesen, denn sie bemerkte: »Ich habe das Frühstück nicht bestellt, um Euch zu quälen, Miss Chegwidden. Oder um Eure Selbstbeherrschung zu prüfen. Ich lasse meine Leute nicht hungern. Esst. Wir können danach reden.« Sie trat ans Fenster und schaute ins Sonnenlicht hinaus.

Mit zitternden Händen nahm Emma die Brotscheibe und biss davon ab. Die Kruste zerkrümelte, und das weiße Innere schmeckte leicht süß. Jemand hatte etwas Lavendelhonig in das hefig weiche Innere geträufelt.

Jeder Bissen schmeckte himmlisch. Sie aß erst das Brot auf und dann auch den Schinken, der in eine dünne Scheibe geschnitten und um eine Melonenspalte gewickelt war. Dann tupfte sie sich den Mund mit der Serviette ab. Tia reichte ihr die Tasse Schwarztee, der mit Zucker gesüßt und mit Sahne veredelt war. Sie nippte daran wie eine Verehrerin der englischen Lebensweise.

Als sie aufschaute, hatte Lady Fanchere sich umgedreht und beobachtete sie. Sie lächelte. Mit dem Instinkt, den sie während ihrer Zeit im Dienst der Adeligen erworben hatte, folgerte Emma, dass Lady Fanchere eine Frau war, die sich gerne um andere kümmerte. Emma trank den Tee aus, stellte die Tasse weg und faltete die Hände im Schoß. »Ich danke Euch, Lady Fanchere. Das war sehr belebend.«

Lady Fanchere machte Tia ein Zeichen, dic einen Stuhl neben das Bett schob. Nachdem Lady Fanchere sich hingesetzt hatte, sagte sie: »Tia, würdest du bitte Miss Chegwiddens Tablett mitnehmen und uns eine Kanne Tee zubereiten?«

Tias strahlendes Gesicht verdüsterte sich. Aber sie nahm das Tablett ohne Widerspruch, knickste und verließ hastig das Zimmer.

Lady Fanchere wartete, bis die Tür sich hinter ihr schloss. Erst dann fragte sie: »Könnt Ihr mir ein paar Fragen beantworten, Miss Chegwidden?«

»Selbstverständlich. Es wäre mir ein Vergnügen.«

»Wisst Ihr noch, wie Ihr hierhergelangt seid?«

»Nein, tut mir leid. Ich … Ich erinnere mich an einiges, was letzte Nacht geschah, anderes hingegen …«

»Der Wolf?«

»Ja.« Die Erinnerung an die hellen, glühenden Augen hatte sich ihr eingebrannt. »Da war ein Wolf!«

»Es gibt nur noch wenige Wölfe hier oben in den Pyrenäen, und die wenigen, die es noch gibt, halten sich zumeist weit draußen in der Wildnis auf.«

»Ich *war* weit draußen in der Wildnis!« Lady Fanchere hob fragend eine Braue, weshalb Emma hinzufügte: »Zumindest glaube ich das.«

»Erzählt mir alles, und beginnt mit …« Sie machte eine Pause, und das verschmitzte Lächeln ließ Grübchen in Lady Fancheres Wangen aufblitzen. »Dem Fisch.«

Entsetzt legte Emma die Hand auf die Stirn. »Dem Fisch? Ihr meint auf dem Ball?«

»Ganz genau.«

»Ich hoffe, Ihr denkt nicht schlecht von mir deswegen. Lady Lettice wollte gern ihr Taschentuch angefeuchtet haben, und ich habe mich verirrt. Ich fand mich im Garten wieder, und dort war es sehr dunkel. Darum habe ich das Taschentuch im Brunnen befeuchtet …«

Lady Fanchere gluckste vergnügt.

»… und offensichtlich fand ein kleiner, sehr kleiner Fisch seinen Weg in die Falten des Taschentuchs. Ich fürchte, ich habe ihn betäubt, als ich das überschüssige Wasser auswrang. Ich reichte Lady Lettice das Taschentuch, ohne zu wissen …«

Lady Fanchere kicherte bei jedem einzelnen Wort.

Verzweifelt rief Emma: »Lady Fanchere, bitte! Ihr müsst mir glauben. Ich habe das nicht absichtlich getan. Ich wäre wohl kaum so dumm, meine Anstellung in einem fremden Land aufs Spiel zu setzen!«

»Ach ja. Englische Mädchen wie Ihr sind ja zu vernünftig, um so etwas zu tun.« Lady Fanchere beugte sich vor. Ihre Augen blitzten vergnügt. »Aber stimmt es, dass der Fisch in Lady Lettices Ausschnitt gerutscht ist?«

»Ja, er ist dahin geflutscht, und dann …« Die Erinnerung daran, wie Lady Lettice bei dem Versuch, den Fisch loszuwerden, wild herumhüpfte, ließ auch bei Emma völlig unerwartet eine gewisse Heiterkeit aufkommen. Sie kicherte, verstummte sofort verlegen und versuchte, sich zu entschuldigen. Nur um sofort wieder laut zu kichern.

Lady Fanchere wedelte mit der Hand und brachte sie zum Schweigen. »Ich bitte Euch, entschuldigt Euch bloß nicht dafür! Das war der Höhepunkt dieses ödesten Abends einer ganz und gar öden Saison. Ich dachte, ich müsse vor Lachen sterben. Lady Lettice hat nichts unter ihrem Pony, wenn Ihr versteht, was ich meine. Es ist nicht meine Art, jemanden zu verurteilen, der nicht klug ist – eine meiner liebsten Freundinnen ist Aimée de Guignard. Sie ist ein Schatz und das größte Dummerchen der Christenheit. Von Lady Lettice kann ich das nicht behaupten. Diese Frau ist, wie man hört, käuflich, und ihre Grausamkeiten sind wohl bemessen. Sie würde in der besseren Gesellschaft normalerweise nicht empfangen, doch hier in Moricadia bedarf es nur eines Vermögens, um Fürst Sandres bester Freund zu sein.« Sie biss sich auf die Unterlippe, als wollte sie nicht so viel sagen. Mit einer Entschlossenheit, die Emma bewunderte, wechselte sie geschickt das Thema. »Jetzt erzählt mir, was passiert ist, nachdem Ihr den Ball verlassen habt.«

»Nachdem ich wie eine Verbrecherin vor die Tür gesetzt wurde?« Die Demütigung ließ Emma überraschend bitter klingen. »Ich bin gelaufen, immer geradeaus. Es war kalt. Ich fürchtete, ich hätte mich verirrt, und ich hatte Angst, umzudrehen, denn es konnte ja sein, dass Licht und Wärme schon hinter der nächsten Kurve auf mich warteten. Und dann stand plötzlich dieser Wolf direkt vor mir. Es war ein Wolf, ich schwör's! Daran besteht für mich kein Zweifel.«

»Ist ja gut, ich glaube Euch«, sagte Lady Fanchere beruhigend. »Wie seid Ihr ihm entkommen?«

»Ich drehte mich um und rannte los. Und dann …«

»Dann?«

»Ich weiß es nicht. Ich habe keine Ahnung!« Emma rieb sich mit beiden Händen den Kopf und versuchte, irgendwelche Erinnerungsfetzen ihrem Verstand zu entlocken. »Da ist nichts. Ich weiß nicht, wie es mir gelang, dem Wolf zu entkommen, der mich als Nachtmahl auserkoren hatte. Ich weiß erst recht nicht, wie ich hierhergekommen bin.«

»Ihr habt eine Beule am Hinterkopf. Wisst Ihr, wie es dazu gekommen ist?«

Behutsam tastete Emma ihren Hinterkopf ab und zuckte zusammen, als ihre Finger die Beule berührten. »Ich muss gefallen sein. Hat man mich im Wald gefunden?«

»Ihr wurdet bewusstlos auf unserer Schwelle abgelegt. Wie ein verwaistes Kind.« Lady Fanchere beobachtete Emma, die versuchte, diese Neuigkeit zu verarbeiten. »Ihr erinnert Euch wirklich an nichts?«

Emma schüttelte heftig den Kopf.

»Da war kein Retter, an den Ihr Euch erinnert?«

Emma zog die Stirn kraus. Etwas regte sich in ihrem Kopf. Eine vage Erinnerung an Hände, die sie umdrehten, damit sie ihm ins Gesicht schaute …

Der beißende Geruch nach Ammoniak brachte Emma mit einem Ruck wieder zu Bewusstsein. Sie öffnete die Augen und sah Lady Fanchere, die sich über sie beugte. Sie hielt ein Fläschchen Riechsalz in der Hand und wirkte ehrlich besorgt.

»Gott sei's gedankt«, sagte Lady Fanchere. »Ich habe noch nie erlebt, dass jemand während einer Unterhaltung einfach das Bewusstsein verlor.«

»Das tut mir leid.« Emma versuchte mühsam, sich wieder aufzusetzen.

»Bitte bleibt liegen.« Lady Fanchere setzte sich wieder und wedelte mit dem Riechsalz unter ihrer eigenen Nase. »Wir sind wohl beide erschüttert. Beruhigen wir uns erst einmal und passen auf, dass Ihr kein zweites Mal ohnmächtig werdet.«

Emma sank gehorsam in die Kissen. »Ich muss mir den Kopf heftiger gestoßen haben, als ich gedacht habe.«

»Ich denke, Ihr habt recht.« Lady Fanchere legte die Hand auf ihre Hüfte, direkt über dem sanften Schwung ihres Bauchs. »Nun also! Ihr wisst vielleicht, dass der Engländer Michael Durant unser Gefangener ist ...«

»Ja, ich habe ihn gestern Abend kennengelernt.«

»Das hat er mir erzählt.«

»Hat er etwas mit meinem Aufenthalt hier zu tun?« Wenn dem so war, stand sie tief in seiner Schuld.

Aber Lady Fanchere machte eine wegwerfende Handbewegung. »Überhaupt nicht. Ich war müde, darum sind wir sehr früh vom Ball heimgefahren. Wie Ihr vielleicht wisst, steht Michael unter Hausarrest, und wir sind für seine Unterbringung verantwortlich. Gestern Abend ging er in sein Schlafzimmer im Witwensitz«, sie wies aus dem Fenster, »einem sehr luxuriösen Haus, das seinem Stand angemessen ist, wenn man von den Gitterstäben vor den Fenstern und dem Riegel vor der Tür absieht. Wir haben ihn dort eingeschlossen.«

»Ach so.« Es war dumm von Emma, Durant zu verachten, nur weil er sich bereitwillig in die Gefangenschaft fügte. Wahrscheinlich wäre jeder Widerstand von ihm zwecklos und würde ihm zusätzlich schaden. Aber dort hineinzugehen wie ein Lamm zur Schlachtbank …

»Heute früh, nachdem wir Euch auf der Türschwelle entdeckten und als Lady Lettices Gesellschaftsdame identifizierten, hat Michael vorgeschlagen, dass *ich* eine Gesellschaftsdame brauche. Mein Mann hat ihm sofort zugestimmt.« Sie lächelte fröhlich und bekam Grübchen in den Wangen. »Alle hohen Damen, die etwas auf sich halten, haben eine Gesellschafterin.«

»Ich bin Euch sehr dankbar, Mylady.« Der Gedanke, eine gesicherte Zukunft im Haushalt dieser Frau zu haben, trieb Emma die Tränen in die Augen. »Aber wenn Ihr mir erlaubt, das anzumerken, macht Ihr auf mich nicht gerade den Eindruck, eine Frau zu sein, die … also …«

Lady Fanchere unterbrach sie: »Die sich nicht darum schert, was andere Damen für gut und richtig halten? Nein, das stimmt. Aber Lord Fancheres Abstammung ist nicht so erhaben wie meine, und ihm bedeutet es etwas. Also füge ich mich.«

Emma neigte den Kopf als Antwort. Sie empfand tiefe Dankbarkeit. »In dem Fall lasst mich versichern, dass ich sehr versiert darin bin, die Pflichten einer Gesellschafterin zu erfüllen und außerdem in vielen medizinischen Belangen durchaus bewandert bin.«

»Tatsächlich?« Lady Fanchere hob die Brauen. »Wo habt Ihr das gelernt?«

»Die Gemeinde meines Vaters war arm und genoss nicht die Versorgung durch einen Arzt, denn der Barbier und Bader in unserer kleinen Stadt war ein Trunkenbold. Also hat Vater sich das Wissen angeeignet, um helfen zu können, und ich habe ihm assistiert. Als ich älter wurde und wenn wir Frauen behandelten, entdeckten wir, dass es ihnen lieber ist, mit mir über ihre Probleme zu sprechen und meine Hilfe zu suchen. Daher bin ich sehr gut darin, Rückenschmerzen wegzumassieren und Schmerzen in Kopf und Füßen zu vertreiben. Das war ein Grund, warum Lady Lettice mich in ihren Dienst genommen hat.« Emma empfand tiefe Befriedigung bei dem Wissen, dass Lady Lettice diese Dienste zukünftig entbehren musste. »Obwohl ich meine Tasche mit den Medikamenten leider in Lady Lettices Hotelzimmer zurücklassen musste. Ich fürchte, die werden wir nicht zurückbekommen. Aber seid versichert, dass ich besonders gut in der Behandlung von Frauen bin, die ein Kind unter dem Herzen tragen. Ich kann Euch also von Nutzen sein.«

Lady Fanchere fuhr überrascht zurück. Erregt fragte sie: »Woher wisst Ihr davon? Woher wisst Ihr, dass ich schwanger bin?«

Du lieber Himmel. Hatte Emma es sich schon wieder mit einer Arbeitgeberin verscherzt? »Tut mir leid. Habe ich etwas Unpassendes gesagt?«

Lady Fanchere stand auf. Sie trat ans Fenster und blickte lange schweigend hinaus. Schließlich drehte sie sich zu Emma um. »Ich bin inzwischen seit zwanzig Jahren verheiratet, seit ich achtzehn war. Und ich habe nie ein Kind empfangen. Ich habe Heilbäder besucht. Habe an Schreinen gebetet. Ich habe jedes Heilmittel genommen, das die Medizin und die Kirche empfehlen. Schließlich ist unser innigster Wunsch doch wahr geworden, und ich …«

»Ihr fürchtet, die Welt an Eurer Freude teilhaben zu lassen, bevor sie wirklich in Erfüllung gegangen ist.«

»Genau. Ich kann es natürlich nicht für immer geheim halten, aber solange ich nicht sicher bin, ob ich das Kind austragen kann, muss ich äußerst diskret sein. Darum frage ich Euch erneut: Woher habt Ihr es gewusst?«

»Wie alle Frauen, die guter Hoffnung sind, strahlt Ihr auf eine ganz besondere Weise.« Emma lächelte aufmunternd. »Darf ich vielleicht noch darauf hinweisen, dass meiner Erfahrung nach eine Frau, die erst spät ein Kind empfängt, nicht zwangsläufig Probleme hat, ein gesundes Kind zur Welt zu bringen?«

»Dafür danke ich Euch.« Lady Fanchere nickte. »Ich denke, Ihr und ich werden sehr gut miteinander auskommen, Emma Chegwidden.«

Ein Klopfen ertönte, und ehe Lady Fanchere den Störenfried hereinbitten konnte, wurde die Tür geöffnet. Ein Mann von etwa fünfzig Jahren stand auf der Schwelle. Er war groß, glatzköpfig und distinguiert. Emma zog die Bettdecke hoch, aber er widmete ihr kaum seine Aufmerksamkeit. Sie hätte genauso gut nicht anwesend sein können. Stattdessen streckte er Lady Fanchere die Hand entgegen. »Meine Liebe, ich bringe schlimme Neuigkeiten.«

Sie stand auf und eilte an seine Seite. »Was ist passiert?«

Er legte den Arm um ihre Taille und zog sie an sich. Dann blickte er ihr tief in die Augen. Man sah deutlich, wie sehr er sich um sie sorgte. »Dein Cousin Rickie wurde letzte Nacht getötet … durch den Schnitter.«

7

»Noch einmal von vorne, Aimée. Erzählt mir, was mit meinem Cousin Rickie passiert ist.«

»Ich habe Euch doch seit heute früh die Geschichte ein Dutzend Mal erzählt, Euer Hoheit.« Aimée saß ganz klein zusammengekauert auf einem Stuhl mit gerader Rückenlehne im Vestibül des königlichen Palasts. Sie weinte vor Angst und Erschöpfung. »Warum glaubt Ihr mir denn nicht?«

»Weil das, was Ihr mir erzählt habt, absurd ist.« Fürst Sandre konnte seine Wut kaum in Zaum halten. Aimée war schon immer eine hübsche Idiotin gewesen. Sein Cousin hatte die Frau wegen ihres Geldes und ihres Körpers geheiratet, und danach hatte er jahrelang davon geredet, sie zu töten, um die Welt von dieser hohen, dünnen Stimme zu befreien.

Fürst Sandre hatte ihn davon abgehalten. Niemand hätte geglaubt, dass es sich um einen Unfall handelte, und die Familie de Guignard genoss ohnehin schon einen zweifelhaften, dunklen Ruf. Es entbehrte allerdings nicht einer gewissen Ironie, dass sie Rickie überlebt hatte.

Sandre wusste, wenn er sie anschrie oder bedrohte, würde sie zu einem Häuflein Elend zusammensinken, und er würde nie an die Informationen gelangen, die er brauchte. Daher sprach er leise und sehr freundlich mit ihr. »Nun, Aimée. Ihr wart in der Kutsche auf dem Weg nach Hause vom Ball.«

»Ich habe Rickie vom Schnitter erzählt.« Zum ersten Mal, seit Sandre denken konnte, war das kastanienrote Haar Aimées zerzaust, und ihre runden Wangen sahen eingefallen aus. Ihre elfenbeinfarbene Haut wirkte fleckig.

»Er hat Euch natürlich erklärt, dass es keinen Schnitter gibt.«

»Das waren seine Worte. Aber ich wusste, dass er damit falsch lag, und das hier *beweist* es doch.« Sie hob den Kopf. Kläglich blickte sie Sandre an. »Glaubt Ihr, er hat den Zorn des Schnitters erregt, weil er seine Existenz geleugnet hat?«

»Wenn es einen Schnitter gibt, ist er ein Mann in einem albernen Kostüm, ich werde diesen Mann finden und ihn dafür büßen lassen, dass er es wagt, über meine Straßen zu reiten und meinen Cousin zu ermorden.«

»Das hat Rickie auch gesagt.«

»Was?«

»Dass der Schnitter ein gewöhnlicher Mann sein muss. Aber das kann nicht sein. Kein einfacher Mann hätte es gewagt, meinen Ehemann zu ermorden.«

Das stimmte allerdings. Wer besaß in Moricadia schon so viel Mut, einen großen, starken und grausamen Mann wie Rickie de Guignard aus seiner Kutsche zu locken und ihn am Galgen aufzuknüpfen?

Sandre hatte jedenfalls vor, das herauszufinden. »Ich muss mich dann allerdings auch fragen, wie ein Gespenst eine Schlinge knüpfen und Rickie aufhängen kann?«

»Vielleicht hat er Rickie so sehr verängstigt, dass er Selbstmord beging.«

Sandre verspürte den unwiderstehlichen Drang, Aimées Schädel zwischen seinen Fingern zu zerdrücken wie eine reife Melone. Und sei es nur, um festzustellen, ob sie ein Gehirn hatte oder ob nur ein kleines Glöckchen im Schädel bimmelte.

Sie fuhr fort: »Ich habe seinen Leichnam gesehen. Die einzige Verletzung, die er hat, ist die Abschürfung an seinem Hals. Wie erklärt Ihr Euch seinen Tod?«

Sandre warf seinen Wachen einen knappen Blick zu. Zwei Moricadier standen reglos neben der Tür. Sie hielten Schwerter in der Hand und hatten geladene Pistolen im Gürtel. Sie begleiteten Sandre überallhin. Ihre Aufgabe war, ihn zu beschützen. Sandre versicherte sich ihrer Loyalität, indem er ihre Frauen und Kinder immer in Reichweite hatte – die Familien dieser Männer lebten und arbeiteten im Palast. Darum musste er nie Zweifel hegen, dass sie ihn nicht mit ihrem eigenen Leben verteidigen würden. Doch er wollte auf keinen Fall, dass sie zu ihren Frauen gingen und ihnen zuflüsterten, der Schnitter sei der Geist des alten Königs oder der Vorbote für die Rückkehr eines neuen Königs. Oder dass der Schnitter auf einem Rachefeldzug gegen die de Guignards war und den Mann getötet hatte, den die Leute am meisten fürchteten.

Ach, Rickie. Wir hatten immer so viel Spaß zusammen.

Die Welt fühlte sich an, als wäre sie umgekippt, aber er war kein Mann, der einem Ghul gestattete, ihn und sein Regime niederzuringen. Er streichelte beiläufig die Bandage um seine Hand und lockte: »Erzählt mir alles, was passiert ist.«

»Ich habe Euch bereits alles gesagt.« Sie trug schwarzes Krepp, die angemessene Kleidung einer jüngst verwitweten Frau. Sie tupfte mit einem Spitzentaschentuch ihre blauen Augen. Obwohl sie auf jede nur erdenkliche Weise ihre Trauer öffentlich zeigte, konnte nichts davon Sandre überzeugen, dass sie nichts mit Rickies Tod zu tun hatte. Nicht absichtlich, natürlich. Aber sie diente unwissentlich als Werkzeug in dem großen Plan, der sich offenkundig zum Ziel gesetzt hatte, die Familie de Guignard zu vertreiben.

Dieser Streich würde nicht gelingen, solange Sandre an der Macht war.

»Dann erzählt es mir noch einmal.« Er lief unruhig in dem Raum auf und ab.

»Wir stiegen nach der Feier in unsere Kutsche. Die anderen Gäste brachen auch auf.«

»Und die anderen haben Euch wegfahren gesehen?«

»Natürlich haben sie das. Die Hauptstraße war von den Kutschen verstopft. Erst als wir die Abzweigung nahmen, wurde es ruhiger und … dunkel. Da habe ich mich wieder an das erinnert, was Lady Lettice mir von dem Gespenst erzählt hatte. Ich habe Rickie davon erzählt, und ich meinte, ich hätte eine Vorahnung, dass schon bald etwas Schreckliches passieren würde.« Aimée atmete tief durch und schaute sich um. Er sah deutlich, dass sie fürchtete, er werde ihr nicht glauben.

Er schnipste mit dem Finger. »Sprecht weiter.«

»Die Kutsche hielt. Rickie wurde ungeduldig – Ihr wisst ja, wie er sein kann – und stieg aus.«

Sie redete über ihren Ehemann in der Gegenwart.

»Meine Vorahnung wurde schlimmer. Ich flehte ihn an, nicht zu gehen.«

Ihre Melodramatik wurde ebenfalls schlimmer.

»Aber er bestand darauf und verschwand in der Dunkelheit. Ich blieb allein zurück, saß in der Kutsche und zitterte um das Leben meines Mannes.«

»Als Ihr mir die Geschichte das erste Mal erzählt habt, sagtet Ihr, Ihr wärt eingeschlafen.«

Ungeduldig, weil sie in ihrem Monolog unterbrochen wurde, erwiderte sie: »Ich bin vielleicht eingedöst. Ein wenig. Eventuell einmal. Aber ich wusste, dass etwas Schreckliches vor sich ging, und ... und es hat mich bis in meine Träume verfolgt!« Aimée begann allmählich, die ihr geschenkte Aufmerksamkeit zu genießen. »Als die Kutsche wieder anrollte, kam ich zu Bewusstsein und rief nach Rickie. Er war nicht da, deshalb habe ich aus dem Fenster geschaut, und ...«

Sandre sah, wie der Moment in ihrer Erinnerung wieder lebendig wurde.

Sie wurde leichenblass und brach in sich zusammen. Ihre Stimme war nur noch ein Flüstern. »Ich sah ihn auf der Hügelkuppe. Den Schnitter. Sein flatterndes Gewand bewegte sich im Wind. Er starrte mich an. Ich zuckte zurück und schrie. Ich schrie nur noch. Als ich wieder hinaussah, war er fort, und ich erblickte Rickie, wie er am Strick von dem Baum hing.«

»War er noch am Leben?«

»Nein. Er hing am Baum.« Sie wiederholte sich, als halte sie Sandre für einen Dummkopf.

»Wenn man jemanden aufhängt, stirbt er nicht zwangsläufig sofort. Manche hängen eine Stunde lang dort, ehe sie Erlösung finden – es sei denn, sie brechen sich sofort den Hals.«

»Woher hätte ich das wissen können?«

»Es gibt in diesem Land öffentliche Hinrichtungen.« Rebellische Moricadier ließ Sandre zur Abschreckung öffentlich hinrichten. Es war immer gut, sie daran zu erinnern, wie leicht es war, ein Leben auszulöschen. »Ihr habt also nichts getan, um Rickie zur Hilfe zu kommen?«

»Er war tot! Glaube ich zumindest. Sein Kopf hing nach unten. Ich hämmerte gegen das Kutschdach, damit der Kutscher den Pferden die Peitsche zu schmecken gab, und wir rasten nach Hause.«

»Das letzte Mal, als Ihr mir die Geschichte erzählt habt, meintet Ihr, er habe erst die Pferde angetrieben, und Ihr hättet dann gegen die Decke gehämmert.«

»Ich erinnere mich nicht, was zuerst kam!«, rief sie.

Einer der Wächter schnappte nach Luft.

Das wiederum weckte ihr Interesse. Sie erkannte, was sie getan hatte, und mit leiser, versöhnlicher Stimme fügte sie hinzu: »Verzeiht, Euer Hoheit. Ich bin ganz außer mir vor Trauer. Aber ich erinnere mich wirklich nicht, was zuerst geschah. Ich weiß nur, dass Rickie jetzt tot ist und dass der Schnitter ihn ermordet hat.«

Aus dem Augenwinkel bemerkte Sandre, wie seine Wachen Blicke wechselten. Mit harter, kalter Stimme erwiderte er: »Ich habe darum gebeten, Euren Kutscher herzubringen, um ihn zu dem Vorfall zu befragen. Wisst Ihr, wo er war? Man hat ihn heute früh gefesselt und geknebelt auf Thibaults Heuboden neben den Pferdeburschen gefunden. Was glaubt Ihr, hat das zu bedeuten?«

Sie schnappte wie ein Fisch auf dem Trockenen nach Luft. »Die Kutsche ist von allein gefahren, weil der Schnitter es ihr befohlen hat?«

Keine Frau konnte allen Ernstes so dumm sein.

Aber Aimée war so dumm. Sandre wusste, dass sie das war. Er musste ein paar Mal tief durchatmen, um sich nicht von seinem Zorn überwältigen zu lassen. »Nein. Jemand hat ihn gefesselt und Euch dann heimgefahren, während Euer Gespenst Rickie ermorden konnte.« Bevor sie wieder mit irgendeiner dummen Erklärung daherkommen konnte, sagte er: »Euer Gespenst hat Komplizen, die tun, was es von ihnen verlangt, wenn er sich auf seine tödlichen Missionen begibt.«

»Oh.« Sie faltete ergriffen die Hände unter ihrem Kinn und riss die blauen Augen aufgeregt auf. »Hat der Geist noch andere Männer umgebracht?«

»Nein. Noch nicht.« Sandres Stimme klang vor Wut gepresst. »Zumeist posiert er in seinem dämlichen Kostüm auf Hügelkuppen, um die Leichtgläubigen zu verängstigen. Aber letzte Nacht hat er gezeigt, wozu er fähig ist. Und ich schwöre Euch, ich werde ihn demaskieren und mit ihm jeden Mann, der ihm geholfen hat.«

»Ihr könnt den Schnitter nicht hängen. Er ist bereits tot«, erklärte sie ihm.

»Ich werde den Mann finden, der Euren Kutscher angegriffen hat. Und dann werde ich ihn ganz langsam töten, bis er mir alles preisgibt, was er weiß.« Sandre sprach an die Wachen gewandt.

Aimée war nicht klug genug, um das zu bemerken, und sie antwortete mit der ihr eigenen, verdrehten Logik: »Die Diener von König Reynaldo sind auch alle seit langer Zeit tot.«

»Sie leben! Der Schnitter und seine Helfershelfer sind lebende Männer!« Ehe sie etwas erwidern konnte, fauchte er: »Als Zeichen meiner Zuneigung werden wir Rickie schon morgen auf der königlichen Grabstelle der de Guignards beerdigen.«

»Ich hasse diesen Friedhof. Er ist unheimlich.«

»Rickie würde sich wünschen, dort begraben zu werden.«

»Ja. Das passt zu ihm, nicht wahr?« Aimée biss sich auf die Unterlippe. »Ich brauche Schutz.«

»Vor wem?«, fragte er scharf. Er hätte nie gedacht, dass Aimée klug genug war, um zu wissen, dass ihre Tage gezählt waren.

»Der Schnitter wird mich töten, weil ich es gewagt habe, offen über ihn zu sprechen.«

Hörte diese Frau denn nie zu? War ihr denn nicht klar, wie sie sich tatsächlich in Gefahr brachte? Sie hätte sich retten können, wenn sie zugestimmt hätte, dass der Schnitter nur ein einfacher Mann war, der sich als Gespenst verkleidete. Aber da sie darauf beharrte, er habe übernatürliche Kräfte, fütterte sie damit die Hoffnung der einfachen Leute und besiegelte zugleich ihr eigenes Schicksal. »Ich werde den Schnitter gefangen genommen haben, ehe er Euch weiteren Schaden zufügen kann.«

Aimée umarmte sich. Sie hatte die Arme beschützend um ihre Brust gelegt. »Darf ich jetzt gehen? Ich will nach Hause und meine Zofe holen.«

»Und wo wollt Ihr dann hin?«, fragte er höflich. Er fragte sich, ob sie wohl bereits plante, das Land zu verlassen.

»Zu Lady Fanchere. Eleonore ist meine beste Freundin. Und Eure Cousine. Ich brauche sie jetzt.« Ihre Stimme bebte mitleiderregend.

Lord und Lady Fanchere unterstützten ihn in allen Belangen. Eleonore war seine Spielkameradin gewesen, als er noch ein kleiner Junge war, und sie glaubte noch immer, dass er sich die jugendlichen Ideale bewahrt habe. Fanchere war nicht so blind, aber der Mann wusste, auf welcher Seite sein Brot gebuttert wurde.

Ja, Aimée sollte zu ihnen gehen und ihnen diese fantastische Geschichte erzählen. Eleonore würde freundlich darüber lachen. Außerdem wäre es gut für Aimée, wenn man sie in Gesellschaft der beiden sah, nachdem sie Sandre besucht hatte.

»Dann solltet Ihr auf jeden Fall zu Eleonore gehen.« Er schaute aus dem Fenster. »Aber es ist eine lange Fahrt, und es ist schon spät. Bleibt doch bis morgen früh hier.«

»Nein! Ich meine …« Aimée schaute sich hektisch um. »Darauf bin ich nicht vorbereitet. Ich habe meine Zofe nicht bei mir. Keine Kleider …«

Er lächelte fast, weil es ihm gefiel, wie sie sich wie ein Wurm am Haken wand. »Unsinn. Dies ist der Palast. Wir haben Hunderte an Gemächern, Kleidung für Damen in jeder Größe und Schneiderinnen, die Änderungen vornehmen können. Außerdem Zofen, die Euch nur zu gern zu Diensten sind. Quicos Frau zum Beispiel ist eine unserer Zofen. Nicht wahr, Quico?«

Eine der Wachen nickte steif.

»Ihr Name ist Bethania. Eine schöne Frau. Sehr respektvoll. Sehr verantwortungsbewusst. Sie lebt, um zu gefallen. Stimmt's nicht, Quico?«

Quico nickte erneut. Sein Gesicht war ausdruckslos.

»Seht Ihr? Hier habt Ihr Euern eigenen Leibwächter, der Euch beschützt, und Eure persönliche Zofe, die Euch alles gibt, was Ihr verlangt. Viel wichtiger ist aber, dass Ihr nicht in der Dunkelheit reist.«

»Die Dunkelheit stört mich nicht. Wirklich.«

»Ihr fürchtet Euch aber vor dem Schnitter«, erinnerte er sie.

»Ja, aber …«

Aimée war wohl doch nicht so dumm, wie sie schien.

Er legte die Hände auf ihre Schultern und half ihr, aufzustehen. Er küsste sie sanft auf die Stirn. »Morgen könnt Ihr zu Eleonore fahren. Heute bestehe ich darauf, dass Ihr hierbleibt. Ich könnte die Schuld nicht ertragen, wenn ich Euch erlauben würde zu gehen und Ihr dann auch getötet werdet.«

Sie beobachtete ihn. Ihre Augen waren groß, vor Angst vergaß sie zu blinzeln.

»Ihr bleibt also. Ich befehle es Euch.« Er winkte mit der Hand, und Quico öffnete die Tür für sie. Als sie aus dem Raum stöckelte, bemerkte er: »Seid versichert, ich werde in Rickies Namen den Schnitter zur Strecke bringen und seiner gerechten Strafe zuführen.«

Sie warf ihm einen letzten, starren Blick zu. Dann verschwand sie mit Quico hinter ihr am Ende des Korridors.

Sofort nahm ein anderer Wachposten Quicos Platz ein.

Sandres sympathisches Lächeln schwand. Er würde sie nicht heute Nacht umbringen. Das wäre zu offensichtlich. Er klingelte nach Jean-Pierre de Guignard, der nun zum stellvertretenden Kommandanten erhoben war.

»Wie kann ich Euch dienen, Euer Hoheit?« Jean-Pierre war ein entfernter Cousin. Der Sohn eines Säufers, der den Tod gefunden hatte, als er die steilste Straße in der alten Hauptstadt hinabritt und sich bei einem Sturz den Hals brach. Seine Mutter war eine Adelige, die berüchtigt war für ihre Versiertheit in der französischen Liebe – und ihre Bereitschaft, dieses Können bei vielen Männern unter Beweis zu stellen. Obwohl Jean-Pierre also ein belesener, geschickter und kluger Mann war, war er in den besseren Häusern Moricadias nicht willkommen. Nicht einmal in den Häusern seiner Verwandtschaft.

Allein aus diesem Grund wusste Sandre schon jetzt, dass er sich auf Jean-Pierre verlassen konnte. Er würde alles tun, um sich des in ihn gesetzten Vertrauens als würdig zu erweisen.

Aber da war noch mehr. Jean-Pierre sah wie ein de Guignard aus – dunkle Haare, ein attraktives Gesicht und ein muskulöser Körper – doch seine Augen waren von einem merkwürdig hellen Blau. Es gab verschiedene Theorien, warum sie diese Farbe hatten – die meisten waren amüsant und vulgär und hatten etwas mit seiner Mutter und dem Ergebnis ihrer Lasterhaftigkeit zu tun. Aber Sandre hatte eine ganz eigene Theorie. Er glaubte, Jean-Pierre sei wie ein Hund, bei dem schon bald die Tollwut ausbrechen würde, und dass seine Augenfarbe eine Warnung der Natur war, um diejenigen zu ermahnen, die unachtsam waren. Er war überzeugt, dass er Jean-Pierre zum tödlichsten Mann ausbilden konnte, den es gab. Solange Sandre die Kette fest in der Hand hielt, wäre es ein Vergnügen, dieses Training zu überwachen.

Jetzt verbeugte Jean-Pierre sich tief vor ihm. Er war von seiner Beförderung etwas zu überwältigt und war für Sandres Geschmack noch zu unterwürfig. Dieser Sohn eine Hure wusste genau, wie unsicher sein neuer Posten war, und er würde alles tun, um den Platz an Sandres Seite zu behalten.

Sandre fand Gefallen an Jean-Pierres Ehrgeiz, seiner Angst und Bedürftigkeit. Das konnte ihm von Nutzen sein.

Mit leiser Stimme, die trotzdem laut genug war, dass die Wachen ihn hörten, erklärte Sandre: »Ich werde nicht zulassen, dass sich das Gerücht über den Schnitter und seine Rache weiter verbreitet. Bring Aimée mit Bedacht und Sorgfalt zum Schweigen.«

»Damit es allen anderen eine Lehre ist?«, fragte Jean-Pierre.

Sandre dachte an Eleonore und schüttelte den Kopf. »Mit der Familie werde ich keine Probleme bekommen. Aber es muss denjenigen eine Lehre sein, die ihre Hoffnung auf eine königliche Familie setzen, die von den de Guignards schon vor langer Zeit besiegt worden ist.« Er schaute zu den Wachen herüber und schickte ihnen so seine Botschaft. Ihnen, ihren Freunden und ihren Familien.

Sie duckten sich nicht. Stattdessen erwiderten sie seinen Blick stoisch.

Sie hegten Hoffnung – eine Hoffnung, die er unter seinem Stiefel zertreten würde.

Wenn seine Theorie richtig war, war Jean-Pierre genau der richtige Mann für diesen Job.

8

Am nächsten Morgen riss Emma die Augen überrascht auf. Ihr Herz schlug schnell, und sie rang nach Luft. Sie hatte sich im Schlaf in den Decken verfangen, die von ihrem Angstschweiß feucht waren.

Sie hatte geträumt. Vom Schnitter. Es war ein Albtraum mit verwirrenden Bildern – sie hatte einen Wald gesehen, in dem die Äste der Bäume wie Finger nach ihr griffen. Da war wieder der Wolf mit glühenden Augen. Und ein Ghul, der keine Augen hatte. In ihrem Traum waren Schmerz und düstere Vorahnungen und … ja, was? Sie wusste es nicht.

Sie setzte sich langsam auf und befreite sich von der Panik und ihrem voluminösen Nachthemd.

Der Albtraum musste durch die gestrige Neuigkeit heraufbeschworen worden sein. Sie hatte diesen intimen Moment zwischen Ehemann und Ehefrau belauscht; der Schnitter hatte Lady Fancheres Cousin ermordet. Er hatte ihn am Hals aufgehängt, bis er tot war.

Die arme Lady Fanchere war ehrlich entsetzt gewesen. Doch sie hatte nicht vergessen, was zu tun war. Sie hatte Emma befohlen, im Bett zu bleiben, und Tia hatte sie angewiesen, sich um Emma zu kümmern. Jedes Mal, wenn Emma aufwachte, wurde ihr eine kleine Mahlzeit serviert, die geschaffen war, einen abgestumpften Gaumen zu erfreuen.

Es war dumm, über einen Alptraum nachzugrübeln. Und sie war nicht dumm. Man hatte ihr eine zweite Chance gegeben, um aus ihrem Leben etwas zu machen, und sie würde diese Chance nicht verspielen. Es würde nicht wie beim letzten Mal ablaufen, damals hatte sie England als die Gesellschaftsdame Lady Lettices verlassen. Sie war blauäugig und voller Enthusiasmus in dieses Abenteuer gestartet, denn die Vorstellung, fremde Länder und historische Stätten zu besuchen, gefiel ihr. Stattdessen aber hatte sie sich in einem Hotelzimmer nach dem nächsten wiedergefunden, wo sie ängstlich die Rückkehr von Lady Lettice erwartete.

Emma konnte Lady Fanchere ohne Fehl und Tadel dienen, das wusste sie ganz genau! Daher stieg sie aus dem Bett und schaute sich um.

Der Morgen war schon weit fortgeschritten. Die Sonne schien, und heute sah sie, was gestern ihrer Aufmerksamkeit entgangen war.

Für die Kammer einer Dienerin war der Raum recht groß und geschmackvoll eingerichtet. Sie fragte sich, ob sie nun, da sie sich erholt hatte, den Raum mit anderen Dienerinnen teilen würde. Emma trat ans Fenster und blickte auf die sanften Gärten und Rasenflächen, die sich hinter dem Anwesen bis zu einer Klippe erstreckten. Ganz weit hinten auf der Klippe, stand ein kleines altes Schloss – der Witwensitz, in dem Michael Durant gefangen gehalten wurde. Die Steine wirkten kalt, aber Emma hatte keinen Zweifel, dass Lady Fanchere für seinen Komfort sorgte.

Saubere Kleidung hing in dem schmalen Schrank in der Zimmerecke: Unterwäsche, Unterröcke und ein hübsches blaues Baumwollkleid. Auf dem Boden stand ein Paar einfache schwarze Lederschuhe. Sie kleidete sich rasch an und befestigte den weißen, gesteiften Kragen und die Manschetten. Um die Taille war das Kleid etwas zu groß, der Saum war etwas zu kurz. Doch der Stoff war von guter Qualität, und ein Blick in den kleinen Spiegel über der Kommode verriet ihr, dass die Farbe ihrer Haut schmeichelte. Bis auf die Abschürfung an ihrem Kinn schimmerte ihre Haut wie Alabaster, der von innen heraus leuchtete.

Sie richtete sich abrupt auf. Es gab keinen Grund, verzweifelt zu sein. Sie war schon immer recht dünn gewesen, und ihr Aufenthalt in Europa hatte sie noch mehr Gewicht verlieren lassen. Ihr Haar war von einem so intensiven Braun, dass es fast schwarz wirkte und sich außergewöhnlich von der blassen Haut abhob. Das Gesicht war oval, und sie hatte einen spitzen Haaransatz mittig über der Stirn und zudem ein Kinn, das spitz zulief wie das einer Hexe, wie Lady Lettice gern behauptete. Lady Lettice sagte zudem, sie habe die bedauernswerte Angewohnheit, dass man ihre Gefühle in der Farbe ihrer Augen widergespiegelt sah – und diese Gefühle waren Lady Lettice gegenüber nicht sonderlich schmeichelhaft. Dafür hatte sie Emma bezahlen lassen, und zwar mehr als einmal.

Ein Tablett mit ein paar Scheiben Brot, Käse und Obst hatte man für sie auf die Kommode gestellt, und sie aß rasch ein sättigendes Mahl. Dann schritt sie entschlossen zur Tür und öffnete sie. Dahinter fand sie eine Treppenflucht, die ins erste Obergeschoss führte. Sie stand verunsichert am Fuß der Treppe, weil sie nicht wusste, ob sie sich nach rechts oder links wenden sollte. Ein würdevoller Gentleman kam in diesem Moment um die Ecke gebogen.

Auf den zweiten Blick erkannte sie ihren Irrtum. Es handelte sich nicht um einen Gentleman, sondern um den Butler, der in einen förmlichen schwarzen Anzug mit weißem Hemd gekleidet war. Er war mittleren Alters, groß und kräftig. Seine Haltung war so würdevoll, dass sie ihn als Engländer identifizierte, bevor er den Mund aufmachte.

»Miss Chegwidden, nehme ich an.« Er verbeugte sich. »Ich bin Brimley. Ihr sucht nach Lady Fanchere?«

Sie machte einen Knicks. »Freut mich sehr, Euch kennenzulernen, Mr Brimley. Wenn Ihr mir die Richtung zeigt, wäre das äußerst hilfreich.«

»Folgt mir einfach. Unterwegs kann ich Euch über die Mitglieder dieses Haushalts in Kenntnis setzen.«

»Vielen Dank.« Er wollte sie an den ihr zugedachten Platz stellen und ihr einschärfen, wohin sie gehörte. Das machte ihr nichts aus. Als Lady Fancheres Gesellschafterin war sie von heute auf morgen ein wichtiges Rädchen im Hause Fanchere geworden, und er war als Butler dafür verantwortlich, dass die Maschine weiterhin wie geölt lief.

Er führte sie durch einen anderen Korridor, von dem mehrere Türen abgingen, und erklärte: »Wir beide sind die einzigen Engländer in diesem Haushalt. Seid Ihr mit Moricadia bereits vertraut?«

»Ich fürchte nicht. Ich bin erst vor knapp einer Woche mit Lady Lettice hier eingetroffen, und wie Ihr vielleicht schon gehört haben, hat dieses Beschäftigungsverhältnis unter keinem guten Stern gestanden.« Sie zog den Kopf zwischen die Schultern und erwartete, dass Brimley ihr gleich eine Standpauke hielt und sie scharf darauf hinwies, dass Vorfälle dieser Art hinkünftig unter allen Umständen zu vermeiden seien.

Aber er hatte andere Informationen, die zu teilen ihm wichtig war. »Ich bin seit etwas mehr als drei Jahren Teil dieses Haushalts, und die Dinge, die ein moricadisches Haus von einem englischen unterscheiden, sind gleichermaßen mysteriös und faszinierend. Wie Ihr wisst, ist das Land ein französisches Protektorat. Es ist in seiner Isolation einmalig, die Strukturen kann man fast noch feudal nennen. Unglücklicherweise haben die de Guignards den früheren König von Moricadia aus dem Weg geräumt, indem sie ihn gehängt haben. Sie hängen sehr gerne irgendwelche Leute. Die Familie de Guignard wird von Fürst Sandre angeführt, der dieses Land im Laufe der Jahre in einen weithin beliebten Ort für die Reichen und Adeligen verwandelt hat. Die armen Leute sind hier sehr arm; die Reichen hingegen sehr reich. Kein Moricadier besitzt ein Geschäft oder ist Kaufmann. Alle Möglichkeiten, Geld zu verdienen, werden von den de Guignards kontrolliert und vergeben, und sie regieren mit eiserner Hand. Ich kann mich natürlich nicht an die genauen Umstände der Französischen Revolution erinnern, als man den dortigen König enthauptete. Aber ich glaube, dass die de Guignards es geschafft haben, eine ähnliche Situation zu erschaffen wie jene in Frankreich vor der Revolution. Es gibt keine Adeligen mit Ausnahme der de Guignards und ihrer Verwandten. Es gibt kein Parlament. Hier hat es ganz den Anschein, als gebe es keine Fortschritte mehr für die Gesellschaft.«

»Das ist eine harte Einschätzung.«

»Sie entspricht den Tatsachen. Während meiner Anstellung hier habe ich hin und wieder versucht, das Vertrauen der Angestellten zu erwerben, die mit mir zusammenarbeiten. Die Moricadier sind jedoch in Clans organisiert, und sie sind sehr misstrauisch. Wenn man bedenkt, wie oft sie in der Vergangenheit betrogen wurden und wie grausam die Strafe ist, die jedem Einzelnen droht, der vermeintlich die Gesetze der de Guignards verletzt, ist dieses Misstrauen vermutlich gerechtfertigt.« Er schritt voran und steuerte ein funkelndes Licht am Ende des Korridors an.

Emma folgte ihm auf die Galerie, von der aus sie die große Eingangshalle überblickte. Sie hielt vor Ehrfurcht und Überraschung die Luft an.

Der Marmorboden lag im Stockwerk darunter. Es war ein faszinierendes Mosaik aus pfirsichhellen, grauen und schwarzen Platten. Die Decke spannte sich hoch wie eine Kathedrale bis zum zweiten Stockwerk und wurde von Pfeilern aus weißem Marmor gestützt, die am oberen Ende mit goldenen Kreuzblumen verziert waren. Ein Kristallleuchter funkelte. Die Doppeltür nach draußen war hoch und mit Bronze überzogen. Die facettenreichen Fenster gingen nach Süden und boten einen Blick über die hügelige Rasenfläche und sauber gepflegte Gartenanlage. Dahinter öffnete sich der Blick zu dem langen Tal, durch das ein wilder Fluss strömte und in dem die Hauptstadt Moricadias im Schatten der Pyrenäen hockte.

Das Haus war so unbeschreiblich grandios, dass es ihre Vorstellungskraft überstieg. Der Ausblick war großartig, überwältigend und atemberaubend. Sie drehte sich mit großen Augen zu Mr Brimley um.

»Ja, es ist großartig.« Er senkte die Stimme. »Aber was ich Euch sagen wollte, Miss Chegwidden, ist Folgendes: Obwohl wir das Leben Privilegierter in einer grandiosen Kulisse führen, sitzen wir auf einem Pulverfass, das jeden Augenblick in die Luft gehen könnte.«

9

Brimleys Worte ließen Emmas Mut sinken. Alles, was sie sich wünschte, war doch lediglich eine Anstellung, bei der sie sich um eine ruhige und gelassene Dame kümmern konnte – eine ältere Dame beispielsweise. Emma konnte ihr vorlesen, konnte sich in den Jahren ihres Lebensabends um sie kümmern … Sobald sie nach England zurückkam, wollte sie bei der Akademie der Gouvernanten um eine Position dieser Art bitten.

Als sie ihre Arbeit für Lady Lettice aufnahm, hatte sie Abenteuer gesucht. Aber keine Gefahr. Sie war nie so dumm gewesen, sich zu wünschen, Gefahren zu erleben. Wenn es hier so gefährlich war, sollte sie diesen Ort lieber schleunigst verlassen.

Dann hörte sie Stimmen von unten. Die Stimmen von Damen und das Klappern von Geschirr. Sie hörte Lady Fancheres Stimme und dachte an ihre besorgniserregende Schwangerschaft. Sie wusste, sie konnte jetzt nicht gehen. Sie wurde hier gebraucht. Emma strich ihr Kleid glatt und blickte Brimley an. »Vielleicht habt Ihr recht, Mr Brimley. Vielleicht werde ich noch erleben, dass ich meinen Entschluss zu bleiben bereue, aber wie Ihr ja schon bemerkt haben werdet, weiß ich nicht, wohin ich sonst gehen sollte.«

Seine braunen Augen blickten sie wärmer an. »Ich dachte

mir, dass Ihr das sagen würdet. Engländer laufen vor keiner Herausforderung davon.«

Eine »Herausforderung«? Für ihn war eine Revolution eine »Herausforderung«? Sie starrte ihn groß an. Offensichtlich war Brimley aus hartem Holz geschnitzt.

Er steuerte die Treppe an. »Lady Fanchere legt Wert darauf, dass ihre Diener gut behandelt werden. Da ich für diesen Haushalt verantwortlich bin, möchte ich, dass Ihr zu mir kommt, wenn Ihr irgendetwas braucht oder besorgt seid.«

Sie eilte ihm nach. »Danke, das werde ich sicher tun.«

Am oberen Treppenabsatz drehte er sich zu ihr um und fügte leiser hinzu: »Ihr seid jedenfalls noch jung und liebt zweifellos Intrigen und Abenteuer.«

»Nein!«

Brimley schenkte ihr keine Beachtung. »Lasst Euch von mir warnen, damit Ihr nicht in etwas verstrickt werdet, das einem Komplott ähneln könnte. Haltet Euch von den Moricadiern fern, die etwas zu planen scheinen. Die Familie de Guignard kennt keine Gnade, wenn es darum geht, ihre Macht über dieses Land zu festigen, und sie werden nicht zögern, auch Euch einzukerkern, Miss Chegwidden. Ihr seid zwar Engländerin, aber sie sind auch schon rigoroser mit Menschen umgegangen, die versucht haben, eine Revolution voranzutreiben.«

Ein Mann in einem ordentlichen schwarzen Anzug ging durch die Eingangshalle unter ihnen. Sein rötlich blondes Haar war kurz geschnitten, sie schätzte sein Alter auf ungefähr 25 oder knapp 30 Jahre. Trotzdem bewegte er sich wie ein alter Mann. Er ging seitwärts wie eine Krabbe, ein dunkler Ärmel seines Anzugs war hochgesteckt und bedeckte dort, wo eigentlich Arm und Hand sein sollten, einen Stumpf.

»Das ist Durants Leibdiener. Er ist Moricadier, vor zwölf Jahren wurde er beschuldigt, einem Jungen zu helfen, der Fürst Sandre einen Streich spielte. Der Junge entkam. Rubio leider nicht.« Allzu anschaulich zeigte Brimley ihr, welche Konsequenzen es haben konnte, wenn man sich von Unvernunft hinreißen ließ. »Die de Guignards haben ihn auf der Streckbank gefoltert.«

»Das sind ja mittelalterliche Methoden!« Sie beobachtete Rubio, der in einem langen Korridor verschwand.

»Absolut. Vorher konnte er voller Selbstvertrauen überall hingehen, wohin er wollte. Jetzt bedeutet für ihn jeder Schritt Qualen.«

»Und sein Arm?«

»Sie haben ihn so gründlich in die Mangel genommen, dass der Wundbrand einsetzte. Um sein Leben zu retten, musste er amputiert werden.«

»Der arme Mann!«

»Er ist ein fähiger Leibdiener, trotzdem würden die meisten Gentlemen lieber auf seine Dienste verzichten. Es ist sehr nett von Mr Durant, ihm Arbeit zu geben. Wenn er es nicht täte, müsste Rubio auf der Straße betteln, und in Moricadia ist es schwierig, milde Gaben zu bekommen.«

Leidenschaftlich erklärte sie: »Ich verstehe durchaus, was Ihr sagen wollt, Mr Brimley. Und ich versichere Euch, ich bin die letzte Person auf der Welt, die nach irgendetwas sucht, das auch nur im Geringsten Aufregung mit sich bringen könnte.«

»Sehr gut.« Er führte sie nach unten in die Eingangshalle. »Ich würde es außerdem vorziehen, wenn Ihr dieses Gespräch vergessen würdet.«

»Natürlich, Mr Brimley.«

»Wenn Ihr nun Henrique folgt«, er zeigte auf den uniformierten Lakaien, der in behäbigem Tempo mit einem Teetablett in einer Hand an ihnen vorbeischritt. »Er wird Euch zur Teegesellschaft der Damen führen.«

»Ich danke Euch.« Henrique führte sie durch den gläsernen Wintergarten, in dem Rosen blühten und ihren schweren Duft verströmten. Weiße Rosen wanden sich um die grauen Marmorpfeiler, und die Büsche um die Pfeiler trugen rote Blüten. In der Mitte des Raums rankten sich pinke Rosen um die Bögen, die einen Pfad überspannten. Von diesem gelangten sie direkt zu einem kleinen Platz mit Tischchen und zarten Stühlen, wo acht elegant gekleidete Damen laut aufeinander einredeten.

»Der Geist von König Reynaldo … Er kommt zurück und will Vergeltung.«

»Er bringt jedem den Untergang, der ihm von Angesicht zu Angesicht gegenübersteht …«

»Lucretia hat ihn gesehen, und sie ist seitdem halb verrückt …«

»Sie war eigentlich immer schon halb verrückt …«

»Diese ganzen Gerüchte sind doch Unsinn. Er ist nichts als ein Verbrecher, den man festnehmen muss. Man sollte ihm das Fell über die Ohren ziehen und ihn vierteilen, dann …«

»Ein Mörder, der uns alle in den Betten erstechen wird!«

Emma blieb am Eingang stehen. Sie war verunsichert und wusste nicht, wohin sie sich wenden sollte. Aber Lady Fanchere, die sich wohl nach Ablenkung sehnte, entdeckte sie und winkte Emma zu sich. »Kommt und helft mir.«

Das Gespräch verstummte. Emma eilte an Lady Fancheres Seite und tat, wie ihr befohlen war.

Eine ältere Frau mit Monokel betrachtete sie von Kopf bis Fuß. Dann wandte sie sich an Lady Fanchere. »Meine Liebe, ist das nicht das Mädchen, das den Fisch in Lady Lettices Mieder hat fallen lassen?«

»Ich habe sie als meine Gesellschaftsdame eingestellt.« Lady Fanchere bedeutete Emma, dass ihr kalt sei.

Sogleich nahm Emma den Schal von der Stuhllehne und legte ihn um Lady Fancheres Schultern.

»Seid Ihr des Wahnsinns?« Die Lady ließ das Monokel sinken. »Wenn das Kindchen einen Fisch in Lady Lettices Mieder steckt, was wird es dann erst mit Euch tun?«

»Lady Lettice war unverschämt«, sagte Lady Fanchere.

»Eine rüpelhafte Frau«, stimmte die ältere Frau ihr zu.

»Genau. Ihr werdet mir sicher zustimmen, Lady Nesbitt, dass sie diese Strafe verdient hat. Die Sache mit dem Fisch war meine Idee.« Lady Fancheres verschmitztes Lächeln forderte zugleich Lady Nesbitt heraus und ließ Emma ehrfürchtig erstarren, weil sie so leichtfertig eine Lüge erzählte.

Lady Nesbitt wirkte im ersten Moment ehrlich entsetzt und beleidigt. Dann musste sie widerstrebend lachen. »Ich fürchte, unsere moricadische Gesellschaft wird nie von anderen Nationen respektiert, wenn wir Protzern wie Lady Lettice erlauben – oder nein, sie noch ermutigen – sich unseren Kreisen anzuschließen.«

»Wie wahr! Englische Adelige kommen nach Moricadia, um sich beim Glücksspiel zu versuche und sich bei anderen, ungesunden Aktivitäten zu verausgaben. Doch ihre Frauen bleiben unserem Land fern. Nur Engländerinnen wie Lady Lettice, die eher zweifelhaften Charakters ist, besuchen uns, weil sie die Chance wittern, hier Dinge zu tun, die ihnen in England niemals erlaubt wären.«

Die Frauen im Raum nickten zustimmend. Emma nahm neben Lady Fancheres rechter Schulter Aufstellung.

»Da Lord Fanchere es sich sehr wünschte, dass ich eine Gesellschaftsdame bekomme, die sich um meine Belange kümmert«, fuhr Lady Fanchere fort, »und da ich zu meiner Freude entdeckt habe, dass Emma von Lady Lettice bei der Akademie der Gouvernanten angefordert wurde … Ihr wisst doch über die Akademie der Gouvernanten Bescheid, oder, Lady Nesbitt?«

»Ich wüsste nicht, Lady Fanchere.« Lady Nesbitt wirkte verärgert, wie es nur eine Frau sein konnte, die es genoss, immer auf dem neuesten Stand zu sein.

Lady Fanchere lächelte und spielte mit den Fransen ihres Schals. »1839 wurde die Akademie der Gouvernanten von drei adeligen, jungen Damen begründet, deren Ziel es war, verarmte, junge Damen auszubilden und ihnen Stellungen als Gouvernanten und Gesellschaftsdamen in respektablen Familien zu verschaffen. Nachdem diese drei Frauen gut verheiratet waren – sogar sehr gut –, verkauften sie die Akademie an Lady Adorna Bucknell, die, wie wir ja alle wissen, über jeden Zweifel erhaben ist.«

Die Ladys nickten. Sie waren von Lady Fancheres Erzählung fasziniert.

»Lady Bucknell … arbeitet?« Missbilligend verzog Lady Nesbitt den Mund.

»Lady Bucknell hat eine so überragende Stellung in der englischen Gesellschaft inne, dass sie tun und lassen kann, was sie will. Dazu gehört auch die Vergrößerung der Akademie für Gouvernanten, die seither jungen Frauen von hoher Geburt auch andere Karrieren eröffnet.« Lady Fanchere legte die Hand auf Emmas Arm. »Frauen wie meiner lieben Gesellschafterin.«

Emma war ebenfalls fasziniert. Die Erkenntnis, dass Lady Fanchere nicht nur über die Akademie der Gouvernanten und den märchenhaften Aufstieg der Gründerinnen Bescheid wusste, war ebenso beeindruckend wie die Feststellung, dass Lady Fanchere in dieser Gruppe Frauen eine so hohe Stellung genoss, dass niemand auf die Idee kam, ihre absurde Geschichte in Frage zu stellen, wie sie Emma in ihre Dienste genommen hatte.

»Gibt es noch andere Gesellschaftsdamen in Moricadia, die von der Akademie der Gouvernanten ausgebildet wurden?«, fragte eine der jüngeren Frauen.

»Nein, Alceste. Aber sie genießen in aller Welt einen guten Ruf, weil sie qualifizierte Hilfe anbieten. Ich bin sicher, du könntest nach England schreiben und …«

Alceste schüttelte den Kopf, ehe Lady Fanchere den Satz beenden konnte. »Yves wäre höchst ungehalten über so viel Extravaganz. Er ist ein guter Mann, aber er hält das Geld lieber zusammen.«

Das Gespräch wandte sich den Ehemännern und deren Knauserigkeit zu.

Emma dachte, es sei wirklich das Beste, sich sofort in ihre Pflichten einzuarbeiten. Dann bliebe ihr keine Zeit, über den Verlust ihrer Habseligkeiten nachzugrübeln, die sie in Lady

Lettices Hotelzimmer hatte zurücklassen müssen. Sie wusste, Lady Lettice wäre niemals einverstanden, die Besitztümer herauszugeben. Es waren ja auch keine wertvollen Dinge darunter, sah man davon ab, dass sie für Emma sentimentalen Wert hatten. Die Miniatur ihres Vaters. Die abgegriffene Ausgabe *Stolz und Vorurteil*, die ihrer Mutter gehört hatte, an die sie sich nicht erinnerte. Die kleine Glasfigur eines Spaniels, die sie in Venedig gekauft hatte und die Lady Lettice bei einem ihrer Wutausbrüche zerbrochen hatte. Dem Spaniel fehlte daher inzwischen ein Bein. Der wollene Schal, den die Damen in Freyaburn gewebt und ihr zum Abschied geschenkt hatten. Ihre Tasche mit Instrumenten und Medikamenten …

Sie bemerkte, wie sie die Tränen wegblinzelte und fragte sich, wann sie nur eine so verängstigte Kreatur geworden war, die über den Verlust von ein paar Besitztümern weinte. Hatte Lady Lettice mit ihren Grausamkeiten sie so sehr geschwächt?

»Michael!« Lady Fancheres Stimme klang hocherfreut. »Ich freue mich sehr, dass Sie sich uns anschließen.«

Emma schaute auf und sah einen zerzausten, leutseligen Michael Durant, der mit der nachlässigen Eleganz eines Adonis im Angesicht seiner Bewunderer unter einem Türbogen lehnte.

»Meine liebe Lady Fanchere.« Er kam auf sie zu und küsste die ihm dargebotene Hand. »Und meine liebe Lady Nesbitt.« Die nächste Hand. »Lady Alceste.« Er begrüßte alle Damen und zeigte damit sehr deutlich, dass er die Zeit seines Hausarrests zu nutzen gewusst hatte, um sich bei den Frauen der moricadischen Gesellschaft einzuschmeicheln.

Emma beobachtete, wie jede Lady lächelte und unter seinem bewundernden Blick ganz flattrig wurde. Erneut verfluchte Emma im Stillen diesen Engländer, der zu faul war, um diesem luxuriösen Gefängnis zu entkommen. Ein Mann, der seiner eigenen Familie abschwor, um in einer fremden Gesellschaft herumzulungern.

Sein Blick streifte ganz kurz auch Emma, und es fühlte sich an, als habe ihr kleines Gespräch der vergangenen Nacht nicht stattgefunden. Er verbeugte sich kurz, dann nahm er den Platz an Lady Fancheres Seite ein.

Henrique brachte ein Tablett mit frischem Gebäck.

Emma begann, die Teller aus feinstem Porzellan zu verteilen und bot den Gästen Leinenservietten an, auf die ein weißes F eingestickt war.

»Habt Ihr schon gegessen?« Lady Fanchere goss Michael eine Tasse Tee ein. Sie umflatterte ihn wie ein Henne ihr liebstes Küken.

»Ich hatte eine kleine Erfrischung, als ich aufwachte.« Seine Stimme war leiser und kratziger als am Abend des Balls.

»Habt Ihr Euren ersten Ball nach so vielen Tagen und Nächten als … Gefangener genossen?« Alceste schaute sich kurz nach allen Seiten um.

Lady Nesbitt schniefte warnend. »Meine liebe Alceste, es gibt Lauscher. Spione sind überall.« Sie nahm das beladene Tablett von Henrique entgegen, hielt es Durant unter die Nase und bedeutete Emma, ihm einen Teller zu geben. »Hier, mein Junge. Ihr seid viel zu dünn.«

Emma reichte einen Teller weiter.

Durant nahm ihn entgegen. Er hielt den Tee in einer Hand und balancierte den Teller auf den Knien, während er ihn mit den Köstlichkeiten von Lady Nesbitts Tablett füllte. Er schien zufrieden, jedoch etwas verlegen … und müde. Dunkle Ringe lagen um seine Augen, die Krawatte war nur lose gebunden und die Haare auf attraktive Art in Unordnung. »Der Ball war wirklich herrlich.«

»Es war sehr freundlich von Fürst Sandre, Euch die Teilnahme zu gestatten, nicht wahr?«, fiel Lady Nesbitt ein.

»Fürst Sandre definiert Freundlichkeit wohl auf eine Art und Weise, wie es sonst kein Mann vermag.« Michael verzog süffisant den Mund.

Alceste lachte. Ein abruptes, zustimmendes Auflachen.

Aber als Emma sie anblickte, war ihr Gesicht wieder völlig ausdruckslos.

Michael verzog den Mund leicht. »Ein Hausarrest unter der Aufsicht von Lord und Lady Fanchere könnte nicht angenehmer sein. Ich habe zwar Gitter vor dem Fenster meines Gemachs«, er blickte die Damen herausfordernd an, »aber ich komme zum Tee. Man verdächtigt mich verräterischer Aktivitäten, aber man erlaubt mir, auf den Dienst meines Leibdieners zurückzugreifen. Ich darf Moricadia nicht verlassen, aber man erlaubt mir, die vornehmsten Bälle zu besuchen.«

»Sandre hat mich angewiesen, Euch so viel Freiheit zuzugestehen, wie ich für richtig erachte«, erklärte Lady Fanchere. »Und er hat mich freundlich darauf hingewiesen, dass unsere gesellschaftlichen Ereignisse Euch durchaus zu unterhalten wissen.«

»Ich bin zutiefst verletzt, Mylady.« Michael legte die Hand auf die Brust, die Finger gespreizt. »Offensichtlich haltet Ihr mich nicht für einen Verbrecher oder Schurken, der das Silber klauen könnte oder – was für mich persönlich gefährlicher klingt – mit einer moricadischen Jungfrau durchbrennt.«

Die Frauen begannen zu kichern.

»Ihr seid verrückt.« Lady Nesbitt versuchte, ernst zu bleiben, aber ihre Mundwinkel zuckten.

»Bin ich denn so eine zahme Kreatur, dass die Damen bei meinem Eintreffen verstohlen hinter vorgehaltenen Fächern gähnen? Könnte ich nicht genauso gut einen bösen Plan ersinnen und durchführen, dessen Ziel es ist, die Uniform der Palastgarde von blau und rot in ein modisches mauve zu ändern? Oder ... oder ...« Er verstummte stotternd.

Die Frauen lachten jetzt.

»Oder durch das nächtliche Land reiten, gekleidet wie ein Geist?«, scherzte Alceste. Im selben Moment schlug sie sich peinlich berührt die Hand auf den Mund und starrte mit schreckgeweiteten Augen Lady Fanchere an.

Diese winkte verzeihend ab.

Michael jedoch sprang sofort in die Bresche. »Ja, genau! Ich könnte der Schnitter sein. Es gäbe nur wenige Hindernisse, die dem im Weg stünden. Mein bedauerlicher Hang zur Feigheit.« Er lächelte Alceste an.

Sie ließ die Hand sinken und lächelte dankbar.

»Mir fehlt außerdem ein angemessenes Pferd«, fuhr er fort. »Mein eigenes ist betagt und schwerfällig. Der Schlüssel, mit dem ich jede Nacht in mein Schlafzimmer eingesperrt bin. Komplizen ...«

Jetzt lächelten alle wieder.

Aus irgendwelchen Gründen, die Emma schleierhaft blieben, ließ Durant mit seinem lässigen Charme sie insgeheim die Augen verdrehen und schnauben. Er war vor zwei Tagen nett zu ihr gewesen. Er hatte versucht, sie zu retten, obwohl es ihr eigener Leichtsinn war, der sie schließlich auf die Straße führte. Ihr fehlender Orientierungssinn war zudem schuld, dass sie sich tief im Wald verirrt hatte, plötzlich einem Wolf gegenüberstand und dann ... einem gespenstischen Gesicht ohne Augen. Sie erstarrte. Die Geräusche um sie verschwanden. Die Teller fielen aus ihren tauben Fingern. Sie fielen ganz langsam Richtung Boden, trafen auf die Holzdielen und zerschellten.

Schon im selben Augenblick konnte sie wieder etwas hören und sich bewegen. Ein Blick in die Runde verriet ihr, dass alle sie anstarrten. Einige missbilligend, andere ungeduldig. »Das tut mir leid. Sehr.« Sie kniete sich hin und versuchte, die größten Scherben aufzusammeln.

Lady Fanchere sagte: »Lass das, Emma. Mir ist zu warm.«

Emma atmete tief durch, richtete sich auf und nahm den Schal von Lady Fancheres Schultern.

»Seid Ihr sicher, dass sie in der Akademie der Gouvernanten ausgebildet wurde? Sie scheint jedenfalls nicht über das nötige Geschick zu verfügen, um eine Gesellschaftsdame zu sein«, bemerkte Lady Nesbitt spitz.

Emma zog den Kopf zwischen die Schultern.

»Sie ist genau das, was ich will«, erklärte Lady Fanchere fest.

»Geht es Euch gut, liebe Lady Fanchere?« Besorgt beugte Alceste sich zu ihr herüber. »Erst war Euch kalt, jetzt klagt Ihr über die Hitze.«

Im selben Moment lehnte Lady Nesbitt sich weit zurück, als wollte sie so verhindern, sich anzustecken. »Ihr habt Euch doch nichts eingefangen, oder?«

Lady Fanchere legte die Hand auf die Stirn. »Ich weiß nicht …«

»Ihr seht tatsächlich etwas erhitzt aus«, mischte Durant sich ein. »Ich habe gehört, in der Unterstadt sei die Pest wieder ausgebrochen.«

Seine Bemerkung zeigte sofort Wirkung. Die Damen sprangen auf, drückten ihre Sorge aus und eilten im nächsten Moment zur Tür. Sie ließen Lady Fanchere, Emma und Durant allein, während zwei Lakaien die Teller abräumten und den Boden säuberten.

Lady Fanchere lachte leise. Sie bedeutete Emma, sich zu setzen. »Ich danke Euch, Michael. Das war sehr clever. Ich wurde es langsam leid, mit ihnen zu reden. Also – ich habe eine Aufgabe für Euch. Wärt Ihr so gut, Emma zu begleiten, damit sie ihre Sachen von Lady Lettice holen kann?«

»Oh, nein!« Bei dem Gedanken, Lady Lettice noch einmal zu begegnen, rang Emma die Hände. »Es ist nicht nötig …«

»Oh doch, und wie es nötig ist. Ich will, dass Ihr Euch wohlfühlt, und dazu gehören auch Eure Sachen. Eure Kleider. Erinnerungsstücke.« Lady Fanchere blickte Emma direkt in die Augen. »Und Eure medizinischen Gerätschaften.«

10

»Ich entschuldige mich für die Unannehmlichkeiten, die Ihr meinetwegen auf Euch nehmen müsst.« Emma saß auf dem kleinen Karren und hatte die Hände in den Handschuhen sittsam auf dem Schoß gefaltet. Sie beobachtete Durant, der die Zügel aufnahm und das Pony antrieb, das gemächlich auf der Straße loszockelte, die vom Anwesen der Fancheres fort und zu dem funkelnden Erholungsort Tonagra führte.

»Ich stehe unter Hausarrest. Mir bleiben nur wenige Freuden und noch weniger Verpflichtungen, weshalb es mir ein Vergnügen ist, Euch auf diesem Ausflug zu begleiten.« Er warf seinen großen Hut neben seine Füße.

Sie schaute nach vorne, sodass der Rand ihrer Haube sie vor seinem Blick schützte. Aber sie glaubte, in seiner Stimme so etwas wie Belustigung zu hören. »Ich würde dies keinen Ausflug nennen, und es wird schon gar kein Vergnügen.«

»Heute ist ein wunderschöner Sommertag. Die Landschaft ist wunderschön.« Mit einer weit ausgreifenden Armbewegung umfasste er die Berge, die sich steil über der kurvigen Straße erhoben. »Die Gesellschaft ist bezaubernd. Wenn sich unser Botengang als beschwerlich erweist, haben wir damit wenigstens für vorangehende Freuden bezahlt.« Mit einer Stimme, die völlig anders klang als sein sonst so fröhliches Wesen, fügte er hinzu: »Wenn ein Mann sein Leben in Dunkelheit verbringt, lernt er, was im Leben wichtig ist. Und dann hält er es mit aller Kraft fest.«

Sie drehte den Kopf zu ihm und musterte ihn überrascht. Meinte er das ernst?

Es schien so. Ehe sie losgefahren waren, hatte er seine Jacke abgelegt und sie in dem Deckelkorb verstaut, der hinter ihnen auf dem Karren stand. Ganz ohne Jacke und Hut sah er überhaupt nicht wie ein anständiger englischer Adeliger aus, der Wind fuhr ihm wild durch die Haare. Sie meinte natürlich nicht, dass Durant unanständig war. Er hielt die Zügel mit einer Hand und lenkte das Pony ohne große Mühe. Trotzdem hatte er es sich bequem gemacht, lehnte sich entspannt zurück, hatte die Beine ausgestreckt und einen Arm auf die Kante des Karrens gelegt.

Sie saß steif und aufmerksam neben ihm und passte auf, damit sie nicht versehentlich in seine Richtung kippte und ihn zufällig mit der Schulter berührte. »Woran würdet Ihr Euch besonders festhalten?«

»An einem sonnigen Tag. An einem guten Glas Wein. Am Lächeln eines Kindes.« Er wandte sich ihr zu. Seine grünen Augen blickten sie ernst an. »An meiner einzigen Chance auf Liebe.«

Flirtete er etwa mit ihr? Bestimmt nicht.

Dann erinnerte sie sich wieder an seine fesselnde Vorstellung bei Lady Fancheres Teegesellschaft, und sie erkannte, dass er vermutlich wirklich mit ihr flirtete. Für diesen englischen Lord war flirten offenbar genauso lebensnotwendig wie atmen. Zurückhaltend erklärte sie: »Das sind erstrebenswerte Empfindungen. Würdet Ihr Euch nicht eher an die Chance auf Freiheit klammern?«

»Ich nehme alle Segnungen, die ich bekommen kann, und ich danke Gott für jede einzelne. Doch während ich meine kurze, scheinbare Freiheit genieße, bin ich noch klug genug, um zu wissen, dass es selbst in einem so kleinen Land wie Moricadia unmöglich ist, mit einem Karren zu entkommen, wenn er von einem Pony wie diesem hier gezogen wird.« Er zeigte mit der Peitsche auf das Tier.

Emma musste zugeben, dass er recht hatte. Das Pony war rund wie ein Fass und bewegte sich lethargisch. Jemand hatte ihm eine pinkfarbene Schleife in die Mähne geflochten. Wenn diese Stute galoppieren konnte, und Emma sah eigentlich nichts, was darauf schließen ließe, dann wären ihre Beine so kurz, dass ein Jagdhund sie schon nach hundert Metern eingeholt hätte.

»Wenn ich versuchen würde zu fliehen, wäre ich zu Fuß schneller unterwegs. Aber meine Stiefel sind dafür zu abgenutzt.« Mit einem Lachen zeigte er ihr die Schuhsohle.

Sie war entsetzt, als sie erkannte, dass sie den Socken durch das Loch im Leder sehen konnte. »Was? Aber warum?«

»Ich trage diese Stiefel, seit der Fürst in seiner unendlichen Weisheit befahl, mich ins Gefängnis zu schicken. Seitdem sind sie eben etwas … schäbig geworden.«

Sie überlegte, was sie ihn als Nächstes fragen konnte. *Habt Ihr kein anderes Paar Stiefel? Könnt Ihr sie nicht neu besohlen lassen? Habt Ihr schon einmal darüber nachgedacht, ein paar Bögen Papier so zuzuschneiden, dass sie größer als das Loch sind, um sie im Schuh einzulegen?*

Stattdessen stieß sie nur hervor: »Was habt Ihr verbrochen?«

»Ihr meint, um eingesperrt zu werden? Nichts. Allerdings

beschuldigt man mich, die Feinde des de Guignard-Regimes zu unterstützen, und man sagte mir, man werde mich so lange festhalten, bis ich die Namen der Verschwörer verrate.«

Sie erinnerte sich an Brimleys Warnung, sich von jeglicher Intrige fernzuhalten. Aber sie erinnerte sich auch, dass er erklärt hatte, die de Guignard würden nicht zögern, jeden einzusperren, von dem sie nur vermuteten, er könne einen Verrat planen. Er hatte wohl über Durant gesprochen. »Warum habt Ihr keine Namen genannt?«

»Sehe ich aus wie ein Mann, der mit irgendwelchen Verschwörern unter einer Decke steckt?«

Sie musste zugeben, dass er nicht so aussah. Ein Mann, der sogar zu faul war, seine Stiefel in Ordnung zu bringen oder sich neue zu kaufen, war bestimmt auch zu faul, um sich mit dem schmutzigen Geschäft eines Aufstands abzugeben. »Warum haben sie Euch laufen lassen?«

»Sie haben gehofft, ich würde sie zu den Verschwörern führen.«

»Während Ihr unter Hausarrest steht?«

»Sie beobachten meine Bewegungen und überprüfen jeden, mit dem ich zu sprechen wage oder mit dem ich Zeit verbringe.« Er lächelte sie an. »Ihr solltet lieber Angst haben, mit mir gesehen zu werden. Vielleicht werden sie jetzt glauben, *Ihr* seid eine Revolutionärin.«

»Eine Revolutionärin?« Sie lachte erstickt. »Niemand würde das von mir glauben.«

»Weil Ihr eine Frau seid?«

»Nein, weil ich ein Feigling bin.«

»Bei der Gesellschaft der Thibaults habt Ihr auf mich nicht den Eindruck eines Feiglings gemacht.«

»Ich schwöre Euch, Sir, ich habe diesen Fisch nicht mit Absicht in Lady Lettices Ausschnitt fallen lassen.«

»Dessen bin ich mir bewusst. Ich meinte auch vielmehr Eure Flucht in den Wald.«

Ihr Herz setzte einen Schlag aus, und sie drehte sich alarmiert zu ihm um. »Woher wisst Ihr davon?«

Er lehnte sich leicht zurück und wirkte überrascht. »Ich weiß, dass Ihr die Neigung habt, Euch zu verirren, und dass man Euch vor dem Château auf die Straße gesetzt hat, weiß ich auch. Die anderen Gäste, die den Ball verließen, haben Euch nicht gesehen, weshalb ich einfach aus diesen Tatsachen schließe, dass Ihr Euch zur falschen Seite gewendet und verirrt haben.«

»Oh.« Zum ersten Mal während dieser Ausfahrt entspannte sie sich etwas. »Tut mir leid, ich kann mich einfach nicht erinnern, was genau passiert ist.« Sie drückte die Hand auf die Beule an ihrem Kopf und schloss die Augen. Sie versuchte, sich die Szene im Wald wieder ins Gedächtnis zu rufen. Da war ein Wolf, und etwas, das sie noch mehr ängstigte als der Wolf … ein Gesicht …

»Ihr erinnert Euch nicht?« Er klang verblüfft, geradezu begeistert. »Ihr erinnert Euch nicht, wie Ihr aus der Wildnis auf die Türschwelle der Fancheres gelangt seid?«

Sie öffnete die Augen und blickte wieder starr geradeaus. »Ich weiß, das klingt verrückt. Aber in Wahrheit war mein Gedächtnis bis zu diesem Zwischenfall ausgezeichnet.«

»Tja.« Er zuckte mit den Schultern. »Dann ist Eure Ankunft wohl ein Mysterium.«

»Ja.« Ihr Blick fiel auf ihre Hände, die sie zu weißen Fäusten geballt hatte.

Sie wollte nicht länger darüber reden.

Die Straße wand sich an einer langen Klippe entlang, die sich durch Wälder und an Wiesen vorbei fast durch das ganze Land zog. Zur Rechten befanden sich an den Hängen große Châteaus wie das von Lord und Lady Fanchere, aufgereiht wie Perlen auf einer Kette. Sie waren prächtig und verschwenderisch und boten einen Blick über die Täler zur Linken. Als der Karren eine Biegung umrundete, bot sich ihnen ein neuer Ausblick. Hier war die Klippe nicht mehr steil, sondern terrassenförmig und bildete so die Grundlage für die Hauptstadt Tonagra. Hier gab es die besten Hotels, Heilbäder und Restaurants, die allein dem Zwecke dienten, die betuchten Rastlosen auf ihrer Reise quer durch Europa zu versorgen, die auf der Suche nach den größten Abenteuern waren.

Hier hatte Lady Lettice ihre Räume im Hotel Moricadia genommen, und Emma zitterte bei der Vorstellung, mit dieser Frau konfrontiert zu werden. »Vielleicht ist sie ja nicht da«, sagte sie.

Durant folgte dem Gang ihrer Gedanken ohne Mühe. »Vielleicht nicht. Aber ich hoffe, dass sie da ist. Ich würde sie gerne gerecht dafür bestrafen, wie sie sich Euch gegenüber verhalten hat.«

Erschrocken rief Emma: »Sir! Ich suche keine Vergeltung.« Verunsichert fügte sie hinzu: »Also, ich meine, falls Ihr das plant.«

»Vergeltung ist ein sehr starkes Wort, und ich träume auf keinen Fall davon, Lady Lettice irgendwie zu schaden – zumindest nicht ernstlich. Aber ich hasse es, wenn jemand schikaniert wird.«

Darüber musste Emma erst nachdenken. Sie versuchte

zu entscheiden, ob er damit andeutete, er habe vor, eine viel schlimmere Szene zu machen als die, die sie vor zwei Tagen erlebt hatte. Oder ob sie vielleicht seinen Worten mehr Bedeutung beimaß als von ihm beabsichtigt. Sie schaute ihn von der Seite an. Sein Blick war finster nach oben und leicht zur Seite gewandt. Die Straße führte wieder von Tonagra weg, die Aussicht ging jetzt wieder auf die steilen Berge. Sie folgte seinem Blick und bemerkte etwas, das ihrer Aufmerksamkeit bisher entgangen war.

Auf einem felsigen Gipfel ragte höher als alle anderen Gebäude einsam ein mittelalterliches Schloss auf. Es war riesig und zerklüftet, so ursprünglich wie ein Falkenhorst. Türme und Zinnen ragten wie Krallen in den strahlend blauen Himmel. »Was ist das?«

Er brachte das Pony vor den massiven Eisentoren zum Stehen. Dahinter lag ein hügeliges Anwesen. »Das ist das königliche Schloss von Moricadia. Es war lange Zeit das Zuhause der moricadischen Königsfamilie – jetzt lebt hier Fürst Sandre.«

»Es sieht aus, als könnte es problemlos einer Belagerung standhalten.«

»Absolut. Kein Gast gelangt ohne Fürst Sandres Einladung ins Schloss hinauf. Die Straße zur Zugbrücke windet sich an diesem Berg auf und ab, es wäre ihm ein Leichtes, jederzeit einen Angriff abzuwehren. Natürlich versucht in jüngster Zeit niemand mehr, das Schloss anzugreifen. Aber selbst wenn man einfach nur an einer Feier dort oben teilnehmen möchte, verlangt diese Straße einige sehr gute Pferde, die eine Kutsche ziehen.«

»Und das ist der einzige Weg nach oben?«

»Es gibt auch noch einen Pfad, der zum Dienstboteneingang führt. Dort liefern die Geschäftsleute die Lebensmittel für die Küche … und man trägt die Leichen hinaus.«

»Leichen?« Sie lachte verunsichert.

»Unter der Küche liegt der Kerker. Das ist kein besonders angenehmer Ort.« Er lächelte. Nur ein Verziehen seiner Lippen, das seine Zähne entblößte.

Sie betrachtete ihn faszinierend. Nie hatte sie erlebt, dass ein Mann so offen seine Angst und seine Abscheu zeigte. »Dort hat man Euch gefangen gehalten?«

»Ja.«

»Haben sie Euch wehgetan?«

Jetzt wirkte er ehrlich amüsiert. »Nein, natürlich nicht! Ich bin ein Bürger des britischen Empire. Das würden sie nicht wagen.«

Seine Versicherung beruhigte sie, und sie lehnte sich wieder zurück.

Er schlug die Zügel auf den Rücken des Ponys, das gemächlich weitertrottete.

Der Wind blies ihr ins Gesicht. Die Luft roch nach Wald und Gras. Die Sonne schien warm auf ihre Schultern. Das hier wäre wirklich ein perfekter Ausflug … »Wenn doch nur …«

Erneut erriet er ihre Gedanken. »Ich versichere Euch, ich lasse nicht zu, dass Lady Lettice Euch Schaden zufügt. Ich vermute, das hat sie früher allzu oft getan, nicht wahr?«

»Sie kann sehr unfreundlich werden, wenn sie ihre Launen hat.« Das war eine ziemliche Untertreibung. »Ihr müsst mich für ein ziemlich jämmerliches Ding halten, wenn ich mich vor einer Frau ängstige.«

»Nein. Ich verstehe von allen Leuten wohl am besten, wie Schikane einem jedes bisschen Mut rauben kann und man nur noch zittert, weil man sich vor dem Schmerz und dem Tod fürchtet.«

Sie dachte darüber nach. »Ich dachte, Ihr habt gesagt, sie hätten Euch nicht wehgetan.«

»Ein Kerker ist kein angenehmer Ort, um dort zwei Jahre seines Lebens zu verbringen.«

Sie umrundeten die nächste Kurve, durchquerten das mittelalterliche Tor und rollten in die Stadt, in der sich ein Spielsalon an den nächsten reihte. Es gab Hotels in jeder Größe und Heilbäder, die mit ihrem Wasser und dessen heilenden Eigenschaften prahlten. Emmas Herz hämmerte schneller, als sie vor dem Hotel hielten, in dem sie mit Lady Lettice Quartier bezogen hatte. Ihr wieder gegenüberzustehen, nachdem sie so viele Misshandlungen und letzte Nacht diese Erniedrigung hatte ertragen müssen … Emma konnte kaum noch atmen.

Durant sprang vom Kutschbock, reichte dem Türsteher die Zügel und klappte die Stufe aus. Sie legte ihre Hand in seine und kletterte nach unten. Als er sich leicht verbeugte, schritt sie an ihm vorbei in die Lobby. Mit der Selbstsicherheit eines Mannes, der wusste, dass er überall willkommen war, schritt Durant zu dem Tresen und stellte sich dem Concierge Bernhard vor. Dann erklärte er: »Ich bin gekommen, um Miss Emma Chegwiddens Sachen zu holen, die sich in Lady Lettices Zimmer befinden. Ist sie da?«

»Ja, Mylord. Aber sie hat beschlossen, ihr Zimmer zu räumen und ist derzeit damit beschäftigt, für ihre Rückkehr nach England zu packen.« Bernhard war ein deutscher Einwanderer. Sein Akzent war hart, und sein streitbares Auftreten war wohl nützlich, um ein so großes Hotel zu führen.

Er erschreckte Emma zu Tode. Doch mit Durant an ihrer Seite hörte sie, wie sie zweifelnd fragte: »Sie packt ihre Sachen selbst?«

Bernhard erkannte sie. Er begegnete ihrem Blick mit einer Verzweiflung, von der er sicher erwartete, dass sie sie teilte. »Ha, sicher nicht! Sie hat vier unserer Zimmermädchen abkommandiert, damit sie ihre Sachen zusammensuchen, sie hält die Mädchen schon seit knapp sechs Stunden zur Arbeit an. Ihr scheint nicht bewusst zu sein, dass die Mädchen nicht allein ihr zur Verfügung stehen. Andere Gäste haben auch Wünsche, und wir müssen die anderen Zimmer für die Neuankömmlinge heute Abend vorbereiten!«

»Lady Lettice ist keine Frau, die viel Verständnis aufzubringen vermag«, erklärte Emma.

»Nein, wirklich nicht!« Bernhard schäumte vor Wut. »Sie hat sich so lautstark über den qualmenden Kamin beklagt, dass wir einen Schornsteinfeger geholt und dazu angehalten haben, heute früh drei Stunden ihretwegen zu warten. Schließlich habe ich ihn nach oben geschickt, weil ich hoffte, der Dreck werde sie endlich vertreiben.«

»Wenn Lady Lettice also ihre Sachen packt und wir Miss Chegwiddens Sachen holen wollen, sollten wir lieber nach oben gehen.« Durant nickte entschieden und wandte sich an Emma. »Welches ist ihr Zimmer?«

»Sie hat das ganze erste Stockwerk gemietet«, sagte Emma schwach.

»Natürlich.« Er bot ihr den Arm.

Bernhard mischte sich aufgebracht ein. »Mylord, ich kann

Euch nicht gestatten, die Räume einer unverheirateten Lady aufzusuchen.«

»Ich vermute, Ihr hattet keine Ahnung, wen ich aufsuchen wollte, als ich die Lobby betrat«, meinte Durant.

Bernhard dachte darüber nach. Dann hörten sie von oben ein dumpfes Knallen, als stampfte jemand auf den Boden. Und er sagte hastig: »Ihr habt recht. Ich weiß von nichts.«

Die Stufen nach oben zu steigen dauerte Stunden und war doch viel zu schnell vorbei. Emma führte ihn zum Vorzimmer der Löwin. Lüftungsschlitze oben und unten in der Tür sorgten in den heißen Sommermonaten für einen kühlen Luftzug. Aus dem Innern hörten sie ein sich ständig wiederholendes, kratzendes Geräusch.

Sie wechselten verwirrte Blicke.

Durant hob die Hand und wollte anklopfen. Im selben Moment hörten sie einen Knall, einen schmerzerfüllten Schrei und dann Lady Lettices Stimme, die brüllte: »Schafft mir dieses dreckige Ungeheuer raus, ehe es noch mehr Schaden anrichtet!«

11

Ein zweiter Schrei durchschnitt die Luft, und vor Michaels Augen verwandelte Emma sich von einer furchtsamen, anständigen, jungen Engländerin in eine Amazone mit stahlharten Augen. Sie drehte den Türknauf und betrat die luxuriöse Zimmerflucht.

Dort saß in dem Wohnzimmer ein Junge, der kaum älter als sieben sein konnte, auf einem mit Ruß verdreckten Laken vor dem Kamin auf dem Boden und wand sich vor Schmerzen. Er hielt seinen Arm fest umklammert.

Lady Lettice trug ihr Nachthemd nebst passender Nachthaube und hatte sich in einen weißen Samtmorgenrock gehüllt, der jetzt mit schwarzen Flecken übersät war. Sie sprang auf und ab und schrie den Jungen und den Schornsteinfeger an, der seinerseits lautstark den Jungen schalt.

Die Zimmermädchen drängten sich in der Tür zum Schlafzimmer und beobachteten mit dunklen, weit aufgerissenen Augen das Geschehen. Sie plapperten auf moricadisch durcheinander.

Emma trat in die Mitte dieses Chaos, schob den Schornsteinfeger beiseite und zog ihre Handschuhe aus, die sie einfach auf ein Tischchen warf. »Holt mir meine Medizintasche«, befahl sie Lady Lettice.

»Ich soll Euch Eure Medizintasche holen? Welche Medizintasche überhaupt? Nichts in diesem Hotelzimmer gehört Euch. Nichts!« Lady Lettice kreischte so laut und hoch, dass Michael vermutete, die Hunde heulten deswegen noch in einigen Meilen Entfernung auf.

Emma kniete sich hin. Ihr Knie lag in dem pudrigen schwarzen Ruß, doch das kümmerte sie nicht. Sie umfasste die Schultern des Jungen und sprach leise auf ihn ein. Irgendwie schaffte sie es, dass er seinen Blick auf sie richtete, und sobald sie sich seiner Aufmerksamkeit sicher sein konnte, nahm sie seinen Unterarm in beide Hände. Behutsam ließ sie die Finger über die Haut gleiten. Sie schüttelte den Kopf und murmelte: »Gebrochen.«

Michael konnte den Blick nicht von ihr wenden. Woher wusste sie das? Wann hatte sie das gelernt? Er wandte sich an Lady Lettice, weil er darauf bestehen wollte, dass sie endlich Emmas Medizintasche herausrückte.

Ehe er sich bewegen konnte, sprang Emma wieder auf und stürzte sich wie ein Zankteufel auf die Frau. »Gebt mir meine Medizintasche. Sofort.«

Lady Lettices Kinn und Busen bebten vor Entrüstung. »Das werde ich nicht tun. Ihr habt mich bis auf die Knochen blamiert. Dank Euch bin ich eine Lachnummer.«

Die Worte strömten aus Emmas Mund wie Wasser aus einem gebrochenen Damm. »Lady Lettice, Ihr braucht keine Unterstützung, um eine Lachnummer zu sein. Ihr seid eine ältere Frau, die um die Gunst junger Männer buhlt. Ihr habt keine Moral, und es fehlt Euch gänzlich an Vornehmheit. Die Gesellschaft lacht über Euch, weil Ihr es verdient, dass man über Euch lacht. Also, Madam, seid so gut und gebt mir die Tasche. Dann lasse ich Euch Moricadia verlassen, ohne jedem von Euren verdorbenen Jugendsünden zu erzählen.«

Lady Lettice wich zurück. Sie hob eine Hand und wollte nach Emma ausholen.

Michael fing ihren Arm in der Luft ab. »Nein.« Ein einfaches Wort, das er entschlossen aussprach.

Lady Lettice blickte erst ihn an, dann schaute sie in Emmas leuchtende aquamarinblaue Augen. Sie sank zusammen. »Eure Medizintasche? Ich habe sie verloren. Weggegeben. Ich habe sie in den Müll drunten auf der Straße dieses lausigen, stinkenden Orts geworfen.«

Emma umrundete sie, schob sich an den Mädchen vorbei und betrat das Schlafgemach.

Michael hielt Lady Lettices Handgelenk weiter umfasst. Sie richtete ihren flehenden Blick auf ihn. »Ihr müsst das verstehen! Ich war gut zu ihr, doch sie ist nur eine undankbare Schlampe, die mich hintergangen hat. Hinter meinem Rücken hat sie mit den Gentlemen geschäkert, die unter anderen Umständen mich zur Frau gewollt hätten. Es ist ihre Schuld, wenn ich nicht respektiert werde.«

Emma kam wieder aus dem Schlafgemach. Sie hielt eine Reisetasche mit beiden Händen umfasst.

Offenbar war Lady Lettice inzwischen selbst davon überzeugt, die Wahrheit über Emma zu sagen. Sie hatte sogar Tränen in den Augen.

Emma kümmerte sich nicht darum. Ihre ganze Aufmerksamkeit richtete sich auf das Kind. »Michael, ich werde hier gleich Eure Hilfe brauchen«, sagte sie. Sie wäre bestimmt entsetzt, wenn ihr aufging, dass sie seinen Vornamen benutzte und ihn so schamlos herumkommandierte.

Auf jeden Fall war Lady Lettice schockiert, als er den Anordnungen gehorchte. Er kniete sich neben Emma in den Ruß und legte den Arm um die Schultern des Jungen.

»Wie heißt du?«, fragte Emma das Kind.

Der Junge gab keine Antwort, und der Schornsteinfeger wurde vor Wut knallrot. »Antworte der Lady, du elender Flegel!«

Emma hob den Kopf und sah den Mann an. »Verschwindet.« Wieder sprach sie mit dieser autoritären Stimme.

Aber der Schornsteinfeger war ein Mann, der es wohl als Schwäche auslegte, wenn er einer Frau gehorchte. Er schnauzte: »Ich habe für dieses Kind bezahlt, und werde sie nicht mit einer Wahnsinnigen allein lassen, die sie verhätschelt, nur weil sie gefallen ist und sich verletzt hat.«

Emma starrte den Schornsteinfeger an. Das Gold war aus ihren Augen vollständig verschwunden. Sie waren jetzt so hart und kalt wie blauer Kristall. »Dies ist ein *Mädchen*?«

»Sie sind dünner, kleiner und machen sich ständig Sorgen um die jüngeren Geschwister daheim, darum arbeiten sie härter. Sie sind motiviert, wenn man das so sagen kann.« In seinen Worten schwang Stolz ob seiner vermeintlichen Intelligenz mit, er lachte. Er sah die Gefahr nicht kommen, bis Michaels Faust nur noch wenige Zentimeter von seinem Gesicht entfernt war.

Dann war es schon zu spät, um sich zu ducken.

Lady Lettice kreischte.

Der Schornsteinfeger stolperte rückwärts, knallte gegen die Wand und hinterließ einen schwarzen Abdruck, der an eine riesige Mücke denken ließ, die an der Wand erschlagen worden war. Seine fuchtelnden Arme brachten den Chippendaletisch zum Einsturz, und die chinesische Vase segelte mit den frischen Blumen und dem gehäkelten Spitzenschal zu Boden. Der Widerhall ließ das Gemälde in dem vergoldeten Rahmen wild hin und her schwingen, ehe es sich vom Haken löste und dem Schornsteinfeger auf den Kopf knallte. Er sank bewusstlos zu Boden.

Das Mädchen unter Emmas Händen kicherte heiser. Dann flüsterte es mit einem harten Akzent auf Englisch: »Elixabete. Mein Name lautet Elixabete.«

»Elixabete, bist du aus dem Kamin gefallen?« Emma schaute dem Mädchen wieder in die Augen.

Das Kind nickte.

»Dein Arm ist gebrochen. Ich werde ihn jetzt abwaschen. Dann werden der Gentleman und ich ihn wieder richten. Ich werde dich nicht belügen. Das wird sehr wehtun, aber danach verspreche ich dir, wirst du dich schon viel besser fühlen. In Ordnung?«

Elixabete nickte. Ihre Augen waren entsetzlich blau in dem geschwärzten Gesicht, sie richtete ihren hoffnungsvollen Blick auf Emma.

Emma zeigte auf eines der Zimmermädchen. »Bring mir Wasser und ein Handtuch. Michael, legt die Hände auf ihre Schultern.« Emma breitete ein sauberes Tuch auf dem Boden aus. Dann holte sie aus ihrer Tasche ein verkorktes Glas, zwei Stäbe und in Streifen gerissenen Stoff.

Elixabete rührte sich nicht, aber sie beobachtete aufmerksam, was Emma tat.

In aller Ruhe wusch Emma den Arm und murmelte die ganze Zeit beruhigend auf das Kind ein. Dann tastete sie mit halb geschlossenen Augen behutsam nach dem Knochen. Sie warf Michael einen warnenden Blick zu und atmete tief durch. Schließlich richtete sie den Arm mit einer weichen, sicheren Bewegung wieder ein.

Elixabete schrie. Tränen traten ihr in die Augen und rannen in Bächen über ihr rußiges Gesicht.

Lady Lettice sog scharf die Luft ein und sank bewusstlos und ziemlich unelegant auf den Boden.

Bernhard kam in das Zimmer. Mit einem Blick erfasste er den bewusstlosen Schornsteinfeger, seinen bewusstlosen Gast und den Kohlestaub, der sich mit Wasser vermischt im Teppich und an der Tapete festgesetzt hatte. Er brach sogleich in erregtes Lamentieren auf Deutsch aus und verfluchte lautstark die Sitten im Elternhaus jedes einzelnen Anwesenden, wobei er besonders an Michael kein gutes Haar ließ.

Was Emma betraf, hätte Bernhard genauso gut nicht da sein können. Sie tastete erneut nach dem gebrochenen Knochen. Dann gipste sie den Arm mit einem körnigen weißen Material ein, schiente ihn und band die Schiene mit Stoffstreifen fest. Schließlich schaute sie sich um. Das lange Spitzentuch, das auf dem Tisch gelegen hatte, fiel ihr ins Auge. Sie griff nach einem Ende des Tuchs.

Bernhard griff nach dem anderen Ende und schrie wie ein Mädchen. »Nein! Nein, das dürft Ihr nicht!«

Sie spielten ein wenig Tauziehen um das Tuch, bis Emma ihren kalten Blick auf ihn richtete und fragte: »Möchtet Ihr etwa in Kürze in einer ähnlichen Situation sein wie diese beiden?« Sie nickte zu Lady Lettice und dem Schornsteinfeger.

Michael stand auf.

Bernhard warf einen Blick auf Michaels geballte Fäuste. Dann ließ er das Tuch los. »Ich werde sofort die Männer des Fürsten rufen!«

»Das solltet Ihr«, erklärte sie herzlich. »Aber zuerst solltet Ihr Euch um Euren Gast kümmern, der ohnmächtig auf dem Boden liegt. Nicht, dass sie aufwacht und erkennt, dass ihre Bedürfnisse Euch gleichgültig sind. Ich versichere Euch, Lady Lettice wird ihr Missfallen deutlich zum Ausdruck bringen.«

Bernhard schwankte. Dann eilte er an Lady Lettices Seite und kniete nieder. Er schob die Arme unter ihren Körper und hob sie mit einem hörbaren »Uff!« hoch.

Lady Lettice stöhnte und bewegte sich. Sie legte die Arme um seinen Hals.

Bernhards entsetzte Miene ließ Michael schmunzeln. *Ja, mein Freund, jetzt steckst du in echten Schwierigkeiten.* Er sprach mit einem der Mädchen, das sich immer noch im Türrahmen zu Lady Lettices Schlafgemach herumdrückte. Dann lehnte er sich gegen die Wand und beobachtete, wie Emma die Situation meisterte. Offensichtlich hatte er Miss Chegwidden unterschätzt. Sie war gar nicht so verweichlicht, wie er anfangs geglaubt hatte – oder wie sie selbst zu glauben schien.

Emma schlang das Tuch um Elixabetes Hals und stabilisierte den Arm in der Schlinge.

Als sie fertig war, erklärte Elixabete überrascht: »Es fühlt sich schon besser an!«

»Gut.« Emma lächelte das Mädchen an. Ihre Miene war voller Wärme und Freundlichkeit. Dann blickte sie zu Michael hoch, und auf dem Gesicht, das von Staub und Schweiß bedeckt war, lag ein entschlossener Ausdruck. »Wir müssen sie nach Hause bringen.«

Michael erwiderte nüchtern: »Wenn Ihr das sagt …«

Aber er wusste, dass Emma für den Anblick, der sie im Zuhause des Mädchens erwartete, nicht gewappnet war.

12

Als der Pferdekarren langsam den Weg hinab in die Altstadt nahm, wurden die Straßen immer enger. Die Häuser ragten höher in den Himmel, und die Schatten wurden dunkler. Die Altstadt stank nach Müll, und in der Gosse flossen stinkende Abwässer. Ungewaschene Menschen blieben stehen und starrten Durant, Elixabete und Emma feindselig an.

Emma drückte das Kind enger an sich und murmelte beruhigend auf das Mädchen ein. Zugleich fragte sie sich, ob man sie wohl angriff, um ihnen die Schuhe oder die Medizintasche zu klauen. Oder die bunten Bänder, die in die Mähne des Ponys geflochten waren.

Doch Durant schien zu wissen, wo er hinwollte. Er fuhr ganz selbstverständlich durch die verwinkelten Straßen und lenkte den Karren schließlich in einen grauen, leeren Innenhof, um den große Wohnhäuser aufragten. Er sprang vom Kutschbock und rief: »Damacia!«

Sofort wurden im dritten Stock die Fensterläden aufgestoßen, und eine junge Frau mit einem alten Gesicht schaute hinaus. Beim Anblick des Kinds wurde sie leichenblass.

»Mama!«, rief Elixabete schwach.

Durant wollte gerade etwas sagen, doch Emma kam ihm zuvor: »Sie wird wieder vollständig genesen. Der Arm ist gebrochen, aber ich habe ihn gerichtet.«

Kurz bedeckte Damacia die Augen mit einer Hand. Dann verschwand sie im Innern des Hauses. Nach nur wenigen Augenblicken tauchte sie in der Tür im Erdgeschoss auf und rannte zu dem Karren.

Elixabete beugte sich vor und flehte wortlos darum, von ihrer Mutter auf den Arm genommen zu werden.

Vorsichtig und mit Durants und Emmas Hilfe hob Damacia Elixabete vom Wagen. »Du dummes Kind, ich habe dir doch gesagt, du sollst zu Hause bleiben. Habe ich dir nicht prophezeit, dass du Probleme bekommst?« Sie schalt ihre Tochter und drückte sie zugleich zärtlich an die Brust.

»Das Baby weint die ganze Zeit, weil es Hunger hat.« Große Tränen standen in Elixabetes Augen. »Wir brauchen mein Gehalt, und jetzt … was wird jetzt aus uns?«

Emma hatte noch nie so viel Verzweiflung bei einem kleinen Kind erlebt.

»Pssst.« Damacia hob Elixabetes Kinn. »Uns wird schon was einfallen.«

Durant warf Emma einen Blick zu und schüttelte kurz den Kopf. Er warnte sie, damit sie nicht anbot, irgendetwas zu tun, um das Leid dieser Menschen zu lindern.

Stolz. Diese Moricadier waren zu stolz, um Hilfe anzunehmen, auch wenn sie die Hilfe noch so dringend brauchten.

Andere Leute tauchten in den Fenstern und am Rande des Innenhofs auf. Zwei Frauen eilten zum Brunnen in der Mitte des Hofs und holten Wasser hoch. Die ganze Zeit ließen sie die Fremden nicht aus den Augen.

»Ich danke Euch, dass Ihr Elixabete heimgebracht habt«, sagte Damacia. »Ich danke Euch beiden. Seit Rickie de Guignard ermordet wurde, trauen wir uns kaum aus unseren

Häusern, weil wir uns vor den Männern des Fürsten fürchten. Sie fangen uns und stellen viele Fragen. Sobald sie einen erst in der Hand haben, kann man vor Schande auch gleich sterben.«

Eine der Frauen am Brunnen knallte ihren Eimer auf das Kopfsteinpflaster. »Still, Damacia. Um deiner Kinder willen, halt den Mund!«

Damacias Kopf fuhr herum. »Das hier ist der *Engländer.*«

Beide Frauen sogen scharf die Luft ein. Sie schienen Durant unter dieser Bezeichnung zu kennen.

Eine sank in einen tiefen Knicks.

Die andere, die die Warnung geäußert hatte, machte sich davon.

Emma beobachtete die Menschen und versuchte zu verstehen, was mit ihnen los war. *Diese Gesellschaft wird von der Angst zerfressen und zerstört.*

Durant senkte die Stimme. »War die Vergeltung schlimm?«

»Nicht so schlimm wie befürchtet. *Sie* glauben im Grunde nicht, dass es einer von uns war. *Sie* denken, wir sind nicht klug genug, um Pläne zu schmieden und den Schnitter zu erschaffen. *Sie* wissen außerdem, dass uns das Geld für ein schnelles Pferd fehlt, und *sie* wissen, dass die meisten von uns noch nie im Sattel gesessen haben. *Sie* glauben, wir sind zu feige, um zu versuchen, ein Schwein wie Rickie de Guignard umzubringen.« Damacias Stimme zitterte vor unterdrückter Wut. »Vielleicht sind wir das auch. Aber wir sind froh, dass er fort ist.«

»Damacia. Still.« Die Frau am Brunnen klang eindringlich.

Durant und Damacia schenkten ihr keine Beachtung.

»Ich habe gehört, der Schnitter verscheucht nun schon die ersten Glücksspieler, die das Geld sonst nach Moricadia bringen und an Fürst Sandres Spieltischen verzocken«, erzählte Durant.

»Das ist gut.« Damacia lachte freudlos. »Ich habe gehört, Fürst Sandre ist wütend, weil seine Männer den Schnitter nicht fangen und exekutieren können. Er fürchtet, er wird zum Gespött der Leute in Moricadia. Unser Fürst mag es nicht, wenn man ihn für einen Dummkopf hält.«

»Dann sollte er lieber nicht versuchen, den Schnitter zu fangen. Der Schnitter ist der Geist von König Reynaldo, und Geister kann man nicht festnehmen.« Durant sah aus, als meinte er das ernst. Als glaubte er wirklich an Geister.

Emma glaubte nicht an Geister. Zumindest hatte sie nicht daran geglaubt, bis sie nach Moricadia kam. Jetzt machte die bloße Erinnerung an ein skelettartiges Gesicht sie so schwach vor Angst, dass ihr Teller aus den Händen rutschten und sie sich fragte, ob sie nicht einer Halluzination aufgesessen war.

»Ich habe das Gerücht auch gehört. Vielleicht ist er das. Mir ist es egal. Rickie de Guignard hat meinen Ehemann ermordet.« Damacia sprach jetzt an Emma gerichtet, als könnte sie verstehen, was sie damit meinte.

»Das tut mir leid«, sagte Emma.

»Er hat Tiagos Leiche an der Kreuzung aufgehängt, damit die Vögel ihm die Augen auspicken konnten. Ich bin froh, dass Rickie dasselbe Schicksal ereilt hat, und ich hoffe, die Vögel hatten genug Zeit, sich an ihm gütlich zu tun, ehe sie seine Leiche vom Galgen schnitten.«

Die Heftigkeit, mit der Damacia ihre Ansichten vorbrachte, entsetzte Emma. Zugleich aber konnte sie sie verstehen. Wenn sie jemanden hätte, den sie so sehr liebte, und wenn er ihr unrechtmäßig genommen würde, wäre sie bestimmt auch wütend, und vielleicht könnte sie auch nicht verzeihen.

Sie wusste es nicht. Es war so lange her, seit sie sich erlaubt hatte, etwas zu empfinden und nicht einfach alles stillschweigend hinzunehmen.

Durant senkte die Stimme. »Ich habe außerdem gehört, dass Reynaldos Geist der Vorbote für die Rückkehr des wahren Königs ist.«

Die zwei Frauen beugten sich weiter herüber und lauschten angestrengt.

Damacia starrte ihn an. »Tatsächlich?« Das Wort war nur ein atemloses Hauchen.

»Natürlich könnte es Euch das Leben kosten, wenn Ihr das öffentlich wiederholt.« Während er sprach, blitzten seine Augen.

Damacia nickte, ohne ihn aus den Augen zu lassen. »Ja, das wäre äußerst gefährlich. Ich werde es nicht weitererzählen.«

Aber die zwei Frauen am Brunnen standen wie erstarrt, und Emma dachte flüchtig, wenn Durant versuchte, ein Gerücht in die Welt zu setzen, machte er seine Arbeit wirklich gut.

Mit ganz normaler Stimme fügte er hinzu: »Elixabete scheint eine kluge, junge Dame zu sein. Wenn sie sich in ein paar Tagen von der Verletzung erholt hat, schickt sie zu Lady Fanchere. Sie ist noch auf der Suche nach einer Spülmagd, und ich weiß, dass Miss Chegwidden hier ein gutes Wort für Elixabete einlegen wird.«

»Das werde ich auf jeden Fall tun.« Emma lächelte Damacia und ihr Kind warm an. »Braucht Ihr Hilfe, um Elixabete nach oben zu bringen?«

»Nein, vielen Dank. Meine Freundinnen werden mir helfen.« Damacia wich von dem Karren zurück. »Elixabete, bedank dich bei Miss Chegwidden.«

»Vielen Dank.« Elixabete versuchte zu lächeln, aber sie verzog schmerzhaft das Gesicht.

»Oh, wartet.« Emma öffnete ihre Medizintasche und kramte zwischen den Gläsern, die Lady Lettice durchwühlt hatte. Sie fand, wonach sie suchte, und gab das Glas Damacia. »Kocht einen Löffel von der Weidenrinde im Wasser auf und lasst den Sud dreißig Minuten ziehen. Das soll sie trinken. Sie wird sich morgen schon besser fühlen.«

Durant stieg wieder auf den Kutschbock und klapste mit den Zügeln auf den Rücken des Ponys.

Emma drehte sich ein letztes Mal um und rief: »Sie soll den Arm weiter in der Schlinge tragen und schonen!«

Sie wartete, bis sie den Sumpf der Altstadt von Tonagra hinter sich gelassen hatten. Dann brach es aus ihr heraus. »Warum ist es da unten so schrecklich?« Er setzte zu einer Antwort an, aber sie ließ ihn nicht zu Wort kommen. »Dieses Land ist so unfassbar reich. Die reichen Besucher bringen so viel Geld hierher. Und die Moricadier müssen so leben? Warum?«

»Weil die de Guignards und vor allem Fürst Sandre die Macht haben, das Geld unter sich aufzuteilen. Und genau das tun sie auch.«

»Das hat Brimley mir auch erzählt. Aber es ist so ein kleines Land. Die de Guignards könnten doch nur ein bisschen von dem, was sie besitzen, abgeben. Das würde einen riesigen Unterschied machen! Menschen zu zwingen, so zu leben, das ist …« Sie zeigte zurück zu den baufälligen Wohnhäusern. »Kriminell ist das!«

»Ja.«

»Kann man denn nichts tun?«

»Ich war zwei Jahre lang im Gefängnis, weil Sandre dachte, ich wüsste etwas über eine Verschwörung. Also nein. Man kann absolut nichts tun.« Er blickte starr geradeaus. Seine Miene wirkte ernst, geradezu aristokratisch. »Miss Chegwidden, bitte steckt Eure Nase nicht in moricadische Angelegenheiten.«

Ihre Wut ließ sie fast aufspringen. Er war zwei Jahre im Gefängnis gewesen, schön und gut. Das war schrecklich, und sie wusste, dass sie kaum die richtigen Worte finden konnte, um seinen Schmerz auszudrücken. Aber wie konnte er so kalt über diese himmelschreiende Vernachlässigung der einfachen Bevölkerung sprechen und behaupten, man könne nichts tun! Er machte es sich ja sehr bequem.

»Miss Chegwidden. Ihr werdet Euch auf keinen Fall für die Moricadier einsetzen.« Sein Tonfall machte deutlich, dass dies ein Befehl war. »Es ist hoffnungslos. Es gibt zu viele von ihnen. Ihr befindet Euch nicht auf einem Kreuzzug, also lasst die Finger davon.«

Sie schaute sich um. Die moricadische Landschaft erhob sich wunderschön und zerklüftet um sie herum. Zugleich aber wirkte sie kalt, grausam und hart. Sollte Lady Fanchere sie wieder vor die Tür setzen, stünde sie wieder im Wald auf der Straße und musste sich einem Schicksal stellen, das von Angst und Hunger dominiert wurde.

Ihre Empörung fiel in sich zusammen. Er hatte recht. Courage war ein Luxus, den sie sich nicht leisten konnte, und außerdem hatte sie keine Courage. Mit leiser Stimme fragte sie: »Hat Lady Fanchere wirklich eine offene Stelle für eine Spülmagd?«

»Sie ist sehr freundlich, also ja. Schon bald wird ihr klar werden, dass sie ein Kind braucht, das beim Schrubben der Kamine hilft.«

Er war eigentlich kein so übler Kerl. Er war auf eine sorglose Art großzügig, und er hatte ihr ohne zu zögern geholfen, Elixabetes Arm wieder zu richten. Sie musste endlich aufhören, ihn so streng zu beurteilen. Schließlich war er kein größerer Feigling als sie selbst. Andererseits hatte er eine Familie, die ihn mit ihrem Reichtum unterstützen könnte, falls er beschloss, sich bei ihnen zu melden. Sie wusste allerdings nicht, warum er nicht das einfach Leben als Erbe eines Dukes wählte. Michael Durant war ihr immer noch ein Rätsel.

Zum ersten Mal, seit sie das Durcheinander in Lady Lettices Zimmer betreten hatte, sah Emma Durant an. Sie bemerkte erst jetzt, dass er von Kohlenstaub bedeckt war. »Ihr seid völlig verdreckt!«, rief sie.

»Werte Mistress, das ist so, als würde der Topf den Kessel schwarz schimpfen. Im wahrsten Sinne des Wortes.« Mit zwei Fingern wischte er über ihre Wange und zeigte ihr den Ruß auf seiner Haut.

Entsetzt schaute Emma auf ihr Kleid. Das schöne Kleid, das sie heute früh in ihrem Zimmer gefunden hatte! Über den Knien war der Stoff schwarz. Sie hatte Ruß auf dem Mieder und auf ihrem rechten Arm, und irgendwie war es ihr zwischendurch gelungen, sich eine weiße Manschette abzureißen. »Das ist das zweite Kleid, das ich in zwei Tagen ruiniere. Glaubt Ihr, Lady Fanchere wird das bemerken?«

Er legte den Kopf in den Nacken und lachte schallend laut. Dann beugte er sich vor und musterte sie. Er schaute sie einfach an, aber etwas an seinem Gesichtsausdruck war anders als sonst. Er wirkte interessiert oder fasziniert oder … irgendwie anders. »Ich denke, das wird sie. Und zwar schon sehr bald.« Immer noch lächelnd lenkte er den Karren in die Einfahrt zum Anwesen der Fanchere.

»Könnt Ihr mich zu einem Hintereingang bringen, wo man mich nicht beobachtet, wenn ich das Château betrete?« Sie spreizte die Finger im Schoß. Die Fingernägel hatten Rußränder, und irgendwo hatte sie die Handschuhe verloren.

»Natürlich. Das Château verfügt über viele Durchgänge und Eingänge.« Er fuhr sie zu einer kleinen Seitentür und hielt vor einer Treppe. »Ehe die Fancheres die Küche umgesiedelt haben, diente das hier als Dienstboteneingang. Von hier gelangt Ihr auf kürzestem Weg in Euer Zimmer.« Als sie gerade vom Karren springen wollte, hielt er sie am Arm fest.

Sie schaute ihn misstrauisch an. Was hatte er noch vor?

»Hört mir genau zu. Ich beschreibe Euch jetzt den Weg zu den Dienstbotenquartieren«, sagte er.

Sie entspannte sich. »Vielen Dank.« Er hatte einen merkwürdigen Ausdruck in den Augen, wenn er sie so anschaute. Doch er war der perfekte Gentleman. Es war dumm von ihr, etwas anderes zu vermuten.

Sie lauschte aufmerksam, während er ihr erklärte, welche Treppen sie nehmen und um wie viele Ecken sie biegen musste. Sie versicherte ihm, dass sie ihr Zimmer finden würde, obwohl sie sich da nicht so sicher war. Dann ließ sie sich von ihm vom Karren helfen. Sie eilte zu dem Château.

Seine Stimme hielt sie zurück. »Miss Chegwidden.«

Sie drehte sich um.

Er öffnete den Weidenkorb hinter dem Kutschbock und brachte ihre Medizintasche zum Vorschein.

»Ich danke Euch!« Die hatte sie fast vergessen. Sie wandte sich ab.

Erneut rief er sie. »Miss Chegwidden.«

Sie wirbelte herum. Diesmal hielt er eine andere Tasche hoch. Es handelte sich um ihre alte, abgewetzte Reisetasche, die vollgestopft war mit … »Meine Kleider! Wie habt Ihr denn das hinbekommen?«

»Ich habe die Zimmermädchen gebeten, Eure Sachen zusammenzusuchen, während Ihr mit dem Kind beschäftigt wart.«

»Ich danke Euch. Ihr rettet mir wirklich den Hals!«

»Nein, Miss Chegwidden. Das Leben habe ich Euch damit nicht gerettet. Lasst uns nur beten, dass es nie so weit kommt.«

»Das stimmt. Mir wäre das übrigens auch lieber.« Weil sie nicht glaubte, dass er dazu imstande war.

Sie öffnete die Reisetasche und fand obenauf ihr zweitbestes Kleid. Es war achtlos hineingestopft worden und zweifellos zerknittert, aber wenigstens war es sauber. Darunter fand sie den Wollschal, den die Frauen ihres Heimatdorfs gewoben hatten, die Miniatur ihres Vaters und die *Stolz und Vorurteil*-Ausgabe ihrer Mutter. »Ihr habt heute viel für mich getan«, erklärte sie Durant. »Ich werde mich daran erinnern, und ich verspreche Euch, eines Tages werde ich mich dafür revanchieren.«

»Ich werde Euch daran erinnern.« Als sie überrascht und leicht besorgt zu ihm aufblickte, lächelte er unbekümmert und lehnte sich gegen den Karren. »Erinnert Ihr Euch noch an den Weg in Euer Zimmer?«

»Ja. Vielen Dank noch einmal!« Sie winkte ein letztes Mal und eilte zum Château.

Er blickte ihr nach, bis sich die Tür hinter ihr schloss.

Vor seiner Einkerkerung hatte er sich von Leidenschaften, seiner Wut und der Lust auf Abenteuer mitreißen lassen. Wohin ihn seine Gefühle auch trieben, er folgte ihnen ohne jede Vorsicht und ohne einen Gedanken an die Konsequenzen zu verschwenden. Sein Bruder hatte sich oft über Durants Maßlosigkeit beklagt und ihm erklärt, früher oder später werde ihn dies in Schwierigkeiten bringen.

Jude hatte recht behalten, und eines Tages wollte Durant ihm das auch erzählen. Doch im Moment … Nach seiner Freilassung hatte Durant entdeckt, dass die düstere Einsamkeit des Kerkers ihn der Fähigkeit beraubt hatte, sich an irgendetwas zu erfreuen.

Wie faszinierend war es jetzt doch, dass nach so langer Zeit eine Frau, die so misstrauisch und schreckhaft wie ein Kätzchen war, in ihm echte Gefühle weckte. Miss Chegwidden brachte ihn zum Lachen. Dieses Lachen fühlte sich vertraut an. Als erinnerte sich etwas tief in ihm daran, wie es gewesen war, als jeder Tag für ihn eine Freude war. Zugleich fühlte sich dieses Vergnügen, das in ihm übersprudelte, völlig neu an. Als habe er noch nie die Sonne auf dem Gesicht gespürt und das geschnittene Gras gerochen. Als habe er nie das Vergnügen gehabt, einem schönen Mädchen zu lauschen.

Miss Chegwidden war klug beraten, wenn sie ihm mit Vorsicht begegnete. Er hatte eine Mission zu erfüllen, und dann … Ja, danach würde sie sehen, was für ein Mann aus Michael Durant geworden war.

13

Emma rief sich Michaels Wegbeschreibung in Erinnerung, während sie Zofen und Lakaien auswich. Sie schaffte es den ganzen Weg hinauf zu den Dienstbotenquartieren, ohne von jemandem gesehen zu werden.

Dann verließ sie das Glück.

Lord Fanchere lief im Korridor auf und ab. Er wirkte ehrlich besorgt, fuhr sich mit beiden Händen über den Glatzkopf und raufte sich die wenigen Haare über den Ohren. Sie dachte, dass er vielleicht ihre Schlafzimmertür im Auge behalten hatte, doch sie konnte sich auch irren.

Sie beschleunigte ihre Schritte. War mit Lady Fanchere irgendwas passiert?

Als er sie erblickte, fing er sofort an zu sprechen. »Gott sei Dank seid Ihr zurück. Wo habt Ihr so lange gesteckt?« Ehe sie auch nur versuchen konnte, zu antworten, winkte er ungeduldig ab. »Egal. Kommt bitte sofort mit. Ich will, dass Ihr meine Frau und ihre Cousine in ein Heilbad begleiten, damit sie eine Kur machen können.«

»Eure Frau und deren Cousine …« Was er da von ihr verlangte, hatte sie absolut nicht erwartet. »Lady Fanchere ist doch hoffentlich wohlauf?«

»Es geht ihr sehr gut, aber sie muss sofort nach Aguas de Dioses reisen.«

»Ich … ich verstehe nicht. Wenn es ihr gut geht, warum muss sie dann …«

»Aimée weint die ganze Zeit, weil ihr Mann tot ist. Gott möge ihn in der Hölle verrotten lassen. Sie behauptet, der Schnitter hat ihn ermordet, und Fürst Sandre wird sie seinerseits umbringen, wenn sie noch länger so daherredet.«

Emma nickte, als verstünde sie genau, was er sagte. Ihre Gedanken rasten, während sie versuchte, die Anhaltspunkte zu einem sinnvollen Bild zusammenzusetzen. Der Schnitter hatte Rickie de Guignard ermordet, also war diese Aimée Lady de Guignard. Rickies Frau oder besser gesagt, seine Witwe. »Aber warum ist Fürst Sandre von Lady de Guignards Behauptung so beunruhigt? Ich dachte, der Schnitter hat Rickie de Guignard tatsächlich umgebracht?«

»Fangt *Ihr* jetzt nicht auch noch damit an. Wenn Sandres offizielle Version der Geschichte so lautet, dass der Schnitter nicht existiert und Rickie nicht umgebracht hat, dann könnte jeder, der ihm widerspricht, von jetzt auf gleich verschwinden. Versteht Ihr?«

»Ja. Ja, ich fürchte, das tue ich.« War ihr das heute nicht schon einmal gesagt worden?

»Eleonore mag Euch. Sie hat Zuneigung zu Euch gefasst, und Euer Verschwinden würde sie sehr bekümmern.« Lord Fanchere zeigte mit dem Finger auf sie. »Ich möchte nicht, dass irgendetwas sie bekümmert. Aimée sagt Dinge, die Sandres Zorn auf uns alle ziehen werden, *und* sie bringt Eleonore völlig aus der Fassung. Ich will, dass Aimée abgelenkt und zum Schweigen gebracht wird. Also …«

»Also ins Heilbad. Aber trägt Lady de Guignard nicht Trauer? Wenn sie sich zu diesem Zeitpunkt in der Öffentlichkeit zeigt, wird das bestimmt einen Skandal heraufbeschwören.«

»Sie trägt schwarz. Aber ich versichere Euch, dass sie nicht um ihn trauert. Außerdem ist Aguas de Dioses ein Ort, den Damen aufsuchen, um zu kuren, zu baden und sich von großem Kummer und großen Enttäuschungen zu erholen. Niemand wird über sie reden.« Er schien sich da sehr sicher zu sein.

Aber Emma hatte immer noch Zweifel. In England wäre dieses Vorgehen absolut undenkbar. Mehr als einmal seit ihrer Ankunft in Moricadia wurde sie mit der Erkenntnis konfrontiert, dass sie nicht länger in England weilte. »Also gut. Dann werde ich mich erst waschen und das Kleid wechseln …«

»Dafür bleibt keine Zeit.« Er packte ihr Handgelenk und zog sie den Korridor entlang. »Kommt!«

Entsetzt versuchte sie, sich ihm zu entziehen. »Aber Mylord, ich kann doch nicht in diesem Zustand vor Eurer Frau erscheinen!«

Er schaute sie an und schien jetzt erst die Flecken zu bemerken, die sie von Kopf bis Fuß bedeckten. »Was habt Ihr denn angestellt? Seid Ihr in einen Kamin gefallen?«

»Etwas in der Art.«

»Perfekt.« Er marschierte wieder los und zog sie hinter sich her. »Beide Frauen werden bei Eurem Anblick völlig aus der Fassung geraten.«

Er schien ein wirklich merkwürdiger Mann zu sein, der sich allerdings schrecklich um seine Frau sorgte. Darum mochte Emma ihn. Aber in diesem Zustand vor Lady Fanchere und Lady de Guignard zu erscheinen … »Das gehört sich nicht.«

»Wir sind hier in Moricadia. Was sich gehört und was nicht, ist eher Nebensache. Hier schaut man mehr auf Zweckmäßigkeit und auf sein eigenes Überleben.« Er schaute sie mitleidig an. »Ich weiß, das ist schwer zu glauben angesichts des Luxus, der uns umgibt, aber wir leben auf des Messers Schneide, eine falsche Bewegung könnte fatale Folgen haben. Richtig und falsch sind in diesem Land durcheinandergeraten. Ich bitte Euch daher, Miss Chegwidden, sagt zu Eurem eigenen Wohl so wenig wie möglich und lasst Euch nicht darauf ein, irgendwelche Gewissensfragen beantworten zu wollen.«

»Ihr seid der dritte Mann, der mir heute diese Warnung erteilt.«

»Dann nehmt das als Zeichen.« Er blieb vor einer hohen Doppeltür stehen.

Von drinnen konnte Emma lautes Weinen hören.

Er legte die Hände auf die Türknaufe. »Und denkt daran: Eure Aufgabe ist es, mit den beiden nach Aguas de Dioses zu reisen. Ablenkung. Ablenkung, Ablenkung!« Er riss die Türflügel auf und rief: »Eleonore, Miss Chegwidden hat es offensichtlich schon wieder geschafft, sich in Schwierigkeiten zu bringen. Könnt ihr beide ihr helfen?«

Die Reise nach Aguas de Dioses wurde recht schnell beschlossen. Während Lady Fanchere und Aimée noch laut ihrem Erstaunen über Emmas dreckiges Kleid Ausdruck verliehen, packten die Zofen bereits ihre Sachen. In der Zwischenzeit wurde Emma gebadet und in ein neues Kleid gesteckt. Als sie fertig war, wartete die Reisekutsche schon vor dem Schloss. Lord Fanchere half den Damen und Emma hinein und verabschiedete sie mit der Ermahnung, sich zu entspannen und den Aufenthalt zu genießen. Die Straßen waren gut ausgebaut, die Kutsche gut gefedert. Und als sie am frühen Abend im Heilbad eintrafen, verlieh Emma lautstark ihrer Überraschung und Freude Ausdruck.

Aguas de Dioses war mehr als nur ein Ort, um zu kuren. In einem kleinen, grünen Talkessel gelegen war das Heilbad eine Stadt, die um die warmen Quellen herum erbaut war, die hier ans Tageslicht traten und reich an Eisen und Schwefel waren. Außerdem gab es kaltes Wasser, das von einem hellblauen Gletscher weit oben in den Bergen in Bächen ins Tal floss. Die Versammlungsräume waren das schlagende Herz des Heilbads, sie waren mit Marmor aus Italien in zartem Rosa und Weiß ausgelegt.

Große, luxuriöse Hotels rahmten die Quellen ein, und von dort führten breite Straßen die Hügel hinauf, an denen sich viele Läden aneinanderreihten, in denen man Brot, Käse, Hüte und Handschuhe, feine Spitze und so ziemlich alles andere erwerben konnte, wonach es einer gelangweilten Lady oder einem müßigen Gentleman gelüsten konnte. Unterhalb der Versammlungsräume führten enge Straßen zu den Wohnhäusern, in denen die Dienstmädchen und Lakaien lebten, die in den Läden, den Hotels und dem beeindruckend schönen Heilbad arbeiteten.

Lord Fanchere hatte sie zu einem kleineren Hotel geschickt, das exklusiver war als alle anderen am Ort. Bei ihrer Ankunft wurden sie von einer Abordnung des Hotels begrüßt, die sich aus dem Geschäftsführer, dem Butler, der Hausdame, dem Koch, dem Concierge und fünf Dienstmädchen zusammensetzte, die für die Besucher zuständig waren.

Jeweils zwei kümmerten sich um die Damen, und die fünfte war für Emma zuständig.

Während ihrer Reisen mit Lady Lettice hatte Emma schon viele Hotels besucht, aber sie hatte noch nie eine eigene Zofe gehabt, die dafür sorgte, dass es ihr an nichts fehlte. »Ich bin wirklich beeindruckt«, erklärte sie und beobachtete, wie die Zofe ihre kleine Reisetasche in ihr Zimmer oben im vierten Stock trug.

Lady Fanchere lachte. »Es ist wunderschön hier. Dieser Ort gehört zu meinen Lieblingsorten auf der ganzen Welt.« Sie hakte sich bei Aimée unter und schlenderte durch die Hotelhalle. Sie bedeutete Emma, ihnen zu folgen. »Hier können wir uns entspannen, nicht wahr, Aimée?«

»Oh ja. Fürst Sandre ist weit weg, und der Schnitter kann mich hier bestimmt nicht finden.« Lady de Guignards Stimme zitterte leicht. »Oder?«

»Ach komm, fang nicht schon wieder damit an«, ermahnte Lady Fanchere sie.

Als Emma das erste Mal hörte, wie Lady de Guignard den Schnitter erwähnte, hatte sie wieder ein Schwindel erfasst. Aber sie hatte sich rasch davon erholt, und auf der Fahrt hatte sie immer und immer wieder dieselbe Klage gehört.

Dennoch fiel es ihr schwer, Aimée de Guignard nicht zu mögen. Lady de Guignard war eine kleine Frau mit dichten kastanienbraunen Haaren, einem breiten Gesicht und blauen Augen, in denen eine Trauer lag, die zu viele Jahre an der Seite des falschen Mannes dorthin gepflanzt hatten. Sie schien überhaupt keinen Sinn dafür zu haben, was angemessen war. Aber als sie Emmas verdrecktes Kleid erblickt hatte und sich die Geschichte dazu anhörte, war sie überaus freundlich zu ihr gewesen und hatte darauf bestanden, dass Emma eines ihrer Tageskleider anprobierte, das sie ihr dann sogar schenkte. *Wenn ich keinen schwarzen Krepp mehr tragen muss, wird sich die Mode schon geändert haben. Und überhaupt steht mir die Farbe gar nicht. Aber bei Euch lässt das Violett die Augen wie Edelsteine funkeln!*

Emma strich mit der Hand über die glatte Baumwolle. Sie berührte die zarte weiße Spitze, die vom Mieder bis zur Taille reichte und dann noch in einem breiten Streifen über den Rock bis zum Saum. Sie schwor sich, dass sie dieses Kleid nicht wie die anderen ruinieren würde.

Lady de Guignard plauderte weiter. Sie schien völlig unbeeindruckt von der Hausdame, die die Blumen in einer Vase arrangierte. Oder von dem Lakai, der ihr Gepäck trug und jedes Wort hören konnte. »Der Schnitter ist der Geist von König Reynaldo. Aber wenn er ein Hirngespinst ist, kann er dann gehen, wohin er will? Oder ist er an die Gegend um das Schloss gebunden, in dem die de Guignards ihn gehängt haben?«

»Der Schnitter ist kein Geist«, sagte Lady Fanchere.

»Ich hab ihn doch gesehen! Er hat mich aus diesen leeren Augenhöhlen angestarrt.« Der gestärkte Kragen ihres Kleids raschelte, als Lady de Guignard an die Spitze an ihrer Kehle griff.

»Er ist kein Geist«, wiederholte Lady Fanchere geduldig. »Er ist ein Mann, der sich als Geist verkleidet.«

»Das hat Sandre auch gesagt. Er wurde deswegen ziemlich wütend auf mich.« Lady de Guignard atmete zittrig aus. »Ich weiß nicht, wie ich zu Tode kommen werde. Aber ich weiß, mein Tod ist unausweichlich. Ich werde entweder durch übernatürliche Kräfte getötet werden oder weil Sandre mich ermorden lässt.«

»Sandre würde niemals einer Lady Schaden zufügen. Schon gar nicht einer Lady, die mit ihm verwandt ist.« Lady Fanchere klang inzwischen nicht mehr so geduldig.

Lady de Guignard blieb abrupt stehen. »Du hast nicht gehört, was er zu mir gesagt hat.«

»Aber ich kenne Sandre.« Lady Fanchere war unbeirrbar.

»Du denkst, er ist immer noch der kleine Junge, mit dem du als Kind gespielt hast. Er gibt sich Mühe, damit du weiterhin so große Stücke auf ihn hältst.« Aimée erhob die Stimme. »Er ist kein kleiner Junge mehr. Du weißt, wie Rickie immer war, und was Sandre mit Rickie unten in den Kerkern getrieben hat, ist der Stoff, aus dem Albträume gemacht werden. Jetzt will Sandre mich zum Schweigen bringen. Aber ich kann nicht lügen, wenn man mich fragt, wie Rickie gestorben ist. Ich habe ihn gesehen. Ich habe seinen Leichnam an dem Baum hängen gesehen, und der Schnitter war auf der Anhöhe dahinter und wartete, um seinen Geist in die Hölle zu geleiten.«

»Pssst.« Lady Fanchere tätschelte ihre Hand, blickte hinter ihrem Rücken Emma an und flehte stumm um Hilfe.

Sie erinnerte sich sogleich an Lord Fancheres Ermahnung – Ablenkung, Ablenkung, Ablenkung! – und eilte an Lady de Guignards Seite. »Da vorne sehe ich den Speisesaal. Die Diener scheinen schon für das Abendessen einzudecken. Ich weiß, es ist noch ein bisschen früh, aber unsere liebe Lady Fanchere wirkt etwas blass und scheint dringend etwas zu essen zu brauchen. Lady de Guignard, könnt Ihr mir wohl helfen, sie dorthin zu geleiten?«

Wie aufs Stichwort stolperte Lady Fanchere leicht.

Lady de Guignard schniefte und schaute Lady Fanchere an. Dann stimmte sie sogleich zu, dass Lady Fanchere gut umsorgt werden musste, weil sie – wie Aimée so laut flüsterte, dass so ziemlich jeder in der Hotelhalle es hörte – in anderen Umständen war.

Offensichtlich hatte Lady Fanchere ihr Geheimnis mit Lady de Guignard geteilt, und wenn Emma den verzweifelten Ausdruck auf Lady Fancheres Gesicht richtig deutete, wusste sie, dass es nun nicht länger ein Geheimnis war.

Nachdem Emma sich um die beiden Damen gekümmert hatte – sie hatte sie zum Essen begleitet und sie anschließend in die beiden aneinandergrenzenden Suiten im dritten Stock gebracht, hatte ihnen in die Nachthemden geholfen und sie zu Bett gebracht –, war sie froh, sich in ihr eigenes kleines und sauberes Zimmer zurückzuziehen. Es war eines von drei Dutzend Räumen, die unter dem Dach lagen und den persönlichen Zofen und Gesellschaftsdamen zur Verfügung standen, die die Ladys in das Heilbad begleiteten. Offensichtlich hatte man sich hier ziemlich viele Gedanken gemacht und fand, dass Diener, die gut untergebracht waren, ihre Arbeitgeber durchaus animieren konnten, länger zu bleiben.

Direkt unterm Dach hatte die Sonne im Laufe des Tages eine unangenehme Hitze erschaffen, weshalb Emma ans Fenster trat und es weit öffnete. Sie ließ die Nachtluft ein und genoss die Kühle. Bis zum Erdgeschoss waren es vier Stockwerke, und nur gelegentlich durchbrachen Gauben die Dachschräge aus rutschigen Schieferdachziegeln. Über ihrem Kopf funkelten die Sterne wie Diamanten an einem so dunklen Himmel, dass er unendlich aussah. Die Lichter der Stadt glitzerten inmitten eines Walds, der düster und ursprünglich aufragte und bis an die ersten Häuser der Stadt heranreichte.

Wie auf ein Stichwort beschleunigte sich Emmas Herzschlag. Sie brach in kalten Schweiß aus. Sie war in die Wildnis hinausgegangen. War von einem Wolf bedroht worden. Und war von einem ... einem ... sie wusste nicht, wer sie gerettet hatte. Oder was. Sie konnte sich nicht *erinnern*, aber wenn sie es könnte, wüsste sie, dass es etwas zu bedeuten hatte.

Wieder überkam sie Schwindel. Sie stolperte rückwärts ins Zimmer und legte die Hände aufs Gesicht. Irgendwo tief in ihrem Unterbewusstsein war etwas verborgen, mit dem sie sich nicht konfrontieren wollte. Etwas, wovor sie sich zu sehr fürchtete.

Sie atmete noch einmal die frische Nachtluft ein, und es gelang ihr, die widersprüchlichen Gefühle in den Griff zu bekommen.

Das Zimmermädchen hatte Emmas Tasche ausgepackt und ihr zweitbestes Kleid aufgehängt. Ihre Unterwäsche lag in der Schublade der kleinen Kommode. Emma blieb also nichts weiter zu tun, außer ihre langen Haare zu kämmen, zu einem Zopf zu flechten und in ihr weißes Baumwollnachthemd zu schlüpfen. Die Ärmel bedeckten sie von den Schultern bis zu den Handgelenken, das Hemd selbst vom Hals bis zu den Zehen. Dennoch war der Stoff fast durchsichtig, denn das Nachthemd war inzwischen so alt und dünn, dass es wie Gaze war. Sie wickelte sich in ihren geliebten Schal, schlug mit der Kerze in der Hand die Bettdecke zurück und untersuchte die Laken. Sie waren weiß und sauber. Die Daunendecke war ebenfalls weiß, dick und mit feinsten Daunen gefüllt. Sie stieg ins Bett und kuschelte sich in die weiche Federmatratze. Dann schlug sie die Kissen in ihrem Rücken auf und seufzte erleichtert.

Das war ein langer Tag gewesen.

Die zerlesene Ausgabe von *Stolz und Vorurteil*, die früher ihrer Mutter gehört hatte, lag auf dem Nachttischchen neben der brennenden Kerze. Sie nahm das Buch mit dem festen Vorsatz, nur ein paar Seiten zu lesen.

Fünf Kapitel später war bereits Mitternacht, und sie hatte sich so in die Geschichte vertieft, dass sie ganz vergessen hatte, wo sie war. Eine frische Brise wehte durch das Fenster herein und ließ die Buchseiten rascheln. Sie blickte verwirrt auf, als ein Donnergrollen sie aus dem England des Regency unsanft zurückholte. Das leise Klicken eines einrastenden Riegels ließ sie erstarren. Sie war noch immer ganz gefangen in ihrem Schmachten für Mr Darcy. Doch dann quietschten die Scharniere, und die Tür schwang auf. Dahinter stand … der Schnitter.

Emma fuhr aus ihrem Bett hoch und wollte gerade schreien – doch dann stockte ihr der Atem in der Kehle.

14

Emma erkannte die blasse, leichenartige Gestalt sofort. Sie erinnerte sich an ihn!

Der Schnitter stürzte quer durch das kleine Zimmer auf das Bett zu und drückte seine weiß behandschuhte Hand auf ihren Mund. Er drückte fest zu und schüttelte warnend und stumm den Kopf.

Sie starrte ihn aus weit aufgerissenen Augen an. Diese Gestalt hatte so viel Angst und Hass heraufbeschworen …

Er war über eins achtzig groß und in ein weißes Leichentuch und zerfetzte Kleider gewandet, die bei jedem Schritt flatterten. Eine schäbige weiße Kapuze bedeckte seine Haare und eine blasse Maske die obere Hälfte seines Gesichts. Weißer Puder lag auf seinem breiten Kinn, den vollen Lippen und seinen Wangen, mit Bedacht aufgebrachte Streifen Kohlestaub an anderen Partien des Gesichts erweckten den Anschein, dass es sich um einen nackten Schädel handelte. Im flackernden Licht der Kerze und mit dem heraufziehenden Gewittersturm über ihren Köpfen war er eine beängstigende Erscheinung.

Aber Fürst Sandre hatte in einer Hinsicht recht: Der Schnitter war kein Leichnam, sondern ein Mann aus Fleisch und Blut.

Ihr Verstand füllte in diesem Moment die Lücken ihrer Erinnerung, die ihre Angst gerissen hatte, sie wusste plötzlich wieder ganz genau, was in der Nacht im Wald passiert war.

Der Schnitter hatte ihr das Leben gerettet.

In dieser Nacht im Wald, als sie vor Entsetzen, Hunger und Kälte halb verrückt geworden war, war sie vor einem Wolf davongelaufen und direkt in die Arme des Schnitters. Daraufhin hatte sie sich umgedreht und war in wilder Panik in die andere Richtung gelaufen. Sie war gestürzt, und während sie kaum noch bei Bewusstsein war, hatte er sie vom Boden aufgehoben, hatte sie auf sein Pferd gehoben und war mit ihr zu Lady Fanchere geritten, wo er sie auf der Schwelle liegen ließ wie ein ungewolltes Neugeborenes.

Niemals, nicht ein Mal, hatte er in dieser Nacht gesprochen. Doch er hatte sie in seinen Mantel gehüllt, hatte sie in die Arme genommen und für sie gesorgt, wie es seit dem Tod ihrer Mutter niemand mehr getan hatte. Er war mehr als pflichtbewusst gewesen. Er war freundlich zu ihr gewesen.

Ganz langsam und ungläubig schob sie seine Hand von ihrem Mund weg.

Hinter seiner Maske war die Haut ebenfalls geschwärzt worden, um den Effekt zu erzielen, der Lady de Guignard so sehr geängstigt hatte. Es wirkte tatsächlich, als habe er leere Augenhöhlen. Aber seine Augen blitzten, während er sie mit der Vorsicht eines Mannes betrachtete, der wusste, dass seine Existenz nur noch an einem seidenen Faden hing.

Sie wollte gerade etwas sagen.

Er legte den Finger auf seine Lippen.

Sie bedeutete ihm, dass sie verstand. Dann beobachtete sie, wie er zur Tür schlich und sie leise ins Schloss schob. Er legte das Ohr an die Tür, dann schüttelte er den Kopf. Durch die

Maske und den Puder konnte sie Angst und Entschlossenheit sehen.

Auf leisen Sohlen lief er zum Fenster und schaute nach draußen. Sie wusste, was er sah: Bis zum Boden waren es vier Stockwerke, und das Schieferdach war rutschig. Er konnte vielleicht auf diesem Weg entkommen – oder er stürzte in den Tod. Bestimmt kein Versuch, den er wagen wollte, wenn es nicht unbedingt sein musste.

In der Ferne leuchtete ein Blitz auf und kurz darauf rollte Donner.

Vor der Tür hörte sie Männer rufen. Ein Dutzend Stiefel hämmerten auf der Treppe.

Sie schuldete diesem Mann ihr Leben.

Mit leiser Stimme sagte sie: »Die sind hinter dir her.«

Er nickte und machte Anstalten, aus dem Fenster zu steigen.

»Du könntest ausrutschen. Besonders, wenn es anfängt zu regnen.« Erneut rollte Donner. »Und es klingt, als würde das bald passieren. Lass dir von mir helfen. Ich verstecke dich.«

Mehr als Dankbarkeit trieb sie zu diesem Angebot. Heute Nachmittag war sie in der Unterstadt gewesen und hatte die Armut dort gesehen. Sie hatte gehört, wie zufrieden Damacia war, als sie erfuhr, dass der Schnitter Rache übte. Obwohl er absolut befremdlich und beängstigend war, wusste Emma, dass er ein Kreuzritter des Guten war – und er brauchte ihre Hilfe.

Er schaute sich erst im Zimmer um, dann blickte er sie an. Hinter den Löchern in seiner Maske konnte sie das Glitzern seiner schwarz umrandeten Augen sehen. Sie erkannte auch die Skepsis, die jeden seiner Schritte leitete.

»Ich werde dich nicht verraten. Komm her.« Sie hob die Decken an und zeigte auf die Federmatratze, die unter ihrem Gewicht nachgab. »Steig ins Bett. Ich lege mich neben dich und werfe die Decken über dich. Sollte irgendjemand hereinkommen, verspreche ich dir, dich zu retten.«

Türen am Ende des Korridors wurden geöffnet und zugeknallt. Die Rufe kamen schnell näher.

Drängend rief sie: »Jetzt!«

Der Schnitter stürzte sich über sie und auf das Bett. Er drückte sich so dicht an die Wand wie er konnte.

Wenn er sich ausstreckte, reichte er vom Kopfende bis zum Fußende im Bett, aber wie sie es sich ausgemalt hatte, sank er tief in den Berg aus Federn, mit dem die Matratze gefüllt war. »Dreh dich auf die Seite«, befahl sie ihm.

Er legte sich auf die linke Seite, mit dem Gesicht zu ihr. In der rechten Hand hielt er ein Messer, das lang und scharf wirkte.

Also gut, die Situation war wirklich gefährlich. Das hatte sie vorher schon gewusst, aber erst der Anblick dieses Messers machte ihr bewusst, was für ein gefährliches Spiel sie spielte.

Nach so vielen Warnungen, die sie heute gehört hatte – von Brimley, Michael und Lord Fanchere, die ihr allesamt eindringlich gesagt hatten, sich aus den Angelegenheiten der Einheimischen herauszuhalten – half sie jetzt einem gesuchten Mann, sich dem Gesetz zu entziehen. Doch nichts konnte etwas an der Tatsache ändern, dass sie ihm ihr Leben schuldete.

Sie schaute sich um und versicherte sich, dass er keine Spuren hinterlassen hatte. Nichts an diesem Zimmer durfte seine

Anwesenheit verraten. Dann kletterte sie neben ihm ins Bett. Sie zog die Decke über ihre beiden Körper, klopfte die Federdecke auf, um seinen Körper darunter zu verbergen, und machte dasselbe mit einem Kissen über seinem Gesicht und einem weiteren über seinen Schultern. Sie versicherte sich, dass alle Knöpfe ihres Nachthemds bis zum Hals geschlossen waren, dann legte sie ihren Zopf über die Schulter nach vorne auf ihre Brust. Sie nahm das Buch und begann gespielt gleichmütig zu lesen.

Im Korridor hörte sie, wie Türen geöffnet und zugeknallt wurden. Die meisten Zimmer waren ihres Wissens leer. Die waren im Handumdrehen durchsucht, weshalb die Männer sich schnell voranbewegten. Ihr Herz schlug hektischer, als die Stiefeltritte immer näher kamen. Die Hitze vom Körper des Schnitters spürte sie von den Zehen bis zum Rücken. Mit leiser Stimme sagte sie: »Bleib absolut still liegen und sei leise, dann werden wir das hier heil überstehen.«

Wie auf ein Stichwort stürmten in diesem Augenblick drei Männer durch die Tür. Sie trugen Reitkleidung. Zwei hielten Pistolen in der Hand. Den dritten erkannte sie – es war Fürst Sandre mit seinen dunklen Haaren und den blauen Augen. Ein schmucker und sportlicher Mann. In der linken Hand hielt er ein Schwert, und in der rechten ein Messer.

Mit einem mädchenhaft schrillen Schrei ließ sie ihr Buch fallen und setzte sich aufrecht hin. Die Decke rutschte bis zu ihrem Bauch herunter, und sie wusste ganz genau, welchen Anblick sie den drei Männern bot.

Ihr Nachthemd bedeckte alles, aber der Stoff war so abgenutzt, dass ihre Brüste deutlich sichtbar waren, und als just in diesem Moment ein frischer Wind durchs Fenster wehte, wurden ihre Nippel sofort hart. Sie errötete, aber das fiel keinem der Männer auf. Die drei starrten nur auf ihre Brust, und wenn sie die Mienen richtig deutete, wussten sie nicht einmal, dass Emma ein Gesicht hatte.

»Was habt ihr hier zu suchen? Warum seid ihr in meinem Zimmer?« Sie schaute Fürst Sandre an und flehte stumm ihn als den Befehlshabenden an, sie aus dieser misslichen Lage zu befreien. Sie legte die Hände auf das Brustbein und spielte ein bisschen Kuckuck mit ihren Nippeln.

Seine Augen wurden vor Verlangen dunkel. Er atmete kurz und heftig ein und zeigte auf die Tür. »Raus«, knurrte er seine Männer an.

Die beiden Wachen wichen zurück und verschwanden durch die Tür, waren jedoch noch immer von ihrem enthüllenden Nachthemd abgelenkt. Das war genau die Reaktion, die sie damit geplant hatte, aber jetzt war sie mit Fürst Sandre allein und erkannte zu spät, dass sie sich in Schwierigkeiten gebracht hatte. Schwierigkeiten, mit denen sie nicht umgehen konnte. Probleme für sie und für den Schnitter.

Die Männer des Fürsten traten vor die Tür, und ehe die Tür hinter ihnen ins Schloss fiel, hörte sie einen von den beiden heiser lachen.

Sandre machte einen Schritt auf sie zu.

Sie schnappte panisch nach Luft und zog die Decke bis an ihr Kinn. »Das ist nicht anständig!«

Er blieb mitten in der Bewegung stehen. Die Intensität schwand aus seinem Blick und wurde durch Verwirrung ersetzt. »Ist es nicht?«

»Ihr müsst wissen, dass es das nicht ist. Ich flehe Euch an, geht bitte. Ich bin Lady Fancheres Gesellschaftsdame. Eine

Frau von Stand, die ihren Ruf mit dieser intimen Situation nicht gefährden darf.«

»Lady Fanchere! Ihr seid Lady Fancheres Gesellschaftsdame? Das ändert natürlich alles. Lady Fancheres Gesellschafterin ist über jeden Zweifel erhaben.« Hastig steckte er seine Pistole ein, schob das Schwert in die Scheide und verbeugte sich. »Habt keine Angst. Ich bin Fürst Sandre von Moricadia.« Er unterstrich die Worte mit einer Handbewegung.

»Euer Hoheit.« Sie neigte den Kopf.

Er lief einmal auf und ab. »Lady Fanchere ist meine Cousine. Ich habe nicht gewusst, dass sie Aguas de Dioses aufsuchen wollte.«

»Wir sind erst heute eingetroffen.«

»Dennoch erwarte ich, über solche Dinge umgehend informiert zu werden.«

»Sie ist hergekommen, um zu kuren. Ich flehe Euch an, Sir, bitte lasst mich jetzt wieder allein!«

»Zuerst muss ich Euch über die Mission in Kenntnis setzen, die mich hergeführt hat. Ich jage einen verachtenswerten Schurken, der sich selbst der Schnitter nennt.« Als Fürst Sandre den Namen aussprach, wurden seine Augen so kalt wie der Gletscher weit oben in den Bergen.

Sie schaute sich in ihrem kleinen Zimmer um, dann blickte sie wieder ihn an und hob die Augenbrauen, als forderte sie ihn auf, ihr zu sagen, wo sich der Schnitter in dieser Kammer verbergen könnte – und die ganze Zeit spürte sie die warme, lange Gestalt, die sich gegen ihre Hüfte drückte.

Was im ersten Moment wie eine hervorragende Idee ausgesehen hatte, schien sie jetzt mit hoher Wahrscheinlichkeit ums Leben zu bringen.

Aber Fürst Sandre erkannte die wie ein Mann geformten Gestalt neben ihr im Bett nicht. Er konzentrierte sich zu sehr auf ihr Gesicht, um irgendwelche Unstimmigkeiten zu bemerken. »Ihr habt ihn also nicht gesehen? Er ist ein sehr gefährlicher Verbrecher, ein Mörder und Verräter. Er würde nicht zögern, Euch Schaden zuzufügen. Sich ... Eurer zu bedienen.«

Neben ihr spannte sich der Schnitter an. Sie konnte fast spüren, wie er seine ganze Verachtung gegen Fürst Sandre richtete, und zugleich fühlte sie sich von ihm bestätigt.

»Ich habe ihn nicht gesehen«, erklärte sie.

»Indem ich den Schnitter jage, riskiere ich für die Sicherheit anderer mein Leben.«

»Das ist sehr gut von Euch.« Ihre Stimme zitterte, ohne dass sie sich besonders anstrengen musste. »Aber Euer Hoheit, bedenkt bitte, dass Männern in diesem Stockwerk der Zutritt verwehrt ist.« Die Angst trieb ihr Tränen in die Augen. »Bitte, Euer Hoheit. Ihr müsst jetzt wirklich gehen!«

»Das werde ich.« Ein Lächeln glitt über sein attraktives Gesicht. »Sobald Ihr mir Euren Namen verraten habt.«

»Miss Emma Chegwidden aus England.«

Ein Blitz zuckte. Der Donner rollte.

Sie zuckte nervös zusammen.

»Miss Emma Chegwidden aus England, fürchtet Ihr Euch etwa vor Gewittern?« Die Vorstellung schien ihn zu amüsieren, und schlimmer noch, er war tatsächlich an ihren Gedanken interessiert.

»Ja.« Sie fürchtete sich vor dem Gewitter und vor ihm.

Das Unwetter kam näher. Die Blitze zuckten häufiger, und der Donner war ein ständiges Rollen. Wind wehte heftig durch das Fenster. Ihre Kerze flackerte und ging fast aus, aber Emma wagte es nicht, nach ihr zu greifen und sie mit der Hand zu beschirmen. Mit jeder Bewegung konnte sie Fürst Sandre verraten, was für sie so offensichtlich war – nämlich dass ein bewegungsloser Klumpen neben ihr im Bett lag.

Als habe der frische Wind ihm eine Idee eingeflüstert, trat Fürst Sandre ans Fenster und schaute nach draußen. Er schaute von links nach rechts und auch nach oben. Im Licht der zuckenden Blitze sah er … nichts.

All seiner Ritterlichkeit zum Trotz glaubte er ihr also nicht, wenn sie behauptete, sie hätte den Schnitter nicht gesehen. Jedenfalls nicht wirklich. Wenn er nicht bald verschwand, würde sie vor Anspannung noch das Bewusstsein verlieren.

Er verbeugte sich erneut, und mit einer Stimme, die wohl romantische Gefühle bei ihr auslösen sollte, sagte er: »Miss Chegwidden … Ich werde Euch wiedersehen.« Rückwärts ging er zur Tür und schloss sie leise hinter sich.

Sie hörte ihn mit seinen Männern reden, seine Stimme war nunmehr wieder ein Knurren. »Sucht weiter, ihr Abschaum, los, los, los!« Sie hörte Türen auf- und zuschlagen, hörte Stiefel, die sich von ihr entfernten. Sie wartete ein paar Minuten, um sicher zu sein, dass sie wirklich verschwunden waren. Dann hüpfte sie aus ihrem Bett, rannte auf Zehenspitzen zur Tür und drehte den Schlüssel im Schloss.

Sobald das Schloss klickte, warf der Schnitter die Decken weg und richtete sich auf. Er schob das Messer in die Scheide zurück, trat ans Fenster und öffnete es wieder. Wie schon Fürst Sandre schaute er draußen in alle Richtungen. In diesem Moment setzte heftiger Regen ein, der kühl war und vom Wind vor sich hergetrieben wurde.

Von unten hörte sie die Männer rufen, dass sie vor dem Unwetter Schutz suchen wollten.

Natürlich. Fürst Sandre hatte auch unten Wachen postiert. Sie verließen jetzt ihre Posten und schlüpften unter die Dachvorsprünge oder in die Hotelhalle. Wenn der Schnitter es schaffte, aus ihrem Zimmer und die Treppe hinabzuschleichen, um aus einem tiefer gelegenen Fenster unentdeckt zu entkommen, mochte ihm die Flucht gelingen.

Er drehte sich um.

Sie lächelte ihn an.

Er starrte sie finster an, prüfend, als verstehe er überhaupt nicht, was sie bewegte … Und hinter seiner Maske und in seiner Haltung entdeckte sie noch etwas … Verlangen.

»Es geht mir gut.« Ihr Puls verlangsamte sich zu einem beständigen, doch noch immer schnellen Schlag. Allzu sehr war sie sich plötzlich wieder des durchsichtigen Nachthemds bewusst. Sie war mit einem Mann allein im Zimmer. Einem Mann, der sich sehr zu ihr hingezogen fühlte.

Über dieses Gefühl wusste sie nicht viel. Sie hatte noch nie einen Mann begehrt, und es hatte bisher keinen Mann gegeben, der sie begehrte. Doch ihr Verstand sagte ihr, dass sein Auftauchen in ihrem Zimmer kein Zufall war, und ihr Instinkt vermutete, dass er sie absichtlich aufgesucht hatte. Nicht, um sie in Gefahr zu bringen, sondern um sie zu warnen.

Deshalb machte sie sich keine Sorgen und fühlte sich nicht angegriffen. Trotz Fürst Sandres ominöser Warnung wusste sie, dass sie dem Schnitter vertrauen konnte. Das hatte er ihr bereits bewiesen.

Er kam zu ihr, nahm ihre Hand und beugte sich darüber. Seine Lippen berührten ganz sanft ihren Handrücken.

»Gehst du jetzt?«

Er nickte und ging zur Tür. Dort lauschte er mit dem Kopf am Türblatt. Er zeigte nach oben.

Inzwischen stapften die Stiefel über ihren Köpfen auf dem beengten Dachboden hin und her, der sich über die ganze Länge des Hotels erstreckte. Sie konnte die Männer des Fürsten hören.

Der Schnitter begann, den Schlüssel im Schloss zu drehen.

Und sie wusste, wenn sie ihn jetzt so gehen ließ, würde sie es für immer bereuen.

15

»Warte!«, rief Emma.

Der Schnitter drehte sich zu ihr um. Jede seiner Bewegungen verriet seine Verwirrung.

Sie trat zu ihm. »Du hast mich im Wald gefunden. Du hast mein Leben gerettet. Und ich will dir dafür danken … Ich will dir danken …« Sie nahm all ihren Mut zusammen und nahm sein Gesicht zwischen beide Hände. Dann stellte sie sich auf die Zehenspitzen und drückte ihre Lippen auf seine.

Sie hatte keine Erfahrung damit, doch legte sie all ihre Anerkennung in diesen einen Kuss. Seine Lippen waren warm und erstaunt, und dann nur noch warm und … leidenschaftlich. Sein Atem berührte sie und wurde heftiger, als sie ihr Gesicht seinem entgegenhob. Doch er hielt sich zurück, berührte sie nicht und wartete, dass sie sich zuerst bewegte.

Aber sie wusste nicht, was er jetzt von ihr erwartete.

Also hörte sie wieder auf den Instinkt, der aus einer ruhigen Ecke in ihr gekrochen kam, wo er sich bisher verdrängt und verängstigt verborgen hatte. Sie legte die Arme um seinen Hals und lehnte sich gegen ihn. Nicht mit ihrem ganzen Gewicht und auch nicht mit dem Unterleib; das traute sie sich noch nicht. Aber Brust und Schultern berührten ihn. Und das fühlte sich sehr angenehm an.

Er verströmte Hitze und Kraft, er roch nach einem anstrengenden Ritt und nach Pferd. Dieser Mann ragte groß über ihr auf, sie atmete tief ein und genoss die Unterschiede zwischen ihnen. Dann küsste sie ihn härter und drückte ihre Lippen auf seine.

Gerade kam ihr der Gedanke, dass Küssen wohl doch nicht so aufregend war wie sie immer gehofft hatte, als sich alles änderte. Irgendetwas – vielleicht ihr Eifer? – ließ ihn die Kontrolle verlieren.

Er riss sie zu sich heran, ein Arm um ihre Taille gelegt, der andere streichelte ihren Rücken und den Kopf. Er beugte sie nach hinten. Und dann *küsste* er sie.

Das war kein suchendes, unerfahrenes Drücken von Lippen auf Lippen.

Das war ein verwegener Kuss. Ein leidenschaftlicher Kuss. Dieser Kuss war wie die wilde Reise durch einen Dschungel, wie das Plantschen in einem warmen, stürmischen See, als würde sie nach draußen in den Gewittersturm treten und die Blitze einladen, sie zu treffen und in Flammen zu setzen.

Der Wind fuhr durch das offene Fenster und schien sie nass und kalt zu umarmen. Ein Windstoß hob den Saum ihres Nachthemds und bauschte es um seine Stiefel.

Emma drückte sich an ihn. Sie wurde von der Abenteuerlust dieses Mannes ganz in Anspruch genommen. Seinem Sinn für Gerechtigkeit und seiner Liebe … zu ihr? Seine Lippen öffneten ihre, und seine Zunge schlüpfte in ihren Mund. Er schmeckte sie und lud Emma stumm ein, ihn zu schmecken. Seine Seele zu erkunden, sein Wesen. Er unterstützte sie und wollte nicht mehr von ihr, als dass sie ihm dieses Privileg gestattete.

Zum ersten Mal in ihrem Leben *sehnte* sie sich. Ihre Nippel drückten sich hart und straff gegen seine Brust, und ihr Herz hämmerte in einem wilden Rhythmus. Sie war vor Sehnsucht halb verrückt und ließ hilflos die Hände über seine Arme und seine Brust gleiten. Dort fand sie starke Muskeln und gespannte Sehnen, unter ihrer Handfläche schlug sein Herz mit einer Wildheit, die der ihres Herzen glich.

Mit einem leisen, wortlosen Flüstern löste er schließlich seine Lippen von ihren.

Sie ruhte in seinen Armen und atmete schwer. Nur langsam erholte sie sich von diesem kurzen, herrlichen Sturm der Gefühle. Sie öffnete die Augen und blickte zu ihm auf. Sie war völlig aus der Fassung und peinlich berührt. »Oh, du lieber Himmel. Du lieber Gott. Wir haben … Ich habe …«

Seine Augen unter der Maske musterten sie. Nicht tadelnd, sondern als wollte er sie beschwichtigen. Er nickte und berührte sanft ihre Wange. Dann zog er ein sauberes Taschentuch hervor. Behutsam betupfte er ihre Lippen und zeigte ihr das gefaltete Stück Stoff.

Irgendwann während dieses wilden Kusses hatte er den weißen Puder von seinem Gesicht auf ihres übertragen. Jetzt war seine Haut, die von der Sonne gebräunt war, unter der Tarnung sichtbar geworden. Und das zeigte ihr erneut, dass er tatsächlich ein Mann aus Fleisch und Blut war.

Er hielt die Hände hoch, als sei er bereit, sie jederzeit aufzufangen, und machte ein paar Schritte nach hinten. Als er sicher war, dass sie auf eigenen Füßen stehen konnte, verbeugte er sich. Sein Gesicht wirkte ernst. Dann drehte er sich um und öffnete die Tür, als sei er sicher, nun ohne Zwischenfall durch den Flur entkommen zu können.

Ob ihm das wirklich gelang? Über ihren Köpfen konnte sie noch immer die Stiefeltritte seiner Verfolger hören, die auf den Dielenbrettern dröhnten. Aber vielleicht hatte Fürst Sandre eine Wache auf diesem Stockwerk zurückgelassen.

»Sei vorsichtig«, flüsterte sie.

Er drehte sich um. Sein Leichentuch wehte um ihn wie ein Mantel. Ein letztes Mal verbeugte er sich, die Hand auf die Brust gelegt.

Im Gegenzug machte sie einen Knicks wie ein albernes Mädchen bei seinem ersten Ball.

Sein Blick wurde warm. Er schloss die Tür und war nun endgültig verschwunden.

Nicht ein einziges Mal hatte er ein Wort gesagt oder ein Geräusch gemacht.

Sie stand da und starrte mit großen Augen ins Leere. Ihre Hände hingen nutzlos herab, sie rang nach Luft und konnte an nichts anderes denken als an dieses Verlangen. Dann zuckte ein Blitz vor dem Fenster, und ihr ging auf, dass er jetzt irgendwo da draußen war. Er rannte vielleicht gerade durch das Hotel und versuchte, den Häschern des Fürsten zu entkommen. Sie lief zur Tür und lauschte, dann eilte sie zum Fenster und riss es weit auf. Sie steckte den Kopf heraus.

Der Regen wusch ihr Gesicht, und der Wind zerrte an ihren Haaren. Blitze zuckten und gewährten ihr für den Bruchteil einer Sekunde einen Blick auf den Hof unter ihr.

Nichts bewegte sich. Plötzlich nahm sie einen Schatten wahr. Ja, da war er. Er rannte über das Kopfsteinpflaster. Ein dunkler Mantel verhüllte nun seine Verkleidung. Sie hielt die Luft an, weil sie fürchtete, im nächsten Augenblick einen Schrei zu hören, weil man ihn entdeckte.

Alles blieb still.

Er erreichte unentdeckt die Waldgrenze. Im letzten Moment blieb er stehen und schaute zum Hotel zurück. Sie glaubte zu sehen, wie er eine Hand für sie hob.

Sie winkte wild zurück, obwohl sie wusste, dass er sie nicht sehen konnte. Aber es war ihr unmöglich einfach still zu halten.

Dann war er fort.

Widerstrebend zog sie sich ins Innere des Zimmers zurück und schloss das Fenster. Dann öffnete sie es wieder einen Spaltbreit, weil die Enge der Kammer ihr den Atem zu rauben drohte. Sie nahm ein weißes Handtuch, trocknete ihr Gesicht ab und rieb die Haare trocken. Dann erst schaute sie an sich herunter und musste selbst über sich lachen. Mit dem nassen Nachthemd hätte sie wirklich genauso gut nackt sein können. Wie gut für sie, dass der Schnitter sie nicht so gesehen hatte.

Noch viel besser war, dass Fürst Sandre sie nicht so gesehen hatte.

Sie ging zur Tür und schloss sie wieder ab. Dann trat sie ans Bett und sank endgültig in die weiche Matratze.

Erst heute früh hatte sie Brimley im Brustton der Überzeugung versprochen, dass sie es vermeiden würde, sich auch nur andeutungsweise in die moricadische Revolution einzumischen. Und jetzt hatte sie den Schnitter in ihrem Bett versteckt! Sie hatte die Aufmerksamkeit von Fürst Sandre erregt! Wer war sie denn? War sie eine verängstigte Gesellschafterin oder eine närrische Heldin?

Und was war schlimmer – die Gefahr, der sie sich zu stellen bereit war? Oder ihr schamloses Verhalten?

Michael stand am Fenster und betrachtete durch die Gitterstäbe, wie die Sonne aufging. Alles in ihm vibrierte vor Anspannung und Erregung.

Heute Nacht war es verdammt knapp gewesen. Bisher war es noch nie so knapp gewesen. Aber nachdem Rickie ermordet worden war, hatte Sandre alle seine Männer darauf angesetzt, den Schnitter zu fangen.

Doch der Schnitter würde nicht aufhören. Nicht, bis er Rache genommen hatte. Bis er für Gerechtigkeit gesorgt hatte.

Michael hatte sich mit der Tatsache abgefunden, dass der Schnitter vermutlich eines Tages gefangen genommen wurde und dann einen schrecklichen, quälend langsamen Tod sterben würde.

Das hatte ihn bisher nicht gekümmert. Aber jetzt … Nachdem er so lange in der kalten, feuchten und engen Dunkelheit gelitten hatte, hatte der Schnitter nun endlich einen Grund gefunden, um zu leben.

Ihr Name lautete Miss Emma Chegwidden.

Michael wandte sich an Rubio und sagte: »Schick eine Nachricht zu Raul Lawrence. Lade ihn ein, mich heute hier zu besuchen.«

»Was ist, wenn er beschäftigt ist?«, fragte Rubio.

»Sag ihm, es sei ein Gefallen, den er einem alten Freund schuldig ist.«

16

»Ihr seht heute aber sehr rosig aus, Emma.« Lady Fanchere lächelte, als sie am nächsten Tag durch den Versammlungsraum schlenderten. »Moricadia tut Euch sichtlich gut.«

Emma errötete. Sie war in Gedanken bei der Gefahr gewesen, der sie sich letzte Nacht gestellt hatte. Und vor allem bei dem Kuss, der folgte. »Ja, Lady Fanchere. Ich bin hier glücklich.« Und es hatte sie sehr gefreut, heute früh nach der vorsichtigen Befragung des Zimmermädchens, das ihr heißes Wasser brachte, zu erfahren, dass der Schnitter unentdeckt hatte entkommen können.

»Die Gegend ist einfach herrlich, findet Ihr nicht?«

Emma schaute sich in dem großzügigen Innern des luxuriösen Gebäudes um. Die Marmorpfeiler hielten die kreisförmige Decke mit der üppigen Bemalung, und die großen Fenster gingen auf das Tal hinaus. Es gab zwei Steinbrunnen. In den einen strömte das heiße Wasser aus der Erde, in den anderen das eiskalte von der Gletscherschmelze. Beiden Quellen wurde nachgesagt, heilende Kräfte zu haben, und im Laufe des Vormittags versammelten sich hier die Reichen, tranken aus Marmorbechern, spazierten umher oder saßen in den Alkoven beisammen. Viele kamen wohl nur her, um in dieser modernen Umgebung des in Sonne getauchten Atriums gesehen zu werden. »Es ist nicht nur die Umgebung, die mich glücklich macht, Lady Fanchere. Es ist die Tatsache, für Euch arbeiten zu dürfen.«

Lady Fanchere lachte melodiös. »Ein sehr hübsches Kompliment. Zumindest, solange ich nicht daran denke, für wen Ihr vorher gearbeitet habt.«

Emma lächelte auch. Sie war in Lady Fancheres Gegenwart so entspannt, dass sie sofort erkannte, dass ihre Arbeitgeberin sie neckte.

»Aber ich schwöre Euch, dass es stimmt.« Lady Fanchere ließ sich nicht so leicht vom Thema abbringen. »Ihr seid fast rot im Gesicht. Was könnte dafür der Grund sein?«

»Vielleicht ist es die Höhe?«

»Nach dem Sturm letzte Nacht ist die Luft hier oben sehr erfrischend«, stimmte Lady Fanchere zu.

Emma spürte, wie ihr Gesicht sich noch mehr rötete. Sie sollte Lady Fanchere lieber bald erzählen, dass Fürst Sandre gestern Abend in ihr Zimmer eingedrungen war. Wenn sie es nicht tat, würde Lady Fanchere es gewiss auf anderem Wege herausfinden, und das würde sie an Emmas Charakter und ihrer Tugend zweifeln lassen. Doch Fürst Sandres Auftauchen war in ihrer Erinnerung so fest mit dem Schnitter verknüpft und ihrem erstaunlich großen Mut, dass sie kaum wagte, die Situation anzusprechen. Und mit dem Kuss. Sie hörte sich sagen: »Ich habe vielleicht einfach zu viel Sonne abbekommen.«

»Habt Ihr etwa Eure Haube abgenommen, während Ihr mit Michael unterwegs ward?«, fragte Lady Fanchere streng. »Mit Eurer blassen Haut sollten Ihr wirklich mehr Vorsicht walten lassen.«

»Ihr habt recht, ich sollte wirklich vorsichtiger sein.« In

jeder Hinsicht. Emma sollte Soldaten und Fürsten aus ihrem Schlafzimmer fernhalten. Und auf gar keinen Fall durfte sie einen Geist küssen.

Aber wenn sie sich an die vergangene Nacht und an die Empfindungen erinnerte, die dieser Kuss in ihr ausgelöst hatte, konnte sie keinerlei Bedauern empfinden.

»Eleonore. Eleonore!« Aimée eilte zu ihnen. Sie wirkte mehr als nur ein bisschen aufgeregt.

Ein Lakai mit drei Bechern auf einem Tablett folgte ihr.

»Aimée ist so freundlich. Sie meint es so gut mit mir.« Lady Fanchere rieb sich erschöpft mit der behandschuhten Hand die Schläfe. »Aber ich wünschte, sie würde nur einen Augenblick aufhören zu reden. Besonders über ...«

Aimée erreichte die beiden. Sie war außer Atem. »Habt ihr schon davon gehört?« Sie reichte ihnen die Becher mit dampfendem Wasser, das direkt aus der heißen Quelle stammte. Dann scheuchte sie den Lakaien davon. »Der Schnitter wurde letzte Nacht gesehen. Er war hier, in Aguas de Dioses!«

Emma erstarrte und hielt den Atem an.

»Oh nein.« Lady Fanchere seufzte.

»Doch!« Aimée legte die Hand auf ihre Kehle. »Er ist gekommen, um mich zu holen!«

»Aimée, das ist unmöglich«, sagte Lady Fanchere.

Aimée ignorierte diesen Einwand mit einer Bestimmtheit, die wirklich beeindruckend war. »Trink dein Wasser, Eleonore. Es ist gut fürs Baby.«

Lady Fanchere führte den Becher an die Lippen.

»Emma, Ihr solltet das auch trinken. Ihr seid ja ganz rot.« Aimée blickte Emma prüfend ins Gesicht. »Ihr kriegt doch nicht die Pest, oder?«

»Ich glaube nicht, Lady de Guignard. Meine Gesundheit ist äußerst robust.«

»Gut.« Aimée kam ohne Umschweife wieder zu ihrem Lieblingsthema. »Der Schnitter war hier. In genau diesem Hotel. Diese hübsche, irische Kanaille, Mr Gillespie Cosgair, hat gesagt, er habe einen Tumult gehört.« Sie beugte sich vor und legte ihre hohle Hand neben ihren Mund. »Sie sagen, Countess Martin sei auch hier«, flüsterte sie. »Und dass es zu nächtlichen Besuchen zwischen ihren Gemächern gekommen sei.«

»Der Schnitter und Countess Martin?«, rief Emma bestürzt.

Aimée machte Pssst. »Nein, meine Liebe! Mr Cosgair und Countess Martin. Sie ist eine berüchtigte Hure, aber nicht einmal sie würde mit einem Gespenst schlafen.«

»Er ist kein …« Lady Fanchere atmete tief durch. »Aimée, wenn dein einziger Beweis ist, dass ein Fremder ein Gerangel belauscht haben will, dann handelt es sich zweifellos nur um ein Gerücht und nicht um die Wahrheit.« Ihre Verzweiflung war trotz ihres gelassenen Verhaltens zu spüren. »Du musst aufhören, jeden Klatsch zu wiederholen. Vor allem, wenn er sich um den Schnitter dreht.«

Aimée richtete sich zu ihrer vollen Größe auf, was jedoch immer noch bedeutete, dass sie fast zehn Zentimeter kleiner war als Lady Fanchere. »Ich weiß nichts über Mr Cosgair und Countess Martin. Aber diese Pikanterie über den Schnitter ist kein Gerücht, Eleonore.«

»Woher *weißt* du das?«

»Weil Fürst Sandre ihm dicht auf den Fersen war und ebenfalls hier eingetroffen ist.«

Lady Fancheres Stimme klang plötzlich vergnügt. »Sandre war hier? Ist er noch hier?«

»Ja, ja!« Aimée hüpfte aufgeregt auf und ab.

Oh nein. Emma wollte am liebsten im Boden versinken. Wenn Fürst Sandre noch in der Nähe war, wenn er Aguas de Dioses noch nicht verlassen hatte, dann musste Emma wirklich möglichst schnell den Vorfall von letzter Nacht erwähnen. »Lady Fanchere? Ich muss Euch etwas gestehen.«

Aimée ließ sich nicht unterbrechen. »Ich sage dir doch, Eleonore, Sandre war hinter ihm her. Aber der Schnitter hat das Gewitter heraufbeschworen und ist in einem Lichtblitz verschwunden!«

»Ach, Aimée!« Lady Fanchere klang ehrlich verzweifelt.

»Ich bin dem Tode geweiht. Entweder sterbe ich von der Hand des Schnitters oder von Sandres Hand. Sie verfolgen mich durchs ganze Land!«

»Lady Fanchere, es wäre wirklich das Beste, wenn Ihr mir nur einen Moment lang Eure Aufmerksamkeit widmen könntet«, sagte Emma.

Aber Lady Fanchere konzentrierte sich inzwischen ganz auf Aimée. »Du hast nichts getan! Warum sollte einer von den beiden dich töten wollen?«

Emma seufzte. Sie führte den Becher an die Lippen. Als der Geruch ihr in die Nase biss, zog sie den Becher mit angeekeltem Gesichtsausdruck weg. »Das ist ja widerlich!«, rief sie.

Beide Frauen hielten erstaunt inne.

»Ja«, zwitscherte Aimée. »Wusstet Ihr das nicht?«

»Warum sollte irgendwer das trinken wollen?« Mit ausgestrecktem Arm hielt Emma den Becher von sich weg.

»Das ist gut für Euch!«, behauptete Aimée.

Lady Fanchere schmunzelte. Sie nahm die Becher an sich und gab sie einem vorbeigehenden Diener mit.

»Dann ist es also nicht das heilende Wasser von Aguas de Dioses, das Eure Wangen so vortrefflich erröten lässt?«, fragte Lady Fanchere Emma.

»Es ist auf keinen Fall das Wasser, Mylady.« Emma hätte sich am liebsten den Geschmack von der Zunge gekratzt.

»Und trotzdem sieht Miss Chegwidden heute Morgen äußerst bezaubernd aus«, sagte Fürst Sandre hinter ihnen.

Die drei Frauen wirbelten herum und knicksten.

Emma hielt den Blick nach unten gerichtet und wünschte sich verzweifelt, sonstwo zu sein. Nur nicht hier.

Ein schneller Seitenblick auf Aimée bewies ihr, dass diese genau dasselbe empfand.

»Aber, aber, Cousinchen.« Er öffnete die Arme, umarmte Lady Fanchere und küsste sie auf beide Wangen. »Wir müssen doch nicht so förmlich sein. Schließlich sind wir eine Familie.«

Lady Fanchere umarmte ihn mit offensichtlicher Freude. »Es tut so gut, dich zu sehen, Sandre. Es ist lange her.«

»Du hast dich in letzter Zeit sehr zurückgezogen. Warum eigentlich?« Er hielt ihre Hände fest.

»Sie ist guter Hoffnung«, piepste Aimée.

Fürst Sandre wollte gerade etwas sagen, doch seine Augen weiteten sich vor Überraschung. Er grinste breit. »Ist das wahr?«

»Bisher war es ein Geheimnis«, sagte Lady Fanchere seufzend.

»Aber das sind wirklich gute Neuigkeiten. Meinen Glückwunsch an Fanchere.« Er küsste erneut ihre Wangen. Dann wandte er sich an Aimée und umarmte auch sie. »Und was Euch betrifft, Cousinchen … Sagt Ihr immer noch zu viel über Dinge, über die man lieber schweigen sollte? Diese Indiskretion könnte noch Euer Tod sein.«

Er klang überaus freundlich, aber die Worte waren ernst gemeint, und Aimée schrak zusammen, als habe er sie geschlagen.

Emma schrak auch zusammen. Nicht nur, weil er Aimée in aller Öffentlichkeit tadelte, sondern weil sie sich an die letzte Nacht und seinen Besuch in ihrem Schlafzimmer erinnerte. Und daran, wie seine Augen eiskalt wurden, sobald er vom Schnitter sprach. Je mehr sie darüber hörte, umso deutlicher wurde ihr, dass Sandre ein wirklich beängstigender Mann war.

Lady Fanchere legte den Arm um Aimées Schultern. »Das macht mir nichts aus, Sandre. Die Wahrheit wird früh genug ans Tageslicht kommen, die liebe Aimée wollte nur freundlich und hilfsbereit sein. Sie ist so lieb zu mir, seit sie bei uns eingetroffen ist. Denk dir nur, Rickies Tod hat sie vor Gram gebeugt.«

Fürst Sandre kniff die Lippen zusammen. »Ja, Rickies Tod ist wahrhaftig eine Tragödie. Eine, die sich nicht wiederholen wird, das verspreche ich euch. Wir haben den Schnitter letzte Nacht fast erwischt. Die Schlinge zieht sich enger um seinen Hals.«

»Dann stimmt es? Er war letzte Nacht hier?« Lady Fanchere wirkte plötzlich sehr müde, als sei diese Neuigkeit mehr als sie im Moment ertragen könne.

Emma nahm ihren Arm. »Mylady, wenn Ihr Euch hinsetzen möchtet … Ihr seid nun lange genug herumgelaufen. Im Atrium gibt es Sitzplätze. Wir sollten lieber dorthin gehen, und ich hole Euch einen Becher Wasser. Kaltes Wasser vom Gletscher.«

»Das wäre mir sehr genehm«, gab Lady Fanchere zu.

»Ich werde euch den Weg bereiten.« Fürst Sandre marschierte auf eine Gruppe Moricadier zu, die sich in einem Alkoven auf Stühlen entspannten. Er sprach mit ihnen, und innerhalb von Sekunden räumten die Leute den Alkoven. Emma führte Lady Fanchere zu einem gepolsterten Stuhl, von dem aus sie einen herrlichen Blick auf die Eiswand und den Wasserstrom genoss, der von den eisigen Enden des Gletschers tropfte.

»Ich danke dir, Sandre. Das ist sehr lieb von dir.« Lady Fanchere rieb sich das schmerzende Kreuz.

Aimée tätschelte ihre Hand.

Emma legte ihr fürsorglich ein Tuch um die Schultern.

»Ich bin keine Todkranke, wisst ihr«, protestierte Lady Fanchere.

»Nein. Du wirst nur von uns allen sehr geliebt.« Aimées volle, rosige Wangen und ihr strahlendes Lächeln ließen ihr schwarzes Trauerkleid wie Hohn erscheinen.

Lady Fanchere berührte leicht ihren Arm. »Du bist eine Liebe. Also gut.« Sie wandte sich an Fürst Sandre, und ihr Blick war erstaunlich ernst. »Emma hat vorhin versucht, mir etwas mitzuteilen, und ich habe ihr nicht zugehört. Aber du scheinst meine liebe Emma zu kennen, und ich frage mich nun, woher.«

Emma wand sich und sagte: »Ich hätte es Euch sofort erzählt, aber …«

Lady Fanchere unterbrach sie. »Ich habe Fürst Sandre um eine Erklärung gebeten.«

Emma gab sich geschlagen. Die Rüge und die nun folgende Erzählung waren ihr gleichermaßen so peinlich, dass sie nichts tun konnte, außer mit im Schoß verkrampften Händen dazusitzen.

Aber Fürst Sandre war mehr als erfreut, Lady Fanchere Rede und Antwort zu stehen. Mit einer Hand auf der Hüfte baute er sich vor ihnen auf und erklärte: »Es stimmt. Als der Feigling, der er ist, beschloss der Schnitter gestern Nacht, sich unter den schwächsten und edelsten Menschen Moricadias zu verstecken. Er lief hinauf in den Dienstbotenflügel …«

»Wo du untergebracht bist, Emma?«, fragte Lady Fanchere.

»Ja, Mylady«, antwortete Emma leise.

Fast ohne Unterbrechung sprach Fürst Sandre weiter. »Und ich lief ihm nach. Meine Männer waren dicht hinter mir. Er versteckte …«

Erneut unterbrach Lady Fanchere ihn. »Aber er war doch nicht in deinem Zimmer, Emma?«

»Ich habe die Stiefel gehört, als die Männer des Fürsten nach ihm suchten«, sagte Emma.

»Obwohl wir alle Zimmer gewissenhaft durchsuchten«, fuhr Fürst Sandre fort, »haben wir ihn nicht gefunden. Er ist entkommen, jetzt ist es an uns, ihn endlich zur Strecke zu bringen.«

»Ihr könnt keinen Geist zur Strecke bringen«, wandte Aimée ein. »Er ist flüchtig.«

Fürst Sandre drehte sich zu ihr um. Sein Gesicht war vor

Ungeduld zu einer wütenden Maske verzerrt. »Ich habe einen Plan.«

Emma hob die Hand und dachte darüber nach. Sie kniff die Augen zusammen. Einen Plan? Er hatte wirklich einen Plan?

»Liebe Aimée, sei nicht dumm.« Lady Fanchere drückte Aimées Arm mit der Hand, und zugleich starrte sie Sandre vorwurfsvoll an.

Einmal mehr setzte er die Miene eines edlen Kämpfers auf. »Dumme Aimée. Ihr seid in Eurem Glauben so kindlich. Fast wie die Moricadier selbst.«

Aimée versuchte erneut, das Wort zu ergreifen.

Lady Fanchere brachte sie mit einem Zischen zum Schweigen.

Emma atmete tief durch. Sie atmete noch einmal durch. Dann mischte sie sich in die Unterhaltung ein. »Euer Hoheit, könnt Ihr uns nicht von Eurem Plan erzählen, wie Ihr den berüchtigten Schnitter gefangen nehmen wollt?« Sie war selbst überrascht, dass sie so ruhig, interessiert und … gefasst klang. Als unterhielte sie sich regelmäßig mit Männern von königlichem Geblüt und Edeldamen. War es wirklich erst drei Tage her, dass sie Lady Lettice die Füße massiert hatte?

Doch Lady Fanchere warf ihr einen dankbaren Blick zu. Als habe Emma diesen Einwurf gezielt vorgebracht, um Aimée vor weiterem Schaden zu bewahren.

Fürst Sandre lächelte sie an. Er war stolz auf sein Vorhaben, und es freute ihn sichtlich, dass ausgerechnet sie ihn bat, ihr seine Gewieftheit darzulegen. »Eine gute Frage, Miss Chegwidden. Heute Abend und zukünftig jede Nacht, bis wir ihn gefangen genommen haben und zerquetschen werden, postieren sich meine Männer an der Kreuzung zwischen der Unterstadt und der Burg. Sie werden ein Seil über die Straße spannen und auf beiden Seiten im Dickicht warten. Sobald sie den Schnitter im Galopp herankommen sehen, werden sie das Seil spannen. Das Pferd wird stürzen, der Schnitter wird aus dem Sattel geschleudert, und wir nehmen ihn gefangen. Dann werden wir ihn selbstverständlich hängen.« Er machte eine Pause und wartete auf ihr Lob.

Aimée schüttelte indes nur den Kopf.

Emma konnte ihrer Bestürzung keine Worte verleihen. Ob Sandres Plan funktionierte? Würde der Schnitter sterben, und würden die Moricadier wieder ohne einen Verteidiger dastehen?

»Ein vernünftiger Plan«, sagte Lady Fanchere. »Ich hoffe, er wird dem Schrecken ein Ende setzen, das dieses Land überzogen hat.«

Ihre Ausdrucksweise schien Fürst Sandre zu missfallen. »Der Schnitter ist kein Schrecken. Er ist ein dummer, armseliger Feigling, und ich werde mir seinen Kopf holen.«

Mit eisiger, deutlicher Stimme fragte Aimée: »Wenn er so ein dummer, armseliger Feigling ist, wieso haben Eure Männer ihn dann so lange frei herumlaufen lassen?«

Sandre wurde vor Wut von der gestärkten Krawatte bis zu den Haarwurzeln knallrot.

Emma hätte am liebsten aufgestöhnt. Wie konnte Lady de Guignard so klug und dumm zugleich sein?

»Aimée, ich glaube, es wird das Beste sein, wenn du dich jetzt zur Ruhe begibst. Ich glaube, du hast Kopfschmerzen.« Lady Fanchere klang kühl und verärgert.

Aimée schien von Lady Fancheres Tonfall überrascht zu

sein. Sie blickte zu Fürst Sandre auf und flüsterte: »Oh, ja. Ich glaube, du hast recht.« Sie stand auf, machte einen Knicks, drehte sich um und trippelte davon.

»Ich weiß nicht, wie du diese Frau den ganzen Tag erträgst«, sagte Fürst Sandre.

Ohne Zögern griff Lady Fanchere ihn an. »Du warst gestern Nacht in Emmas Schlafzimmer?«

Er seufzte theatralisch. »Ich fürchte, so war es. Aber lass mich dir versichern, dass deine Gesellschafterin in meiner Gegenwart absolut sicher war.«

»Emma war aber nicht mit dir allein«, sagte Lady Fanchere. »Du hast gesagt, deine Männer wären auch dort gewesen.«

Emma schloss halb die Augen und fragte sich, ob Fürst Sandre wohl lügen würde. Halb hoffte sie, dass er es tat.

»Es war nicht angemessen, dass meine Männer sich im Zimmer einer jungen Dame herumdrücken. Also habe ich sie vor die Tür geschickt.«

Lady Fanchere stand abrupt auf. »Sandre. Wenn es dir nichts ausmacht, würde ich gerne unter vier Augen mit dir sprechen.«

Fürst Sandre nickte, als wäre er von Lady Fancheres Bitte nicht besonders überrascht. Er verbeugte sich vor Emma, nahm Lady Fancheres Arm und führte sie davon.

17

Emma beobachtete Lady Fanchere und Fürst Sandre aus der Ferne. Sie wusste ziemlich genau, was das Thema ihres Gesprächs war, und sie fragte sich, was Lady Fanchere wohl zu ihm sagen würde. Aber obwohl ihre Zukunft von dieser Unterhaltung abhängig war, wurde sie davon nicht so sehr eingenommen, wie man meinen sollte. Stattdessen überlegte sie, wie sie dem flüchtigen Schnitter eine Nachricht übermitteln konnte.

»Miss Chegwidden?« Die Stimme eines Fremden ließ sie herumfahren. Sie starrte ihn an. Sein Englisch war fehlerlos. Er war ein attraktiver Mann, aber auf eine intensive, grüblerische Art, die sie glauben ließ, er müsste wohl ein unangenehmer Zeitgenosse sein. Er trug einen dunklen Anzug und ein weißes Hemd, seine Sachen sahen aus, als stammten sie von einem der besten Schneider Londons. Und er kam ihr überhaupt nicht bekannt vor.

»Ich bin Miss Chegwidden«, bestätigte sie.

»Wie schön, Euch wiederzusehen.« Er verbeugte sich mit der makellosen Eleganz eines geborenen Gentleman.

Also war sie ihm schon einmal begegnet. Aber wo? »Ich fürchte, ich erinnere mich nicht …«

»Ihr erinnert Euch nicht an mich. Natürlich, warum solltet Ihr auch?« Er lächelte sie an, als erwartete er nichts anderes. »Ich bin Raul Lawrence, der Sohn von Viscount Grimsborough. Wir sind uns einmal kurz bei einer Veranstaltung in St. Ashley begegnet. Ihr wart damals noch sehr jung, aber irgendwie ergab sich die Gelegenheit zu einem Besuch, und Ihr wart mit einer meiner Schwestern bekannt. Ich glaube, Ihr kanntet sie aus der Schule.«

»Natürlich.« Sie konnte sich immer noch nicht an ihn oder seine Schwester erinnern. Aber sie war auf jeden Fall oft genug in St. Ashley gewesen, sei es zu Weihnachten oder am Maifeiertag. Und in ihrem Internat war sie vielen adeligen Frauen begegnet, die sie nur flüchtig wahrnahmen. Manche waren auch nett zur Tochter des Rektors. Andere nicht so sehr. Offensichtlich gehörte seine Schwester zu den freundlichen Mädchen, weshalb Emma jetzt vorgab, sich zu erinnern. »Wie schön, Euch wiederzusehen. Seid Ihr in Moricadia zu Besuch?«

»Ich lebe hier.«

»Hier?« Sie schaute sich in dem Versammlungsraum um. Ihr Blick ruhte auf Fürst Sandre und Lady Fanchere, und wieder einmal fragte sie sich, was zwischen den beiden vorging, dass Lady Fanchere so ernst wirkte und Fürst Sandre eindringlich auf sie einredete.

»Nicht *hier*. Aber in Moricadia. Mir gehört eine Villa nicht weit von Aguas de Dioses. Es ist ein bisschen wie eine Rattenfalle, fürchte ich, denn das Anwesen liegt mitten im Wald, und es gibt weit und breit keine anderen Häuser. Aber mir gefällt es so.« Er wies einladend auf die Promenade. »Wollen wir ein Stück gehen?«

Sie kannte ihn eigentlich gar nicht. Doch sie waren an einem öffentlichen Ort, und er war ein Engländer. Es war also durchaus anständig, und nur weil sie ein nagendes Unwohlsein verspürte, hieß das nicht, dass sie seine Einladung nicht annehmen sollte. Sie stand auf und gesellte sich zu ihm und den anderen Mitgliedern der moricadischen Gesellschaft, die durch das große Atrium schlenderten, miteinander redeten und ihr widerliches Wasser tranken. »Warum habt Ihr Euch in diesem Land niedergelassen?«

Mr Lawrence verscheuchte mit einer Handbewegung einen Diener, der ihnen ein Tablett mit Bechern hinhielt. »Ich bin eigentlich im Exil hier. Mein Vater ist ein kleiner Tyrann, und ich scheue es, mich von ihm an die Kandare legen zu lassen. Außerdem hat er es geschafft, dass ich auf Jahre in der Gesellschaft in Ungnade gefallen bin. Ich bin also nicht gerade besonders wohlgelitten im *bon ton*.«

Er klang wie ein Außenseiter. Das hatten sie gemeinsam. Sie und der Schnitter. »Warum ist das so, Mr Lawrence?«

»Ich bin ein Bastard«, erklärte er rundheraus.

Jetzt konnte er sich wieder ihrer vollen Aufmerksamkeit gewiss sein.

»Das tut mir leid, ich habe Euch wohl sprachlos gemacht«, sagte er. »Aber es stimmt. Daher lebe ich hier in dieser Gesellschaft, die Glücksspielern und Verdammten aufgeschlossen gegenübersteht.«

»Seid Ihr das denn?«, fragte sie ernst.

»Ja. Ich bin tatsächlich ein kleiner Rebell.«

Als diese Worte zu ihr durchdrangen, wandte sie sich ihm überrascht zu und blickte ihn an. *Rebell*? Hatte er sich gerade als *Rebell* bezeichnet? Meinte er das so, wie sie dachte?

Er lächelte und neigte den Kopf. »Ja, ich denke, Ihr und ich, wir sind beide Rebellen.«

Sie blieb abrupt stehen.

Er legte die Hand auf ihren Arm und zog sie behutsam mit sich. »Geht weiter, Miss Chegwidden. Tut so, als würdet Ihr Euch angenehm unterhalten und gebt Euch *etwas* interessiert.«

Sie schritt an seiner Seite weiter und dachte fieberhaft nach. Sie versuchte verzweifelt, alle Puzzleteile zusammenzufügen. War Mr Lawrence ein Freund des Schnitters?

Aber nein. Er war auf grausame Weise attraktiv, und sein Charme war eher düster. Er strahlte eine so skrupellose Sinnlichkeit aus, dass es sie nervös machte, neben ihm herzugehen. Er war jedenfalls kein guter Mann.

War er dann ein Spion der de Guignards? Hatte jemand den Schnitter letzte Nacht aus ihrem Zimmer schlüpfen sehen und hatte sie gemeldet? Suchte dieser Mr Lawrence also nach Informationen, die nur sie ihm geben konnte?

Aber nein. Denn immer noch lächelnd und charmant bemerkte er: »Letzte Nacht habt Ihr eine Beule in Eurer Matratze gehabt, wenn ich recht informiert bin.«

»Woher wisst Ihr das?«, fragte sie leise und aufgebracht.

»Vielleicht bin ich ja der Schnitter.«

»Nein, das seid Ihr nicht.« Sie wusste selbst nicht, warum sie sich da so sicher sein konnte. Aber sie war es.

Raul Lawrence lachte tief und grollend. »Dann bin ich vielleicht ein Freund von ihm. Denn nur er selbst oder ein Freund kann wissen, wo genau Ihr ihn versteckt haben.«

»Das stimmt.« Hatte sie also seinen Charakter falsch eingeschätzt? Erneut dachte sie intensiv nach, denn sie musste das alles richtig verstehen. Das Leben eines Mannes – und ihr eigenes Leben – hingen davon ab. »Oder Ihr arbeitet vielleicht für Fürst Sandre und habt ihn längst gefangen genommen und gefoltert, damit er Euch diese Information preisgibt.«

»Glaubt mir, wenn Fürst Sandre den Schnitter gefasst hätte, wärt Ihr schon längst in den königlichen Kerker gewandert«, sagte Mr Lawrence tonlos.

Sie wusste bereits genug über die de Guignards, um zu wissen, dass das stimmte. Erneut schaute sie zu Fürst Sandre und Lady Fanchere hinüber. Ihr Gespräch schien sich dem Ende zu zu neigen. Bestimmt würde es Fürst Sandre nicht entgehen, dass sie mit einem Mann spazieren ging. Das würde ihm nicht gefallen, denn während er Lady Fancheres Ausführungen lauschte, beobachtete er sie mit gerunzelter Stirn.

»Könnt Ihr dem Schnitter eine Nachricht überbringen?« Sie sprach leise und drängend.

»Geht weiter, Miss Chegwidden.«

Sie zwang ihre Füße, sich vorwärtszubewegen.

»Lächelt, als ob wir alte Freunde sind, die in unbedeutenden Erinnerungen schwelgen.«

Sie setzte ein Lächeln auf.

»Und zu Eurer Frage … ja, das kann ich.«

»Fürst Sandre hat einen Plan ersonnen, um ihn bei seinem nächsten Ritt in die Falle zu locken.« Rasch erläuterte sie ihm diesen Plan.

»Vielen Dank, Miss Chegwidden. Ihr seid überaus hilfreich. Ich verspreche Euch, diese Nachricht wird ihm zu Ohren kommen. Und jetzt«, er hob die Stimme und fügte hinzu: »Mrs Andersen behauptete, sie würde lieber für einen großen Fauxpas gestraft als für einen kleinen.« Er lachte laut.

Ihre Stimme zitterte, als sie in sein Gelächter einstimmte. Aber sie schaffte es, und es überraschte sie nicht, dass Fürst Sandre im nächsten Moment direkt hinter ihr sprach.

»Was für eine angenehme Überraschung, dass Ihr beide Euch kennt.«

»Euer Hoheit.« Mr Lawrence drehte sich gespielt überrascht um. »Wir kennen uns tatsächlich von früher. Eines der Anwesen meines Vaters grenzt an die Gemeinde, in der Miss Chegwiddens Vater als Pfarrer tätig war.«

Fürst Sandre lächelte kalt. »Dann seid Ihr alte Freunde.«

»Man könnte eher sagen, wir sind entfernt miteinander bekannt. Miss Chegwidden ist eine zu anständige Lady für mich.«

Dieser Gedanke schien Fürst Sandre zu gefallen. »Das ist sie, nicht wahr?«

»Aber es tut gut, in diesem fremden Land eine englische Stimme zu hören.« Mr Lawrence verbeugte sich. »Da ich so nahe wohne, suche ich Aguas de Dioses regelmäßig auf. Es würde mich sehr freuen, Euch beizeiten wiederzusehen, Miss Chegwidden.«

»Das würde mich auch freuen, Mr Lawrence.« Sie lächelte und neigte den Kopf. Sie spielte die einsame Exilantin, als sei sie für diese Rolle geboren worden.

»Habt Ihr Heimweh?« Nachdem Mr Lawrence verschwunden war, trat Fürst Sandre an ihre Seite, und sie spazierten gemeinsam über die Promenade, als seien sie zwei ganz normale Mitglieder der Gesellschaft.

Doch wenn Emma sich umschaute, sah sie, dass die Leute sie anstarrten. Lady Fanchere war zu dem Stuhl zurückgekehrt, den sie vorhin verlassen hatte, und schaute mit einem

Lächeln zu ihnen herüber. Die besten Kreise Moricadias beobachteten sie und redeten über den Fürsten und Lady Fancheres ausländische Gesellschafterin. Emma war die Vorstellung verhasst, welche Gerüchte vermutlich schon jetzt in dieser Wandelhalle kursierten – und darüber hinaus. »Ich vermisse England sehr«, gab sie zu. »Aber Moricadia ist ein Land von unvergleichlicher Schönheit, und ich genieße meinen Aufenthalt hier.«

»Ihr diplomatisches Geschick ist beispiellos.« Er schaute nach vorne und lächelte, als habe sie soeben eine Prüfung bestanden. Noch immer überaus gut gelaunt fügte er hinzu: »Ich habe gestern Nacht vergessen, Euch zu fragen, ob Ihr Eure Fahrt in die Unterstadt genossen habt.«

»Meine Fahrt in die Unterstadt?« Emma blieb stehen und wandte sich ihm zu. Sie sah ihn verblüfft an.

Die Leute strömten um sie herum, als ob sie Kiesel in einem Flussbett wären.

»Es war sehr lieb von Euch, den Arm dieses Mädchens zu richten. Wie war noch gleich sein Name? Elixabete. Es ist traurig, dass sie ihren Vater unter so tragischen Umständen verloren hat.«

Emma war entsetzt. Er demonstrierte ihr gerade eindrucksvoll, wie viel er über sie wusste, und sie fürchtete, er wusste auch, was Damacia über ihn gesagt hatte. Ihre größte Angst war, dass er die arme Frau dafür bestrafen würde.

Doch er lachte nur liebenswürdig. »Kommt, Miss Chegwidden. Ich bin schließlich der Fürst, und es ist natürlich meine Aufgabe, alles zu wissen, das in meinem eigenen Land vor sich geht.«

Nein. Eigentlich solltet Ihr das nicht wissen.

Wer von den Leuten im Innenhof des Mietshauses war der Spion? Welche der Frauen am Brunnen hatte ihre Seele verkauft, um ihre Kinder satt zu bekommen?

Emma schaute sich in alle Richtungen um. Zum ersten Mal fühlte sie sich an diesem Ort unwohl.

Wer in dieser Wandelhalle gehörte zu seinen Spionen? Wer beobachtete, lauschte und berichtete jede ungewöhnliche Aktivität an den Fürsten und seine Häscher? Die Vorstellung führte zu einem Jucken in ihrem Nacken. »Euer Hoheit, ich habe nicht geahnt, dass Ihr Euch mit etwas so Unwichtigem belastet. Wenn Ihr mich jetzt bitte entschuldigen würdet …« Sie wusste selbst, wie schroff sie klang. Aber er kannte sie nicht. Vielleicht glaubte er ja, dass sie immer so taktlos war.

Sie entfernte sich von Fürst Sandre, schwamm gegen den Strom der Flaneure. Sie stolperte an Ladys vorbei, die von ihren Zofen begleitet wurden, und an Gentlemen, die so überrascht waren, dass sie ihr Monokel sinken ließen.

Sie brauchte niemanden für dieses Vexierspiel mit dem Fürsten verantwortlich machen außer sich selbst. Sie hatte beschlossen, den Schnitter zu retten. Sie hatte aufrecht im Bett gesessen und ganz genau gewusst, dass sie sich dem Fürsten verführerisch präsentierte, und sie hatte so das Interesse des mächtigsten Mannes von Moricadia geweckt.

Jetzt musste sie den Preis dafür bezahlen. Und das würde sie gerne tun, denn jetzt war Fürst Sandre geneigt, ihr zu vertrauen – nein, er *prahlte* sogar vor ihr –, und daher konnte sie das Zünglein an der Waage sein, um den Schnitter vor der Rache des Fürsten zu retten.

Fürst Sandre geleitete Emma wieder zu Lady Fanchere.

»Ihr nehmt das zu ernst. Wenn ich nicht weiß, was meine Leute sagen und denken, hieße das, sie zu missachten.«

»Ich gehöre nicht zu Euren Leuten«, wandte Emma ein.

»Ich würde diesen Zustand gerne ändern«, antwortete er.

Oh Gott. Sie war nicht bereit, in diesem Tempo weiterzumachen.

Er nahm ihre Hand. »Habe ich Euch jetzt verschreckt?«

»Nein! Überhaupt nicht. Aber Ihr seid ein Fürst, und ich bin nur eine Dienerin.«

Er zog sie etwas zu sich heran. »Ich bin ein Mann, und Ihr seid eine Frau.«

Eine Frau, die solche Aufmerksamkeiten überhaupt nicht gewohnt war. Trotzdem klang es für sie so, als sagte er eine Zeile aus einem Theaterstück auf, das er schon viele Male aufgeführt hatte.

Sie machte sich von ihm los. »Euer Hoheit, es ist nicht angemessen, so mit mir zu reden.« Sie spürte Fürst Sandres aufmerksamen Blick auf sich ruhen und wandte sich an Lady Fanchere. »Mylady, Ihr habt vorhin den Wunsch geäußert, draußen spazieren zu gehen. Wir sollten jetzt Lady de Guignard suchen und zu unserem Spaziergang aufbrechen, damit Ihr beide den Mittagsimbiss genießen könnt und Euch nachmittags ausruhen könnt.«

Lady Fanchere lächelte, als gefiele ihr Emmas sorgfältige Planung. »Ihr seid wie immer die perfekte Gesellschafterin, Emma.«

»Vielleicht sollte ich euch bei dem Spaziergang begleiten«, schlug Fürst Sandre vor.

Aber Lady Fanchere blieb eisern. »Morgen darfst du dich

uns gerne anschließen, Sandre. Aber heute ist unser erster Tag hier, und die Zeit ist für uns Frauen reserviert.«

Fürst Sandres Augen blitzten ungeduldig auf, aber er klang recht höflich, als er erklärte: »Dann genießt euren ersten Tag, und ich freue mich schon jetzt auf morgen.«

18

Lady Fanchere blickte Fürst Sandre nach, als er sich entfernte. Dann nahm sie Emmas Arm und steuerte die Tür an. »Kommt. Wir müssen Aimée suchen.«

»Ja.« Weil Aimée sich vor Fürst Sandre in Acht nehmen musste. Und weil Lady Fanchere dieses streitsüchtige Funkeln in den Augen hatte.

Sie marschierten zur Doppeltür, überquerten den Platz und betraten ihr Hotel. Dort fanden sie Aimée in der Hotelhalle. Sie saß auf einem Stuhl und sah sehr besorgt und elend aus.

Völlig untypisch für sie schien das Lady Fanchere gar nicht aufzufallen. Sie legte eine Hand unter Aimées Arm und zog sie auf die Füße. »Komm mit. Wir gehen jetzt in Madam Merciers Laden.«

Aimées Augen leuchteten auf. »Wir gehen einkaufen?«

»Ja. Komm schon, Aimée. Du weißt doch, wie sehr ich deinen Rat in modischen Fragen schätze.« Lady Fanchere steuerte wieder auf den Ausgang zu. Sie versprühte eine Energie, wie Emma es bei ihr bisher noch nicht erlebt hatte.

»Was kaufen wir denn ein?«, fragte Aimée.

»Kleider für Emma.« Lady Fanchere ging voran und steuerte die Oberstadt an.

»Was? Aber warum?« Aimée beschleunigte ihre Schritte, um zu Lady Fanchere aufzuschließen.

»Wozu brauche ich denn noch mehr Sachen?« Emma strich über den Rock ihres Kleids. Dieses Kleid schätzte sie sehr und hatte es die letzten zwei Tage getragen, ohne es zu zerreißen oder mit Ruß zu beflecken.

»Aber Ihr könnt nicht in so einem Kleid in den Palast gehen«, erklärte Lady Fanchere.

Aimée atmete erschrocken ein. »Eleonore, warum ist es denn so wichtig, was sie trägt, wenn sie in den Palast geht? Sie ist nur deine Gesellschafterin.« Aimée warf Emma einen entschuldigenden Blick zu.

Emma nickte. Sie war überhaupt nicht beleidigt, denn Aimées freimütige Bemerkung lag auch ihr auf der Zunge.

»Das ist nicht wahr.« Lady Fanchere drehte sich um und stand nun mitten auf der Straße vor den anderen beiden Frauen. »Emma, ich vermute, Ihr wisst, dass ich mit Sandre über Euch gesprochen habe.«

»Ich dachte mir schon, dass es sich um mich drehte.« Emma biss sich auf die Unterlippe. »Mylady, er kam gestern in mein Zimmer, und ich habe ihn angefleht, wieder zu gehen. Ich habe ihm gesagt, es gehöre sich nicht. Ich habe nichts getan, dessen ich mich schämen müsste.«

»Das glaube ich Euch, Emma. Manchmal jedoch, wenn ein Mann reich ist und schon alles hat, muss ein Mädchen nichts anderes machen außer seine Aufmerksamkeit zu erregen. In Eurem Fall hat Sandre Euch im Nachtgewand gesehen …«

»Ich wünschte, das hätte er nicht getan!«, rief Emma erregt.

»… und war von Eurer Schönheit und Eurem Anstand sehr angetan«, vollendete Lady Fanchere. »Ich habe ihm erzählt, dass Ihr eine junge Frau mit einem bewundernswerten

Charakter seid, und ich würde nicht zulassen, dass er Euch verführt. Er versicherte mir darauf, seine Absichten seien ehrenhaft.«

»Ehrenhaft?« Emmas Mut sank. In was für eine verzwickte Lage hatte sie sich nur gebracht? »Was meint Ihr damit?«

Lady Fanchere sprach es endlich aus. »Wenn Ihr einverstanden seid, würde er gerne mehr Zeit mit Euch verbringen, um herauszufinden, ob Ihr und er gut zueinanderpassen.«

»Ob sie zueinanderpassen?« Aimée riss entsetzt die blauen Augen auf und legte die Hand aufs Herz.

»Ob wir … Ihr meint, um zu … heiraten?« Das war nicht in Emmas Sinn gewesen, als sie den Schnitter in ihrem Bett versteckt hatte. Und ebenso wenig, als sie Fürst Sandre ermunterte, ihr seine Pläne darzulegen, wie er den Schnitter fangen wollte. Jetzt hatte sie ein wirklich ernstes Problem.

Lady Fanchere lächelte. Ihre Augen funkelten vergnügt. »Ihr seht verwirrt aus.«

»Das bin ich auch. Euch muss doch klar sein, dass ich das bin.« Emma verschluckte sich fast. »Ich bin doch nur … eine bezahlte Gesellschafterin!«

»Eleonore, hast du denn den Verstand verloren?« Aimée schrie beinahe. »Emma kann unmöglich den Fürsten heiraten!«

Die Leute auf der Straße drehten sich zu ihnen um und guckten.

Emma drückte das Kinn auf die Brust und wünschte sich sehnsüchtig, irgendwo anders zu sein.

»Pssst, Aimée. Sei doch still.« Lady Fanchere hakte sich bei ihnen unter und führte sie den Hügel hinauf und in einen kleinen, eleganten Laden.

Eine modisch gekleidete Frau mittleren Alters, die ganz in Schwarz gehüllt war, schaute von den Stoffballen aus Seide, Satin und Baumwolle auf. Ihre Augen erhellten sich, und sie kam ihnen eilig entgegen. »Lady Fanchere, Lady de Guignard, willkommen! Was kann ich für Euch tun?«

»Madam Mercier, dies ist Miss Chegwidden.« Lady Fanchere zeigte auf Emma.

Madam Mercier bedachte Emma mit einem flüchtigen Blick und hatte sich schnell ihr Urteil gebildet. »Ja, und?«

»Ich möchte, dass Ihr für Miss Chegwidden eine neue Garderobe entwerft.«

Madam Mercier schaute Hilfe suchend Aimée an.

Mit einer Sachlichkeit, die für ihr Wesen völlig untypisch war, fragte Aimée: »Aus welchem Grund, Eleonore?«

»Nein. Bitte, Lady Fanchere.« Emma fühlte sich schuldig und unwohl. Die ganze Sache war ihr schrecklich peinlich, und sie wünschte sich verzweifelt, dieser sich rasant in die falsche Richtung entwickelnden Sache zu entkommen.

»Seid doch nicht dumm.« Lady Fanchere legte den Arm um Emmas Taille und lächelte Madame Mercier an. Es war ein Lächeln, mit dem eine Adelige eine Person niederen Stands zu bedenken pflegte. »Stellt Euch einfach vor, Miss Chegwidden ist meine Tochter, die ich für ihre ersten Bälle und Gesellschaften ausstaffieren lassen möchte.«

Emma wandte ein: »Ihr seid nicht so alt, meine M…«

»Doch, das bin ich«, erwiderte Lady Fanchere kurz angebunden. Etwas ruhiger blickte sie ernst in Emmas Augen. »Ich bin wirklich so alt, und ich will das hier tun. Es wird ein richtiger Spaß. Davon habe ich schon mein ganzes Leben lang geträumt. Bitte tut mir den Gefallen.«

Was konnte Emma noch dagegen einwenden? »Eure Freundlichkeit weiß ich wirklich zu schätzen, und ich werde nie vergessen, wie tief ich in Eurer Schuld stehe, Lady Fanchere, aber …«

Lady Fanchere hatte kein Interesse an einem Aber. Sie verkündete: »Gut! Dann lasst uns mal schauen, was Ihr für uns tun könnt, Madam Mercier.«

Madam Mercier wechselte einen zweiten beredten Blick mit Aimée. Dann kam sie näher. Nachdenklich tippte sie sich gegen das Kinn, während sie Emma umkreiste, als wäre sie eine Schaufensterpuppe. »Ja. Ja. Sie ist jung. Schöne Haare. Eine exzellente Figur. Die Augen … hm. Hexenaugen. Stürmisch. Undurchschaubar. Die Farbe ändert sich je nach Stimmung. Im Mittelalter hätte man sie verbrannt. Lady Fanchere, ich werde Miss Chegwidden sehr hübsch aussehen lassen. Äh … wie viel plant Ihr …«

»Scheut keine Kosten und Mühen«, wies Lady Fanchere die Modistin an.

Madam Mercier machte erneut einen Knicks, und Emma sah das gierige Funkeln in ihren Augen. Sie war soeben auf eine Goldmine gestoßen. Eilig verschwand sie im Hinterzimmer.

»Eleonore, was tust du bloß?«, fragte Aimée erzürnt. »Du willst Miss Chegwidden – eine unschuldige Frau – Sandre ausliefern?«

»Sandre ist nicht so schlimm, wie du immer denkst, Aimée. Und selbst wenn er es ist, hat er inzwischen mit 35 ein Alter erreicht, in dem er sich nach einer Ehefrau umschauen sollte. Gut, ich habe ihn ein bisschen auch in die Richtung gelenkt. Aber er ist zudem in der beneidenswerten Position, sich keine Sorgen darum machen zu müssen, ob seine Zukünftige wohlhabend oder von Stand ist.«

Emma hatte noch nie in ihrem Leben etwas so ernst gemeint wie das, was sie jetzt sagte. »Auf mich trifft nichts davon zu, und diese Ehre ist einfach eine Nummer zu groß für mich.«

»Ihr stammt aus einer respektablen Familie und habt Euch als sehr belastbar erwiesen. Ihr seid freundlich und klug. Für mich habt Ihr alles, was eine Fürstin braucht«, sagte Lady Fanchere.

»Versteh Emma nicht falsch. Aber sie verdient etwas Besseres!« Aimée schaute Emma an. Ihre Augen blitzten empört. »Sandre bekommt keine Braut, die reich oder von Stand ist, weil kein Adelshaus in ganz Europa die Verbindung mit ihm sucht. Er ist wie Heinrich VIII. von England – wenn einer erst genug Leute umgebracht hat, will keiner mehr seinen Kopf an so einen verlieren. Sandre hat diesen zweifelhaften Ruf, sich mit Kriminellen und Halunken im Namen des Profits zu verbünden. Nicht, dass der Adel sich nicht auch mit Halunken verbünden würde. Aber die Halunken katzbuckeln vor ihnen. Die Kriminellen verneigen sich ehrfürchtig vor ihnen. Sandre würde sich hingegen selbst jedem beugen, solange nur seine Spielhöllen weiter betrieben werden können. Außerdem haben die Adeligen anderer Länder aus der Französischen Revolution gelernt und tun wenigstens so, als sorgten sie sich um das einfache Volk. Hier ist das Elend hingegen so groß, dass Sandres Politik für uns alle peinlich sein müsste.«

»Ach, Aimée! Die Trauer um Rickie hat dich ja völlig um den Verstand gebracht.« In Lady Fancheres Augen schimmerten Tränen, und sie sah wie eine Frau aus, die sich zwischen zwei Seiten entscheiden musste.

»Ich bin nicht um den Verstand gebracht, ich bin …« Aimée hielt die Luft an. »Sieh doch nur, Eleonore. Madam Mercier wartet mit einem Berg Kleidern auf den Armen. Ich glaube, sie will sich mit dir beraten.«

Lady Fanchere starrte Aimée an.

»Geh schon«, scheuchte Aimée sie weg. »Du machst dir einfach zu viele Sorgen.«

Weil Lady Fanchere ihre Freundin und Cousine liebte und ihr vertraute, trat sie zu Madam Mercier und ließ sich in ein ausgiebiges Gespräch über den richtigen Stil verwickeln.

Mit leiser Stimme redete Aimée hastig auf Emma ein. »Lasst Euch nicht darauf ein, Emma. Ich flehe Euch an. Eleonore will das hier nur um Sandres willen. Sie hört zwar die Gerüchte über ihn, aber sie will ihnen keinen Glauben schenken. Sie will weiterhin glauben, dass er ein anständiger Kerl ist. Aber sie wird sich schon bald der Tatsache stellen müssen, dass das nicht so ist. Sie hat ihn gedrängt, endlich zu heiraten, weil sie fest daran glaubt, die Liebe einer guten Frau werde ihn vor der Verdammnis bewahren, mit der er im Moment spielt.«

Emma hielt ihren Blick nach unten gerichtet. Sie hatte die Hände gefaltet und sprach sehr leise. »Das ist eine große Aufgabe für eine Frau.«

»Genau. Und jetzt will er Euch, und Ihr seid eine gute Frau. Genau das also, was Eleonore sich für ihn wünscht. Mein liebes Mädchen, nehmt es mir nicht übel. Ich bin sehr offen. Ich kenne Männer wie ihn, und ich kenne die kruden Gedankengänge, die sie antreiben.«

Aimée sprach über Rickie, wenn Emma das richtig deutete.

»Ja, Sandre fühlt sich zu Euch hingezogen. Weil Ihr ein hübsches Gesicht und gute Manieren habt. Aber am meisten zieht ihn Eure Tugendhaftigkeit an. Dass Ihr vor ihm keinen anderen Mann hattet und er deshalb gar nicht erst versuchen muss, Euch zufrieden zu stellen. Er will Euch, weil Ihr kein Geld und keinen Adelstitel habt und weil Ihr genau deswegen dankbar sein werdet, an seiner Seite aufzusteigen. Er will Euch, weil Ihr keine Familie und kaum Freunde in diesem Land habt. Er wird die vollkommene Kontrolle über Euch ausüben. Emma«, Aimée nahm Emmas Hände und blickte ihr tief in die Augen. »Ihr seid verarmt und einsam besser dran als gefangen in einer Ehe mit diesem Mann.«

Aimée war verzweifelt. Sie versuchte, Emma einen gut gemeinten Rat zu erteilen, und sie hatte zweifellos in der Vergangenheit ein paar schreckliche Erfahrungen gemacht, die sie dazu trieben. Emma spürte, wie Tränen in ihr aufstiegen. Aber nichts konnte etwas an den Fakten ändern. Emma musste bleiben und dieses Spiel bis zum bitteren Ende mitspielen. Das Leben des Schnitters hing davon ab. Und wer konnte schon wissen, wie viele Leben von seinem abhingen? Emma sagte zu Aimée: »Mylady, ich danke Euch für Euren Rat und den Mut, den Ihr mir zusprecht. Ich glaube Euch. Ich werde alles in meiner Macht stehende tun, um diesem Schicksal zu entkommen. Aber im Moment zwingen mich die Umstände, zu bleiben.«

»Braucht Ihr Geld?«, fragte Aimée drängend. »Ich kann Euch Geld geben, damit Ihr nach England zurückkehren könnt.«

»Das ist es nicht.« Emma schaute zu Lady Fanchere, die noch immer in ihr angeregtes Gespräch mit der Modistin vertieft war.

»Ach, natürlich.« Aimées Augen füllten sich mit Tränen. »Ihr bleibt wegen meiner lieben Eleonore. Sie hat Euch von ihrer früheren Unfruchtbarkeit und ihrer Angst erzählt, dieses Kind nicht austragen zu können. Und Ihr fühlt Euch jetzt für ihr Wohl verantwortlich. Ihr seid so eine gute Frau!«

Was konnte Emma darauf erwidern? *Nein, das ist es nicht?* Denn das war nur zum Teil der Grund. Es ging ihr auch um den Schnitter und um Damacia und Elixabete ... Und nachdem sie als Tochter eines Pfarrers und anschließend als unterdrückte Gesellschaftsdame bisher ein passives Leben gelebt hatte, war das hier endlich Emmas Chance, ein leidenschaftliches und erfülltes Leben zu führen!

Letztlich sagte sie nichts davon, sondern versuchte einfach, brav und besorgt dreinzuschauen. Sie schien damit Erfolg zu haben, denn Aimée seufzte und betupfte ihre Augen mit einem Taschentuch.

Als Lady Fanchere rief: »Emma, kommt doch einmal. Madam Mercier ist jetzt so weit, dass Ihr die ersten Kleider anprobieren könnt«, wollte Emma am liebsten vor Schuldbewusstsein sterben.

Während sie mit Lady Fanchere sprach und Madam Merciers Vorschlägen lauschte, schlug ihr Herz hart in der Brust. Denn alles, woran sie denken konnte, war die eine Frage.

Ob er sie heute Nacht wieder besuchte?

19

Emma saß in ihrem Bett und hatte sich Kissen in den Rücken gestopft. Das Buch lag offen in ihrem Schoß.

Alles war so wie in der letzten Nacht. Ihr Nachthemd war weiß, sauber und abgetragen, und sie hatte es wieder bis zum Hals zugeknöpft. Ihre Haare waren zu einem Zopf geflochten und sorgfältig über eine Schulter drapiert. Wie schon am vorangegangenen Abend grollte in der Ferne Donner und kam langsam näher. Ein erster Lufthauch wehte durch das offene Fenster als Vorbote des Sturms.

Aber Emma las nicht. Sie lauschte. Lauschte, ob sie die Schritte eines Mannes auf dem Gang hörte.

Das Hotel war still. Alle schliefen.

Sie sollte sich lieber nicht wünschen, dass er kam. Sie hatte sich heute absolut dumm verhalten. Es war eins, wenn man glaubte, dem Mann etwas schuldig zu sein, der einen vor dem sicheren Tod gerettet hatte.

Letzte Nacht hatte sie ihm diese Schuld zurückgezahlt.

Aber warum hatte sie so interessiert zugehört, als Fürst Sandre ihr seinen Plan darlegte, wie er den Schnitter gefangen nehmen wollte? Warum hatte sie sich so verzweifelt gewünscht, einen Weg zu finden, ihm von der Falle zu berichten?

Sie konnte sich ruhig einreden, dass es so war, weil sie von den Zuständen in der Unterstadt entsetzt war und helfen wollte. Das stimmte schließlich auch. Aber ihre angespannte Erwartung bewies ihr an diesem Abend, dass es noch etwas anderes gab, das sie antrieb.

Sie wollte den Schnitter wiedersehen. Sie wollte, dass er ihr dankbar war. Sie wollte, dass er Fürst Sandre entkam, damit er in ihre Arme zurückkehren konnte und sie so küsste, wie er sie letzte Nacht geküsst hatte. Denn letzte Nacht hatte sie eine ganz neue, unerwartete Facette ihrer eigenen Persönlichkeit kennengelernt. Sie war oberflächlich und ließ sich leicht von einer Leidenschaft hinwegfegen – sie, die Tochter eines Pfarrers!

Sie lachte leise.

Die Kerze flackerte im Luftzug.

Emma schaute die Kerze an. Dann sah sie ihn – eine reglose Gestalt, gekleidet in ein Leichentuch. Er stand im Schatten und wartete.

Sie hätte darauf vorbereitet sein müssen, ihn wiederzusehen, doch sie schnappte überrascht nach Luft. Zuckte zusammen. Schrie leise. »Du bist es.« Sie legte die Hand auf ihr hämmerndes Herz und wiederholte: »Du bist es. Du hast mir Angst eingejagt!«

Er antwortete nicht.

»Wie bist du hier reingekommen?«

Natürlich antwortete er noch immer nicht. Aber er trat ins Licht.

Er glitt mit einer unheimlichen Lautlosigkeit durch den Raum. Es war fast, als wäre er tatsächlich ein Geist, obwohl sie sehr genau wusste, dass er das nicht war. Letzte Nacht hatte er ihr das bewiesen.

»Hast du meine Nachricht bekommen?«, fragte sie.

Die Freude, die sich auf seinem Gesicht kurz abzeichnete, schwand sofort wieder. Er zog seine weißen Handschuhe aus und steckte sie unter den Gürtel. Dann legte er eine Hand über sein Herz und verbeugte sich.

Sie lehnte sich entspannt gegen das Kopfteil des Betts und erwiderte das Lächeln. »Gut.« Sie hatte ihm helfen können. »Mr Lawrence ist dein Freund? Du hast ihn mir geschickt?«

Erneut verneigte der Schnitter sich.

Sie sah seine bloßen Hände; sie hatten lange Finger, breite Handflächen. Waren gebräunt und sahen aus, als könnten sie zupacken. Der Anblick dieser Hände bewegte sie. Es kam ihr vor, als habe er ihr eines seiner Geheimnisse enthüllt, indem er ihr einen Teil von sich zeigte, den sonst niemand kannte.

»Ich werde weiter für dich spionieren«, erklärte sie.

Er schüttelte heftig den Kopf. Ein ausdrückliches Nein.

»Ich will aber. Wirklich, es ist ganz leicht. Ich muss nur Fürst Sandre umschmeicheln, die Augen weit aufreißen und ihn fragen, ob ich je vor dem großen, bösen Schnitter in Sicherheit sein werde.« Emma machte einen verführerischen Schmollmund. Das war eine Fähigkeit, von der sie bisher keine Ahnung gehabt hatte, dass sie sie besaß. »Dann wird er mir bestimmt alles sagen.«

Der Schnitter runzelte die Stirn und schüttelte dann erneut den Kopf.

»Warum nicht? Er hat seine Spione überall. Ich habe die Unterstadt besucht, und er hat davon erfahren. Er wusste, wen ich besucht habe und was ich dort getan habe. Jemand von dort muss es ihm gesagt haben, und das ist nicht gerecht. Du musst wissen, wer seine Spione sind.«

Das werde ich schon herausfinden.

Sie verstand ihn, selbst ohne Worte. »Ich will dir aber helfen.« Sie musste ihm ja nichts von Fürst Sandres Absicht erzählen, um sie zu werben. Oder davon, wie sehr er sie ängstigte. Sollte der Schnitter ruhig glauben, dass es ihr leichtfiel, für ihn zu spionieren. »Ich habe dir doch geholfen, oder?«

Draußen grollte der Donner und kam immer näher. Erneut flackerte die Kerze im Luftzug.

Er nickte. Dann bewegte er die Lippen, als wollte er etwas sagen, doch er legte die Hand über den Stoff, der seine Kehle bedeckte. Dann fuhr er mit einer ungeschickten Bewegung herum – es war das erste Mal, dass sie ihn so hektisch erlebte – und stolperte zur Tür.

»Warte!« Sie kroch aus dem Bett.

Er drehte sich um. Sie glaubte zu bemerken, dass er es mit einem gewissen Eifer tat.

Drei Schritte von ihm entfernt blieb sie stehen. »Willst du mich denn gar nicht küssen?«, stieß sie hervor.

Er erstarrte.

Beschämt schloss sie die Augen. *Hatte sie das wirklich gerade gesagt?*

Seine Stiefel schlurften über den Boden. Der Duft des Schnitters – nach Leder, Pferd und Mann – überflutete ihre Sinne.

Sie riss die Augen auf.

Er stand jetzt direkt vor ihr. Seine Hand schwebte über ihrem Kopf, und gerade so, als könnte er ihr nicht widerstehen, berührte er leicht ihre Haare. Ganz langsam ließ er die Finger über ihren dunklen Zopf gleiten und folgte ihm über ihre Schulter zu der Stelle, wo er auf ihrer Brust ruhte.

Sie stellte einen nackten Fuß auf den anderen.

Er betrachtete ihr Gesicht, als könne er sich von diesem Anblick nicht losreißen. Sein Blick war intensiv. Leidenschaftlich. Ihr schien es, als sei sie in seinen Augen die bezauberndste Frau auf der Welt. Als wünschte er sich nichts sehnlicher, als diesen Moment mit ihr zu genießen.

Langsam und stockend atmete sie tief ein.

Sein Blick glitt zu ihren Brüsten, die sich gegen das dünne Material drückten.

Seine Hand war ihr nah. Sehr nahe. Er hielt ihren Zopf umfasst. Er atmete ebenfalls langsam ein, ganz im Rhythmus ihrer Atemzüge. Er wollte sie. Sie wusste, dass er sie wollte.

Dann schien er sich zusammenzureißen. Er schüttelte einmal mit Nachdruck den Kopf und machte einen Schritt nach hinten.

Sie packte seine Hand und drückte sie gegen ihre Brust.

Die Hitze in ihrem Innern wurde neu entflammt. Es schien, als werde die Baumwolle zwischen ihnen einfach versengt und als stünde sie nackt und vor Verlangen zitternd vor ihm. Sie wollte, dass er seine Hand nach unten bewegte und ihre Brust umfasste. Er sollte ihren Nippel streicheln. Sollte irgendwie dafür sorgen, dass dieses schwellende Gefühl aufhörte. Oder sich steigerte.

Seine breite Hand bewegte sich. Er hob ihre Brust leicht an, drückte die Handfläche gegen ihr sehnendes Fleisch. Er nahm den Nippel zwischen Daumen und Zeigefinger und massierte ihn leicht.

Eine überraschende Empfindung ließ sie rückwärts taumeln.

Er fing sie auf. Sein Arm lag um ihre Taille und half ihr,

sich wieder aufzurichten. Dann hielt er sie, während er ein zweites Mal über ihren Nippel strich. Seine Finger nahmen einen langsamen, beständigen Rhythmus auf.

Er tat ihr nicht weh. Doch diese Empfindung trieb sie fast in den Wahnsinn. Das schmerzliche Ziehen in ihren Brüsten und ihrem Schoß verstärkte sich. Ihr Herzschlag beschleunigte sich und hämmerte in der Brust bis hinauf in den Hals. Mit seiner Berührung brandmarkte er sie. Sein Geruch umhüllte sie. Emma blickte in sein Gesicht. Wenn sie ihn wenigstens sehen könnte. *Richtig* sehen. Aber wie schon zuvor bedeckte die Maske die obere Hälfte seines Gesichts und reichte bis über seine Wangen. Die dicke weiße und schwarze Schminke verlieh ihm das Aussehen eines knöchernen Ghuls. Eine Kapuze bedeckte seine Haare.

Wenn sie ihm im Licht des Tages begegnen würde, könnte sie ihn nicht wiedererkennen. Und dieser Mann hielt ihre Brust in der Hand und ihre Leidenschaft im Zaum. »Bitte«, flüsterte sie.

Er beugte sich vor und küsste sie sanft auf die Lippen. Es war nur ein Hauch, nur ein Versprechen.

Ihre Lippen öffneten sich ihm seufzend.

Sein unausgesprochener Schwur wurde Wirklichkeit. Sein Kopf neigte sich ihrem zu, und ihre Lippen berührten sich leicht. Er erkundete sie mit seinem Atem und seiner Zunge, bis sie die Augen schloss und verlangend wimmerte.

Ein Blitz zuckte und erhellte die Welt hinter ihren geschlossenen Augen. Der Donner knallte. Es war ein herrliches, wildes Schauspiel.

Er hielt sie immer noch von sich weg. Sie lag zwar in seinen Armen, doch er hielt unwillkürlich Abstand.

Sie näherte sich ihm.

Er zog sich von ihr zurück.

Zugleich reizte er sie. Liebkoste ihre Brust unendlich zärtlich, bis sich in ihrem Innern eine dunkle Qual aufbaute, die mit dem hellen Blitz draußen verschmolz.

Als sie es nicht länger aushielt, krallte sie sich in das flatternde Leichentuch, in das er sich gehüllt hatte, und zog sich an ihn.

Er lachte lautlos an ihren Lippen. Seine Hand ließ von ihrer Brust ab und glitt hinauf zu ihrem Hals. Er öffnete behutsam die winzigen Knöpfe, die ihr Nachthemd verschlossen hielten.

Die Öffnung offenbarte nichts. Die meisten Kleider hatten einen weiteren Ausschnitt als ihr Nachthemd jetzt aufwies. Aber sie waren allein, es war finstere Nacht, und sie standen in ihrem Schlafzimmer. Sie trug nichts unter dem hauchdünnen Baumwollstoff. Als er die Finger unter den Kragen schob und über die zarten Knochen ihres Schlüsselbeins streichelte, fühlte sie sich nackt. »Bitte.« Dieses Mal war es weniger ein Flehen, sondern vielmehr Zeichen ihrer Befangenheit.

Selbst sie wusste, dass es dafür jetzt zu spät war.

Er drückte sie gegen die Wand und zwang ihren Kopf in den Nacken. Seine Lippen waren an ihrer Kehle, glitten hinauf zu ihrem Ohr. Sein heißer Atem streifte ihre empfindliche Haut. Seine Brust und das Kostüm rieben sich an ihr, und ihre Nippel zogen sich hart zusammen. Sie war von dieser neuen Empfindung vollends überwältigt.

Ihre Wahrnehmung wurde geschärft. Sie nahm ihn viel deutlicher wahr. Sie war sich ihrer selbst bewusst, wie sie immer verzweifelter nach ihm verlangte. Tränen der Sehnsucht brannten hinter ihren geschlossenen Lidern.

Er schob seinen Oberschenkel zwischen ihre Beine und hob sie leicht an, bis sie rittlings auf seinem Bein saß.

Diese Berührung brachte sie dazu, das Kreuz durchzudrücken. Sie erschauerte und grub die Fingernägel in seine Schultern. Es war ungehörig, das zuzulassen. Ein Mann – dieser Mann – durfte nicht so viel über ihren Körper wissen. Er durfte nicht so geübt ihr Verlangen ausnutzen und zugleich ... Oh Gott. Die schaukelnde Bewegung setzte ihre Nervenenden in Brand, es loderte bis in ihre Fingerspitzen, ihre Brüste und tief in ihrem Unterleib. Sie wurde vor Befangenheit fast ohnmächtig, die Verzweiflung hatte sie ebenso gepackt wie dieses plötzliche Fest der Sinne, nach dem sie sich so lange verzehrt hatte, ohne es zu wissen.

Es schien, als habe sie ewig darauf gewartet, diesem Wahnsinn zu verfallen. Und doch hatte sie bis zu diesem Augenblick gar nicht gewusst, dass ein Rausch wie dieser existierte.

Sanft biss er sie ins Ohrläppchen, dieser einzelne, stechende, kleine Schmerz war der Funke, den sie brauchte. Die Leidenschaft entzündete sich daran und überflutete ihren Körper. Sie war völlig unvorbereitet und erschauerte. Presste sich gegen seinen Oberschenkel und noch näher an ihn. Sie stöhnte auf und gab sich ganz dem Sturm der strahlend hellen Lust hin. Sie stürmte durch diese chaotische Erfüllung. Und die ganze Zeit klammerte sie sich an ihn, als ginge es um ihr Leben. Sie war ihm näher als je einem anderen Menschen.

Endlich war der lustvolle Sturm über sie hinweggefegt. Sie wurde in seinen Armen schlaff.

Als ihre Atmung sich beruhigte und sie ihre Sinne wieder beisammenhatte, die sich in diesem lustvollen Sturm in alle Windrichtungen verstreut hatten, bemerkte sie schließlich die vom Regen abgekühlte Brise, die durch das offene Fenster strömte. Sie war in dieser winzigen Kammer mit ihm allein. Er drückte nicht länger die Lippen auf ihre Haut, sondern hob sie hoch und stellte sie auf die Füße. Sie klammerte sich wieder an ihn. Dieses Glück sollte kein Ende finden. Doch er ließ sie los. Hielt sie nur noch locker umfasst und ließ die Hände an ihrem Rücken auf und ab streicheln, bis sie wieder zu Atem gekommen war. Auch er kam langsam wieder zu Atem.

Sie schaute zum Bett hinüber.

Er schüttelte den Kopf, doch ein leises Lächeln zauberte ein Grübchen in seine Wange. Seine Zurückweisung war nicht unfreundlich, sondern vielmehr bedauernd.

»Wirst du morgen Abend wiederkommen?« Hatte sie denn überhaupt keinen Stolz? Keine Raffinesse? Wenn sie derlei überhaupt je besessen hatte, war es in den erhitzten Minuten vollends verloren gegangen.

Er hob die Hände in einer hilflosen Geste.

»Ich weiß. Du hast anderes zu erledigen. Du musst Menschen helfen. Musst Ungerechtigkeiten berichtigen. Aber ich sehe Fürst Sandre morgen wieder.«

Der Schnitter schüttelte den Kopf.

»Ich habe keine andere Wahl. Er ist Lady Fancheres Cousin.« *Er wünscht, um mich zu werben, und Lady de Guignard hat angedeutet, dass seine Beweggründe keine guten sind.* »Also kann ich ihm genauso gut zuhören. Wenn ich dich wiedersehe, kann ich dir Informationen weitergeben.«

Doch dann kam ihr ein schrecklicher Gedanke, und hastig fügte sie hinzu: »Aber wenn du glaubst, es ist zu gefährlich, herzukommen, bleib bitte fort. Ich könnte es stattdessen genauso gut Mr Lawrence erzählen.«

Der Schnitter nickte.

»Einverstanden.« Sie lächelte und versuchte, sich den Anschein zu geben, als kümmerte sie nicht, wie er davon erfuhr. »Bitte pass gut auf dich auf.«

Er machte eine Geste, die sie nur zu leicht verstand. *Du aber auch.*

»Versprochen.«

Er öffnete die Tür und schlüpfte so leise nach draußen, dass sie nicht einmal hörte, wie die Tür ins Schloss gezogen wurde.

Der Wind frischte auf und hob ihr Nachthemd an, das um ihre Knöchel tanzte. Der Sturm tobte um das Hotel. Er war rasch näher gekommen und wütete mit unbändiger Kraft. Die Luft knisterte von den Blitzen.

Erst spät kehrte ihr gesunder Menschenverstand zurück.

Was hatte sie nur getan?

Sie hatte sich der Sünde hingegeben. Hatte der Leidenschaft nachgegeben. Sie hatte es genossen, in dieser Schande zu schwelgen.

Schlimmer noch … Sie wollte es erneut tun. Mit ihm. Mit dem Mann, dessen Gesicht sie niemals gesehen hatte. Dessen Stimme sie nie gehört hatte. Dessen Mut sie jedoch bewunderte und dessen Körper sie anbetete.

Ob er morgen Nacht zu ihr zurückkehrte?

Oder würde er heute Nacht sterben?

20

Emma wachte am nächsten Morgen bei hellstem Sonnenschein von einem lauten Klopfen an ihrer Schlafzimmertür auf.

Sie setzte sich auf. Ihr Herz hämmerte in der Brust.

Sie hatten ihn umgebracht. Sie hatten den Schnitter ermordet.

»Emma?« Das war Lady Fancheres Stimme. »Geht es Euch gut? Es ist schon sehr spät, und wir hatten Euch eigentlich schon früher unten erwartet.«

Sie klang ganz normal.

Emma schaute sich um. Sie bemerkte, wie hoch die Sonne schon stand. Da erst wurde ihr bewusst, dass sie wohl verschlafen hatte. Lady Fanchere wäre außerdem bestimmt die Letzte, die ihr die schlechte Nachricht von des Schnitters Tod überbringen würde. Es bestand für Emma also kein Grund zur Panik. Sie atmete tief durch, um sich zu beruhigen. Dann räusperte sie sich. »Es tut mir leid! Ich glaube, ich …« Sie schlug die Bettdecke zurück und stieg aus dem Bett. »Ist bei Euch alles in Ordnung, Mylady?«

»Es geht uns bestens. Aimée und ich sind hier, um Euch beim Ankleiden zu helfen.«

Emma starrte die geschlossene Tür an, als redete ihre Brotherrin in einer ihr völlig fremden Sprache. Sie waren hier, um ihr beim Ankleiden zu helfen? »Ich kann mich durchaus selbst anziehen.«

»Wir haben Euch noch ein paar Kleidungsstücke mitgebracht.«

Emma zog ihr Kleid an. Sie hätte gestern wirklich früher zu Bett gehen sollen. Aber sie hatte sich um die Sicherheit des Schnitters gesorgt. Und sie war erregt gewesen, weil ... nun, sie war eben erregt gewesen. Den Preis musste sie jetzt zahlen.

Mit leiser Stimme hörte sie Aimée sprechen. »Ich habe dir doch gesagt, dass sie das merkwürdig finden wird.«

»Sie ist nur müde«, erklärte Lady Fanchere unerschütterlich. »Sie wird es später zu schätzen wissen, wenn sie den Fürsten trifft.«

Emma schaute sich suchend im Zimmer um, ob irgendwas verriet, dass der Schnitter bei ihr gewesen war. Erst dann riss sie die Tür auf.

Die zwei Frauen hörten auf, sich zu zanken, und setzten gleichzeitig ein strahlendes Lächeln auf.

»Kommt herein«, sagte Emma.

Lady Fanchere schob sich als Erste an ihr vorbei.

Lady de Guignard hob eine Reisetasche hoch. »Wir haben ein paar Sachen aus unseren Reiseschränken zusammengesucht.« Dann trat auch sie in das kleine Zimmer.

Emma schaute hinaus und blickte den Gang einmal rauf und runter. Leer. Sie zog den Kopf zurück und schloss die Tür. Mit dem Rücken lehnte sie sich dagegen und musterte die beiden Ladys.

Sie packten bereits ihre Funde aus und breiteten sie auf dem Bett aus. Sie krähten vergnügt wie zwei Hähne bei Sonnenaufgang. Es bereitete ihnen sichtlich Vergnügen, Emma wie eine Puppe zu verkleiden. Es hätte ihr unter Umständen auch Spaß gemacht, wenn sie nicht gewusst hätte, dass sie diesen Aufwand nur wegen Fürst Sandre betrieben. »Was haben wir denn hier?«, fragte sie.

»Nach Eurer Anprobe gestern habe ich Madam Mercier gefragt, ob sie noch ein Kleid vorrätig hat, das Euch vielleicht passt und das eine andere Kundin ihr nicht abgenommen hat«, sagte Lady Fanchere.

»Aber das Kleid, das Lady de Guignard mir geschenkt hat, ist schon mehr als genug!«

Lady Fanchere tat so, als habe sie den Einwand nicht gehört. »Sie hatte keins mehr. Stattdessen gab sie mir das hier!« Sie hielt ein langes Spitzenband hoch. »Ein Schal aus belgischer Spitze mit einem Einsatz aus indischer Seide.«

»Das sieht wunderschön aus. Aber es ist für eine bezahlte Gesellschafterin nicht angemessen.« Emma konnte genauso unerschütterlich sein wie Lady Fanchere.

Diese kapitulierte. »Ihr habt natürlich recht. Ach Emma, Ihr habt einfach einen unbestechlichen Sinn dafür, was sich gehört. Ich bin überzeugt, für Sandre werdet Ihr ein Gewinn sein.« Da sie bemerkte, wie Emma zurückwich, fügte sie hinzu: »Es ist selbstverständlich allein Eure Entscheidung, was als Nächstes passiert. Wir legen diesen Schal also vorerst beiseite und heben ihn uns für den Abend auf. Aber schaut doch einmal diese hübschen Manschetten und den dazu passenden Kragen an. Damit ist Euer Kleid nicht länger langweilig, sondern wahrhaft himmlisch.«

Entrüstet wehrte Emma sich: »Ich liebe das Kleid, und ich weiß Lady de Guignards Güte durchaus zu schätzen!«

»Ich habe es auch gerne getragen, Eleonore.« Aimée klang verletzt.

»Ihr Lieben, wir wissen doch alle, dass Frauen oft genug kritisiert werden, wenn sie ein Kleid mehr als einmal tragen. Wir müssen dieser Abnutzung vorbeugen, bis Madam Mercier mit Emmas Garderobe fertig ist.« Lady Fanchere war so eifrig bei der Sache, dass Emma und Aimée nur einen Blick wechselten und sich ihrem Wunsch beugten.

Als sie fertig waren, trug Emma Lady de Guignards Kleid, das sie mit einem weißen Spitzenkragen und passenden Manschetten aufgewertet hatten. Dann hatte sie sich ihren alten, geliebten Schal um die Schultern gelegt und trug eine neue Haube aus lila Samt, die sie mit frischen hellblauen Blumen dekoriert hatten. Dazu trug sie weiche schwarze Lederschuhe angezogen. Als sie in den Spiegel schaute, fand sie, dass sie wie eine junge Lady im Jahr ihres Debüts aussah. Sie wirkte unschuldig und blutjung.

Sie fühlte sich wie ein Lamm, das zur Schlachtbank geführt wurde.

Auf dem Weg die Treppe hinunter und die Straße entlang bis zum Heilbad mit den schönen Hallen schlurfte sie hinter den beiden Damen her.

Auf der Straße drehten sich die Leute nach Lady Fanchere und Lady de Guignard um. Sie grüßten die beiden, die zu ihnen gehörten – doch also sie Emma so hübsch herausgeputzt sahen, steckten sie die Köpfe zusammen und tuschelten.

Emma wollte sich innerlich vor Scham winden. Stattdessen versuchte sie, weiterzugehen, wie sie es schon immer getan hatte. Sie blieb einen Schritt hinter den Damen.

Lady Fanchere hielt davon nichts, sondern zog Emma zwischen sich und Aimée und hakte sich bei ihr unter. »Ihr habt recht, Emma. Mit Euren strahlenden Augen und den rosigen Wangen braucht Ihr keinen zusätzlichen Schmuck.«

Fürst Sandre betrat das Heilbad. Er schaute sich um und steuerte direkt auf sie zu, als er die drei Frauen entdeckte.

Ja. Ein Lamm, das zur Schlachtbank geführt wurde.

»Lächelt Sandre an«, wies Lady Fanchere sie an.

Emma konnte nicht. Dann tat sie es doch, denn sie hatte dem Schnitter versprochen, für ihn zu spionieren.

Aber das Lächeln fühlte sich eher an, als würde sie ihre Lippen über die bloßen Zähne nach hinten ziehen.

Fürst Sandre bemerkte es nicht. Vielleicht, weil er es gewohnt war, dass die Leute ihn so anlächelten. Vielleicht kannte er den Unterschied nicht.

Vielleicht kannte er den Unterschied auch, aber es war ihm egal.

Er verneigte sich und lächelte, ganz weltmännisch und seiner selbst gewiss. »Guten Morgen Eleonore. Miss Chegwidden.« Sein Blick streifte Lady de Guignard. »Aimée.«

Sie blieben alle stehen und sanken in einen Hofknicks.

Aber Emma spürte, wie Lady de Guignard sich an sie drückte. Als jagte allein seine Gegenwart ihr schon unbändige Angst ein. Beruhigend drückte sie Aimées Arm.

»Darf ich Euch bei Eurem Spaziergang begleiten?« Seine Frage war eher formaler Natur. Er gesellte sich zu ihnen und ging neben Lady Fanchere. »Miss Chegwidden, Ihr seht heute wirklich strahlend schön aus, wenn man bedenkt, wie lange Ihr gestern noch auf wart.«

»Entschuldigt, ich verstehe nicht?«, sagte sie verwirrt.

»Ihre Kerze brannte gestern Abend noch sehr lange.« Er

beobachtete sie unter halb geschlossenen Lidern aufmerksam.

Emma presste die Lippen fest zusammen und drehte ihr Gesicht weg. Sie dachte nicht daran, ihm zu erklären, warum sie so lange wach geblieben war – nicht einmal eine Lüge wollte sie ihm auftischen.

»Ihr habt heute früh lange geschlafen«, sagte Lady Fanchere. »Was habt Ihr denn zu so später Stunde noch gemacht?«

Jetzt hatte Emma keine andere Wahl. »Ich habe gelesen, Mylady.«

»Wie Ihr auch schon in der Nacht zuvor gelesen habt.« Er erinnerte sie absichtlich an die intimen Momente in ihrem Schlafzimmer. »Ich hoffe, Ihr seid kein Blaustrumpf. Zu viel Intelligenz macht eine junge Dame unattraktiv.«

Als ob sie wüsste, dass Emmas Hand zuckte, weil sie versucht war, ihm eine Ohrfeige zu versetzen, hielt Aimée ihren Arm an ihrer Seite fest.

»Um Himmels willen, Sandre! Deine Ansichten sind manchmal etwas mittelalterlich.« Lady Fanchere lachte. »Sie liest schließlich keine skandalöse Literatur. Als Autorin ist Jane Austen inzwischen doch weithin respektiert.«

»Das stimmt. Und so lange eine junge Dame ihren Verstand nicht mit ernsthaften literarischen Werken beschmutzt, kann ich das auch durchaus akzeptieren.« Er nickte priesterlich, dann seufzte er und fügte mit gesenkter Stimme hinzu: »Ich bitte die Ladys, mit mir Geduld zu haben. Seht nur, jetzt kommen auch noch Mr Gillespie Cosgair und Countess Martin in unsere Richtung, um uns zu begrüßen. Er ist ein Ire – wild, reich und völlig unbekümmert. Ich fürchte, Ihr könntet an seiner groben Ausdrucksweise Anstoß nehmen. Countess Martin ist zudem eine schwierige Frau.«

Aimée flüsterte in Emmas Ohr: »Die Countess Martin ist für ihre zahlreichen Affären berüchtigt. Wie könnte sie das auch nicht sein? Ihr Mann verhält sich jedes Mal wie ein Wahnsinniger, sobald er davon erfährt.«

Mr Cosgair war ein blasser Typ mit dunklen Haaren und Augen, die so strahlend grün waren wie das erste Gras im Frühling. Sein Körper glich dem eines jungen Gottes und war in die besten und modischsten Kleider gehüllt. Emma konnte kaum den Blick von den kniehohen, glänzend schwarzen Stiefeln oder dem Jackett wenden, das sich so gut um seine Schultern schmiegte und sich zu seinen schmalen Hüften verjüngte.

Countess Martin war ebenso schön und modisch gekleidet, doch sie war in jeder Hinsicht das absolute Gegenteil von ihm. Dunkle Haut, dunkle Augen und helle Haare. Sie war zudem eindeutig eine Frau, die in ihrer eigenen Sinnlichkeit schwelgte. Bei jedem Schritt wiegten ihre Hüften, und ihr Busen war fast bis zu den Nippeln entblößt, ihre Lippen hatte sie rot geschminkt. Sie starrte Fürst Sandre an und forderte ihn mit einem leichten Heben des Kinns heraus.

Wieder murmelte Aimée in Emmas Ohr: »Die Countess genießt einen gewissen Ruf als Orakel.«

Überrascht schaute Emma Aimée an. »Ein Orakel? Ihr meint, sie ist eine Wahrsagerin?«

»Nicht wie jemand, der von Euch verlangt, ihre Hand mit Silbermünzen zu füttern, damit sie Euch dann erzählt, dass Ihr Euch auf eine lange Reise begeben und schon bald die wahre Liebe finden werdet. Sie hat auf den Handflächen

Male, die aussehen wie … wie Augen. Außerdem hat sie diese unschöne Angewohnheit, von jetzt auf gleich den Blick in der Ferne zu verlieren und danach Euren Arm zu packen und Euch zu sagen, Ihr solltet Euch von steilen Felsen fernhalten.« Aimée erschauerte, aber sie plauderte weiter, als sei nichts geschehen. »Sie war einst Sandres Mätresse. Und sie hat ihm nie vergeben, dass er sie fortgeschickt hat. Zudem ist sie für ihre offene Art berüchtigt.«

»Aha«, sagte Emma. Das erklärte natürlich Fürst Sandres steifes Auftreten.

Lady Fanchere versetzte den beiden einen heimlichen Rippenstoß und blickte sie finster an. »Benehmt euch!«

Mr Cosgair verbeugte sich vor dem Fürsten.

Countess Martin tat dies nicht. Sie ließ ihre Finger in den schwarzen Handschuhen über Fürst Sandres Wange gleiten, küsste ihn auf die Lippen und verkündete mit ihrer wunderschönen Altstimme: »Ich grüße dich, mein Liebster. Hast du schon gehört? Letzte Nacht haben deine Männer dem Schnitter eine Falle gestellt.«

Emma erstarrte. Jeder Muskel in ihrem Körper spannte sich schmerzlich an, und sie wartete … wartete …

»Ja, sie handelten auf meine Anweisung hin«, erwiderte Fürst Sandre steif.

»Ach, das ist wirklich eine Tragödie.« Countess Martin lachte leise. »Hast du schon gehört, was passiert ist?«

»Ich weiß es!« Mr Cosgair wedelte mit einer Hand. »Eure Männer haben ein Seil über die Straße gespannt. In der Dunkelheit war es nicht zu sehen. Der Schnitter kam die Straße entlanggaloppiert. Er sah aus wie ein Leichnam, wenn ich das richtig verstanden habe, und Eure Soldaten haben das Seil just in dem Moment straff gezogen, als er es erreichte. Und er sprang über das Seil, als habe er die ganze Zeit gewusst, dass es da war.«

Fürst Sandre versteifte sich. »Er ist entkommen?«

»Aber ja, Euer Hoheit.« Countess Martin schnurrte fast vor Behagen. »Als er das Seil übersprang, machte er eine Handbewegung, und das Seil zerteilte sich.« Ihr Blick wanderte zu Emma, und es kam Emma vor, als richteten sich ihre Worte direkt an sie. »Es scheint, der Schnitter ist tatsächlich mit einer magischen Macht begabt, wie man es ihm nachsagt.« Sie richtete ihre Aufmerksamkeit wieder auf Fürst Sandre. »Mein Lieber, du bist einmal mehr gescheitert.«

Fürst Sandre ritt den steilen Pfad zum Palast hinauf. Er hieb mit der Gerte auf sein Pferd ein, bis dessen Flanken von Blut und schaumigem Schweiß bedeckt waren. Über seinem Kopf hörte er die Wachen rufen. »Öffnet das Tor für den Fürsten! Öffnet sofort das Tor!«

Er war so unglaublich wütend! Niemand wollte sich ihm in den Weg stellen, denn jeder fürchtete, dass er seine Wut an ihm auslassen würde.

Als er näher kam, öffnete das Tor sich quietschend. Er galoppierte in den Innenhof und riss an den Zügeln. Ehe der Hengst zum Stehen kam, sprang er schon aus dem Sattel.

Er stolperte bei der Landung. Er glaubte zu hören, wie die Umstehenden über ihn lachten, und das befeuerte seinen Zorn zusätzlich. Die hohen Türen zum Palast öffneten sich, als er näher kam, und er stürmte ins Innere. »Wo ist er?«, schrie er seine kriecherischen Leute an. »Wo steckt Jean-Pierre?«

Mit zitternder Stimme sagte der Butler: »Er befindet sich in der Hauptwachstube, Euer Hoheit.«

Sandre wirbelte herum und stürmte in den uralten Teil des Palasts. Hier war alles viele Jahrhunderte alt, und die Diener waren hier in den Kammern untergebracht. In ihren freien Stunden aßen und tranken seine Leibwächter hier. Auf dem Weg nach unten knallten seine Reitstiefel laut auf den Steinfliesen. Seine Sporen klingelten, und mit jedem Schritt wurde seine Wut größer.

Niemand erwartete ihn vor der Tür zum Wachraum. Er blieb stehen und wartete einen Moment, dann drückte er sanft gegen die Tür und öffnete sie einen Spalt, um in die Stube zu schauen.

Seine ihm treu ergebenen Männer lümmelten auf Bänken, lehnten auf Tischen, tranken Wein und lachten. Sie *lachten*!

Mit einer weit ausholenden Armbewegung schmetterte er die Tür gegen die Wand.

Alle im Raum erstarrten mitten in der Bewegung. Dann duckten sie sich.

Nur Jean-Pierre, der Verräter, der lieber schleunigst das Weite hätte suchen sollen, der sich hätte verstecken sollen, stand vor dem Feuer und starrte ihn ungläubig an, als wüsste er nicht, was ihn erwartete. Vielleicht wusste er das wirklich nicht. Vielleicht war er ein so großer Narr, dass er es tatsächlich nicht begriff.

Sandre trat in den Raum. Jeder Schritt war genau bemessen. Er nutzte sein angeborenes Talent für dramatische Auftritte, das ihn führte. »Du. Du wagst es, mir noch ins Gesicht zu sehen?« Mit einer abrupten Bewegung hob er den Arm und schlug nach Jean-Pierre.

Er überraschte seinen Cousin. Die Haut über Jean-Pierres Nase und seiner Wange brach bis hinunter zum Kinn auf. Eine einzige große Schnittwunde entstand, allein von diesem einzelnen Schlag mit der Gerte. Einen Moment lang sah er blutrünstig aus.

Sandre hob erneut seine Gerte. Die blutrünstige Miene schwand aus Jean-Pierres Gesicht, und er tat das, was er schon vorhin hätte tun müssen – er hob den Arm und versuchte, sein Gesicht zu schützen. »Euer Hoheit! Haltet ein!«

»Ich soll aufhören? Du wagst es, mir zu sagen, was ich tun soll? Nachdem du mich vor dem ganzen Land gedemütigt hast? Mich vor der *Welt* erniedrigt hast?«

Jean-Pierre wich zurück.

Die Wachen drängten sich in einer Ecke wie Küchenschaben.

»Ich habe dir einen Plan präsentiert, mit dem du mich vom Schnitter befreien konntest. Und was hast du mit diesem Plan gemacht? Du hast ihn ruiniert, und damit hast du seinen Ruf gestärkt.« Sandre schlug weiter auf ihn ein.

Jean-Pierre duckte sich.

»Sie reden schon darüber. Alle reden.«

»Wer?«

»Das ganze Land. Sie reden darüber, wie der mächtige, überlegene Schnitter das Seil in der Dunkelheit übersprang und es mit nur einer Handbewegung zerschnitt. Du *Narr*! Hast du das Seil überhaupt geprüft, ehe ihr es aufgehängt habt? Hast du zugesehen, damit du weißt, welcher dieser Männer, welche meiner *Wachen*, es sabotiert hat und diesen Schnitter damit unterstützte?« Sandre hielt inne. Seine Brust hob und senkte sich, und er ließ den Arm sinken.

Einer der Wachleute wagte es tatsächlich zu *sprechen*. »Nein, Euer Hoheit. Wir würden Euch niemals verraten.«

»Ihr glaubt, der Schnitter sei der Geist von König Reynaldo, der gekommen ist, um an den de Guignards Rache zu nehmen. Ihr wollt alle glauben, der Schnitter sei der Vorbote für die Rückkehr des Königs. Und ihr wollt, dass die Unwissenden genau dasselbe glauben.«

»Ich werde herausfinden, wer das getan hat«, versicherte Jean-Pierre.

»Halte dich nicht damit auf.« Mit kalter, klarer Stimme verkündete Sandre: »Zwölf Streiche. Für jeden von euch.« Er schaute Jean-Pierre an. »Und du wirst die Peitsche führen. Mach es jetzt sofort. Mach es, bevor du dein Gesicht versorgst. Vielleicht wirst du dich dann zukünftig jedes Mal beim Blick in den Spiegel daran erinnern, wie hoch der Preis ist, wenn du scheiterst.« Er ging. Hinter ihm blieben Stille und Entsetzen zurück. An der Tür drehte er sich noch einmal um. »Hol mir den Schnitter, Jean-Pierre. Hol ihn bald, und wage es nicht, ein zweites Mal zu versagen. Der Galgen ist hoch und hungert nach Leben, und ich liebe es, wenn ein Mann den Todestanz aufführt, wenn er am Galgen hängt.«

21

Für Emma war die folgende Woche seltsam angenehm. Es war, als sei sie völlig der Zeit entrückt.

Fürst Sandre hatte die drei Frauen nach der Szene im Pavillon allein gelassen und war seither nicht zurückgekehrt. Countess Martin erzählte ihnen später, er sei in seinen Palast zurückgekehrt, um Jean-Pierre und seinen Männern Anweisungen zu geben, wie sie den Schnitter gefangen nehmen konnten.

Jeden Tag traf ein neues Kleid von Madam Mercier ein, das Emma trug. Auch wenn ein Teil von ihr sich mit der Situation unwohl fühlte, weil sie nun schon so tief in Lady Fancheres Schuld stand, gab es einen anderen Teil von ihr, dem sie bisher nie nachgegeben hatte … Nun, dieser Teil von ihr war bei jeder Anprobe eines neuen Kleids hocherfreut, sei es nun aus grünem Samt oder schokoladenbrauner Seide.

Lady Fanchere aß gut, machte über den Tag verteilt kleine Nickerchen und ging früh zu Bett, und Emmas Überzeugung, dass es ihr gelingen würde, dieses Kind zu halten, wuchs mit jedem neuen Tag. In sechs Monaten würde Lady Fanchere ihrem Ehemann ein gesundes Kind gebären. Davon war Emma überzeugt.

Lady Fanchere und Lady de Guignard erlaubten Emma jedoch nicht, in ihre gewohnte Rolle als bezahlte Gesellschaftsdame zurückzukehren. Sie behandelten sie wie eine junge Verwandte, die auf ihre erste Saison vorbereitet werden musste. Daher wurde Emma mit den Mitgliedern der internationalen Gesellschaft bekannt gemacht, die für einen Kuraufenthalt in Aguas de Dioses weilten. Die beiden Damen genossen einen so tadellosen Ruf, dass fast ausnahmslos jeder Emma mit ausgesuchter Höflichkeit behandelte. Die einzige Ausnahme bildete die alte Mrs Mortensen, die ihr prompt eine Stellung als Gesellschafterin anbot und sich verschnupft zeigte, weil Lady Fanchere ihr erklärte, Emma stünde nicht länger für eine so niedere Position zur Verfügung. »Einmal Bürger, immer Bürger, sage ich immer«, hatte Mrs Mortensen darauf erwidert. »Irgendwann wird sich ihre Abstammung schon durchsetzen.«

Die Countess Martin kam wie zufällig an ihnen vorbei und erklärte: »Miss Chegwidden ist eine direkte Nachfahrin von Wilhelm dem Eroberer. Ihr Blut ist somit reiner als Ihres, Mrs Mortensen. Und es hat zudem einen starken dänischen Einfluss.« Mit diesen Worten glitt sie bereits wieder davon.

»Hmpf!« Doch Mrs Mortensen sagte anschließend nichts mehr.

Countess Martin hatte eine gut gehütete Geschichte der Familie Chegwidden wiederholt. Emma fragte sie nicht, woher sie die Geschichte kannte.

Sie fragte nicht, weil nichts, das bei Tageslicht geschah, für sie noch große Bedeutung hatte. Was zählte, waren die Nächte, in denen der Schnitter in ihrem Schlafzimmer auftauchte. Er kam nicht, weil er Informationen haben wollte. Nach der Abreise des Fürsten konnte sie ihm nichts mehr erzählen. Er kam allein ihretwegen.

Er erschien stumm und schnell wie der Wind, und einmal hörte sie sogar in der Ferne den Donner grollen, als er in ihre Kammer wirbelte. Sie lief ihm entgegen und warf sich ihm in die Arme, dann küssten sie sich leidenschaftlich und voller Sehnsucht. Sie berührten einander, und jede Nacht legten sie mehr Kühnheit an den Tag. Er liebkoste ihre Ohren. Ihre Schultern. Ihr Kreuz und die Spitzen ihrer Brüste. Er drückte sie gegen die Wand und hielt sie dort mit seinem Körper gefangen, während in beiden das Verlangen wuchs.

Aber trotz ihrer wiederholten Einladung verließ er sie immer wieder, und sie träumte danach von ihm mit einer Leidenschaft, die ihr so kühn schien, dass ihr einst so langweiliges Leben eine Kehrtwende nahm.

Sie sorgte sich natürlich ständig um seine Sicherheit, aber langsam begann sie selbst zu glauben, dass er tatsächlich ein Phantom war, das an den Wachen vorbei und in ihre Arme schlüpfen konnte.

Als also am Morgen des achten Tages Lady Fanchere und Aimée an ihre Tür klopften, öffnete sie sofort.

Die Zofe, die Emma zugeteilt war, stand einen Schritt hinter den beiden Damen.

Lady Fanchere lächelte.

Aimée nicht.

An die Zofe gerichtet sagte Lady Fanchere: »Packt Miss Chegwiddens Sachen. Beeilt Euch! Wir reisen noch heute ab.«

»Was?« Emmas gute Stimmung verflog in Sekunden. »Wir reisen ab? Heute schon? Aber warum? Wohin reisen wir denn?«

»Wir reisen heim, um uns vorzubereiten.«

»Worauf denn, Mylady?«

Lady Fanchere überreichte ihr ein Stück schweres Papier, das sorgfältig gefaltet und mit rotem Wachs versiegelt war.

Emma brach das Siegel und faltete das Papier auseinander. Sie las: *An Miss Emma Chegwidden. Fürst Sandre von Moricadia erbittet Eure Gegenwart zum Ball im fürstlichen Palast …* Sie blickte zu den beiden Damen auf. »Aber das ist ja schon morgen Abend!«

»Ja! Ist das nicht wunderbar? Ich dachte, Sandre sei schon so früh abgereist, weil er den Schnitter gefangen nehmen wollte – und ich bin überzeugt, dass dies sein Hauptaugenmerk war. Er sorgt sich sehr um unsere Sicherheit. Aber er hat außerdem ein gesellschaftliches Ereignis arrangiert, bei dem alle Moricadier Euch kennenlernen können!«

Emma schaute die beiden Damen nacheinander an. Sie suchte nach irgendeiner Form der Bestärkung, obwohl sie wusste, dass sie nichts dergleichen bekommen würde. Ginge es nach Lady Fanchere, sollte sie froh und glücklich sein, wieder mit Fürst Sandre in Kontakt zu treten. Nun, und irgendwie stimmte das auch, denn dann konnte sie wieder für den Schnitter spionieren.

»Ich weiß, was Ihr jetzt denkt«, vertraute Lady Fanchere ihr an.

»Das bezweifle ich«, erwiderte Emma.

»Aber ich habe bereits mit Madam Mercier gesprochen. Eure neue Garderobe ist bis auf Euer Ballkleid vollständig fertiggestellt, und sie wird sich jetzt mit voller Kraft dieser Aufgabe widmen. Sie wird es morgen eigenhändig vorbeibringen.« Lady Fanchere wandte sich an Aimée. »Hast du dich inzwischen entschieden? Wirst du mit uns zusammen abreisen?«

»Kommt Ihr denn nicht mit zum Ball?«, fragte Emma beunruhigt.

»Ich habe keine Einladung bekommen.« Aimée lächelte steif.

»Du bist ja auch erst kürzlich verwitwet. Es wäre kaum angemessen, wenn du schon wieder an einem so ausgelassenen Ereignis wie einem Ball teilnehmen würdest.« Lady Fanchere legte den Arm um die offensichtlich nicht von Gram gebeugte Aimée. »Aber Fanchere würde sich bestimmt freuen, dich noch länger hier wohnen zu lassen, wenn du wünschst, noch ein paar Tage länger in der Schönheit von Aguas de Dioses zu verweilen.«

»Ich glaube, es wäre sicherer, wenn ich mit euch abreise«, sagte Aimée.

»Aber Aimée!« Lady Fanchere blitzte sie vorwurfsvoll an. »Du kannst doch nicht noch immer allen Ernstes glauben, dass Sandre …«

»Oh doch. Darum werde ich mit euch abreisen und Emma helfen, sich auf ihr Debüt in der moricadischen Gesellschaft vorzubereiten.« Aimée klang erschöpft und gar nicht so fröhlich wie sonst.

»Das wäre wirklich wunderbar, Lady de Guignard. Ich würde Eure Unterstützung sehr zu schätzen wissen«, antwortete Emma ehrlich. Sie wünschte sich wirklich, nicht auf Aimées Freundlichkeit verzichten zu müssen. Zugleich aber verschwendete sie keinen Gedanken an den Ball, Lady Fancheres Hoffnungen oder Fürst Sandres Brautwerbung.

Sie konnte nur an eines denken. Wenn sie Aguas de Dioses so überstürzt verließ – würde der Schnitter sie dann wiederfinden?

22

»Ihr seid zurück.« Lord Fanchere half den Damen aus der Reisekutsche. Nachdem er seine Frau mit einem Kuss begrüßt hatte, fügte er hinzu: »Du scheinst während deines Aufenthalts geradezu erblüht zu sein.«

Lady Fanchere lachte und erwiderte seinen Kuss. »Es war ein wunderbarer Aufenthalt. Aimée fühlt sich nicht länger von ihrer Trauer niedergedrückt.«

Lord Fanchere küsste Aimées Stirn und nickte, als habe er nie daran gezweifelt, dass der Kurort seine Wirkung verfehlen würde. »Ich war fast froh zu hören, dass der Fürst einen Ball angeordnet hat. Denn ich wusste, das würde dich schon bald heim zu mir bringen.« Sein Blick glitt zu Emma, und er nickte ihr brüsk zu. »Wie ich sehe, hast du ein neues Vorhaben.«

Lady Fanchere legte ihre Hand in seine Ellbogenbeuge. »Ich kann es gar nicht erwarten, dir alles darüber zu erzählen.«

»Ich habe bereits Gerüchte gehört«, sagte er und führte sie ins Haus. Sie gingen die Treppe hinauf und verschwanden.

Brimley dirigierte den Tanz der Schrankkoffer und beaufsichtigte den Transport ins Haus.

Emma machte vor ihm einen Knicks.

Er schien sie gar nicht wahrzunehmen.

Aimée und Emma betraten die große Eingangshalle. Diener eilten um sie herum und trugen Reisetaschen und Hutschachteln und die neuen Sachen von Madam Mercier nach oben.

Als sie ihre Hüte abnahmen und sie einem Dienstmädchen reichten, fiel Aimées aufrechte Haltung – in sich zusammen. »Jetzt muss ich wohl entscheiden, was ich als Nächstes tun soll. Countess Martin hat noch einmal mit mir gesprochen, und sie warnte mich, dass ich mich von Klippen und hoch gelegenen Orten fernhalten soll. Aber schaut Euch doch nur um!« Sie zeigte aus dem Fenster. »Überall in diesem Land gibt es Klippen, es ist nirgends sicher für mich. Nur hier. Ich möchte am liebsten gar nicht fort. Solange ich bei Eleonore bin, wagt er es nicht, mir ein Haar zu krümmen. Aber ich kann nicht ewig bei ihr bleiben!«

»Ihr sprecht von Fürst Sandre?«

»Ja. Solange ich in Moricadia bleibe, ist mein Leben in Gefahr. Ich weiß, Eleonore glaubt mir nicht. Aber es stimmt: Sandre wird versuchen, mich umzubringen.«

»*Ich* glaube Euch.« Auf der Rückfahrt war Aimées Elend zunehmend deutlich gewesen, und Emma hatte ausgiebig über ihr Schicksal nachgedacht. »Wenn ich das richtig verstanden habe, habt Ihr über Geld verfügt, als Ihr Rickie de Guignard geheiratet habt.«

»Ich war eine reiche Erbin.«

»Wisst Ihr, ob dieses Vermögen noch unberührt ist?«

»Ich weiß darüber gar nichts. Er hat mir nie Einblick in solche Vorgänge gewährt.«

»Vielleicht könnt Ihr Lord Fanchere bitten, das herauszufinden. Wenn es ein Vermögen gibt, könnt Ihr ihn bitten,

Euch zu helfen, das Geld ins Ausland zu übertragen. Ihr könntet dann nach Griechenland, England oder sonst wohin reisen, wo Ihr nicht länger in Fürst Sandres Reichweite wärt.«

Aimée starrte Emma verblüfft an. Doch dann erwachte ein leises Funkeln in ihren Augen. »Das könnte ich tatsächlich tun. Ich habe mir schon immer gewünscht, einmal nach Italien zu reisen.«

»Ihr habt keine Kinder, die Euch hierhalten. Warum geht Ihr nicht fort und verbringt den Winter im Warmen?«

»Er wird mir helfen. Bestimmt wird er mir helfen. Das ist die Lösung all meiner Probleme!« Aimée umarmte Emma. »Ihr seid das klügste und freundlichste Mädchen auf der Welt! Ich werde gar nicht erst auspacken, und sobald Fanchere seine Frau ausgiebig begrüßt hat«, sie zwinkerte Emma zu, »werde ich mit ihm sprechen!«

Emma sah ihr nach, wie sie die Treppe hinauftrabte. Sie seufzte erleichtert. Wenigstens hatte sie das Gefühl, irgendetwas richtig zu machen. Sobald Aimée aus Fürst Sandres Dunstkreis verschwunden war, konnte sie ein langes und glückliches Leben führen.

»Miss Chegwidden?« Ein junges Mädchen von vielleicht acht oder neun Jahren knickste vor ihr. Sie war ein hübsches Ding und trug ein winziges Dienstmädchenkleid mit einer weißen Morgenhaube, die für ihren kleinen Kopf zu groß war. Die Bänder der großen weißen Schürze waren zweimal um ihre Taille geschlungen.

Emma konnte das Mädchen nicht einordnen, bis sie die Schlinge bemerkte, mit der ihr Arm an der Seite stabilisiert war. »Elixabete! Wie gut du aussiehst! Wie sauber!« Das war vielleicht nicht unbedingt die taktvollste Bemerkung, aber ohne den Dreck, der Elixabete wie eine zweite Haut umschmiegt hatte, war sie ein recht hübsches Kind, wenngleich sie noch immer viel zu dünn war.

Elixabete störte sich nicht an der Bemerkung. Sie grinste und zeigte ihre kräftigen weißen Zähne.

»Dann hat Lady Fanchere dich also eingestellt?«

»Ja, Ma'am. Und Mr Brimley war sehr um meine Verletzung besorgt.«

Emma erinnerte sich wieder an den Spion, der ihren Besuch in der Unterstadt an Fürst Sandre verraten hatte. »Geht es deiner Mutter gut?«, fragte sie daher.

»Sie ist wohlauf, vielen Dank. Sie hat mir gesagt, ich solle Euch etwas mitteilen.« Elixabete schaute sich prüfend um. Dann senkte sie die Stimme. »Solltet Ihr irgendwann Hilfe brauchen, ruft mich. Ich werde alles für Euch tun. Ihr habt mich, meine Mutter und meine Schwester gerettet, und wir bezahlen unsere Schuld.«

Emma starrte das Kind an. Sie war so jung, so klein ... Trotzdem verstand sie, wie wichtig es war, Widerstand zu leisten. Viel wichtiger aber war, dass sie wusste, wie wichtig Loyalität war. Emma wollte ihr versichern, dass sie nie irgendetwas brauchen würde. Tatsächlich aber war sie inzwischen in die moricadischen Angelegenheiten heillos verstrickt. Sie hatte sich so tief hineingeritten, dass die Probleme dieses Lands jetzt auch ihre Probleme waren. Eines Tages musste sie vielleicht eine Nachricht schicken oder um Hilfe rufen. Und obwohl sie allein bei dem Gedanken daran Gewissensbisse bekam, würde sie es tun – und sei es nur, um den Schnitter zu retten. »Ich danke dir, Elixabete. Ich werde daran denken.«

»Ihr seid zurück!« Michael Durant stand in der Tür zur Bibliothek. Seine Stimme war leise und kratzig, doch sie konnte ihn trotzdem auf die kurze Entfernung recht gut verstehen.

»Mylord. Es freut mich, Euch zu sehen.« Emma faltete brav die Hände.

»Ihr seht gut aus.« Er betrachtete sie prüfend von Kopf bis Fuß. Das neue Kleid entging seinem Blick nicht. »Nein, Ihr seht sogar sehr gut aus. Aguas de Dioses scheint Euch gutgetan zu haben.«

»Vielen Dank, ja. Das hat es tatsächlich.«

»Geh, Elixabete.« Durant zeigte in Richtung Dienstbotenquartiere. »Nicht, dass jemand dich mit Miss Chegwidden sprechen sieht. Du weißt, es ist das Beste, wenn du vorgibst, sie nicht zu kennen.«

Was für eine komische Bemerkung! Doch er hatte recht; Durant schien Elixabetes Situation besser zu verstehen als jeder andere.

»Ja, Mylord.« Elixabete machte einen Knicks und eilte davon. Sie war ein Kobold in einem zu großen braunen Kleid.

»Warum seid Ihr so bald schon zurückgekehrt?« Er näherte sich Emma. In seinen lebhaften grünen Augen blitzte es neugierig auf.

»Lady Fanchere erhielt die Einladung zum Ball des Fürsten morgen Abend. Wir sind daher zurückgekommen, um uns darauf vorzubereiten.« Sie zögerte, weil es ihr widerstrebte, ihm die ganze Wahrheit zu sagen. Aber was nützte es ihr, wenn sie ihm die wahren Gründe verschwieg? Er würde es ohnehin schon bald herausfinden, und sie fand, es sei besser, wenn er es von ihr hörte. »Ich habe auch eine Einladung bekommen.«

»Tatsächlich?« Mit einer herrischen Geste lud er sie ein, ihm in die Bibliothek zu folgen.

Sie folgte ihm, ohne Fragen zu stellen. Etwas an seiner Art verbot jeden Widerspruch, und sie erinnerte sich, dass er immer noch der Sohn eines Dukes und ein privilegiertes Mitglied der englischen Gesellschaft war.

Er zeigte auf ein zweisitziges Sofa unter dem Fenster.

Sie setzte sich in eine Ecke des Sofas.

Er setzte sich in die andere Ecke. Er war keinen Meter von ihr entfernt. Sehr ernst fragte er: »Seit wann lädt Fürst Sandre eine bezahlte Gesellschaftsdame zu einem seiner fürstlichen Bälle ein?«

Sie hatte das Gefühl, einem strengen, älteren Bruder Rede und Antwort zu stehen. »Er wünscht, um mich zu werben.«

»Habt Ihr denn den Verstand verloren?« Seine Stimme klang kratzig und war voller Abscheu.

Sie erwartete, er werde als Nächstes darauf eingehen, wie ungehörig der Standesunterschied zwischen einem Fürsten und einer Dienstbotin war.

Stattdessen sagte er jedoch: »Habt Ihr denn nicht von seinen Grausamkeiten gehört? Seinen Ausschweifungen? Ihr könnt unmöglich so einen Mann heiraten! Das Leben an seiner Seite wäre für Euch schrecklich, und Euch würde unter seiner Knute ein früher Tod ereilen. Glaubt mir. Es erging vor Euch schon vielen so.«

Sie starrte ihn sprachlos an und wunderte sich darüber, wie energisch er sich zu ihr beugte. Und über die Schatten, die sich auf seine Augen legten und die Eindringlichkeit seiner Worte. Sie wollte ihm versichern, dass sie sehr genau wusste, worauf sie sich einließ, dass sie aber von einem anderen Motiv getrieben wurde als ihrem sozialen Aufstieg.

Aber wie würde das ihr Verhältnis zueinander beeinflussen? Er hatte sie schon vorher gewarnt, sich nicht in die Belange dieses Lands einzumischen. Und er wäre jetzt kaum einverstanden, wenn sie zugab, dass sie dem Mann helfen wollte, der in Moricadia quasi als Staatsfeind gesucht wurde.

Am wichtigsten aber war, dass sie auf keinen Fall auch nur eine Andeutung machen durfte, dass sie dem Schnitter begegnet war.

»Lady Fanchere ist ziemlich erfreut über Fürst Sandres Werbung.« Emma war sehr versiert darin, unverbindlich zu sein. Das hatte sie während ihrer Dienstzeit bei Lady Lettice gelernt.

»Lady Fanchere ist eine freundliche Frau, die in jedem das Beste sehen will. Und sie ist mit ihrem geliebten Fürsten verwandt.«

»Ich weiß.« Emma schaute aus dem Fenster. Die Sonne neigte sich dem Horizont zu. Sie brauchte jetzt Zeit für sich, denn sie wollte sich für den Fall wappnen, dass der Schnitter es irgendwie geschafft hatte, ihr hierher zu folgen. »Ich tröste mich damit, dass der Fürst zwar um mich werben kann, dass ich aber nicht gezwungen bin, seinen Antrag anzunehmen.«

»Sobald Fürst Sandre seine Absichten deutlich gemacht hat und das ganze Land davon weiß, wird es keinen Ausweg für Euch geben. Glaubt Ihr wirklich, dass Ihr dann noch einfach weggehen können?«

»Solange ich nicht zustimme …«

Durant schnaubte ungehalten. »Meine Liebe, selbst Ihr könnt nicht so naiv sein. Wenn Ihr es wagt, Euch ihm zu verweigern, wird er Euch jagen und zur Strecke bringen, und dann wird er Euch dafür bezahlen lassen, dass Ihr ihn erniedrigt haben.«

Er schalt sie so leidenschaftlich, dass sie schwankte. Doch dann erinnerte sie sich wieder an den Schnitter. Sie tat das alles nur, um ihm zu helfen. »Es ist bestimmt nicht so aussichtslos, wie Ihr es darstellt.« Sie sprang auf und erklärte: »Ich muss jetzt gehen. Es ist Schlafenszeit.«

Durant schaute erstaunt nach draußen. »Aber es ist noch hell!«

»Ich bin müde. Die Reise war anstrengend.«

Er stand groß und abweisend vor ihr und lächelte nicht. »Ich nehme an, Ihr wollt heute Nacht gut schlafen, damit Ihr für den Ball morgen Abend erfrischt seid.«

»Natürlich.« *Eine gute Entschuldigung.* »Ja, genau!«

»Wisst Ihr, es gab eine Zeit, da habe ich selbst darüber nachgedacht, um Euch zu werben.«

»Seid nicht dumm.« Sie lachte.

Er lachte nicht mit. »Aber was ist ein Mann, der eines Tages ein Herzogtum erben wird, verglichen mit dem Fürsten eines kleinen Lands?«

Ihre Erheiterung schwand so schnell wie sie gekommen war. »Ich glaube Euch nicht. Aber warum macht Ihr eine so gemeine Andeutung?«

»Gemein? Aus welchem anderen Grund als Geld und Sicherheit sollte eine Frau wie Ihr wünschen, einen Mann wie Sandre de Guignard zu heiraten?«

Die Verachtung, die aus seinen Worten sprach, überraschte sie, und ebenso erging es ihr mit dem Zorn, der in ihr aufstieg wie eine Welle mit einsetzender Flut. »Ihr wisst absolut nichts darüber, was eine Frau *wie ich* sich wünscht. Ihr seid nie so arm gewesen, dass Ihr auf der Straße als Prostituierte hättet arbeiten müssen, wenn Ihr keine Anstellung findet. Ihr habt nie die stinkenden Füße einer niederen Adeligen massiert und wisst nicht, wie es ist, von so einer Frau einfach weggeschubst zu werden, wenn Ihr nicht zu ihrer Zufriedenheit gearbeitet habt. Ihr seid nie durch einen dunklen Wald gelaufen, wo Ihr so sehr gefroren und Euch gefürchtet habt, dass Euch ein einsamer Tod drohte und Ihr Euch ihm mit Freuden in die Arme werfen wolltet.« Sie machte wild gestikulierende Armbewegungen. »Ja, ich weiß, Ihr wart zwei Jahre lang im Kerker, aber Ihr seid dort durch eigenes Verschulden gelandet. Frauen *wie ich* werden in das Gefängnis aus Armut und Verzweiflung nicht durch unser eigenes Verschulden gebracht, und wir leben und sterben dort ohne Hoffnung, jemals daraus zu entkommen. Also wagt es nicht, Mylord, über mich zu urteilen. Ihr wisst absolut nichts über meine wahren Beweggründe.«

»Emma …« Er hob die Hand, als wollte er ihre Wange berühren. Er blickte tief in ihre wütend blitzenden Augen.

Einen winzigen Moment lang hatte sie ein merkwürdig vertrautes Gefühl … Sie bekam Angst. Was hatte dieser Mann nur an sich, dass sie so heftig auf sein Missfallen reagierte?

Dann brach die Welle aus Zorn über ihr zusammen, und es war ihr egal. Sie drehte sich auf dem Absatz um und floh aus der Bibliothek.

23

Als Emma in ihr Schlafzimmer eilte, wischte sie sich ein paar Wuttränen von den Wangen.

Wie konnte Durant es nur wagen, sich ihr gegenüber so kritisch zu äußern? Was wusste er schon über Frauen »wie sie«? Sein ganzes Leben war das eines Privilegierten gewesen. Zumindest bis auf die letzten zwei Jahre. Es war dumm von ihr, sich um seine Meinung zu scheren, wenn er lieber in Moricadia blieb und sich dem Müßiggang hingab, statt irgendetwas zu unternehmen, um die Sorgen seiner Familie zu zerstreuen. Er war ein Mann, der nur wenig Ehre und Loyalität im Leib hatte.

Dennoch konnte sie nicht vergessen, wie gut er zu Elixabete und Damacia gewesen war. Und sie wusste, dass sie zu einem anderen Zeitpunkt und an einem anderen Ort von seinem Interesse an ihr bezaubert gewesen wäre.

Sie konnte sich einfach keinen Reim auf diesen Mann machen. Erst war er faul, dann war er nett zu ihr. Danach warnte er sie, sich um ihrer selbst willen vor Fürst Sandre zu hüten. Anschließend beschuldigte er sie, nicht besser als eine Straßenhure zu sein, die ihren Körper für Geld verkaufte.

Sie wollte gerade die zweite Treppe zu ihrer Schlafkammer hochlaufen, die bei den Dienstbotenquartieren unter dem Dach lag, als Tia sie aufhielt. »Miss Chegwidden, erinnert Ihr Euch noch an mich? Ich bin das Mädchen, das Euch an Eurem ersten Tag hier betreut hat.«

»Du bist Tia.« Tia verhielt sich merkwürdig. Sie schaute Emma nicht an und gab sich extrem unterwürfig. »Was ist denn los?«

»Ich danke Euch für Eure Güte.« Tia machte einen Knicks. »Ich bin hier, um Euch zur Seite zu stehen. Euer Gemach wurde woandershin verlegt.«

»Es wurde verlegt?« Emma rieb mit dem Taschentuch über ihre rotgeweinten Augen. »Aber warum denn?«

»So lauteten meine Anweisungen, Ma'am. Wenn Ihr mir bitte folgen würdet …«

Emma schaute die enge Treppe hinauf. Dann beeilte sie sich, dem Mädchen zu folgen. »Also gut. Aber ich muss noch meine Sachen holen.«

»Ich habe bereits alles in Euer neues Gemach bringen lassen. Es war nicht besonders viel, darum brauchte ich dafür keine Hilfe.« Tia sagte es so ungerührt, dass Emma genau spürte, wie es gemeint war. Das Mädchen übte damit insgeheim Kritik an ihr.

»Tja, ich vermute, da hast du recht.«

Das Mädchen führte Emma den breiten Gang entlang, vorbei an alten Ölgemälden und goldgerahmten Spiegeln. Sie blieb vor einer breiten Tür stehen. Sie öffnete die Tür und wartete, dass Emma vor ihr eintrat.

Emma schnappte unwillkürlich nach Luft, als sie den großen, üppig ausgestatteten Raum betrat. Ein Orientteppich aus braunem, rotem und cremefarbenem Flor bedeckte den Großteil des gebohnerten Holzfußbodens. Ein Spiegel hing über dem Toilettentisch, auf dem sich zahlreiche Tiegel und Töpfchen drängten. Ein roter Samtpolstersessel stand auf einer Seite des offenen Kamins, in den jemand vorsorglich Holzscheite gestapelt hatte.

Während Emma sich ungläubig umschaute, kniete Tia schon vor dem Kamin und entzündete ein Feuer. »Es ist zu warm für ein Feuer«, wandte Emma ein.

»Sobald die Sonne untergeht, wird der Abend sehr frisch, und Ihr werdet die Wärme nach Eurem Bad zu schätzen wissen.«

Nach meinem Bad?

Tia schloss die bernsteinfarbenen Samtvorhänge vor den Fenstern und öffnete die Bettvorhänge. Dahinter verbarg sich ein riesiges Bett. Sie ging zu einem großen Schrank und öffnete ihn. »Ich habe Eure Kleider hier aufgehängt«, erklärte sie. »Eure Unterwäsche und die Nachtwäsche findet Ihr hier.« Sie zeigte Emma die Kommodenschubladen. »Außerdem habe ich mir die Freiheit genommen, schon ein Nachthemd und einen Morgenmantel für Euch herauszulegen.« Sie wies zum Bett.

Emma glotzte nur sprachlos die mit Spitze verzierten Sachen an.

Ein leises Klopfen an der Tür ertönte.

»Das wird das Wasser sein.« Tia ließ eine Prozession aus Dienstmädchen ein, die Krüge mit dampfendem Wasser in das Gemach trugen. Zwei kräftige Mägde aus der Spülküche folgten mit einer großen Badewanne zwischen sich.

Brimley tauchte in der Tür auf. Er trug ein Tablett, auf dem ein kaltes Abendessen angerichtet war. Das Tablett überreichte er Tia, die es auf dem Tisch neben dem Bett abstellte. Während er darüber wachte, dass die Badewanne ordnungsgemäß aufgestellt und befüllt wurde, fragte Brimley: »Ist alles zu Miss Chegwiddens Zufriedenheit?«

Sie starrte ihn entsetzt an.

Er sprach mit seiner professionellen Butlerstimme zu ihr, und er weigerte sich, sie anzusehen.

Das war der Grund, weshalb er nicht mit ihr gesprochen hatte, als sie das Château betrat. Das war eindeutig ein Zeichen des Respekts, den er vor ihr verloren hatte.

Er musste aus genau diesem Grund nach oben gekommen sein. Weil er ihr zeigen wollte, dass er sie nicht länger respektierte.

Das wollte sie nicht. Sie mochte Brimley. *Sie* respektierte *ihn*. Aber wie Durant hatte auch er sie gewarnt, sich in die inneren Angelegenheiten Moricadias einzumischen. Wie konnte sie ihm also erklären, warum sie so gehandelt hatte? Sie wollte, dass Brimley begriff, wie klug sie vorging. Seiner Ansicht nach, war ihr Vorgehen der *Inbegriff* von Dummheit.

Sie sagte daher mit leiser Stimme: »Ja, vielen Dank. Alles ist zu meiner vollsten Zufriedenheit.«

»Dann ist Tia Euch als persönliche Zofe recht?«

Emma warf Tia einen Blick zu. Das Mädchen stand mit brav vor dem Bauch gefalteten Händen da und gab das Bild einer gehorsamen Dienerin ab. Emma hatte selbst oft genug so dagestanden. Das Mädchen blickte starr auf den Boden. »Tia ist mir sehr recht, ja.«

»Sehr gut, Ma'am.« Brimley verneigte sich, wandte sich ab und verließ auf der Stelle das Gemach.

Die anderen Diener verschwanden mit ihm. Keine der Frauen schaute sie an. Sie wurde von ihresgleichen geschnitten. Etwa nur, weil sie sich über die anderen stellten? Oder weil sie Fürst Sandre so sehr verabscheuten, der sich anschickte, um sie zu werben?

Nur Tia blieb. Sie half Emma aus ihren Sachen und in die Badewanne. Während Emma das Bad genoss, huschte das Mädchen hierhin und dorthin. Sie entfachte das Feuer weiter, wärmte die Handtücher und die Bettdecke vor und goss in ein Kristallglas einen tiefroten Wein. Sie half Emma, die Haare zu waschen, und als sie fertig gebadet hatte, half Tia ihr aus der Wanne. Sie trocknete Emma ab und hielt ihr das Nachthemd hin, damit sie es einfach nur über den Kopf ziehen konnte. Sie reichte ihr auch den Morgenmantel, sodass Emma nur die Arme in die Ärmel stecken musste.

Die ganze Zeit sprach Tia kein Wort und schaute Emma nicht an.

Schließlich brach Emma das erdrückende Schweigen. »Du kannst die Badewanne jetzt wieder holen lassen. Danach lass mich bitte allein, damit ich bis morgen früh meine Einsamkeit genießen kann.«

Tia wirkte überrascht. Als hätte sie eigentlich damit gerechnet, dass Emma unter der unausgesprochenen Kritik zusammenbrechen würde. Aber sie tat, wie ihr geheißen, und stellte den Wein und das Tablett mit Essen auf den Tisch vor dem Kamin, ehe sie kurz verschwand. Wenige Minuten später war die Wanne fort, und Emma war allein.

In der Ferne konnte sie das tiefe Grollen des Donners hören. Als missbilligte auch der Himmel alles, was sie dachte und tat. In diesem großen Gemach fühlte sie sich klein, schmutzig und billig. Sie hatte sich diesen Luxus unter Vorspiegelung falscher Tatsachen erkauft, und auch wenn sie selbst wusste, dass sie das Richtige tat, musste sie sich ebenso bewusst machen, wie es für alle aussah, wenn sie Fürst Sandre gestattete, um sie zu werben. Außer Lady Fanchere verachtete sie jeder, denn sie wirkte wie eine Straßenhure, die nach der großen Chance griff, dem Elend und der Hoffnungslosigkeit ihres Lebens zu entkommen. Es gab in der Geschichte viele Frauen, die genau das getan hatten. Aber nur wenige hatten sich einem so erniedrigenden und brutalen Bräutigam gegenüber gesehen wie Fürst Sandre es war.

Sie setzte sich in den Samtsessel und zog den alten Schal enger um ihre Schultern. Dann nahm sie ihren Kamm und begann, die Knoten aus ihren Haaren zu kämmen.

Wie schon so viele Nächte zuvor saß Jean-Pierre auf seinem dösenden Pferd. Er war ganz still und bewegte sich nicht. Das Gebüsch am Rande der Hauptstraße verbarg ihn gut. Er war allein; zu lange war der Schnitter ihm schon entkommen. Der Fürst würde nicht ewig auf Ergebnisse warten.

Wie schon viele Male zuvor berührte Jean-Pierre den Peitschenschnitt, der sein Gesicht bis auf den Knochen aufgerissen hatte. Die Wunde war rot und entzündet. Wie Fürst Sandre es erhofft hatte, erinnerte diese Wunde ihn ständig an sein Scheitern.

Darum hatte Jean-Pierre in dieser Nacht auf die Hilfe seiner Männer verzichtet. Die Männer waren es allmählich leid, Stunde um Stunde zu warten. Sie tuschelten bereits, weil sie fanden, Fürst Sandre sei davon besessen, den Schnitter zu fangen. Wegen ihres Geredes, das von den Dienern aufgeschnappt wurde, konnte jeder von Moricadia binnen eines Tages wissen, wie sie vorhatten, den Schnitter zu fassen.

Inzwischen schlief Jean-Pierre tagsüber, nachts behielt er die Straße im Auge. Sein Gewehr hatte er geladen und entsichert am Sattel befestigt.

Es war schon nach Mitternacht, und die Schatten verdichteten sich. Der Halbmond segelte hoch am Himmel auf einem Wolkenschiff dahin. In der Ferne hörte er den unvermeidlichen Gewittersturm, und er fluchte heftig.

Jede Nacht erhob sich erneut ein stürmisches Gewitter am Horizont und ließ Wind und Regen über das zerklüftete Land fegen. Helle Blitze setzten die Welt in Brand. Als wäre die Nässe nicht schon schlimm genug, wusste er, dass die Landbevölkerung die Stürme als Beweis ansah, dass der Schnitter das Wetter kontrollierte. Denn tauchte er nicht jedes Mal mit einem Donnerschlag auf und verschwand wie der Blitz?

Abergläubisches Pack.

Er versteifte sich.

Er hörte das Klappern sich nähernder Hufe. Ein Pferd kam die Straße entlanggaloppiert.

Leise zog er das Gewehr aus dem Holster am Sattel.

Der reiche Ire Mr Gillespie Cosgair kam um die Ecke. Er beugte sich tief über den Hals seines Wallachs und schaute sich immer wieder um. Voller Panik trieb er seinen Gaul an.

Er war in Panik? Vielleicht, weil er vom Schnitter verfolgt wurde?

Jean-Pierre legte das Gewehr an.

Ein zweites Pferd kam um die Ecke und raste hinter Mr Cosgair her.

Es war der Count Belmont Martin, der den Iren verfolgte.

Sein Blick war starr auf Cosgairs Rücken gerichtet, sein Gesicht war von mörderischer Wut verzerrt.

Erneut hatte Martins Frau ihn zum Hahnrei gemacht.

Jean-Pierre schob sein Gewehr zurück in das Holster.

Und wartete.

24

Der Schnitter schlüpfte durch die Tür zum angrenzenden Salon in das Schlafgemach von Emma und bewegte sich lautlos bis zur Mitte des Raums.

Sie saß vor dem offenen Kaminfeuer und hatte sich in ihr liebstes altes Schultertuch gewickelt. Sie beugte sich vor, um die Hitze der Flammen zu spüren, während sie mit dem Kamm durch ihr langes dunkles Haar fuhr. Der Anblick ihrer nachdenklichen Silhouette ließ sein Herz schmelzen. Im Gegenlicht des goldenen Feuers konnte er durch den durchsichtigen Stoff ihres Nachthemds die Konturen ihrer langen, schlanken Beine sehen.

Sie legte den Kamm beiseite. Nahm einen Schluck Wein und aß eine Handvoll Trauben. Das Tuch rutschte von einer Schulter, und er sah, dass sie ein neues Nachthemd mit Spitzenbändchen und einem mit Spitze besetzten Mieder trug. Als müsste ihre Schönheit noch unterstrichen werden …

Ihm entwich unwillkürlich ein rauer Laut.

Sie drehte sich um und entdeckte ihn. Er trug wieder sein Kostüm aus Lumpen und einem zerfetzten Leichentuch. War mit Maske und weißer Schminke angetan.

Sie straffte sich langsam. In den vorangegangenen Nächten hatte sein Auftauchen ihr Freude bereitet. Heute Abend nicht. Sie wirkte verunsichert und beeilte sich, ihm zu erklären, was passiert war. »Wir mussten plötzlich aufbrechen. Ich habe es nicht gewagt, dir eine Nachricht zu hinterlassen, und ich hatte Angst, du könntest mich nicht finden. Ich wollte nicht, dass du glaubst, ich … Also, dass ich dir aus dem Weg gehe.«

Er wünschte, er hätte das gedacht. Er wünschte, sie wäre nicht so ehrenhaft und nicht so wild entschlossen, das zu tun, von dem sie glaubte, es sei richtig.

Er wünschte auch, sie nicht so sehr zu begehren. Er wünschte … Ja, er wünschte, einer von ihnen könnte einfach verschwinden. Stattdessen trafen sie sich im Geheimen. Sie fühlten sich von einem gemeinsamen Verlangen zueinander hingezogen.

Er trat zu ihr und stand direkt hinter ihr. Er nahm ihr den Kamm ab und fuhr damit durch ihre dunklen Haare. Er hob sie an und hielt sie, als wollte er Ebenholz verspinnen.

Draußen rückte das Gewitter unerbittlich näher. Blitze fuhren heiß und grell in die Erde, entzündeten Bäume, und der Sturm ließ riesige Hagelkörner auf das Land niedergehen.

Sie seufzte und lehnte sich entspannt zurück, als würde seine liebevolle Fürsorge ihr Lust bereiten. »Als ich England verließ, reichten sie noch bis an die Hüften. Aber als ich erkannte, wie schwierig Lady Lettice war, habe ich das meiste abgeschnitten.« Die Haare reichten jetzt gerade noch über die Schulterblätter. »Lady Lettice meinte allerdings auch, es wäre nicht schade drum, sie haben ohnehin keine schöne Farbe.«

Er ließ den Kamm einfach auf den Boden fallen und stützte ein Knie neben sie auf die breite Sitzfläche. Er packte ihre

Haare und drückte sie in beiden Fäusten zusammen wie ein Geizhals, der sein Gold an sich raffte. Dann zog er ihren Kopf an den Haaren sanft nach hinten und küsste sie. Er erkundete ihren Mund, und allein dieser Kuss schenkte ihm unbeschreibliche Lust.

Sie schmeckte nach Rotwein und reifen Früchten. Sie roch nach Lavendelseife und warmer Frau.

Gott, wie sehr er sie wollte. Ihm kam es vor, als habe er sie schon immer gewollt. Als habe er sein Leben lang auf sie gewartet. Auf diesen Moment, als sie einander das erste Mal begegnet waren und sich ineinander verliebt hatten. Auf den Moment, in dem er sie einfach in die Arme nahm und sie sein war.

Er fuhr mit einer Fingerspitze über den tiefen Ausschnitt ihres Hemds, von der Schulter nach unten. Dann berührte er ganz leicht die einzelnen Brustspitzen, die sich gegen die Spitze drückten. Er betrachtete die Röte, die in ihr aufstieg, und spürte das drängende Verlangen, das er nur mit Mühe bezähmen konnte. Sie liebte ihn. Es war leicht gewesen für sie, der Romantik zu verfallen, die von seinen Taten und seiner Maskerade ausging. Aber sie liebte eine Illusion, und bis er sich ihr endlich offenbaren durfte, musste er sich zurückhalten.

Sie legte den Kopf in den Nacken. Stumm lud sie ihn ein, sie mit den Lippen zu berühren und sich das zu nehmen, was bereits ihm gehörte.

Er musste schleunigst verschwinden, bevor er ihrem Zauber endgültig erlag.

Er drehte sich weg.

Sie stand auf und packte seinen Arm.

Er schaute sie an.

Sie warf das Haar mit einer ruckartigen Kopfbewegung aus dem Gesicht und starrte ihn wütend an. Eine Hand hielt seinen Arm gepackt, die andere hatte sie zur Faust erhoben. »Du hast mich geküsst. Mich gestreichelt. Aber für dich ist das alles nur ein Spiel. Du läufst immer weg, und du lässt mich jedes Mal frustriert zurück. Warum soll ich denken, dass es je anders wird?«

Er wollte antworten, doch er durfte sein Schweigen unter keinen Umständen brechen.

»Morgen Abend werde ich nicht hier sein.« Trotzig und verärgert reckte sie das Kinn.

Er wandte sich ihr wieder zu und hob beide Hände in einer fragenden Geste. Warum nicht?

Sie warf das Schultertuch ab. »Ich werde zum Ball des Fürsten gehen.«

Diese Stille, die ihm aufgezwungen war, trieb ihn noch in den Wahnsinn. Er wollte so gerne mit ihr reden. Wollte sie anflehen, nicht zu gehen. Wollte ihr verbieten, weiter diesen gefährlichen Kurs einzuschlagen. Aber er durfte es nicht.

Darum sprach sie weiter. »Das ist der Grund, warum wir aus Aguas de Dioses abgereist sind. Ich werde mit Lord und Lady Fanchere dorthin gehen. Der Fürst hat mich ausdrücklich eingeladen.«

Er schüttelte den Kopf.

»Du weißt, warum ich zum Ball gehe. Diese vergangene Woche … Jede Nacht mit dir war wunderschön. Aber jeden Morgen wache ich auf und bin gelähmt vor Angst, weil du angeschossen, gefangen genommen oder getötet sein könntest. Du … du trägst weiß. Weiß! Du könntest wenigstens eine schwarze Kapuze über deinem Kostüm tragen, wenn du in der Dunkelheit reitest. Die Menschen würden dich immer noch sehen und von dir hören. Sie würden sich noch immer fürchten. Sie würden noch immer weglaufen und so Fürst Sandre den Zugriff auf ihre Reichtümer verwehren. Aber nein! Du hörst mir ja nicht zu. Du *musst* ja unbedingt so sehr hervorstechen wie möglich. Du musst eine weithin sichtbare Zielscheibe abgeben. Ich kann das einfach nicht länger ertragen.« Ihre Finger krallten sich in seinen Arm. »Ich weiß, es gefällt dir nicht, aber ich werde den Fürsten ermutigen. Ich muss einfach wissen, wie sein Plan aussieht. Das ist die einzige Chance, die ich habe.«

Er packte ihre Schultern und schüttelte sie. *Nein.*

»Du kannst mich nicht aufhalten. Für mich existierst du nur nachts.« Sie forderte ihn heraus, wie sie es bisher noch nie getan hatte.

Er wusste, warum sie das tat. Er küsste sie. Liebkoste sie. Machte sie verrückt vor Verlangen. Und jede Nacht ließ er sie dann in ihrem Elend und mit der Sehnsucht allein. Sie liebte einen Mann, der nicht existierte und mit dem sie nie eine richtige Beziehung eingehen konnte. Den sie nie heiraten konnte, dessen Kinder sie nicht bekommen durfte … Er hatte ihr Hoffnung geschenkt, und zugleich hatte er sie jeder Hoffnung beraubt.

Darum sagte sie jetzt: »Ich werde morgen Abend mit dem Fürsten tanzen. Ich werde ihn anlächeln. Werde mit ihm trinken, und wenn er mich darum bittet, werde ich seine Tischdame sein und mit ihm speisen. Das werde ich für dich tun. Aber ich werde diesen Abend auch genießen.«

Seine Hände auf ihren Schultern zitterten, und er musste alle Kraft aufbieten, um nicht die Beherrschung zu verlieren.

»Einige Leute glauben nämlich, dass Frauen wie ich alles für ein Leben in Wohlstand tun würden.« Ihre Stimme brach, und sie lachte bitter. »Vielleicht heirate ich den Fürsten ja. Dann wäre ich in Sicherheit.«

Nein. Nein, das darfst du nicht.

Selbst durch die Maske musste sie seine Qualen sehen, denn sie lächelte das grausame Lächeln einer Delilah.

Schließlich trieben Frust und Leidenschaft ihn doch in den Wahnsinn. Sein Widerstand brach. Er trat ans Bett, riss die Decken herunter und warf sie vor dem offenen Kamin auf den Boden. Er schob die dünnen Ärmel ihres Hemds über die Schultern. Das Hemd glitt nach unten. Sie stand nun vor ihm und trug nichts außer goldenen Feuerschein und ihrem Trotz.

Sie hatte während ihrer Arbeit für Lady Fanchere etwas an Gewicht zugelegt, und das war bitter nötig gewesen. Trotzdem war ihr Bauch noch flach und muskulös von der Arbeit, die sie so viele Jahre ausgeübt hatte. Ihre Taille war schmal, die Hüften einladend. Die Beine waren lang und schlank. Zwischen den Schenkeln beschützte ein kleiner, dunkler Busch aus Haaren ihre Scham.

Er hob sie hoch und legte sie auf den Boden. Sie lag auf der Masse aus Samt und Gänsedaunen, die er dort ausgebreitet hatte.

Sie sank in die weichen Decken. Ihre Haare umrahmten wild das Gesicht, und sie funkelte ihn an, als habe er etwas Falsches getan. »Willst du schon wieder mit mir spielen?«, fauchte sie.

Warte, bedeutete er ihr. Dann griff er unter sein Kostüm

und löste die Schnüre, mit denen das Oberteil verschlossen war. Er schob es auf und warf das zerfetzte Leichentuch und die Fetzen ab.

Sie starrte auf seine nackte Brust, die von den Stunden unter der heißen Bergsonne gebräunt war. »Du bist wunderschön«, flüsterte sie.

Er hätte am liebsten laut gelacht. Es hatte viele Frauen in seinem Leben gegeben, erfahrene Frauen und Frauen, die ihm etwas beibrachten. Frauen, die von seinem erworbenen Wissen profitierten. Engländerinnen, Frauen vom Kontinent, Adelige und Bürgerliche. Keine von ihnen hatte ihn je als schön bezeichnet.

Aber unter Emmas andächtigem Blick fühlte er sich … schön. Stark.

Sie ließ ihn die Alpträume vergessen.

Er öffnete die Schnüre seiner Hose und entledigte sich des Kleidungsstücks. Schuhe und Socken folgten, und er stand nackt vor ihr. Bis auf das Tuch um seine Kehle, seine Kapuze, die Maske und die weiße Schminke, die sein Gesicht verbarg.

Er sank neben ihr auf die Knie.

Ihre Miene hatte sich verändert. Sie war nicht länger überheblich und wütend. Nein, jetzt blickte sie ihn neugierig und erstaunt an. Verängstigt, eifrig und ein bisschen misstrauisch.

Sie sah wie eine junge Frau aus, die ihrem ersten Liebhaber gegenüberstand und feststellte, dass die Realität anders aussah als das, was sie sich ausgemalt hatte.

Wenn er laut hätte lachen dürfen, hätte er das getan. Ihr überraschter Blick schmeichelte ihm und ließ ihn härter und größer werden. Der Druck seines Verlangens wurde übermächtig.

Er hatte ihre Brüste umschlossen. Hatte sie mit seinen Liebkosungen zum Orgasmus gebracht. Er kannte die Form und die Beschaffenheit ihrer wunderschönen Brüste. Doch sie jetzt zu sehen, ihre Fülle und Festigkeit und die Nippel, die sich ihm hart entgegenreckten …

War das die Kälte? Oder ihre Empfindlichkeit?

Er wusste es nicht. Und es interessierte ihn auch nicht. Er wusste nur, dass er sie streicheln wollte. Er wollte an ihnen saugen, bis Emma sich unter ihm verzweifelt wand und ihn anflehte, seinen Schwanz in sie hineinzuschieben.

Er beugte sich zu ihr herunter, schloss sie in die Arme und küsste sie. Wie früher schon war sie voller Sehnsucht nach ihm. Doch seine Schultern schienen eine unerträgliche Hitze auszustrahlen, denn sie berührte ihn so behutsam, als ob er so heiß wäre wie ein glühendes Eisen. Und als sie das Brandmal an seiner rechten Schulter fand, wurden ihre Augen groß. Sie erkundete die Stelle mit den Fingerspitzen. »Was ist das?«, fragte sie.

Er schaute beiseite.

Sie setzte sich auf und betrachtete eingehend das rote, erhabene Brandmal, das die Form eines Adlers hatte. »Ach, Schnitter.« Sie küsste die Narbe. Eine sanfte Liebkosung, die ihn heilte und zugleich mit ihren Lippen ein zweites Mal brandmarkte.

Er zog sie wieder zu sich herunter und drückte sich gegen ihre Brüste. Seine Brust glitt an ihr auf und ab. Sie erstarrte, schloss die Augen und atmete. Sie tat nichts, außer zu atmen.

Er hatte in der vergangenen Woche so viel über ihren Körper gelernt. Sie war empfindlich und erschrak leicht. Sie war voller Unschuld, doch zugleich besaß sie das instinktive Wissen, was ihm gefiel – und ihr.

Mit diesem Wissen bewaffnet machte er sich an die Arbeit.

25

Der Schnitter ließ seine Hände an Emmas Taille und ihren Hüften auf und ab gleiten. Immer wieder, als wäre sie eine wilde Löwin und er der Löwenbändiger, der das Tier beruhigen musste.

Während er sie liebkoste, schwand ihr Zorn, und sie konzentrierte sich ganz auf ihn. Auf sein Gesicht, das hinter der Maske verborgen blieb, denn er hatte sie nicht einmal jetzt abgelegt. Auf seinen Körper, der so herrlich und muskulös war. Die Sonne hatte seine weiche Haut gebräunt.

Er weckte ganz neue Leidenschaften in ihr und erweckte eine Tollheit, die ihr jede Kontrolle entzog. Ihr blieb nichts außer diesem langsamen, ausgedehnten Streicheln, mit dem er sie beruhigte. Erst danach begannen seine Hände, über ihren Körper zu wandern. Sie glitten über ihre Handgelenke und hoben ihre Arme über ihren Kopf. Dann an den Schenkeln nach unten, wo ihre Haut seine Leidenschaft spürte und unter seiner Berührung warm wurde. Ihre Haut reagierte sogar auf die Luft empfindlich. Auf das Licht und seinen Atem, als er sich vorbeugte und sie auf die Lippen küsste.

Endlich, *endlich,* hatte sie ihn dazu gebracht, ihr das zu geben, was sie wollte. Endlich passierte es. Sie wollte ihr Glück herausschreien und sich voller Freude unter ihm winden.

Sie wollte bis in alle Ewigkeit mit ihm verschmelzen. Und

wenn das nicht möglich war, wollte sie *jetzt* mit ihm vereinigt werden. Denn auch wenn sie sonst nichts über Männer und Frauen wusste, wusste sie zumindest wie sie auf ihn reagierte. Der Schnitter hatte eine Art zu gehen, zu stehen und einfach zu *sein*, die in ihr das Verlangen weckte, nicht eher zu ruhen, ehe sie erschöpft und befriedigt in seine Arme sank.

Das war nicht mit ihrer jugendlichen Schwärmerei zu vergleichen. Sie hatte immer geglaubt, sich zu lieben sei romantisch und werde zwischen zwei Menschen stattfinden, die von diesen hehren Gefühlen in eine hauchzarte Welt enthoben wurden, in der schwere Düfte und Mondenschein regierten.

Stattdessen waren sie nackt, und allein die Neuheit dieses Gefühls schüchterte sie ein und ließ sie linkisch werden. Plötzlich war wieder die alte Miss Emma Chegwidden zurück, die als bezahlte Gesellschafterin schuftete und deren einzige Fähigkeit eine ganz anständige Fußmassage war. Wenn man Lady Lettice Glauben schenkte, hatte sie nicht einmal das anständig zuwege gebracht.

Sie war auf dem Land aufgewachsen. Sie wusste, wie Tiere auf dem Bauernhof sich paarten. Sie war für viele Mütter und ihre Babys als Hebamme tätig gewesen. Sie wusste, wie das hier funktionierte. Aber sie hatte einfach nicht erwartet, dass es so … real sein würde.

Sie konnte ihn riechen. Sie nahm den Geruch nach Seife und Sandelholz ebenso auf wie den seines Verlangens, das ihn durchströmte. Sie konnte die Hitze spüren, die er verströmte. Und sie wusste, indem er sie berührte, wurde ihm noch heißer. Sie hörte seinen abgehackten Atem und das sanfte Seufzen ihrer beiden Körper, als sie sich bewegten.

Konnte er auch ihr Verlangen riechen? Er beugte sich über

sie und atmete tief ein, als wäre ihr Duft sein Lebenselixier. Spürte er ihre Hitze? Ihre Haut glühte förmlich vor Verlangen. Hörte er, wie ihr Herz voller Vorfreude hämmerte? Spürte er ihren abgehackten Atem, als er seine Finger mit ihren verschränkte und sie seine Hand, seine Schulter und seine Wange küsste?

Sie hatte keine Geheimnisse vor ihm … und allein deshalb wurde sie schüchtern und argwöhnisch.

Sie hatten sich schon früher umarmt, ja. Sie hatten einander liebkost. Er hatte ihr jede Nacht Lust geschenkt. Doch dabei war er die ganze Zeit bekleidet geblieben.

Jetzt legte er den Mund auf ihre Brüste, und sie drückte sich gegen ihn. Instinktiv wollte sie, dass er damit aufhörte.

Doch er achtete nicht darauf.

Als die Lust begann, sich in ihr aufzubauen, wurden ihre Hände auf seinen Schultern ruhiger. Sie erkundete die Muskeln, die sie bisher immer nur unter seinem Kostüm hatte ertasten können.

Stumm ermutigte er sie. Er leckte leicht an ihrer Aureole, an der Unterseite ihrer Brust und über die obere Wölbung. Als ihre Fingernägel sich leicht in seine Haut gruben, antwortete er darauf, indem er ihren Nippel in den Mund nahm und heftig und rhythmisch daran saugte, bis sie das Kreuz durchdrückte und sie die Beine verzweifelt bewegte.

Das Feuer brannte munter neben ihnen und zauberte einen warmen Schimmer auf seine Haut. Draußen vor den Fenstern konnte sie den Donner hören, der die Schleier der Nacht zerriss.

Im Zimmer aber hörte sie nur das Pochen ihres Herzens bis in den Kopf. Sie hörte das Knistern der Flammen und das leise Rascheln der Gänsedaunen, die sich unter dem Gewicht beider Körper bewegten.

Er eroberte sie mit seinen Liebkosungen. Er streichelte die Ohrläppchen und zwang zugleich mit sanftem Druck ihre Beine auseinander. Dann hob er ihre Beine hoch und spreizte sie weit. Er schaute sie *dort unten* an, bis sie sich voller Peinlichkeit unter ihm wand und … oh ja, voller Verlangen. Das Verlangen wuchs auch, denn unter seinem wohlwollenden Blick wurde sie noch feuchter.

»Tu das nicht«, flüsterte sie. »Bitte nicht.«

Er hielt noch immer ein Bein fest. Mit den Fingern der anderen Hand fuhr er an ihrer Spalte auf und ab. Ganz leicht nur. Ebenso hatte er sie an den Seiten gestreichelt. Den Armen.

Aber das war nicht dasselbe. Bei den anderen Liebkosungen hatte sie sich irgendwie geborgen gefühlt. Dies hier schenkte ihr überhaupt keine Geborgenheit. Es versetzte sie in Aufruhr. Sie war voller Leidenschaft, voller Sehnen … Sie verlangte nach … irgendetwas.

Wenn er seine Finger nur etwas weiter in sie hineindrückte. Wenn er sie etwas tiefer liebkoste.

Als hätte er ihre Gedanken gelesen, schob er seine Finger in sie hinein. Er streichelte sie von innen und benutzte zugleich seinen Daumen, um ihre Klitoris zu umkreisen.

Sie hob die Hüften und wimmerte, stöhnte und flüsterte haltlos irgendwelche Bitten, die er wohl hörte und verstand, denn er schob vorsichtig, ganz vorsichtig einen zweiten Finger in sie hinein. Er dehnte sie, bis es sich fast unangenehm anfühlte. Und dann, als der Druck allmählich nachließ, zog er die Finger zurück und schob sie erneut hinein.

Er manipulierte sie. Benutzte seine Fähigkeiten, damit sie *mehr* empfand, als sie erwartet oder gewollt hätte.

Sie ließ die Hüften kreisen und versuchte, ihn so dazu zu bringen, ihr das zu geben, was sie wollte. Ihr Verlangen sollte sich steigern und dem Höhepunkt entgegenstreben.

Aber er zog die Hand zurück, presste seine Brust auf ihre und benutzte sein Gewicht wie ein Werkzeug, um sie fügsam zu machen. Mit den Beinen spreizte er ihre Schenkel noch weiter. Seine Finger bearbeiteten sie wieder zwischen den Beinen. Plötzlich waren es nicht mehr seine Finger, sondern sein Schwanz, der sich lang und dick in sie hineindrückte. Und sie erkannte die Wahrheit.

Er war größer als seine Finger. Und er tat ihr weh.

»Warte!«

Er hielt nicht inne.

Sie kämpfte gegen ihn an, schubste ihn weg und versuchte, ihn abzuwerfen. Aber wenn sie damit überhaupt etwas erreichte, dann nur, dass ihre Gegenwehr ihn tiefer in sie hineindrückte. Er hielt ganz still und ließ sie kämpfen. Ließ zu, dass sie sich unter ihm wand. Als sie schließlich erschöpft innehielt, war er schon vollständig in ihr.

»Es brennt!« Der Schmerz machte sie schier wahnsinnig. Das herrliche und wunderbare Versprechen hatte er nicht eingehalten. Seine Größe, seine Entschlossenheit und seine Weigerung, aufzuhören, machten es nur schrecklich ausweglos.

Er schien nicht einmal besonders besorgt wegen ihrer Wut zu sein. Nein, er *lächelte*! Es war ein träges, verheißungsvolles Lächeln.

Überrascht versuchte sie, sich auf ihn zu konzentrieren.

Auf sein Gesicht, seinen Körper, seinen Duft, seine Stärke … Wie konnte er ihr wehtun und schaffte es zugleich, dass sie wollte, was er ihr damit versprach? Was konnte er tun, dass es für sie mehr war als nur der reine Akt?

Er legte ihre Hände auf seine Schultern und bewegte sich. Er richtete sich auf, saß jetzt auf seinen Fersen und hielt sie an den Hüften fest. Dann hob er sie hoch, als würde sie nichts wiegen.

Sie saß jetzt auf seinem Schoß und hatte ihm das Gesicht zugewandt. Unter der Maske konnte sie seine Augen erkennen. Ihre Beine lagen um seine Hüften, und ihre Füße standen auf dem Boden. Er war so tief in ihr, dass es sich anfühlte, als könnte nichts sie wieder trennen.

Hatte dieses brennende Gefühl sie für immer aneinandergefesselt?

Nein. Denn sie konnte sich noch immer bewegen. Mit den Füßen konnte sie sich vom Boden abstoßen, und genau das tat sie nun.

Doch als sie sich fast befreit hatte, packte er ihre Hüften und zog sie wieder nach unten. Sie versuchte es erneut, und wieder zog er sie herunter.

Er beobachtete sie und lächelte.

Er forderte sie heraus.

Sie hielt inne. Inzwischen keuchte sie, weil sie wütend war, weil es wehtat und weil sie doch mehr davon wollte … Sie wollte das, von dem er ihr schweigend versprochen hatte, es ihr zu geben. Mit mehr Geschick und ohne seine Hilfe begann sie, sich auf und ab zu bewegen. Sie liebkoste sich mit ihm. Ritt ihn, als wäre er ein Hengst.

Sein Lächeln schwand. Die Muskeln spannten sich an. Er

lehnte sich zurück, stützte die Hände auf und gab ihr die Freiheit, mit seinem Körper zu verfahren, wie es ihr beliebte.

Aus anfänglicher Befangenheit wurde Egoismus. Schmerz wurde zu Lust.

Vorher hatte er dafür gesorgt, dass sie sich ihrer Umgebung deutlich bewusst war. Jetzt sah sie nur noch ihn, spürte nur seinen Körper und ihren eigenen. Wo sie sich berührten, spürte sie das verlangende Pochen der Lust. Die Verzweiflung, endlich Erfüllung zu finden. Eine Verzweiflung, die mit jedem Stoß größer wurde. Sie konnte sehen, wie er die Schultern anspannte, weil er versuchte, sich weiterhin im Griff zu halten.

Er schwitzte und biss die Zähne zusammen. Zitternd rang er den Impuls nieder, sich zu bewegen.

Sie bewegte sich immer schneller auf ihm, ohne genau zu wissen, was sie da tat oder wohin es sie führen würde. Sie wusste nur, dass sie direkt auf die Erfüllung ihres Sehnens zusteuerte.

Und seine Erfüllung.

Als schließlich der Orgasmus sie erfasste und die unwiderstehliche Lust zuckend Besitz von ihr ergriff, spürte sie, wie ihr Körper seinen umfasste und ihn auspresste.

Er packte sie und schob ihren Oberkörper nach hinten, bis ihre Schultern den Boden berührten. Er kniete über ihr, packte ihre Hüften und rammte sich tief in sie. Mit diesen Stößen nahm er sie in Besitz und verlangte, dass sie sich ihm mit allem hingab, das sie ihm geben konnte.

Sie schrie auf und umklammerte ihn zwischen ihren Schenkeln. Sie hieß ihn willkommen und machte ihn zu ihrem Mann.

26

»Für das Ballkleid musste ich eine schwere Entscheidung treffen. Unsere kleine englische Rose hier hat eine recht blasse Haut und dunkle Haare mit kastanienroten Strähnen. Außerdem sind ihre Augen höchst ungewöhnlich. Sie wirken auf den ersten Blick haselnussbraun mit einem goldenen Funkeln – es sind die Augen einer Zauberin.«

Emma hatte die Hände um einen Bettpfosten gelegt und lauschte, während Madam Mercier sprach. Zugleich musste sie sich wirklich gut festhalten, weil Tia die Schnüre ihres Korsetts fest anzog. Sie wusste, hinter ihrem Rücken waren die Näherinnen von Madam damit beschäftigt, die raschelnden Unterröcke zu entwirren. Lady Fanchere und Aimée standen derweil am Feuer und beobachteten Madam Mercier, die persönlich Emmas Ballkleid auspackte.

Es war früher Abend und somit höchste Zeit, sich für den Ball vorzubereiten. Emma war vor Angst taub und vor Erregung außer sich. Es war, als würde sie an diesem Abend ihr Debüt in der Gesellschaft geben. Sie, Emma Chegwidden aus Freyaburn in Yorkshire. Als wäre das nicht schon genug, gab sie nicht nur ihr Debüt, sondern spionierte zudem für den Mann, den sie liebte. Den Mann, dessen Körper sie gestern Nacht gehuldigt hatte, dessen Gesicht sie aber noch nie gesehen hatte.

Sie war müde und wund, zugleich glücklich und voller Sorge.

Madam Mercier sprach weiter. »Miss Chegwiddens Augen verändern die Farbe, je nachdem, welche Farbe ihre Kleider haben. Ein blaues Baumwollkleid lässt die Augen himmelblau wirken. Ein grünes Satinkleid, und schon sind sie erbsengrün. Ich suchte also nach einem Stoff, der es ihrer ungewöhnlichen Farbgebung erlaubt, ohne störenden Einfluss zu strahlen. Darum habe ich mich für das hier entschieden.«

Emma hörte das Rascheln von Seide, und Lady Fanchere und Aimée machten andächtig *Ahhh*. Emma wollte sich umdrehen und das Kleid ebenfalls sehen, doch Tia zischte ihr zu, sie solle stillhalten, und drehte sie wieder so, dass sie nach vorne schaute. Die Näherinnen hielten Tia an, sie sollte sich beeilen.

»Ich schickte einen Läufer nach Madrid, der dort nach dieser außergewöhnlichen Seide fragte. Ich wusste nicht, wann der Stoff eintreffen würde. Und dann hat der plötzliche Entschluss des Fürsten, so bald einen Ball zu geben, mich vor eine Herausforderung gestellt, die über das hinausgeht, was ich unter normalen Umständen zu leisten imstande bin. Ich bezweifelte, dass es uns gelingen wird, rechtzeitig fertig zu werden. Doch dann erkannte ich etwas sehr Wichtiges. Diese üppige Seide und diese Farbe wird für gewöhnlich von Frauen getragen, die über, nun, sagen wir, Erfahrung verfügen. Miss Chegwidden jedoch ist jung und noch jungfräulich, weshalb das Kleid im Kontrast zu diesem Stoff ganz einfach sein musste. Daher waren wir in der Lage, es in der Kürze der Zeit zu schneidern.« Madam Mercier klang so zufrieden mit sich wie eine schnurrende Katze.

»Es ist perfekt«, erklärte Lady Fanchere.

Tia drehte Emma jetzt um, sodass sie zum Raum stand. Sie erhaschte einen kurzen Blick auf ein dunkles Kleid, das auf der Polsterbank vor ihrem Toilettentisch lag. Dann hob Tia ihre Arme in die Höhe, und die Näherinnen warfen die Unterröcke über ihren Kopf. Als sie sich den Weg aus dem gestärkten und raschelnden Stoffberg gekämpft hatte, hing das Kleid wieder hinter ihr, und die Damen diskutierten derweil, welchen Schmuck sie tragen sollte.

Madam Mercier verbot ihnen alles, außer ein Paar schlichte Ohrringe und einen dünnen Silberring. »Nein, nein! Schlichtheit. Vertraut mir! Ihr werdet es sehen!«

Schließlich wurde Emma in die Unterkleider eingeschnürt, und Madam Mercier schob das Kleid über ihren Kopf.

Emma schaute nach unten und versuchte zu ergründen, was den Damen an diesem Kleid so gut gefallen hatte.

Madam Mercier nahm den langen Zopf in ihrem Nacken und zog heftig daran. »Nicht gucken, junge Dame! Ihr dürft es Euch ja gleich anschauen. *Fils,* schließt alle Knöpfe. Dann werde ich ihr die Haare machen.«

Die Mädchen platzierten sie auf einem niedrigen Hocker.

Madam Mercier nahm Tia den Kamm aus der Hand und erklärte rigoros: »Ich mache das, ich war früher die Zofe einer Lady.«

Das mochte sie ja einmal gewesen sein, aber in den Jahren seitdem hatte sie jedes Geschick verloren, denn sie zerrte so heftig an Emmas Haaren, dass Emma das Gefühl hatte, ihr würden die Augenwinkel nach hinten gerissen. Sie benutzte die Haarnadeln mit einer so gekonnten Präzision, dass Emma das Gefühl hatte, sie werde aufgespießt.

Lady Fanchere wagte einen Einwand. »Vielleicht ein paar frische Blumen?«, fragte sie. Madam Mercier erwiderte rigoros: »*Non!* Nur Diamantenhaarnadeln, und zwar hier … hier und hier. Wie Sterne am mitternächtlichen Himmel.«

Alle Anwesenden machten andächtig *ohhh.*

Emma spürte die gestärkten Röcke, die sie juckten. Vor allem wurde sie aber von brennender Neugier getrieben.

Tia half Emma, in ihre Ballschuhe zu schlüpfen, dann durfte sie endlich aufstehen.

Die Näherinnen gaben bewundernde Laute von sich, während sie die langen, schmalen Ärmel glattstrichen und den tiefen Ausschnitt zurechtrückten.

Lady Fanchere und Aimée klatschten ergriffen in die Hände und betrachteten sie mit Tränen in den Augen.

»Dreht Euch, Mademoiselle. Dreht Euch!« Madam Mercier drängte Emma, damit sie sich um sich drehte. Schließlich lächelte auch sie zufrieden. »*Bon!*« Sie schob Emma vor den mannshohen Spiegel in der Zimmerecke.

Emma starrte in den Spiegel. Sie konnte den Blick nicht von sich lassen.

»Ihr seht, dass ich recht hatte. Bei dem Stoff handelt es sich um japanische Seide, die auf dem Kontinent ganz neu ist. Die Farbe ist ein üppiges Weinrot, das mit Silberfäden durchsetzt ist. Tagsüber würde es ordinär wirken. Abends im Kerzenlicht jedoch …« Madam Mercier küsste ihre Fingerspitzen.

Emma drehte den Kopf und betrachtete ihre Frisur. Die Haare waren im Nacken zusammengefasst, und die Diamantennadeln glitzerten zwischen den aufgesteckten Strähnen.

»Es wird Euch bestimmt nicht entgangen sein, wie die Seide bei jeder von Miss Chegwiddens Bewegung schimmert.

Wahrlich ein Juwel in seiner Fassung.« Madam Merciers Stimme hüpfte fröhlich auf und ab. »Mit den Haaren, die sie aus dem Gesicht gekämmt und im Nacken zusammengefasst trägt, sieht man sehr schön ihren Haaransatz. Der spitze Haaransatz an ihrer Stirn wird vom herzförmigen Dekolleté aufgenommen. Mit dem schlichten Mieder, den schlicht gehaltenen Ärmeln und der leicht gerafften Taillierung wird jeder Mann von ihrer wunderbaren Figur bezaubert werden.«

»Still, Madam.« Lady Fanchere legte die Hand auf Emmas Ärmel und richtete das Wort an sie. »Ihr seid sehr still, meine Liebe.«

»Gefällt Euch das Kleid nicht?«, fragte Aimée sanft.

Alle Anwesenden wurden still.

Emma trat auf den Spiegel zu und berührte die Reflektion ihres Gesichts. »Ihr habt mich wunderschön gemacht.«

Madam Mercier lachte ein kleines Lachen, das plötzlich abbrach. »*Non!* Es war *le bon dieu*, der das getan hat.«

Emma schaute die Frau an, die sie stolz anstrahlte.

»Dann … dann bin ich schön?« Sie schaute wieder in den Spiegel. »Ich bin schön.«

Eine einzelne Träne rann über ihre Wange, und sie wischte sie hastig beiseite.

Sie wünschte, ihr Liebster könnte sie so sehen. Doch das würde nie passieren. Niemals würde er sie so sehen.

27

Der Herold pochte mit seinem Stab auf den Boden.

»Lord und Lady Fanchere.« Seine sonore Stimme hallte durch den langgestreckten, mit Marmorfliesen ausgelegten und äußerst opulenten Ballsaal und stieg bis zu der hohen Decke auf. Jeder, der sich am Rand der ausgedehnten, leeren Tanzfläche aufhielt, hörte ihn sehr deutlich.

Lady Fanchere bedeutete Emma, sie solle erst einmal bleiben, wo sie war, und die beiden verschwanden auf der Treppe und tauchten in der plaudernden, lauten Menge unter.

»Ich bin Emma Chegwidden«, flüsterte sie dem Herold zu.

»Oh, ich weiß natürlich, wer Ihr seid«, antwortete er. Erneut pochte er mit dem Stab auf den Boden.

Für Emma klang dieses Geräusch überlaut.

»Miss Emma Chegwidden!«, rief er.

Sie begann, die Stufen hinabzusteigen, und erkannte erst jetzt, dass im Ballsaal plötzlich Stille herrschte.

Sie blickte auf. Jeder Einzelne im Saal war erstarrt. Jedes Gesicht wandte sich ihr zu und starrte sie an.

Sie zögerte. Auf einmal überkam sie Lampenfieber. Aber dann sah sie Lady Fanchere am unteren Ende der Treppe stehen, die ihr mit den dunklen Handschuhen bedeutete, zu ihr zu kommen. *Komm zu mir.*

Emma atmete tief durch und nahm die letzten Stufen. Doch plötzlich war jeder Schritt eine Qual, denn sie war schrecklich nervös und verängstigt. Sie betete, dass sie nicht stolperte und sich somit erniedrigte.

Warum nur starrten alle Anwesenden sie an?

Bestimmt nicht, weil sie erst an diesem Abend erkannt hatte, dass sie mit der richtigen Kleidung und der richtigen Frisur schön aussehen konnte. Nein, das war es wohl nicht.

Sie beobachteten sie, weil Fürst Sandre Interesse an ihr bekundet hatte.

Sie schaute nach unten auf ihre Füße und dann wieder nach oben über die Menschenmenge. Sie entdeckte Fürst Sandre, der zum Fuß der Treppe schritt. Ein Lächeln lag auf seinem Gesicht, das sie mehr ängstigte als das Schweigen der Menge.

Durants zynische Bemerkung kam ihr in den Sinn. *Selbst Ihr könnt nicht so naiv sein. Wenn Ihr es wagt, Euch ihm zu verweigern, wird er Euch jagen und zur Strecke bringen, und dann wird er Euch dafür bezahlen lassen, dass Ihr ihn so erniedrigt habt.*

Sie hatte gewusst, dass sie sich auf eine wirklich schwierige Mission begab. Aber sie hatte sich nicht klargemacht, dass sie dabei selbst in die Falle geraten könnte.

Sie wollte jetzt die letzte Stufe möglichst schnell erreichen, um nicht länger für alle Gäste auf dem Präsentierteller zu sein, auf dem sie sich wie eine Gefangene fühlte. Zugleich wand sie sich innerlich bei dem Gedanken daran, ihre Hand auf Fürst Sandres zu legen und ihm zu gestatten, sie zu ihrem ersten Ball zu führen.

Aber sie hatte keine Wahl. Die Treppe war zu Ende. Fürst Sandre verneigte sich und bot ihr seinen Arm. Sie legte ihre

Hand auf seinen Ärmel und schritt an seiner Seite über die leere Tanzfläche, ohne zu wissen, welches Ziel er ansteuerte. Im Vorbeigehen fing sie Lady Fancheres Blick auf, die vor Stolz förmlich glühte.

»Ich hatte gehofft, mit Euch heute den Ball zu eröffnen.« Sein Charme war versiert.

Sie wand sich wie ein Fisch am Haken. »Ich möchte Euch bitte daran erinnern, Euer Hoheit, dass ich in Wahrheit eine bezahlte Gesellschaftsdame bin. Meine Fähigkeiten als Tänzerin sind eingerostet und werden Euch unter Umständen beschämen.«

»Dann möchte ich Euch daran erinnern, dass *ich* ein Fürst bin, dem man beigebracht hat, junge Damen mit fester Hand zu führen.«

Er meinte das Führen beim Tanz. Aber er meinte auch noch etwas anderes. Vermutlich wollte er sie mit seinen Worten begeistern. Stattdessen ängstigte er sie.

Kurz und intensiv wurde sie von der Sehnsucht nach dem Schnitter beseelt. Wenn sie nur jetzt bei ihm sein könnte. Wenn er sie nur jetzt in den Armen halten und ihr irgendwie versichern könnte, dass alles wieder in Ordnung kam. *Bitte. Mach irgendwie, dass alles wieder gut wird.*

Aber ihr Gebet wurde nicht erhört, denn der Fürst blieb mit ihr mitten auf der leeren Tanzfläche stehen.

Jetzt? Er wollte, dass sie sofort tanzten? Vor Angst wurde ihr schlecht.

Er hob die behandschuhte Hand.

Das Orchester spielte die ersten Takte eines Walzers.

Er verneigte sich.

Was konnte sie auch anderes tun? Sie knickste.

Er legte den Arm um ihre Taille.

Schon wirbelten sie davon. Immer und immer wieder herum, und von diesem schnellen Kreisen, das sich doch wie Fliegen anfühlen sollte, wurde ihr schlecht. Es fühlte sich eher wie eine Schaukel an, die an einem gebrochenen Ast befestigt wurde. Sie sah Gesichter, die an ihr vorbeirasten. Die Leute standen am Rand der Fläche und starrten sie an. Heimtücke lag in ihren Blicken, Freude oder säuerliches Vergnügen.

Ein Gesicht aber zog ihre Aufmerksamkeit auf sich. Ein freundliches, ermutigendes Gesicht. Bei jeder Drehung schaute sie über die Schulter des Prinzen zu Michael Durant, der am Rand stand und ihr zunickte.

Dieses eine freundliche Gesicht löste ihre Anspannung. Sie wollte sich irgendwie bei ihm dafür bedanken.

Doch Fürst Sandre drehte sie immer weiter im Kreis. Er beugte sich zu ihr und sagte in ihr Ohr: »Lächelt! Ihr seht ja aus, als würde ich Euch foltern.«

Sie holte Luft und merkte jetzt erst, dass sie die Luft die ganze Zeit angehalten hatte – und sie befand, dass sie sich nicht übergeben musste. Sie musste tief in die Kiste mit ihren schauspielerischen Fähigkeiten greifen, um ein höfliches Gesicht zu machen. »Ich bin einfach nur überwältigt von der Ehre, die Ihr mir zuteilwerden lasst, Euer Hoheit.«

Er lachte hocherfreut. »Seid Ihr schon einmal auf einem Ball gewesen?«

»Nein, dieser ist mein erster. Und nach all der Pracht, wie kann ich da jemals einen anderen besuchen wollen?« Es fiel ihr leicht, in die Rolle einer Schmeichlerin zu verfallen, und sie entdeckte, dass sie gar nicht so schlecht darin war, gleichzeitig zu tanzen und schönzutun.

Nach und nach gesellten sich andere Paare zu ihnen auf die Tanzfläche, bis der Saal schier überfüllt war mit farbenfrohen Kleidern und lächelnden Gentlemen. Die traurige Berühmtheit, die sie an diesem Abend erlangt hatte, kümmerte sie nicht mehr so sehr. Der Walzer ging zu Ende, und sie standen höflich beisammen und klatschten. Dann geleitete Fürst Sandre sie am Arm zurück zu Lord und Lady Fanchere.

Am Rand der Tanzfläche saß tatsächlich Lady Lettice und hatte ihre Verehrer um sich geschart.

Bis zu diesem Augenblick war Emma nicht in den Sinn gekommen, dass sie Lady Lettice je wiedersehen könnte. Sie war zu sehr damit beschäftigt gewesen, den Schnitter zu verstecken, sich um Fürst Sandre und seine Absichten zu sorgen und sich um Lady Fanchere und Aimée zu kümmern, die ihrerseits Emmas Anproben überwachten. Außerdem hatte sie sich der Missbilligung ihresgleichen stellen müssen.

Jetzt aber bot das Schicksal ihr eine Gelegenheit, wenigstens ein kleines bisschen Vergeltung zu üben. Obwohl sie wusste, wie gemein, ungerecht und schwach das von ihr war, ergriff sie die Gelegenheit beim Schopf.

Sie lehnte sich gegen Fürst Sandres Arm und lenkte ihn so unauffällig in die Richtung. Als sie an Lady Lettice vorbeikamen, blieb sie gespielt überrascht stehen und rief: »Lady Lettice! Was für eine Überraschung, Euch zu sehen!«

Lady Lettice kam auf die Füße. Ihr blieb keine Wahl, wenn der Fürst ihr seine Aufmerksamkeit schenkte.

Aber Emma konnte sehen, wie die Lady kämpfte. Jawohl, sie *kämpfte* gegen den von ihr verlangten Knicks an, denn damit würde sie nicht nur Fürst Sandre ihre Reverenz erweisen, sondern auch ihrer eigenen früheren Gesellschaftsdame.

Fürst Sandre schien den kleinen Schlagabtausch der beiden Frauen nicht zu bemerken. Aber er bemerkte recht deutlich, dass Lady Lettice ihm nicht den Respekt darbot, der ihm rechtmäßig zustand. Darum blieb er stehen. Starrte sie kalt an. »Nun?«, fragte er.

Mit einem Schluchzen, das wohl eher von ihrer Wut befeuert wurde, sank Lady Lettice in einen tiefen Knicks.

Besänftigt sagte Fürst Sandre: »Ich hoffe, Ihr genießt Euren Aufenthalt in unserem schönen Land.«

»Ja, Euer Hoheit.« Lady Lettice verharrte in dem Knicks und hatte die Augen niedergeschlagen. Sie war der Inbegriff der Unterwerfung.

Natürlich. Solange sie hier standen, durfte sie sich nicht wieder aufrichten.

Darum sagte Emma: »Ich dachte, Ihr wärt inzwischen abgereist, Lady Lettice.«

»Das habe ich auch vor«, erklärte Lady Lettice.

»Moricadia wird nach Eurer Abreise völlig verwaist sein«, sagte der Fürst.

Ein leichtes Zittern setzte in Lady Lettices Knien ein und wanderte bis zu ihren winzigen Korkenzieherlocken nach oben.

»Sie fürchtet den Schnitter«, informierte Emma den Fürsten.

Lady Lettice warf ihr einen vernichtenden Blick zu.

Sie lächelte strahlend.

»Dafür habt Ihr keinen Grund«, erklärte Fürst Sandre Lady Lettice. »Er ist so gut wie tot.«

Dann jedoch machte Lady Lettice einen fatalen Fehler. Sie fauchte: »Natürlich ist er tot! Er ist ja nur ein Geist!«

Fürst Sandre war von einer Sekunde auf die andere nicht mehr höflich, sondern eiskalt. »Er ist ein Krimineller, und ich werde ihn zur Strecke bringen und an ihm Gerechtigkeit üben.« Er ging weiter.

Emma schritt an seiner Seite. Zufrieden hörte sie ein Stöhnen hinter ihrem Rücken. Sie fragte sich, ob es Lady Lettice gelungen war, sich aus eigener Kraft aufzurichten oder ob einer ihrer Verehrer sie wieder auf die Füße hatte ziehen müssen.

»Sie kommt mir irgendwie bekannt vor. Wer *ist* dieses erbärmliche Weib?«, wollte Fürst Sandre wissen.

»Das ist die Lady, die einen Fisch in ihren Ausschnitt hat fallen lassen«, erklärte Emma zutiefst befriedigt.

Er legte den Kopf in den Nacken und lachte lauthals. »Jetzt erinnere ich mich wieder! Das war wirklich unglaublich lustig. Ich wünschte, ich könnte das noch einmal sehen.«

»Ich glaube kaum, dass ich das ein zweites Mal bewerkstelligen könnte«, erklärte sie verschmitzt. Doch diese Bemerkung entging Fürst Sandre völlig.

Er war zu sehr damit beschäftigt, die Besucher seines Landes huldvoll anzulächeln und seinen Speichelleckern zuzunicken.

Er geleitete Emma zurück zu Lord und Lady Fanchere.

»Was für ein hübsches Paar ihr zwei doch abgebt!«, verkündete Lady Fanchere.

Er verneigte sich vor den beiden Damen und gab Lord Fanchere die Hand. »Ich hoffe, auch den nächsten Tanz mit Miss Chegwidden tanzen zu dürfen«, sagte er.

In England bedeuteten zwei Tänze hintereinander, dass das Paar so gut wie verlobt war.

Das durfte Emma nicht erlauben. »Ich danke Euch, Eure Hoheit, aber ich muss mich kurz entschuldigen. Ich komme gleich wieder.«

Er verstand, was sie damit ausdrücken wollte – sie wollte den Waschraum aufsuchen. Er winkte eine Dienerin heran, und sie wurde rasch aus dem Ballsaal in die Tiefen des Palasts geführt. Ein langer, spärlich beleuchteter Gang führte zu dem hellen Vorraum. Mit einem Knicks ließ das Mädchen Emma dort zurück. Im Vorraum saß ausgerechnet die Countess Martin. Sie beugte sich zum Spiegel vor und schminkte ihre Lippen rot.

Emma machte einen Knicks und eilte in die angrenzende Kammer. Sie hielt sich dort recht lange auf, weil sie hoffte, Countess Martin sei in der Zwischenzeit wieder gegangen. Doch als sie aus der Kammer hervortrat, saß die Frau noch immer dort. Sie wirkte in rotem Satin und schwarzer Spitze einfach überwältigend und sinnlich.

Sie rekelte sich in dem Stuhl und beobachtete Emma, die ihre Hände und das Gesicht mit Wasser benetzte. Dann reichte sie ihr ein Handtuch und erklärte: »Ihr habt Angst vor mir.«

»Ja. Nein. Es ist … ja.«

»Weil Lady de Guignard Euch erzählt hat, ich könne die Zukunft voraussehen?«

»Lady de Guignard ist ziemlich wunderlich, das weiß ich schon.«

»Aber es stimmt.«

Die Lady war ziemlich freimütig. Geradezu unverblümt und zudem auf ihre Art sehr beängstigend. Emma wusste nicht, wie sie sich aus diesem Gespräch herauswinden sollte. Vorsichtig erklärte sie: »Sie meint, Ihr habt auf den Händen Male.«

»Das stimmt.« Countess Martin streifte die Handschuhe ab und zeigte Emma ihre Hände. Dunkle Augen starrten sie von den Handflächen an. Augen, die ägyptisch und exotisch wirkten.

»Ist das ein Muttermal, das in Eurer Familie vorkommt?«, fragte Emma schwach.

»Das weiß ich nicht. Ich wurde als Baby ausgesetzt. Man ließ mich auf König Reynaldos Grab zurück, ein alter Mann fand mich dort. Er wollte nichts mit einem Kind zu schaffen haben, weshalb er mich an die Nonnen im Waisenhaus weitergab. Sie haben mir erzählt, er sei zurückgekehrt und habe behauptet, er sei mein Vater und wolle mich wiederhaben, nachdem das Gerücht in Umlauf kam, ich hätte Male auf den Händen. Sie glaubten ihm nicht und rückten mich nicht wieder heraus. Sie glaubten hingegen, ich sei vom Teufel gezeichnet – oder für den Teufel. Was genau sie glaubten, habe ich nie herausfinden können. Sie waren wild entschlossen, mir das Böse auszutreiben.« Sie erzählte die Geschichte ohne Selbstmitleid. Es klang sogar, als sei sie an ihrem eigenen Schicksal nicht besonders interessiert.

Dieses fehlende Mienenspiel ließ Emma das wahre Ausmaß der Tragödie begreifen. Sie zog einen Stuhl heran. »Das tut mir leid.«

Countess Martin lächelte müde. »Das glaube ich Euch sogar. Ihr seid mitfühlend, obwohl Ihr selbst kein allzu leichtes Leben führt.«

»Was ist dann passiert?«

»Ich hatte Glück. Ich wuchs zu einer Schönheit heran.

Das ist durchaus hilfreich, wenn man versucht, aus der Gosse zu kriechen – oder einem Konvent zu entkommen. Zuerst schaffte ich es, Count Martins Aufmerksamkeit zu erregen. Er hat sich oft genug lauthals beklagt, ich hätte ihn verhext. Aber machen wir uns nichts vor: Er hat sich gerne verhexen lassen. Danach richtete ich meinen Blick auf Fürst Sandre.« Countess Martin lächelte, doch dabei biss sie die Zähne zusammen. »Ich bekam ihn, aber ich habe ihn nicht halten können. Ich denke, mit dem Wissen, das ich jetzt habe, kann ich mich glücklich schätzen, ihm entkommen zu sein.«

Emma nickte.

»Ich habe auch andere zu verführen versucht. Habe sie mir genommen, wenn mir der Sinn danach stand. Wenn ich von ihnen gelangweilt bin, erzähle ich meinem Ehemann davon. Aber ich berühre keinen von ihnen. Nur, wenn ich die Handschuhe trage.«

»Was meint Ihr damit?«

»Wenn ich eine Person berühre, kenne ich ihre Zukunft. Erbärmlich, kurz, tragisch, schnapstriefend oder im Laudanumwahn. Gichtgeplagt oder verarmt, ich erkenne jedes traurige Ende. Ich will es nicht wissen, deshalb halte ich sie alle auf Distanz und halte mich lieber an Count Martin. Er ist langweilig, doch er wird lange leben und einen plötzlichen Tod im Schlaf sterben.« Heftig fügte Countess Martin hinzu: »Der glückliche Bastard.«

Emma starrte sie an. Erst in diesem Augenblick traf sie die Erkenntnis wie ein Schlag, dass das Wissen um die Zukunft auch bedeutete, von zukünftigen Tragödien zu wissen.

»Aber etwas an Euch zieht mich an. Ich *will* Eure Zukunft kennen. Oder zumindest will ich Euch Eure Zukunft weissagen. Irgendetwas ist da … Ich verstehe nicht, warum ich mich in bestimmten Fällen berufen fühle, die Zukunft vorauszusagen. Es ist eben so.« Countess Martin hielt ihr die nackten Hände hin. »Kommt. Lasst uns schauen, was die Zukunft für Euch bereithält.«

Zögernd legte Emma ihre Hände in die von Countess Martin.

Die Augen der Countess verloren sich augenblicklich im Leeren. Sie war noch da, und doch wieder nicht. Mit träumerischer Stimme sagte sie: »Reitet für die Ehre. Für die Gerechtigkeit. Aber reitet nicht um der Freundschaft willen.« Ihre Hände umschlossen Emmas fester. »Wenn Ihr der Wut nachgebt, wird das eine Katastrophe nach sich ziehen, nur äußerst mutige Taten können Euch vor der Grausamkeit und einer immerwährenden Dunkelheit bewahren. Oder vor einem Grab, das Eure Seele für immer gefangen hält …«

Emma schluckte hart. Sie wünschte, sie wäre überall, nur nicht hier. Sie stand einer verrückten Countess gegenüber, die irgendwelchen Unsinn darüber brabbelte, dass Emma irgendwohin ritt, obwohl sie es kaum schaffte, sich auf einem Pferderücken zu halten. »Wenn ich Euch damit weniger unglücklich mache, verspreche ich Euch gerne, gar nicht zu reiten«, erklärte sie.

Countess Martin kam mit einem Ruck in die Realität zurück. Sie betrachtete Emma prüfend von Kopf bis Fuß. Dann lachte sie. »Ich bin sicher, Ihr meint das Versprechen ernst. Aber ich fürchte, Ihr werdet es nicht halten können. Nun gut.« Sie stand auf und winkte ab. »Grüßt Sandre recht herzlich von mir.«

Emma erhob sich ebenfalls.

Countess Martin wollte gerade gehen, doch dann kam sie noch einmal zurück. Mit einem angestrengten Lächeln erklärte sie: »Ich versuche immer wieder, dieses Gefühl abzuschütteln, aber ich mache mir Sorgen um Lady de Guignard. Sagt ihr … Sagt ihr bitte noch einmal, dass sie sich von hohen Orten fernhalten soll. Der Fall könnte sehr tief sein.«

Die Eindringlichkeit, mit der sie sprach, ließ Emma vor Angst schlecht werden. »Ich werde es ihr ausrichten«, versprach sie.

»Braves Mädchen.« Countess Martin kniff sie ins Kinn, als sei sie ein kleines Kind. »Und denkt an das, was Ihr bereits wisst. Fürst Sandre ist auf jede nur erdenkliche Weise schlecht. Entzieht Euch seinen Aufmerksamkeiten.« Sie lachte. »Aber natürlich! Wie konnte ich das vergessen. Das könnt Ihr nicht. Der Schnitter zwingt Euch, zu bleiben.« Mit diesen Worten verließ sie den Raum.

Emma starrte ihr sprachlos nach.

Woher konnte die Countess das wissen? Was wusste sie über den Schnitter?

Konnte sie Emma etwa sagen, was passieren würde?

»Wartet!« Emma stolperte über ihre eigenen Füße, als sie in den Korridor lief.

Aber Countess Martin war verschwunden.

Mit einem tiefen Seufzen machte Emma sich auf den Rückweg zum Ballsaal.

28

Emma war verloren. Sie hatte sich im königlichen Palast verirrt.

Sie war aus dem Waschraum getreten und fand sich dort allein wieder. Ohne nachzudenken, hatte sie sich nach links gewendet.

Offensichtlich hätte sie lieber nach rechts gehen sollen, denn der Palast war wie ein Kaninchenbau mit unzähligen Gängen und Treppen – und sie war das Kaninchen. Sie wanderte durch die spärlich beleuchteten Korridore und suchte nach jemandem, der ihr den richtigen Weg zeigte. Da sie niemanden fand, suchte sie nach einem heller beleuchteten Gang, der sie in den öffentlich zugänglichen Teil des Palasts geleiten würde.

Sie hatte leider kein Glück mit ihrer Suche.

Jetzt sah sie ein Schimmern und marschierte ermutigt darauf zu. Doch zu spät erkannte sie, dass sie die Terrasse gefunden hatte, und der silbrige Schimmer stammte vom Mond, der an einem klaren, dunklen Himmel hing. Sie stöhnte auf und lehnte sich frustriert gegen eine Wand. Sie starrte aus dem Fenster und fragte sich, ob überhaupt jemand kommen und nach ihr suchen würde. Oder war sie für immer in dieser schrecklichen Parodie vom Märchen von Aschenbrödel gefangen?

Der Gang zweigte an dieser Stelle nach links ab. Hin und wieder brannten einzelne Kerzen in Wandleuchtern. Vom Korridor gingen immer wieder Türen ab, und in jedem Durchgang konnte sie das Mondlicht sehen. Der Korridor verlief also parallel zu der Terrasse. Sie begann, den Gang entlangzugehen und schaute in die dunklen Zimmer. Als sie eine Tür entdeckte, die auf die Terrasse führte, eilte sie darauf zu und trat nach draußen. Sie ging zur Balustrade und schaute sich um.

Der Palast war auf einer mittelalterlichen Ruine errichtet worden. Die Küchen waren tief unten und darüber erstreckten sich die Wohnräume. Sie stand im zweiten Stock, unter ihr fiel der Felsen steil ab. Obwohl der Ausblick wirklich atemberaubend war, gab es keine Treppe. Keine Möglichkeit, auf diesem Weg außen zu den Küchen hinabzusteigen, wo sie bestimmt jemanden fand, der ihr den Weg zum Ballsaal weisen konnte.

Der Wind zerzauste ihre Haare. Weit draußen in der Ferne zuckten erste Blitze. Es war gespenstisch still, und die fernen Berghänge wurden in unheimliches Licht getaucht.

Sie verweilte einen Augenblick. Unwillkürlich fragte sie sich, wo der Schnitter diese Nacht wohl ritt. Ob er in Sicherheit war?

Ihr Herzschlag beschleunigte sich.

Wann konnten sie sich wieder vereinigen? Wann pressten sie sich wieder aneinander? Brust an Brust, Herz an Herz, keuchend und voller Liebe? Sie legte die Hand an den Mund und biss sich auf die Finger, um dieses zufriedene Grinsen von ihrem Gesicht zu wischen. Es war so schamlos, aber den ganzen Tag hatte sie in den unpassendsten Momenten an ihre

Vereinigung denken müssen und hatte sich von dieser Erinnerung mitreißen lassen. Der Schmerz, der Genuss, dieses ganz besondere Gefühl, das sie zum ersten Mal hatte empfinden dürfen. Sie war Teil von etwas Größerem gewesen. Sie hatte sich ganz gefühlt.

Wann würde er wieder zu ihr kommen?

Niemals, wenn sie nicht schleunigst in den Ballsaal zurückgelangte und Fürst Sandre überzeugen konnte, ihr seine Pläne zu enthüllen, wie er seinen Angstgegner gefangen nehmen wollte.

Wild entschlossen wandte sie sich ab und betrat wieder den Korridor. Kurz verschwendete sie einen Gedanken an Michael Durant. Wenn er hier wäre, könnte er sie sicher in den Ballsaal geleiten, wie er es bereits einmal getan hatte.

Sie lief den Korridor weiter entlang und schaute durch die Türen. Jeder Raum war nur in Mondlicht getaucht, aber sie konnte immerhin so viel erkennen, dass sie den Luxus wahrnahm, der hier herrschte. Sie ging an einem luxuriös eingerichteten Zimmer nach dem anderen vorbei. Und irgendwann erkannte sie, dass sie es wohl geschafft hatte, die fürstlichen Gemächer zu finden.

Durch die Fenster erkannte sie draußen auf der Terrasse eine Gestalt, die sich rasch bewegte. Ein Mann, der in dieselbe Richtung strebte wie sie.

Sie blieb stehen und starrte ihm hinterher. Aber er war bereits wieder fort.

Also eilte sie weiter und schaute durch den nächsten Durchgang.

Erneut sah sie ihn. Ein schwarzer Mantel wehte hinter ihm her.

Wieder verschwand er.

Sie hob ihren Rock und eilte zur nächsten Tür.

Da war er; und doch, im nächsten Moment war er wieder fort. Der Mann ging genauso schnell wie sie.

Nein, kein Mann. Es war ein *Geist*. Denn unter dem Mantel flatterte ein zerfetztes Leichentuch bei jedem seiner Schritte.

Der Schnitter.

Sie lief zur nächsten Türöffnung und sah ihn daran vorbeigehen. Sie rannte weiter und sah ihn wieder.

Am nächsten Durchgang jedoch sah sie keine Spur mehr von ihm.

Sie wartete. Sie lief voran. Sie ging zurück.

Er war verschwunden.

»Nein!« Sie eilte in das in Mondlicht getauchte Gemach, umrundete die Möbel und lief zum Fenster. Sie drückte ihre Wange an das kalte Glas und suchte nach irgendeiner Spur von ihm. Er war fort.

»Komm zurück«, flüsterte sie.

Eine Hand tauchte plötzlich hinter ihr auf und legte sich auf ihren Mund. Er erstickte ihr überraschtes Luftschnappen, und einen winzigen Moment lang schlug ihr Herz voller Vorfreude. Denn das konnte nur der Schnitter sein … Doch im nächsten Moment wurde sie hart gegen den großen Körper eines Mannes gezogen, und aus anfänglicher Vorfreude wurde Angst.

Wer war dieser Gentleman, der sie so grob an sich drückte? Denn ein Gentleman musste er sein. Er roch nicht nach Leder oder Pferd, sondern nach Seife und sauberem Leinen.

Sie schrie erstickt auf und wehrte sich gegen seinen eisernen Griff.

»Pssst.« Die Warnung war fast lautlos und drang rau an ihr Ohr.

Er drehte sie um, damit sie ihn ansehen konnte.

Die Maske. Das Kostüm aus weißen Fetzen.

Der Schnitter. Er war zu ihr gekommen.

Plötzlich wurde ihr bewusst, dass er sprechen konnte.

Dann übernahmen andere Gedanken die Kontrolle.

Er trug eine Maske, doch es war nicht die gewohnte weiße Maske. Diese war dunkel, und im spärlichen Licht sah es so aus, als fehlte der helle Puder, den er sonst auf seine Haut auftrug.

Er sah anders aus. Sein Gesicht wirkte schmaler, das Kinn entschlossener. Die Nase war spöttisch geschwunden.

Er roch auch nicht richtig. Er sah nicht aus wie der Schnitter.

Unbehaglich fragte sie: »Bist du es wirklich?«

Er lachte. Es war ein raues, fröhliches Lachen. Dann umfasste er ihr Kinn mit einer Hand, hob ihr Gesicht seinem entgegen und küsste sie.

Oh … Sie entspannte sich. Ja, er war es. Für sie bestand nun kein Zweifel mehr. Sie erkannte seinen Geschmack und die Art, wie er ihre Lippen öffnete. Das Streicheln seiner Zunge, die ihre umspielte. Ihre Hände fuhren an seinen Armen hinauf, und sie klammerte sich an seine Schultern, als sie sich an ihn drückte, um ihre Brüste gegen seine breite Brust zu pressen.

Er küsste sie noch immer, hob sie aber in diesem Moment hoch und setzte sie auf einen kleinen Tisch, der gerade einmal dreißig Zentimeter im Quadrat maß und an der Wand stand.

Das Tischchen wackelte gefährlich.

Sie quiekte wie ein Mäuschen und hielt sich an der Tischplatte fest.

»Pssst«, machte er erneut.

»Aber was tust du denn?«

Keine Antwort.

»Wie hast du mich gefunden?«

Keine Antwort. Stattdessen ließ er seine Finger über ihre Stirn, die Wangen und ihre Lippen bis zum Hals gleiten. Sie verharrten über den schwellenden Brüsten.

Seine Berührungen waren besitzergreifend und erinnerten sie nachdrücklich daran, wer ihr Herz in der Hand hatte.

Der Mond schien hell, aber sie waren in Schatten getaucht. Das Gemach war vollkommen still bis auf das leise Ticken einer Uhr. Der Tisch unter ihrem Hintern fühlte sich hart und kalt an, und ihre Füße schwebten in der Luft und reichten nicht bis zum Boden.

»Du kannst sprechen«, flüsterte sie. »Bitte, sag mir …«

Er legte die Hand auf seinen Hals, der wie immer mit einem langen weißen Schal umwickelt war. Er gab einen krächzenden, schmerzlichen Laut von sich.

Nicht einmal letzte Nacht, als ihre Körper sich vereinigt hatten, hatte er diesen Schal abgelegt. »Also gut«, sagte sie. »Aber eines Tages darf ich deine Stimme hören. Versprichst du mir das?«

Er nickte.

»Und ich darf eines Tages auch dein Gesicht sehen?«

Dieses Mal legte er die Hand aufs Herz. Er hoffte es.

Er hob ihre Handgelenke und hielt die Arme von ihrem Körper weg. Er schaute sie an, als könnte er es nicht glauben.

Sie glaubte zu wissen, was er dachte. Dieses elegante Kleid war nicht angemessen für die einfache Gesellschaftsdame, der er ursprünglich begegnet war. »Ich tanze und lächle«, flüsterte sie beschwörend. »Aber es bedeutet nichts. Ich mache das, damit ich seinen Plan enthüllen kann, wie er dich ergreifen will.«

Der Schnitter zischte verärgert. War er etwa eifersüchtig?

»Ich werde damit nicht aufhören«, sagte sie. »Er ist davon besessen, dich zu fangen und aller Welt zu beweisen, dass er dieses Land mit eiserner Hand regiert. Für ihn ist es inzwischen eine Frage des Stolzes. Wenn er keinen Erfolg hat, stellt es ihn bloß.«

Hinter der Maske beobachteten die Augen des Schnitters ihr Gesicht, während seine Hände über ihre nackten Schultern und ihre Arme hinabglitten. Er hob ihre Finger an die Lippen und küsste sie einzeln.

Sie lehnte den Kopf an die Wand und beobachtete, wie er ihre Handflächen küsste. Jede Berührung seines Munds, jedes Flüstern seines Atems auf ihrer Haut ließ ihre Atmung schneller gehen.

»Wir können uns hier nicht lieben.« Sie legte die Hand unter seine Wange und genoss das Gefühl, seine Haut zu spüren. »Es ist zu gefährlich.«

Er zeigte erst auf sie und dann auf sich.

»Ja«, bestätigte sie. »Es ist für uns beide zu gefährlich.«

Er lächelte … und hob einfach ihren Rock.

»Nein.« Sie versuchte, den Rock nach unten zu schieben. »Wirklich. Das ist unmöglich.«

Er nahm ihre Hände und legte sie auf die Kante des kleinen, wackelnden Tischchens. Er bedeutete ihr stillzuhalten.

Dann kniete er sich vor sie und hob erneut ihren Rock. Die Seide und die gestärkten Unterröcke raschelten, und sie quiekte erstickt, als er einfach unter ihre Röcke schlüpfte.

Sie versuchte, die Beine zusammenzukneifen. »Nein«, sagte sie, denn diese ganze Situation war ihr schrecklich peinlich. »Nein.«

Er liebkoste ihre Waden, die sich in den Seidenstrümpfen so weich und warm anfühlten. Dann spielte er mit den Strumpfbändern direkt unterhalb der Knie, die ihre Strümpfe hielten. Seine Hände wanderten nach oben und tasteten sich schlau vor, obwohl sie weiter leise protestierte. Schließlich streichelten sie die empfindliche Haut an der Innenseite ihrer Schenkel.

Sie versuchte, sich ihm zu entziehen, doch der Tisch wackelte gefährlich unter ihrem Gewicht, und sie musste sich wieder daran festhalten.

Was dachte er denn, was er da tat? Er schien etwas Bestimmtes im Sinn zu haben, denn er drückte seine Hände gegen ihre Knie und öffnete sie. Dann hob er ihre Oberschenkel an, bis sie in seinen Ellbogen ruhten. Er küsste ihre Fußknöchel. Dann ihre Knie. Und dann …

Nie zuvor in ihrem Leben hatte etwas sie so sehr entsetzt. »Nein! Bitte nicht!«

Vielleicht konnte er sie nicht hören. Wahrscheinlicher war, dass ihre Proteste ihn nicht kümmerten.

Im nächsten Moment war auch ihr alles egal.

Dieser Mann, der sie mit nur einem Kuss auf den Mund verführt hatte, benutzte jetzt seine Zunge und die Lippen, um sie in den Wahnsinn zu treiben. Er schnupperte an ihr, küsste sie zunächst nur ganz vorsichtig. Doch dann wurde er drängender. Er übte Druck auf ihre geschlossene Spalte aus. Dann erkundete er sie mit der Zunge, drang in sie vor, und tat das alles so bestimmt und langsam, dass es für sie nur einen Schluss zuließ: Ihm gefiel, was er da mit ihr tat.

Sie hingegen genoss es ganz und gar nicht. Sie drückte ihren Rücken so hart wie möglich gegen die Wand und versuchte, sich ihm zu entziehen.

Oder irgendwie das Gleichgewicht zu behalten.

Aber sie wollte sich ihm vor allem entziehen.

Denn was er da tat, war schockierender als alles, was sie sich bisher je hatte vorstellen können, und bei dem Gedanken, dass er sie schmeckte, fühlte sie sich unwohl. Was wohl geschah, wenn er bemerkte, wie sie feucht wurde …

»Nein«, flüsterte sie erneut und lehnte den Kopf gegen die Wand, als könnte er sehen, wie sehr ihr diese Art der Liebkosung widerstrebte.

Er leckte sie derweil. Ein gemächliches, katzengleiches Lecken voller Vergnügen. Als genieße er den Geschmack ihres … Unbehagens. Seine Zunge drang tiefer in sie vor, und ihre Muskeln verkrampften sich unwillkürlich, als versuchte sie, ihn in sich zu halten.

Er lachte. Sie konnte ihn nicht hören, aber ihre Sinne waren zum Zerreißen gespannt, und sie konnte sein Gesicht spüren, das sich voller Freude zu einem Lächeln verzog. Sie spürte seine Zähne, die behutsam ihre empfindliche Mitte streiften. Sie spürte den Hauch seines heißen Atems, der in sie eindrang.

Fast wäre sie in diesem Moment gekommen.

Aber nein, nein! Das hier war nicht richtig. Sie durfte nicht zulassen, dass er diese Dinge mit ihr tat, während sie hilflos auf dem Tischchen hockte und ihn nicht berühren oder sich bewegen konnte. Ihr blieb im Moment nichts anderes übrig, als diese rücksichtslose Lust hinzunehmen, die er ihr aufdrängte.

Sie versuchte wenigstens, nach ihm zu treten.

Das Tischchen wackelte, als würde unter dem Palast ein Erdbeben wüten.

Er packte ihre Hüften und sorgte dafür, dass sie sich nicht rühren konnte. Als er ihre Klitoris in den Mund saugte, verspürte sie tatsächlich ein Erdbeben. Es begann ganz klein, als er die Lippen einsetzte, um dieses kleine, empfindliche Knöpfchen zu bearbeiten. Es wuchs an, als er härter saugte. Er zog an ihr, und sie schnappte nach Luft und kratzte mit den Fingernägeln haltlos über den Tisch. Schließlich bedurfte es nur noch eines kleinen, zärtlichen Beißens, und das Erdbeben erfasste ihren ganzen Körper. Es erschütterte sie so sehr, dass sie das wertvolle Tischchen vergaß. Sie vergaß ihre Scham, den Ball, den Fürsten und sogar die Gefahr, die sie so verzweifelt hätte fürchten müssen. Alles, was jetzt noch existierte, waren ihre Lust und der Mann, der sie zwang, dieser Lust zu begegnen, indem er sie zart berührte und mit seinen intimen Küssen zur Ekstase brachte.

Sie drückte das Kreuz durch. Tränen rannen über ihre Wangen. Sie wimmerte und stöhnte. Sie kam. Und kam. Und sie kam, bis schließlich ihre überbeanspruchten Nerven es nicht länger ertrugen. Erst dann wurde sie schlaff und konnte sich kaum noch aus eigener Kraft auf dem Tisch halten.

Er küsste sie ein letztes Mal und kam unter ihren Röcken hervor. Seine Hände ruhten auf ihren Beinen, als genügte die Berührung ihrer Haut, um ihn zu erfreuen. Er stand auf und hielt ihre Taille umfasst. Dann wischte er ihr die Tränen von den Wangen und küsste sie ganz leicht. Sie schmeckte ihr eigenes Aroma auf seiner Zunge.

Das beschämte sie. Gleichzeitig gefiel es ihr. Es war, als habe sie ihn auf eine persönliche Weise gebrandmarkt, von der nur sie beide etwas wussten.

Er wartete, bis sie nicht länger mit jedem Atemzug leise seufzte und sich einigermaßen erholt hatte.

Dann erst hob er sie vom Tisch und stellte sie auf die Füße. Wieder wartete er, bis ihre Beine ihr Gewicht eigenständig trugen und ihre Knie nicht mehr schlotterten.

Er legte den Arm um ihre Taille und geleitete sie zur Tür. Dort legte er den Finger auf die Lippen und öffnete behutsam die Tür. Er schaute nach draußen, ehe er ihr mit einem Nicken bedeutet, ihm auf den Korridor zu folgen.

Sie gingen eine Weile, ohne dass sie wusste, wohin er sie führte, bis sie schließlich Musik und Stimmen hörte. Sie gingen um eine Ecke, und Emma konnte schon die Lichter des Ballsaals am Ende des Gangs sehen. Sie blieb stehen und blickte starr in die Richtung. Sie wusste, sie musste zurück. Aber sie wünschte sich nichts sehnlicher, als in seiner Nähe zu bleiben. Denn bei ihm konnte sie ganz sie selbst sein. Hier war sie sicher und wurde geliebt. So sehr geliebt. »Schnitter …« Sie drehte sich zu ihm um.

Er stand nicht mehr an ihrer Seite, sondern war in den Schatten zurückgewichen, aus dem er gekommen war.

»Erinnere dich …« Die beiden Worte waren nur ein leiser Hauch.

Dann war er fort.

29

Der Schnitter beobachtete aus den Schatten, wie Emma, die noch immer unsicher auf den Füßen war, in den Ballsaal zurückkehrte.

In dem schimmernden Kleid war sie wirklich wunderschön, doch noch viel schöner war sie ohne das Kleid. Sie war sein, er konnte es kaum ertragen, zu sehen, wie sie an Fürst Sandres Seite zurückkehrte. Aber er hatte eine Mission zu erfüllen.

Rasch kehrte er in das Gemach zurück, das sie so leidenschaftlich in Besitz genommen hatten.

Er hatte den Raum sofort erkannt. Das Wappen der de Guignards zierte die Doppeltüren – es handelte sich um das Arbeitszimmer des Fürsten, und es befriedigte ihn zutiefst, zu wissen, dass er Emma auf dem Tischchen des Fürsten Lust verschafft hatte.

Im Gemach war es dunkel. Doch der Mond schien in dieser Nacht, und die Jahre in der Dunkelheit hatten ihn gelehrt, sich bei diesen Lichtverhältnissen gut zurechtzufinden.

Er durchsuchte den Schreibtisch. Auf der Tischplatte waren offizielle Dokumente verstreut. Er überflog sie und wandte sich den Schubladen zu.

In der oberen rechten Schublade fand er eine Pistole.

Er zog die Pistole heraus und überprüfte sie. Geladen. Natürlich war jemand, der wie Fürst Sandre lebte, gut damit beraten, stets eine Pistole zur Hand zu haben.

In der zweiten Schublade entdeckte er eine Liste, auf der in engen Kolonnen Namen aufgeführt waren. Daneben waren Zahlen notiert. Das war *die* Liste, auf der die moricadischen Bürger standen, die für den Fürsten freiwillig oder unfreiwillig spionierten. Er las die Liste und versuchte, sich jeden Namen einzuprägen, ehe er sie in die Schublade zurücklegte.

Er suchte noch immer und öffnete die unterste Schublade. In dem Moment hörte er Metall klappern. Er erstarrte.

Dieses Geräusch kannte er.

Vorsichtig zog er einen Eisenring heraus, an dem zwei große, alte, schwarze Schlüssel hingen. Sie waren uralt, stammten wohl aus dem Mittelalter. Und sie hätten im Laufe der Zeit rostig werden müssen. Aber sie waren sorgfältig poliert und glatt. Sie wurden oft benutzt, und ihr Besitzer passte gut auf sie auf.

Dies waren Fürst Sandres persönliche Schlüssel zum Kerker.

Tiefe Abscheu erfasste den Schnitter, und die Schlüssel zitterten in seinen Händen. Sie klapperten wie die Boten des Todes. Er wollte sie an sich nehmen, wollte sie von der Terrasse tief in die Schlucht werfen, damit Sandre nie wieder nach unten in den Kerker gehen und eine arme Seele quälen konnte.

Aber das würde die Gefangenen nicht vor ihrem Schicksal bewahren, und der Schnitter wagte es nicht, irgendwelche Hinweise darauf zu hinterlassen, dass er Sandres Arbeitszimmer durchsucht hatte.

Mit eiserne Selbstbeherrschung legte er die Schlüssel zurück, schloss die Schublade und machte sich wieder auf den Weg in die Tiefen des Palasts, um sein Kostüm abzulegen und erneut die festliche Abendgarderobe anzulegen, die ein Gentleman bei einem Ball zu tragen pflegte.

Was für den Schnitter als der kühl berechnete Versuch begonnen hatte, für Fürst Sandre und die de Guignards den Anfang vom Ende ihrer Herrschaft zu signalisieren, war inzwischen zu einem verzweifelten Wettlauf mit der Zeit geworden. Er musste das Regime dieses Despoten beenden, bevor Sandre die Wahrheit über Emma herausfand. Dass sie nämlich nicht die demütige, sanfte und brave Gesellschafterin war, sondern eine Frau, die wie eine Wildkatze für den Mann kämpfen würde, den sie liebte.

Dieser Mann war der Schnitter. Doch es stand zu viel auf dem Spiel. Er musste dieses Spiel gewinnen, und zwar schleunigst.

Emma stand am Rande des Ballsaals und lächelte leicht. Sie nickte den Leuten zu, die sie grüßten, und tat so, als hielte sie nach Lord und Lady Fanchere Ausschau.

Ihr Geliebter hatte Leib und Leben riskiert, um sie zu finden. Vielleicht war es schlecht von ihr, dass sie sich deshalb geschmeichelt fühlte. Noch viel bemerkenswerter war aber sein beharrlicher Wunsch, sie auf eine so neue, beschämende und herrliche Art zu lieben. Sie fühlte sich in diesem bedrückenden Palast jetzt abgeklärter, befriedigter und wohler, als sie sich hätte vorstellen können.

Außerdem hatte sie inzwischen eine Vermutung, die ihr vorher noch gar nicht in den Sinn gekommen war.

Im wahren Leben war der Schnitter ein Gentleman.

Sie ließ den Blick über die Menge schweifen und hielt nach ihm Ausschau.

Das ergab durchaus einen Sinn. Er konnte sich ein schnelles Pferd leisten. Dafür brauchte man ein gutes Einkommen.

In den vorangegangenen Nächten hatte er sie besucht und war zu ihr geritten. Daher hatte ihm der Geruch nach Sattelseife und Pferd angehaftet. Heute Abend jedoch war er als einer der Gäste in den Palast gekommen, deshalb roch er nach Seife und frischer Wäsche.

Er konnte sprechen, tat es aber lieber nicht. Weil er einen Akzent hatte? War er Moricadier? Oder Deutscher, Franzose, Italiener? Oder vielleicht war seine Stimme hoch, tief, markant? War er jetzt in diesem Raum? Beobachtete er sie etwa?

Sie straffte die Schultern und reckte das Kinn. Sie brüstete sich für einen Mann, der vielleicht gar nicht da war.

»Miss Chegwidden, ich habe gehofft, Euch heute Abend zu sprechen. Aber Ihr seid so lange verschwunden, dass ich schon ganz verzweifelt war. Habt Ihr Euch wieder verlaufen?« Durant lachte heiser.

Sie blickte ihn knapp an. Es ärgerte sie, dass er ihre Fantasie so jäh unterbrach. »Ja. Ja, ich habe mich verlaufen.«

»Es tut mir aufrichtig leid, dass ich nicht zur Stelle war, um Euch zurückzugeleiten. Aber irgendwie habt Ihr ja auch ohne meine Hilfe hierhergefunden.«

»Das habe ich, ja.« Sie wollte, dass er endlich verschwand. Er versperrte ihr den Blick auf den Ballsaal.

»Seid lieber vorsichtig, wenn Ihr herumspaziert. Einige Orte in diesem Land sind gefährlich, und man sollte lieber nicht zufällig dort landen.« Er wirkte irgendwie anders als sie ihn bisher erlebt hatte. Nicht mehr so ernst. Sie hatte ihn immer ernst erlebt. Jetzt aber war er … intensiver.

»Ich werde daran denken.« Sie blickte ihm in die Augen. Einen Moment lang hatte sie das schwindelerregende Gefühl, sie verbinde etwas mit ihm.

Doch der Moment wurde schnell unterbrochen.

»Miss Chegwidden! Ich habe nach Euch gesucht.« Fürst Sandre nahm ihre Hand, als habe er das Recht, sie zu berühren. »Wo habt Ihr nur gesteckt?«

»Sie hat sich verlaufen«, sagte Durant. »Das passiert Miss Chegwidden ständig.«

Der Fürst fuhr so heftig zu ihm herum, dass Emma der Atem stockte. »Verschwindet!«

Durant schrak zurück. Die Angst stand ihm so deutlich ins Gesicht geschrieben, als habe man sie ihm eingeschnitten. Er drehte sich auf dem Absatz um und floh. Sie war mit dem Fürsten allein.

Jedes Gefühl, mit Durant verbunden zu sein, schwand angesichts dieser Szene. Mitleid wallte in ihr auf, und sie konnte nur eines denken. *Armer Mann.* Es kümmerte sie nicht, welches Versprechen er ihr gegeben hatte. Irgendetwas Schreckliches war im Kerker passiert, und Fürst Sandre war dabei gewesen. Er hatte Michael Durant das angetan.

Fürst Sandre wandte sich ihr wieder zu. »Wo wart Ihr denn?«

»Wie Durant bereits sagte, habe ich mich verlaufen. Ich bin falsch abgebogen und bin lange herumgeirrt.« Das stimmte soweit, aber sie errötete, weil sie sich daran erinnerte, wohin sie gegangen war und wen sie dort gefunden hatte.

Prüfend musterte er ihr Gesicht. Die Ballgäste zerstreuten

sich, als er sie in einen Alkoven zog. »Eine Stunde lang? Ihr seid eine *ganze* Stunde herumgeirrt?«

»Ich habe viel vom Palast gesehen. Ich fürchte, dabei habe ich Eure Privatsphäre verletzt.«

»Wo wart Ihr?«

Sein Tonfall gefiel ihr überhaupt nicht. »Wenn ich das wüsste, hätte ich mich ja nicht verlaufen!«

Seine blauen Augen wurden kalt, und er drückte ihre Hand so fest, dass sich der schlichte Silberring in ihre Haut grub.

Sie erstarrte. Er tat ihr weh! Hastig erwiderte sie: »Ich war auf einem langen Korridor, von dem einzelne Räume abgingen. Ich habe eine Terrasse entdeckt, die im Mondlicht weiß strahlte. Dort bin ich hinausgegangen, weil ich hoffte, den Weg nach unten zur Küche zu finden. Aber da ging es nicht weiter.«

Sein Griff lockerte sich. »Ihr wart in meinen Privatgemächern.«

»Das habe ich mir gedacht. Selbst in der Dunkelheit kam ich nicht umhin, die luxuriöse Ausstattung der Gemächer zu bemerken.«

Er dachte über ihre Erklärung nach. »Und wie habt Ihr zurückgefunden?«

»Ich habe den Weg genommen, von dem ich glaubte, es sei der Falsche. Und hier bin ich.« Sie wollte hinzufügen, dass es ihr leidtue, wieder im Ballsaal zu sein. Aber auch wenn der Zorn in seinen Augen langsam verrauchte, hielt er immer noch ihre Hand gepackt, und sie hatte Angst.

»Alle haben mich gefragt, wo Ihr seid. Ich habe mir Sorgen gemacht.«

Er hatte sich nur gesorgt, sie könne weglaufen und ihn wie

einen Narren aussehen lassen. Sie nickte nur. »Ich habe mir auch Sorgen gemacht. Ich hatte ja keine Ahnung, dass der Palast so viele Zimmer hat.«

Lord und Lady Fanchere betraten den Alkoven.

»Sandre, es gehört sich nicht, sich so zurückzuziehen.« Lady Fancheres Stimme klang sehr ernst.

»Ich musste mit Miss Chegwidden darüber reden, wie man sich anständig verhält, wenn man zu einem fürstlichen Ball geladen wird.« Fürst Sandre lächelte, aber auf Emma wirkte es eher, als fletschte er die Zähne.

Emma wollte ihm eine Ohrfeige geben oder widersprechen. Doch ihre Hand schmerzte. Sie machte sich von ihm los und blickte zu Boden. Er hatte ihre Finger so sehr gequetscht, dass sie sich an ihrem eigenen Ring geschnitten hatte. Das Blut trocknete rostrot und klebrig zwischen ihren Fingern.

Lady Fanchere bemerkte es. Sie erriet vermutlich auch den Grund, denn sie nahm Fürst Sandres Arm und zog ihn sanft Richtung Ballsaal. »Ich nehme an, du hast bereits gehört, was Aimée vorhat?«

Nein! Emma wollte einen Schritt nach vorne machen, um Lady Fanchere aufzuhalten.

Lord Fanchere hielt Emma am Arm fest und schüttelte den Kopf. *Zu spät,* bedeutete er ihr.

Fürst Sandre seufzte verärgert. »Welche schwachsinnige Idee hat sie dieses Mal ausgeheckt?«

Lord Fanchere bot Emma seinen Arm, und sie folgten den beiden.

»Sie hat beschlossen, das Land zu verlassen.« Lady Fanchere war von dieser Aussicht hocherfreut und erwartete offensichtlich dasselbe von Fürst Sandre.

Sein Kopf fuhr zu ihr herum. »Wie bitte?«

Lady Fanchere war sich seines Missfallens überhaupt nicht bewusst. »Sie wird erst den Winter in Italien verbringen, dann zieht sie für den Sommer nach Österreich. Das ist genau das, was sie jetzt braucht, sie ist so aufgeregt, wie ich sie seit Jahren nicht erlebt habe.«

Sie bewegten sich derweil durch das Gedränge. Die ganze Zeit versuchte Emma, irgendwie Lady Fancheres Aufmerksamkeit zu erregen, damit diese aufhörte zu reden.

»Wie stellt sie das an?«, fragte Fürst Sandre mit gespieltem Interesse.

Lord Fanchere trat vor. »Ich richte für sie ein Konto ein, auf das sie während ihrer Abwesenheit zugreifen kann.«

»Tatsächlich?« Fürst Sandre warf ihm einen Blick zu.

»Eleonore hat mich darum gebeten«, sagte Lord Fanchere.

»Ja. Ich vermute, Ihr müsst tun, was Eleonore sagt.« Fürst Sandre lachte stillvergnügt, als sei das ein hervorragender Scherz.

Aber Lord Fanchere blieb ernst. »Sie bittet mich selten um etwas, und ich würde für sie noch viel mehr tun.« Er nahm die Hand seiner Frau und küsste sie. »Denn sie hat mir ihrerseits sehr viel gegeben.«

»Seht Ihr, Miss Chegwidden? Das ist das Geheimnis, wie man in der Ehe das bekommt, was man will. Bittet um wenig, und Ihr bekommt, was Ihr wollt«, erklärte Fürst Sandre.

Mir ist es egal, was Ihr denkt, dachte sie.

Stattdessen sagte sie: »Ich werde es mir merken, Euer Hoheit.« Wild entschlossen, das Thema zu wechseln, wandte sie sich an Lady Fanchere. »Ich habe mich im Palast verlaufen und habe zufällig eine Terrasse gefunden. Ich hatte ja keine Ahnung, wie atemberaubend schön der Ausblick ist.«

»Die alte Königsfamilie hat den Sitz ihrer Residenz gut gewählt, findt Ihr nicht auch?« Fürst Sandre schien durchaus bereit zu sein, sein Interesse an Aimées Plänen für den Moment zu vergessen. »Man sagt, es sei allein durch Verrat aus dem Innern möglich, diese Festung einzunehmen.«

»Ich glaube, so hat Eure Familie es bewerkstelligt, nicht wahr?«, fragte Lord Fanchere.

Emma blickte ihn erstaunt von der Seite an. Er war so ruhig. So gelassen. So still. Trotzdem war er nicht dumm, und so etwas Provozierendes zu Fürst Sandre zu sagen … Versuchte etwa auch er, den Fürsten von Aimées Plänen abzulenken?

»Das stimmt, Sandre. Unsere Vorfahren waren keine besonders liebenswerten Leute.« Traurig schüttelte Lady Fanchere den Kopf.

»Ich kenne diese Geschichte gar nicht«, sagte Emma.

»Der Count de Guignard wurde von der königlichen Familie Moricadias eingeladen, sie in ihrem Palast zu besuchen«, berichtete Lady Fanchere. »Schon vor seiner Ankunft hat er seine Leute an Schlüsselpositionen im Speisesaal positioniert. Er brachte Wein aus seiner Heimat als Geschenk mit und war damit sehr freigiebig. Als die königliche Garde sich um den Verstand getrunken hatte, gab er ein zuvor vereinbartes Signal. Seine Leute öffneten die Tore und ließen die Soldaten ein. Sie schlachteten jedes Mitglied der königlichen Garde und alle Diener ab, sie vergewaltigten die Frauen und zerrten den König aus der Halle und hängten ihn auf.«

»Schrecklich«, flüsterte Emma.

»Der Trick mit dem trojanischen Pferd ist ein altbekannter Weg, einen Krieg zu gewinnen.« Fürst Sandre schien von den Verbrechen seiner Vorfahren merkwürdig unberührt.

»Unsere Vorfahren haben alle Regeln der Gastfreundschaft verletzt!«, erwiderte Lady Fanchere.

»Aber sieh doch nur, was ihre Nachkommen für uns erreicht haben.« Fürst Sandre zeigte auf den strahlenden, lauten Ballsaal. »Der Palast, das Land … das viele Geld …«

Emma sah ihre Gelegenheit gekommen. »Von der Terrasse aus kann man sehen, wie unzugänglich das Terrain Eures Lands ist. Kein Wunder, dass der Schnitter Euch bisher entkommen konnte.« Sie hielt einen Moment den Atem an und wartete gespannt, ob er die Herausforderung annahm.

»Nicht mehr lange.« Fürst Sandre wirkte sehr mit sich zufrieden. »Ich habe meinem Cousin Jean-Pierre meine Wünsche sehr deutlich gemacht, und er hat versprochen, sich persönlich um die Angelegenheit zu kümmern.«

»Wo ist Jean-Pierre überhaupt?« Lady Fanchere schaute sich um.

»Er ist auf der Jagd.« Ein Lächeln glitt über Fürst Sandres Lippen. Ein Lächeln, das Emma Angst einjagte.

»Nach dem Schnitter?«, fragte sie bewundernd.

»Ja. Er ist mein bester Gefolgsmann.«

Emma spürte, wie alle Farbe aus ihrem Gesicht wich. »Wird er ihn erschießen? Wird er ihn umbringen?«

»Es ist gut, wenn er das schafft«, erklärte Lady Fanchere. »Der Schnitter hat die arme Aimée zu Tode geängstigt.«

»Der Schnitter hat Rickie ermordet«, fauchte Fürst Sandre.

»Vielleicht hat der Schnitter Rickie ermordet. Vielleicht war es auch ein anderer. Zwar war er unser Cousin, doch Rickie war nicht besonders beliebt.« Bevor Fürst Sandre auffahren konnte, fügte sie hinzu: »Gott möge seiner Seele Frieden schenken.«

»Egal, ob er's war oder nicht. Der Schnitter wird hängen«, erklärte Fürst Sandre. »Angesichts von Verbrechern wie ihm ist es gut, dass man Leute hängen kann.«

Die Verzweiflung schenkte Emma Mut. »Ich dachte, Euer Cousin werde ihn *erschießen.*«

»Ihr seid ein kleines, blutdurstiges Ding, kann das sein?« Fürst Sandre lächelte wohlwollend. »Nein, ich will den Schnitter lebend. Ich werde an ihm ein Exempel statuieren. Wir werden ihn so lange leben lassen, bis wir ihn vom Galgen schneiden müssen.« Er verbeugte sich. »Er soll dafür leiden, dass er einer so hübschen Lady wie Euch Angst eingejagt hat.«

»Ja«, sagte sie, und weil er zu glauben schien, das sei eine Würdigung ihrer Person, fügte sie hinzu: »Ich danke Euch.«

»Genug zu diesem ernsten Thema. Dies ist ein Ball. Ich habe über eine Stunde darauf gewartet, mit Euch tanzen zu dürfen, Miss Chegwidden.« Fürst Sandre bot ihr seinen Arm. »Der nächste Walzer gehört uns!«

Emma starrte ihn an. Alles, was sie soeben erfahren hatte, verstärkte nur ihre Abscheu ihm gegenüber. In ihr reifte die schreckliche Erkenntnis, dass sie nicht einmal zum Wohl des Schnitters diesen Weg weiterbeschreiten konnte.

»Miss Chegwidden?« Erstaunt hob er eine Augenbraue.

Emma konnte ihn nicht berühren. Bei der Vorstellung bekam sie Gänsehaut. Sie *ertrug* es einfach nicht.

Lady Fanchere legte eine Hand auf ihren Rücken und schob sie sanft in Sandres Richtung.

Eine melodiöse Altstimme, die amüsiert klang, bewahrte Emma vor der Katastrophe. »Sandre, Liebster.« Countess Martin trat in den kleinen Kreis und schob Emma beiseite. Sie streichelte sein Gesicht. »Hast du schon das neueste Gerücht gehört, das im Ballsaal die Runde macht? Der Schnitter wurde hier gesehen.«

»Hier?« Sandre drehte den Kopf von ihr weg.

»Was meint Ihr mit hier?«, fragte Emma.

Countess Martin ignorierte sie, als existierte Emma für sie gar nicht. »Er ist im Palast, liebste Hoheit. Heute Abend! Während deine Männer ihn durch das ganze Land jagen. Du musst schon zugeben, das ist wirklich amüsant!«

30

Jean-Pierre saß auf seinem Pferd und beobachtete den Horizont, während die ersten Blitze die Gipfel in gespenstisches Licht tauchten. Der Fürst richtete einen Ball aus, doch er hatte sehr deutlich gemacht, dass Jean-Pierre dort nicht willkommen war. Nicht wegen seiner Mutter, die Sandre lachend eine Schlampe genannt hatte, sondern weil Jean-Pierre noch immer nicht den Schnitter gefangen genommen hatte.

Der Wind frischte auf. Eine Wolke bedeckte die Sterne und kroch näher. Sie grollte unheilvoll, als litte sie Schmerzen. Der Geruch nach Regen hing frisch in der Luft.

Ein heraufziehendes Gewitter. Es kam schnell näher.

Jean-Pierre war es leid, sich auf dem Rücken seines Pferds auf dem fürstlichen Friedhof an der Straße zum Palast zu verstecken und sich jede Nacht nass regnen zu lassen. Er nahm sich fest vor, am nächsten Ball einfach teilzunehmen.

Das langsame *Klippklapp* von Pferdehufen ließ ihn den Kopf drehen. Er schaute gleichgültig in die Richtung, aus der ein weißes Pferd vom Palast kam.

Auf seiner nächtlichen Mission hatte er schon viele weiße Pferde gesehen. Der Reiter trug einen schwarzen Mantel.

Aber sobald der Reiter das gerade Stück Straße erreichte, trieb er sein Pferd an. Als er das tat, tauchte ein greller Blitz die Landschaft in gespenstisches Licht.

Jean-Pierre richtete sich im Sattel auf.

Ein schwarzer Mantel, eine schwarze Maske … Und als nun der Mantel hinter dem Reiter wehte, sah Jean-Pierre deutlich ein weißes Leichentuch und zerfetzte Kleider, die im Wind flatterten. Was, wenn die Beschreibung nicht der Wirklichkeit entsprach? Alles an dem Schnitter war bisher nur Gerede und Legendenbildung gewesen.

Erneut zuckte ein Blitz, Donner grollte. Jean-Pierre zog sein Gewehr aus dem Holster.

Das Pferd des Schnitters fiel jetzt in einen leichten Kanter, gewann rasch an Geschwindigkeit und galoppierte schließlich rasend schnell davon.

Jean-Pierre stützte den Arm auf und zielte auf die rechte Schulter des Schnitters. Er wartete auf den nächsten Blitz und drückte den Abzug.

In genau diesem Augenblick beugte sich der Schnitter tief über den Hals seines Pferdes.

Jean-Pierre hörte den Schuss peitschen und sah, wie sich die Kugel in die Kleidung grub und Blut aufspritzte. Er hatte den Schnitter oben zwischen Schulter und Hals getroffen.

Der Schnitter sackte im Sattel zusammen, doch er rappelte sich wieder auf. Sein Pferd machte einen Satz nach vorne, galoppierte um die Kurve und verschwand außer Sicht.

Jean-Pierre fluchte, steckte die Waffe in den Holster und versetzte seinem Pferd einen Schlag auf die Kruppe. Der Schnitter würde ihm dieses Mal nicht entkommen.

Aber als er aus dem Gebüsch hervorkam und auf die Hauptstraße ritt, öffnete der Himmel seine Schleusen, und es schüttete wie aus Eimern. Die Temperatur sank spürbar. Hagelkörner prasselten auf den Boden, zerfetzten die Bäume und trommelten auf ihn ein. Er ritt schneller. Er wusste, der Schnitter musste sich mit denselben Witterungsbedingungen auseinandersetzen. Er konnte ihn nicht sehen, deshalb trieb er sein Pferd an. Das Vieh buckelte, stieg und warf ihn aus dem Sattel.

Jean-Pierre landete in einer eisig kalten Pfütze.

Erneut stieg das Pferd, und seine Hufe landeten gefährlich nahe neben Jean-Pierres Kopf.

Er duckte sich und rollte rasch außer Reichweite der gefährlichen Hufe.

Das Pferd rannte mit hochgerrecktem Kopf davon. Es lief die Straße zurück zum Palast hinauf.

Fluchend kam Jean-Pierre auf die Füße. Er schaute die Straße hinauf und herunter.

Sie war verlassen. Natürlich. Welcher Narr trieb sich bei diesem Wetter draußen herum?

Während er hinter seinem Pferd her durch den Regen und den Sturm stapfte, wusste er, welche Geschichte man sich schon bald im Palast erzählen würde.

Der Schnitter hatte den Sturm heraufbeschworen und den Blitz eingesetzt, um seine Feinde zu besiegen.

Nun, vielleicht war das so. Aber Jean-Pierre hatte gesehen, wie die Kugel ihr Ziel getroffen hatte.

Der Schnitter war verwundet. Irgendwo kauerte er sich jetzt voller Schmerz zusammen, und Jean-Pierre würde ihn schon bald in seinem Versteck aufstöbern und zur Strecke bringen.

Emma betrat ihr Schlafzimmer. Sie hielt ihre Kerze hoch und schaute sich um. Am liebsten wäre sie in Tränen ausgebrochen. Tia war nirgends zu sehen, und Emma brauchte jemanden, der ihr half, die Knöpfe am Rücken ihres Kleids zu öffnen. Wenn sie nicht den ganzen Weg bis nach unten in die Küche trotten wollte, musste sie wohl oder übel in diesem Kleid schlafen. Und im Korsett.

Sie drückte die Handfläche gegen die Fischbeinstäbe, die ihr Kreuz aufrecht hielten und sich in ihre Taille gruben.

So ging es nicht. Sie musste jemanden suchen, der ihr half, aus diesem Kleid zu kommen.

Andererseits konnte sie ganz froh sein, denn nachdem Fürst Sandre den Ball so früh verlassen hatte, um die Suche nach dem Schnitter zu leiten, hatte Lady Fanchere verkündet, sie sei müde, und Lord Fanchere hatte die beiden Frauen durch einen tobenden Hagelsturm nach Hause gebracht. Das wiederum bedeutete, dass Emma kein zweites Mal mit Fürst Sandre hatte tanzen müssen.

Emma fand, das sei ein Sieg, den sie ruhig feiern durfte.

Draußen schien das Gewitter endlich in der Ferne zu verschwinden.

Sie zog an den Diamanthaarnadeln, die ihre Frisur hielten. Eins musste sie Madam Mercier zugestehen – nicht einmal eine einzelne Strähne hatte sich getraut, der Frisur zu entschlüpfen. In diesem Moment tauchte eine männliche Gestalt aus den Schatten im hinteren Bereich des Gemachs auf. »Miss Chegwidden.«

Noch vor einer Woche hätte sie angstvoll geschrien. An diesem Abend zog sie nur eine Nadel aus ihren Haaren und streckte sie wie eine Waffe aus.

Der Mann hob den Arm. »Ich bin nicht hier, um Euch Schaden zuzufügen. Ich bin Rubio, Durants Leibdiener.«

Sie hatte ihn schon einmal gesehen, doch da hatte sie über ihm auf dem Treppenabsatz gestanden. Jetzt konnte sie sein Gesicht erkennen.

Er war ungefähr fünf Jahre älter als sie, aber seine Augen waren die Augen eines Mannes, der Gräuel gesehen hatte, die kein Mann mit ansehen sollte. Sie sah in diesen Augen, dass er Schmerzen erlitten hatte, die niemand erleiden sollte. Wie schon bei der letzten Begegnung war er mit der Exaktheit eines Gentlemans in einen schwarzen Anzug mit weißem Hemd gekleidet. Ein Ärmel war sorgfältig an der Schulter festgesteckt. Den Arm hatte er verloren. Sein rötlich blondes Haar war an diesem Abend zerzaust, und an seinem Ärmel klebte ein Tropfen Blut.

Sie ließ die Haarnadel sinken. »Ja?«

Drängend sagte er: »Man hat auf ihn geschossen. Er braucht Euch.«

Sie starrte ihn verwirrt an. Ihre Gedanken rasten, und sie versuchte zu verstehen, wen er meinte. Durant wohl nicht. Also blieb nur einer … »Der Schnitter?«

»Ja. Man hat ihn angeschossen. Ihr könnt Leute doch wieder gesund machen? Kommt bitte und helft ihm.«

Sie nahm sofort ihre Medizintasche, raffte ihre Röcke und erklärte: »Bring mich zu ihm.«

»Nein, geht allein.« Rubio begann, zur Tür zu humpeln. »Er ist im Witwensitz.«

Dann war der Schnitter bei Durant? Aber sie hatte keine Zeit, um Fragen zu stellen. Sie rannte aus ihrem Gemach, stürzte die Treppe herunter, eilte durch die Hintertür und über den Rasen. Es war nass. Unter ihren Lederschuhen zerbrachen einzelne Hagelkörner.

Die Tür zum Haus stand offen.

Sie eilte hinein.

Der Witwensitz war alt. Ein primitives Schloss, dessen Zierrat sein wahres Alter verschleierte. Sie lief die gewundene Steintreppe ins Obergeschoss hinauf. Dann ging sie auf die offene Kammer zu, in der Licht brannte.

Sie blieb an der Tür zum Schlafgemach stehen.

Michael Durant saß auf einem Stuhl vor dem Spiegel und schrieb hastig etwas auf ein Blatt Papier. Seine roten Haare waren tropfnass. Eine durchweichte schwarze Maske war achtlos auf den Tisch geworfen. Sein Gesicht war von Schmerz verzerrt, und Blut strömte aus einer Schusswunde, die seinen Muskel zwischen Schulter und Hals durchschlagen hatte. Ein nasses weißes Tuch hing um seinen Hals. Die nasse weiße Hose war mit Stofffetzen verziert. Sein Oberkörper war nackt. Sie erkannte diesen Oberkörper. Sie erkannte dieses Kinn. Sie erkannte *ihn*.

Endlich kannte sie die Wahrheit.

Michael Durant war der Schnitter.

31

»Du Mistkerl«, hauchte Emma.

Jean-Pierre hatte auf den Schnitter geschossen. Er hatte auf Michael Durant geschossen.

Sie verspürte den intensiven Wunsch, Durant selbst umzubringen.

Er schaute hoch und begegnete ihrem Blick im Spiegel. »Ich habe ihm gesagt, dass er dir nichts erzählen soll. Warum hat er es trotzdem getan?« Er tauchte seinen Füllfederhalter in die Tinte und schrieb weiter.

Seine Stimme war heiser und unverwechselbar.

Oh, natürlich! Kein Wunder, dass der Schnitter nur ein einziges Wort an sie gerichtet hatte. Er hatte nicht versucht, damit einen Akzent zu verschleiern. Es war dieses charakteristische Kratzen seiner Stimme.

Dieser hinterlistige Mistkerl!

Mit einem Blick hatte sie das Ausmaß seiner Verwundung erkannt. »Weil du so weiß im Gesicht bist, dass du aussiehst, als hättest du dich verkleidet. Dein Oberkörper ist voller Blut, und du kannst den linken Arm vermutlich nicht heben?«

Das konnte er tatsächlich nicht. Das sah sie daran, wie seine linke Hand schlaff mit der Handfläche nach oben im Schoß lag und daran, wie sich die Haut leicht bläulich verfärbte. Außerdem stritt er ihre Anschuldigungen nicht ab, sondern schwankte auf der Bank leicht hin und her.

»Leg dich aufs Bett, wenn du das noch kannst«, wies sie ihn brüsk an. »Ich werde dir die Kugel aus der Schulter holen.«

»Die Kugel hat die Schulter durchschlagen. Ich muss zudem erst diese Liste der Informanten vervollständigen, bevor ich die Namen vergesse.«

»Du meinst, bevor du stirbst?«

»Das auch.« Er schien merkwürdig ungerührt ob der Aussicht auf seinen Tod oder des Umstands, dass sie seine wahre Identität enthüllt hatte. Vermutlich war er ohnehin davon ausgegangen, dass sie es irgendwann herausfand. Er hatte wohl geglaubt, sie werde tun, was sie immer tat und es mit einer typisch britischen Gelassenheit einfach hinnehmen. Vermutlich hatte er gewusst, dass sie ihn dann umbringen würde.

Das würde sie jetzt nicht tun. Noch nicht.

Sie öffnete ihre Tasche und fand die Handtücher darin, ihr Operationsbesteck und den kleinen Behälter mit Schwefelwasser, das aus einer Quelle in Frankreich stammte. Sie befeuchtete ein Tuch damit und drückte es auf die Wunde. Sie lächelte liebenswürdig, als er das Gesicht schmerzhaft verzog. »Lieber Himmel, Weib! Das tut weh!«

Geschah. Ihm. Recht.

»Und es stinkt«, fügte er hinzu. Aber er schaute gar nicht richtig hin.

»Der Schwefel verhindert, dass es zu einer Infektion kommt.« Sie nahm den Stoffstreifen weg und untersuchte die Wunde. »Du brauchst jede Hilfe, die du bekommen kannst.

Die Kugel hat das Kostüm zerfetzt, und die einzelnen Fasern haben sich in den Muskel gegraben.«

Mit einem Seufzen legte er den Stift beiseite und blickte sie an. Jetzt schaute er sie zum ersten Mal bewusst an, seit sie durch diese Tür gekommen war. »Emma. Das hier ist wirklich wichtig.«

Wenn er ihr jetzt sagte, dass er sie liebte, würde sie darauf erwidern, dass ihr das egal war.

»Auf diesem Blatt Papier stehen die Namen der Informanten, die freiwillig oder gezwungenermaßen für Fürst Sandre arbeiten. Du *musst* mir versprechen, dafür zu sorgen, dass Rubio diese Liste zu Raul Lawrence bringt.«

Hatte sie nicht schon vorher gewusst, dass sie eine Närrin war? Jetzt wusste sie jedenfalls, dass sie eine hoffnungsvolle Närrin war, denn sie klammerte sich an die Erwartung, er werde ihr seine Zuneigung gestehen. Sie wollte sich für diesen Gedanken am liebsten ohrfeigen.

Nein. Viel lieber wollte sie ihn ohrfeigen.

»Emma, versprichst du mir das?«

»Natürlich. Ich habe bereits alles für diese Sache gegeben. Dann werde ich dich jetzt kaum enttäuschen, oder?«

Seine Stimme wurde tiefer. »Emma …«, schnurrte er.

Oh, jetzt merkte er also, dass sie verärgert war. Wenn das überhaupt möglich war, wurde er noch blasser.

Das kümmerte sie nicht. *Dieser Mistkerl! Wenn er stirbt, bringe ich ihn um.* »Leg dich aufs Bett.«

»Ich habe davon geträumt, dass du das zu mir sagst. Aber in meiner Vorstellung geschah es unter anderen Umständen.«

Glaubte er denn allen Ernstes, er könnte sie *jetzt* becircen?

Er stand auf und schwankte gefährlich.

Sie stürzte vor und legte den Arm um ihn.

Er stützte sich schwer auf sie. Doch dann richtete er sich wieder auf.

Dieser dumme, sture, stolze, verfluchte Mistkerl, der ihr unbedingt etwas vormachen musste.

»Was hast du gesagt?«, fragte er.

Sie war die Tochter eines Vikars. Sie hatte tatsächlich nichts gedacht, sie hatte alles laut ausgesprochen. »Ich sagte, du sollst dich hinlegen.«

»Dachte ich mir.« Wie konnte er es wagen, amüsiert zu klingen? Ausgerechnet jetzt?

Sie half ihm zu dem Bett, das bereits für die Nacht aufgedeckt war und auf ihn zu warten schien.

Früher an diesem Abend … Oh, früher an diesem Abend hatte er sie unter ihren Röcken geküsst. Keine halbe Stunde später hatte er mit ihr im Ballsaal geplaudert und so getan, als sei nichts dergleichen wirklich passiert. Er hatte so getan, als sei er nicht in der Nacht zuvor in ihrem Schlafgemach gewesen und in allen anderen Nächten davor auch. Er hatte so getan, als habe er sie nicht davon überzeugt, ihn zu verführen, damit er sie liebte. Er hatte sie nächtelang aus Sorge um ihn wach gehalten.

Sie war so wütend auf ihn! Ja, sie zitterte förmlich vor Wut. Es war bestimmt nicht allein die Sorge, dass er an dieser erbärmlichen, kleinen Verwundung sterben könnte. Die Kugel hatte ein Stück vom Muskel aus seiner Schulter gerissen. Sein Arm war schlaff, und er konnte an der Infektion sterben, die sie schon auf ihn zukommen sah.

»Wie hast du das angestellt?«

»Meinst du heute Abend oder …?«

»Ich meine das alles. Dein Kostüm, dein Pferd, die Freiheit, nachts zu reiten, obwohl du doch eigentlich weggeschlossen oder unter Bewachung stehst?«

»Rubio ist phänomenal, wenn es um Kleider und Stoffe geht. Als ich in den Kerker gesperrt wurde, haben meine moricadischen Freunde Old Nelson für mich gerettet.«

»Und Old Nelson ist …«

»Mein Pferd. Es gibt einen Stall in der Höhle unterhalb des Witwensitzes.« Seine Stimme wurde schwächer, das Kratzen schlimmer.

»Du hattest also alles, was es brauchte, um der Schnitter zu werden. Außer deiner Freiheit. Aber lass mich raten: Fancheres Wachleute sind Moricadier, und sie sind nicht besonders erpicht darauf, den Schnitter zu fangen.« Das war eigentlich nicht geraten. Brimley hatte sie von Anfang an gewarnt, dass die Moricadier aufsässiger waren, als auf den ersten Blick ersichtlich war. Sie erlaubten Michael natürlich, über das Land zu reiten, wenn er damit das Vermögen und den Ruf der de Guignards untergrub. Sie wollten, dass er ritt. »Fanchere ist Moricadier. Ist er auch Teil dieser Intrige?«

»Vielleicht.« Michael nickte nachdenklich. »Wir haben nie darüber gesprochen. Und wenn er Teil der Sache ist, dann wohl vor allem, weil er auf einem Auge blind ist und nicht, weil er uns aktiv unterstützt.«

Emma neigte den Kopf.

»Sei nicht wütend auf mich«, flüsterte Michael. »Ich weiß, was du darüber denkst, was ich dir angetan habe. Aber du weißt nicht alles.«

»Du hast absolut keine Ahnung, was ich denke.« Sie widmete sich wieder ihrer Aufgabe und zupfte mit einer Pinzette winzige Fäden seines schwarzen Umhangs und des weißen Leichentuchs aus dem zerfleischten, blutenden Muskel.

Er antwortete nicht mehr. Er hatte das Bewusstsein verloren.

Gut. So spürte er wenigstens nicht den Schmerz. Warum ihr das wichtig war, wusste sie allerdings nicht.

Sie fuhr mit der Hand an seinem Arm nach unten. Er fühlte sich kalt und leblos an. Die Kugel hatte etwas Schreckliches getan: Sie hatte die Nerven zerfetzt oder eine Arterie getroffen – sie wusste nicht, was genau es war, und obwohl sie so wütend und schlecht auf ihn zu sprechen war, wollte sie auf keinen Fall seinen Arm amputieren müssen.

Sie blickte auf, als Rubio endlich durch die Tür kam und sich zu ihr gesellte.

Wenn Durant bei Bewusstsein gewesen wäre, hätte sie Rubio zu sich gebeten, damit er seinem Herrn erzählte, was es hieß, mit einer Amputation leben zu müssen. Nur um ihm Angst einzujagen. Nur damit er wusste, wie nahe ihm Tod und Verstümmelung waren.

Rubio kam zum Bett. »Wie geht es ihm?«

»Es geht ihm so weit ganz gut.« Sie arbeitete weiter konzentriert daran, die Fetzen seines Kostüms aus der Schulter zu ziehen.

»Warum weint Ihr dann?«

»Ich weine doch gar nicht.« Sie wischte sich die Tränen erst mit der einen Schulter, dann mit der anderen von den Wangen. »Auf dem Tisch liegt eine Liste. Sie ist wohl wichtig. Ihr sollt sie Raul Lawrence aushändigen.«

Er ging zum Tisch und schaute auf die Liste, ehe er sie faltete und in die Tasche steckte.

»Was hat er sich nur dabei gedacht?«, brach es plötzlich aus ihr hervor.

»Ihr meint, weil er nachts geritten ist? Als der Schnitter?« Rubio grinste und zeigte ihr zwei angeschlagene Zähne. »Das musste er. Als er im Kerker war, plante er bereits, wie er das Regime der de Guignards untergraben könnte. Und Gott sei Dank funktioniert sein Plan.«

Als sie über die Gefahr nachdachte, in die Durant sich damit gebracht hatte und darüber, wie er seine Verkleidung benutzt hatte, um sie zu verführen … »Was hat er denn gedacht, was er damit erreichen könnte?«

»Er will Sandre zerstören.«

»Indem er sich wie ein Geist verkleidete?« Sie legte all ihre Verachtung in die Stimme.

»Indem er Informationen an den neuen König liefert. Er will, dass die Gäste des Landes in Scharen fliehen und Sandres Einkommen schwindet. Er will das Gerücht streuen, dass die Rückkehr des Königs bevorsteht. Er will kämpfen, wenn es sein muss, und töten, um sich zu rächen.«

Sie schaute Rubio an, dann widmete sie sich wieder ihrer Arbeit an Durants Wunde. »Zieht ihm die nasse Hose aus«, befahl sie. Weil Rubio zögerte, warf sie ihm einen brennenden Blick zu. »Ich habe das alles schon gesehen, und ich fürchte, er hat sich unterkühlt. Zieht ihm die Hose aus und wickelt ihn in warme Decken.« Ohne ihn anzusehen, begann sie, den Schal um Michaels Hals abzuwickeln.

Rubio schälte Durant aus seiner Hose und deckte ihn zu. Er schaute sie an und bemerkte, wie sie Durants Kehle anstarrte. »Als er aus dem Kerker kam, konnte er überhaupt nicht sprechen«, sagte Rubio leise.

Er konnte nicht sprechen? Sie war sprachlos.

Die Narben um Durants Hals sahen so aus, als habe jemand eine Kette um seinen Hals gelegt und ihn hinter einem Pferd hergezogen. Die Haut war rot, vernarbt und über seinem Adamsapfel regelrecht zerfetzt. Die Verformungen reichten von seinem Kiefer bis zum Schlüsselbein. Die Wunde war kaum verheilt. Es würde niemals heilen. »Woher hat er das?«

»Die de Guignards lieben es, ihre Opfer aufzuhängen.«

»Davon habe ich bereits gehört.« Heute Abend, um genau zu sein. Der Fürst hatte es ihr stolz erzählt.

»Und es stimmt. Sie lieben es, ein Seil um den Hals eines Mannes zu legen, ihn hochzuziehen und am Seil zappeln zu lassen, während er um sich tritt und langsam erstickt. Der Mann greift dann verzweifelt nach seinem Hals, während der Tod so langsam auf in zugekrochen kommt, dass er die letzten Herzschläge mitzählen kann.«

»Sie haben Michael gehängt? Aber was hat ihn gerettet?«

Rubio lachte rau. »Ihr Wunsch, ihn erneut zu hängen. Wenn man einen Mann fünfzehn Minuten so hängen lässt, kann man ihn vom Strick schneiden, damit er sich erholt. Dann fängt man von vorne an und genießt seinen Todeskampf noch viel mehr. Es ist eine brutale Methode, vor allem, wenn man weiß, dass das Opfer mit dem Gelächter der Täter in den Ohren sterben soll.«

Sie schaute auf seinen Hals und sah ähnliche Narben, die über dem steifen Kragen seines Hemds aufblitzten.

»Ich war ein Niemand. Es war ihnen sogar egal, ob sie mich verstümmelten. Also haben sie mich gehängt und vom Seil geschnitten, als es ihnen langweilig wurde. Danach kam die Streckbank. Bei ihm«, Rubio nickte zu Durant herüber, »war es anders. Sie kümmerten sich um ihn. Weil seine Familie Geld und Einfluss hat. Weil er sich nicht brechen ließ. Weil er ihnen viel Spaß bereitete. Und weil sie glaubten, dass er mehr wusste, als er zuzugeben bereit war.«

»Und? Weiß er mehr?«

»Ich weiß es nicht. Aber wenn er mehr weiß, hat er die Angst und den Schmerz überwunden, um sein Geheimnis zu bewahren.« Er klang, als bewunderte er Michael dafür.

Natürlich. Er war ein einfacher Mann, der aussprach, was er dachte.

Und sie war eine Frau, die verraten worden war.

Sie widmete sich wieder Michaels Wunde. »Holt gewärmte Sandsäcke. Wir müssen seinen Arm darin einpacken, um den Blutfluss wieder in Gang zu bringen.«

»Ich kümmere mich darum.« Sie hörte die Absätze von Rubios Stiefeln auf den Steinfliesen. Tock. Tock. Tock. Tock. Er blieb stehen. »Jemand muss das Kostüm des Schnitters anziehen und nachts reiten, solange er verletzt ist.«

»Dann finde jemanden, der das übernimmt.«

»Das kann kein Moricadier machen. Die Moricadier waren einst die besten Reiter der Welt. Aber heutzutage kann keiner von ihnen sich ein Pferd leisten. Und wenn einer von ihnen dabei erwischt wird, hängt Sandre ihn siebenmal, ehe er endlich sterben darf.«

»Dann wird wohl die Rolle des Schnitters bis auf weiteres nicht besetzt sein.« Sie konzentrierte sich ganz auf ihre Aufgabe.

»Der Schnitter hat das Einkommen des Fürsten dezimiert, indem er die Vergnügungssüchtigen vertrieben hat. Und der

Schnitter hat bei den Bürgern Hoffnung geweckt. Sie glauben, sein Erscheinen sei tatsächlich der Vorbote für die Rückkehr des rechtmäßigen Königs. Das Beste aber ist, dass der Schnitter den Fürsten wie einen Narren dastehen lässt.« Rubio lachte heiser. »Er hat Sandre zum Gespött der Leute gemacht. Der Schnitter vollbringt wahrhaft viel Gutes hier. Ihr könnt doch nicht zulassen, dass seine Arbeit umsonst war.«

Sie warf ihm einen wütenden Blick zu. »Ich höre Euch nicht zu.«

Aber sie hörte ihn. Natürlich hörte sie ihn.

In seinem Arbeitszimmer saß der Fürst am Schreibtisch und trug die Zahlen in das in Leder gebundene Kontobuch ein. Ein munteres Feuer flackerte im offenen Kamin und vertrieb die Kälte, die das Gewitter mit sich gebracht hatte. Quicos Frau Bethania bewegte sich mit stiller Anmut durch den Raum und staubte die Möbel ab. Es war eine gemütliche, friedliche Szene. Vielleicht die letzte friedliche Szene, die Jean-Pierre zu Gesicht bekam.

Er stand in der Tür und tropfte auf den Boden. Doch vor allem zitterte er vor Kälte … und Angst.

»Ja?« Sandre blickte nicht auf.

»Ich habe auf den Schnitter geschossen, mein Fürst.«

Der Fürst legte seinen Füllfederhalter auf das Löschblatt, blickte vom Schreibtisch auf und faltete die Hände. Er lächelte. »Du hast ihn hoffentlich nicht tödlich getroffen.«

»Nicht tödlich, nein.« Jean-Pierre versuchte, ruhiger zu atmen, damit seine Stimme nicht bebte. »Er ist entkommen.«

Sandres Lächeln schwand. »Er ist *entkommen*?«

»Mein Herr, ich habe sorgfältig darauf geachtet, ihn nicht

zu töten. Aber ich fürchte, ich war *zu* vorsichtig.« Jean-Pierre sprach hastig weiter. »Aber ich habe gesehen, wie die Kugel ihn getroffen hat. Sie schlug in seine Schulter ein. Ich habe gesehen, wie er im Sattel geschwankt hat, das Blut hat nur so gespritzt. Er ist verletzt. Wir können ihn finden.«

Sandre starrte Jean-Pierre an. Er starrte ihn einfach nur an. Dann stand er auf und öffnete eine Schublade. Steckte die Hand hinein. Und zog eine Pistole heraus.

Jean-Pierre musste sterben.

Sandre hob die Pistole und zielte auf Jean-Pierre. Dann machte er eine Drehung und schoss stattdessen auf Bethania.

Sie schrie auf und fiel zu Boden. Die Frau wand sich auf dem Teppich und hielt den Oberschenkel umklammert.

Ganz ruhig, als machte er das jeden Tag, legte Sandre die Pistole in die Schublade zurück und schloss sie. Dann hob er die Stimme, damit er auch über Bethanias Schreien gut zu verstehen war. »Seit der Schnitter begann, nachts hier aufzutauchen, sind meine Einkünfte aus den Spielclubs und den Hotels deutlich gesunken. Und hörst du dieses Geräusch?«

Jean-Pierre blickte Bethania an. »Ja, Euer Hoheit.« Wie konnte er das nicht hören?

»Ich meine nicht sie. Das andere. Hör zu!« Sandre legte die Hand um sein Ohr.

Jean-Pierre strengte sich an, aber außer dem schmerzerfüllten Schluchzen der Frau hörte er nichts.

»Das ist das Gelächter der Moricadier. Weißt du, über wen sie lachen?«

Jean-Pierre schüttelte den Kopf.

»Sie lachen über mich. Sie lachen mich aus, weil der Schnitter noch immer reitet.« Sandre legte die Hand auf seinen Schreibtisch und beugte sich vor. »Niemand lacht über Fürst Sandre de Guignard.«

»Nein, Euer Hoheit.«

»Weise meine Wachen an, auszuschwärmen und den Schnitter zu finden. Wenn sie ihn nicht finden, wird alle drei Tage eine Frau oder ein Kind erschossen.«

Jean-Pierre konnte nicht glauben, dass Sandre das ernst meinte.

Der Fürst war verrückt geworden.

Aber der Fürst würde seinen Willen bekommen. Diese Drohung würde seine Wachleute wachrütteln.

»Nimm sie mit.« Sandre rieb sich die Schläfen. »Von ihrem Gekreische bekomme ich Kopfschmerzen.«

Jean-Pierre stürzte vor. Er hob die sich vor Schmerz windende Frau hoch und ging Richtung Tür.

»Jean-Pierre!«, rief Sandre.

Jean-Pierre drehte sich um.

»Ab sofort wirst *du* derjenige sein, der ihre Lieben erschießt. Du findest den Schnitter besser bald, sonst wirst du aus Angst vor ihrer Rache irgendwann nicht mehr wagen einzuschlafen.«

32

»Findet Ihr, ich sollte das hier auch mit nach Italien nehmen?« Aimée fuhr mit der Hand über das weiß lackierte Holz ihres großen Klaviers, das in dem riesigen Musikzimmer ihres imposanten Anwesens stand.

»Spielt Ihr denn regelmäßig?« Emma beäugte ängstlich das knapp drei Meter lange Ungetüm.

»Ach, nein.« Aimée wackelte mit ihren kurzen Fingern. »Dafür sind meine Hände zu klein.«

»Dann denke ich, Ihr solltet ein Klavier dort mieten, wo Ihr Quartier nehmt.« Lady Fanchere hatte Emma zu Aimée geschickt, damit sie ihr beim Packen ihrer Habseligkeiten und dem Schließen des Hauses half. Jetzt wusste Emma auch, warum. Während Aimée den Krimskrams ihres Lebens sortierte und ausrangierte, musste jemand als Stimme der Vernunft fungieren.

Aber Emma hatte die letzten beiden Nächte am Bett von Michael Durant gewacht und ihn versorgt. Er lag im Witwensitz der Fancheres und kämpfte gegen das Fieber. Während ihrer Abwesenheit kümmerte Rubio sich so aufmerksam um ihn, als ob sie Brüder wären. Doch jede Minute, die sie bei Aimée damit verbrachte, ihr beim Packen zu helfen, machte sie sich Sorgen. Und das machte sie zornig.

Warum sorgte sie sich um das Schicksal eines Mannes, der

sie belogen hatte? Der sie verführt hatte? Mein Gott, er hatte ihr sogar Vorwürfe gemacht, weil sie Fürst Sandre gestattete, um ihre Gunst zu werben. Dabei hatte er die ganze Zeit gewusst, warum sie das tat, er hatte sie sogar mit der Aussicht verspottet, er, Michael Durant – der Erbe des Duke of Nevitt – könne um sie werben wollen. Dabei hatte er sie bereits verführt und sie dazu gebracht, sich in den Schnitter zu verlieben. Also in ihn!

Wenn er nicht an dieser Infektion starb, würde sie ihn umbringen.

»Meine Liebe, geht es Euch nicht gut? Ihr seht so traurig aus.« Aimée wirkte ehrlich besorgt.

»Ich fürchte, ich bin vielleicht ein wenig müde.« Keine gute Entschuldigung, aber es stimmte wenigstens, und auf die Schnelle war es alles, was Emma einfiel.

»Setzt Euch hierhin.« Aimée zog das Laken von einem der Stühle. »Elixabete, lauf schnell und hol Emma ein Glas Wasser.«

Elixabete blieb stocksteif stehen. Sie hatte die Augen vor Angst weit aufgerissen.

Emma hatte Mitleid mit dem armen Kind. »Nein, wirklich. Das ist nicht nötig. Wenn ich mich einen Moment lang ausruhen kann, genügt mir das vollauf.«

Lady Fanchere hatte Elixabete mitgeschickt, damit sie die beiden Frauen unterstützte, kleine Pakete trug und Botengänge machte. Aber das Kind war nicht die Hilfe, die Emma sich erhofft hatte. Nicht, dass Emma es Elixabete verdenken konnte. Vielleicht lag es an Emmas Erschöpfung, dass sie so überempfindlich war, aber sie empfand Aimées Haus als gespenstisch. Es war riesig. Größer als das Haus der Fancheres und mit zwei geschwungenen Treppen, die von der riesigen, marmorgefliesten Eingangshalle hinauf zu der Galerie im zweiten Stock führten, an die sich die Korridore anschlossen, an denen zahllose Türen mit Zimmern dahinter grenzen. Und noch mehr Zimmern, sodass man das Gefühl hatte, sich darin zu verirren und nie mehr zurückzufinden.

Alles im Haus – die Marmorfliesen und die Säulen, die Wände, die Möbel, die Vasen und jedes kleine Accessoire – war weiß und makellos. Sogar die Bilder an den Wänden waren blasse Wasserfarbkompositionen in verschiedenen, blassen Grautönen, und selbst die Diener waren in Weiß gekleidet – blasse Geister, die stumm durch diese schreckliche Parodie eines Himmels huschten.

Als Emma sich taktvoll nach der Einrichtung erkundigte, hatte Aimée erklärt: »Das ist Rickies Werk. Er wollte, dass das Haus sauber aussieht.«

Wenn man Emma fragte, sah das Haus nicht sauber aus. Es wirkte wenig einladend, geradezu karg. Gespenstisch. Sie wies Aimées Diener an, die Möbel mit Laken zu bedecken und Lady Fancheres Diener, Aimées Reisetruhen zur Kutsche zu tragen. Dabei ertappte sie sich immer wieder, wie sie sich umschaute, weil sie überzeugt war, jemand beobachte sie. Einmal beobachtete sie auch Elixabete dabei, wie sie sich umdrehte und dabei die Fäuste erhob, als wollte sie sich gegen dieses Nichts verteidigen.

Sogar Aimées Schlafgemach sah aus, als habe man jede Farbe ausgewaschen. Hier gab es keine Farbe und nichts Charakteristisches. Das verriet Emma mehr als alles andere, wie Aimée das Leben an Rickies Seite empfunden haben musste. Dieser Dame, die Blumen und bunte Kleider so sehr liebte und gerne lachte, war sogar verwehrt worden, ihre eigenen Zimmer einzurichten.

Offensichtlich nahm Aimée die abstoßende Kälte des Hauses nicht mehr wahr, denn sie packte ihre Sachen und lief die Treppen auf und ab, während sie fröhlich plauderte. Vielleicht bedeutete der Anblick ihres Gefängnisses ihr nun nichts mehr, nachdem sie alle Vorkehrungen für ihre baldige Flucht getroffen hatte. Sie entschied, was blieb und was weggeworfen werden konnte, und sie tat es fast blindlings. Dabei verschonte sie allerdings bisher nichts Weißes.

Aimée setzte sich zu Emma. Dann zog sie einen Hocker heran und tätschelte einladend die Sitzfläche.

Elixabete eilte zu ihr und kauerte sich auf den Stuhl. Sie kuschelte sich so eng wie möglich an Aimées Rock.

»Wenn ich nach Italien komme«, begann Aimée verträumt, »habe ich mir überlegt, ein Kätzchen aufzunehmen. Ich habe mir immer eine Katze gewünscht, aber Rickie meinte, sie verlieren zu viele Haare – und Schlimmeres. Ich habe immer gedacht, dieses *Schlimmere* sei es doch wert, wenn mir dafür die Freude vergönnt ist, ein kleines Geschöpf zu haben, das in meinen Schoß springt oder mir um die Beine streicht.«

Emma beobachtete, wie Aimées Hand über Elixabetes Haare streichelte. Immer und immer wieder. Eine unbewusste Bewegung voller Wohlbehagen und Nähe. »Ihr scheint mir eine Frau zu sein, die Dutzenden Katzen und Hunden ein Zuhause bieten könnte.«

»Ja, so eine Frau bin ich wohl.« Aimée strahlte. »Vielleicht werde ich mir auch einen Hund zulegen, wenn ich nach Italien ziehe. Fanchere hat für mich dort eine Villa gemietet. Da sollte doch jede Menge Platz für Tiere sein.«

Spontan fügte Emma hinzu: »Und vielleicht für einen Liebsten?«

Sofort wich jede Freude aus Aimée Augen. Ihr Gesicht wurde ganz leer und ruhig, sie schaute Emma nicht an und gab keine Antwort.

Das war Emma unendlich peinlich. Sie wusste, sie hätte niemals etwas Derartiges vorschlagen dürfen. Es war für eine unverheiratete Frau zu kühn, etwas in der Richtung auch nur anzudeuten. Aber sie wünschte sich so sehr, dass Aimée ihr Glück fand, sie stellte sich vor, wie Aimée in ihrer Villa lebte, um sich herum Blumen und ihre geliebten Tiere und in den Armen eines zärtlichen Mannes, der sie liebte, gerade weil sie so ein fürsorgliches, wunderbares, dummes Ding war. »Ich entschuldige mich für meine Worte«, sagte Emma. »Sie waren frech und unangebracht.«

»Aber überhaupt nicht, meine Liebe!« Aimée lächelte, aber sie versprühte nicht mehr die gewohnte Lebensfreude. »Was einen neuen Mann in meinem Leben angeht, muss ich wohl diesem Traum eine Absage erteilen. Einmal war mehr als genug.«

Emmas Herz schmerzte um Aimée willen, auch wenn sie absolut verstand, warum es so war. Denn jemanden zu lieben, war mit zu vielen Problemen und zu viel Kummer verbunden. Sobald sie Michael Durant geheilt hatte und er wieder auf den Füßen war, wollte sie aus Moricadia fliehen und nie mehr zurückblicken.

»Vielleicht komme ich als Eure bezahlte Gesellschaftsdame zu Euch nach Italien«, sagte Emma.

Aimées Hand verharrte in der Luft. Ihr aufrichtiges Lächeln war zurück. »Das würde mir gefallen.« Sie reichte

Emma die Hand. »Aber mir würde es noch besser gefallen, wenn Ihr als meine Freundin kämt.«

Emma war so berührt, dass ihr wieder Tränen in die Augen schossen. Sie nahm die ausgestreckte Hand und drückte sie. »Das würde mir auch gefallen.«

Mit dem freien Arm umarmte Aimée Elixabete. »Und sie wird dich mitbringen, Elixabete. Wir werden dich im Lesen und Schreiben unterweisen und aus dir eine großartige Dame machen. Sollen wir das machen?«

Elixabete nickte und lächelte.

Die drei Frauen schoben die grausamen Geister einfach beiseite und genossen diesen Moment friedvoller Kameradschaft.

Dann stand Elixabete auf. »Wenn wir nach Italien wollen, sollten wir unsere Sachen fertig packen!«

33

Jean-Pierre war schließlich doch zu dem fürstlichen Ball gekommen.

Aber er genoss dieses Ereignis nicht im Geringsten.

Er stand mit einem Glas Champagner am Rand und beobachtete die Gäste, die in den Ballsaal strömten. Niemand machte auf ihn den Eindruck, verwundet oder fiebrig zu sein. Keiner wirkte auch nur müde.

Nun, natürlich nicht. Das wäre ja auch zu einfach. Stattdessen musste er wohl die Gästeliste durchgehen und herausfinden, wer nicht gekommen war. Dann musste er diese Personen zu Hause aufsuchen, ihre Häuser durchsuchen und hoffen, dass er es schließlich schaffte, den wahren Schuldigen festzunehmen und damit seine Jagd nach dem Schnitter zu beenden. Das sollte er vor morgen Abend schaffen, denn dann endete Sandres dreitägige Gnadenfrist.

»Jean-Pierre! Wie schön, dich zu sehen. Wo hast du dich in letzter Zeit denn nur versteckt?« Lady Fanchere umarmte ihn und bot ihm ihre Wange.

Zuerst war Jean-Pierre vor Überraschung ganz steif, doch dann berührten seine Lippen ihre Wange. Er hatte unter einem so großen Druck gestanden, dass er vergessen hatte, wie wahrlich liebenswert seine Cousine Eleonore war. Er reichte Fanchere die Hand, der wie immer direkt neben

Eleonores rechter Schulter stand und stoisch schwieg. Dann erklärte er: »Ich hatte etwas Wichtiges für den Fürsten zu erledigen.« Er klang kurz angebunden. Nicht wie der Gast eines Balls, sondern eher wie der verhasste Ordnungshüter, den Sandre aus ihm gemacht hatte. Er zwang sich zu lächeln, doch diese Miene fühlte sich für ihn eher wie eine Grimasse an.

Eleonore umschloss sein Gesicht mit beiden Händen und blickte ihm forschend tief in die Augen. »Du siehst aus, als ängstigst du dich zu Tode. Ich muss mit Sandre sprechen, damit er dich nicht so hart arbeiten lässt.«

»Nein. Bitte!« *Gott, nein.* »Sag ihm nichts. Ich lebe, um Seiner Hoheit zu dienen.«

Sie hörte ihm gar nicht richtig zu, sondern berührte vorsichtig die noch immer entzündete Wunde vom Peitschenhieb. »Das sieht schmerzhaft aus. Du solltest die Wunde versorgen lassen.«

»Ich war beschäftigt.«

»Unsere kleine Miss Chegwidden hat sich im Haushalt recht schnell unentbehrlich gemacht, weil sie eine gute Ärztin ist. Beim nächsten Mal soll sie einen Blick darauf werfen.«

Jean-Pierres Interesse war geweckt. »Miss Chegwidden kümmert sich um die Verwundeten?«

»Sie tut, was getan werden muss. Ihr Vater war Pastor einer ländlichen Gemeinde in Yorkshire, daher war sie für die Mitglieder der Gemeinde unentbehrlich. Und jetzt ist sie für mich unentbehrlich.« Lady Fanchere strich mit der Hand über ihre dickere Taille.

»Ah. Da sind wohl Glückwünsche angebracht.« Erneut küsste Jean-Pierre ihre Wange und schüttelte Fancheres

Hand. Aber er hatte eigentlich kein Interesse daran, dass seine Cousine guter Hoffnung war. Im Moment war das nicht wichtig. Was wichtig war, war die Möglichkeit, dass Miss Chegwidden in die Heldentaten des Schnitters verstrickt war. Denn was wussten sie schon über diese Frau? Nur das, was sie ihnen erzählt hatte.

»Miss Chegwidden ist wohl der Inbegriff der Perfektion, wenn alles stimmt, was du und Sandre über sie erzählt.« Seit Jean-Pierre verkündet hatte, er habe den Schnitter angeschossen, hatte Sandre ihn kein einziges Mal gefragt, wann er den Mann endlich festnehmen würde. Er hatte genauso wenig über Quicos Frau gesprochen oder die sich bis ins Unerträgliche steigernde Anspannung im Palast. Nein, er hatte nur über das dumme Huhn gesprochen, in das er sich verliebt hatte, mit seinem Gerede hatte er Jean-Pierre zu Tode gelangweilt.

Vielleicht hätte Jean-Pierre ihm besser zuhören sollen. »Kümmert sie sich momentan auch um einen Verletzten?« Er täuschte Gleichgültigkeit vor, obwohl er in Wahrheit um alles in der Welt die Antwort hören wollte.

Die Sandre verhinderte, indem er sie unterbrach. Er tauchte in der Uniform des Befehlshabers über die moricadischen Truppen auf – Truppen, die er noch nie gesehen hatte, soweit Jean-Pierre wusste. Er küsste Lady Fancheres Wange, doch sein Blick ging an ihr vorbei. »Wo ist denn die hübsche Miss Chegwidden?«

»Ich habe sie zu Aimée geschickt, damit sie ihr dabei hilft, ihr Haus zu schließen. Das arme Mädchen kam völlig erschöpft zurück, und ich habe ihr befohlen, heute Abend daheim zu bleiben.«

Jean-Pierres Erregung schwand abrupt. Sogar diese winzige Spur führte ins Leere.

Sandre machte ein langes Gesicht. »Du hättest Miss Chegwidden nicht mit so niederen Aufgaben ermüden dürfen. Schick doch einen Diener zu Aimée. Besser wäre es, wenn sie allein ihre Sachen packt.« Er warf Jean-Pierre einen bedeutungsvollen Blick zu.

Jean-Pierre konnte seine Verärgerung kaum verbergen. *Ja, ja, ich weiß schon. Ich soll unsere Cousine Aimée für dich ermorden und es wie einen Unfall aussehen lassen. Aber im Moment bin ich mit anderen Dingen beschäftigt, und Aimée steht unter Eleonores Schutz. Du willst doch vermeiden, dass Eleonores hehre Vorstellung von dir zerschmettert wird. Oder, Sandre?*

»Aimée ist für Emma und mich sehr wichtig, und wir wünschen, dass sie wenigstens ein bisschen Freude an ihrem Leben findet. Es steht außer Frage, dass ich ihr dabei helfe, das Haus zu schließen und ihre Sachen zu packen.«

Wenn Jean-Pierre noch an irgendetwas hätte Vergnügen finden können – und er war inzwischen weit davon entfernt –, hätte er es genossen, zu beobachten, wie Sandre sich unter Eleonores sanftem Tadel wand.

»Ja, natürlich. Ich wünsche ihr auch eine gute Reise.« Sandre sagte das mit etwas zu viel Inbrunst.

Jede Minute, die sie hier standen, waren Jean-Pierres Männer draußen in der Wildnis und suchten fieberhaft. Sie schauten in jede Höhle und jede Hütte, zerrten die Kranken und Verletzten aus den Betten und untersuchten, ob sie angeschossen waren. Denn jede Minute, die verstrich, brachte sie Sandres Ultimatum näher und damit dem Moment, in dem die Frau oder das Kind von jemandem erschossen wurde. Von ihm. Von Jean-Pierre.

In der Zwischenzeit schlenderten die Gäste umher, der Champagner strömte und in den Spielclubs verloren die Zocker den Inhalt ihrer Brieftaschen an Sandres Kartengeber.

Wenn man Sandre fragte, war alles in bester Ordnung.

Lady Fanchere tätschelte Sandres Wange. »Du wirst Miss Chegwidden in drei Tagen beim nachmittäglichen Tee bei den Petits sehen. So lange kannst du noch warten, oder?«

»Wenn ich muss …« Sandre verneigte sich höflich.

Aber seine Augen glühten in einer gefährlichen Mischung aus Liebe und Leidenschaft. Er würde Miss Chegwidden für jeden Augenblick büßen lassen, den Sandre auf sie warten musste. Und wenn Jean-Pierre noch irgendwelches Mitleid hätte, das er für das Schicksal eines anderen hätte erübrigen können, hätte Miss Chegwidden ihm leidgetan.

Sie beide waren in die Klauen eines Ungeheuers geraten.

»Bringt sie herein. Herein mit ihnen.« Sandre winkte den Söldnern, die er engagiert hatte, um ihn vor seiner eigenen Wache zu beschützen. »Trödelt nicht so, ich bin ein viel beschäftigter Mann.«

Jean-Pierre stand mit dem Rücken zur Wand im Wachraum und sah zu, wie die Familien seiner Männer hereingetrieben wurden. Frauen. Kinder. Manche schluchzten stumm oder laut oder waren leichenblass. Mütter mit Babys in den Armen und eine alte Dame. Tavereses Mutter, weil Taverese keine anderen Familienmitglieder hatte, die Sandre als Geisel nehmen konnte. Sie war eine gute Seele, und schon vor den Ereignissen der letzten drei Tage war sie immer nett zu ihm gewesen. In den letzten drei Tagen waren sie alle nett zu ihm gewesen. Sie hatten ihm Essen, ihre Dienste, sogar Sex angeboten, wenn er ihre Söhne und Töchter verschonte.

Sie waren wie Vieh, das zum Schlachter getrieben wurde.

Und er war der Mörder.

Hinter der Linie, die die Söldner bildeten, mussten die Wachleute die Szene mit ansehen.

Sandre hatte die Männer durchsuchen lassen, bevor sie in den Raum durften. Die Revolution würde nicht hier und jetzt beginnen, hatte er ihnen versichert.

Niemand – nicht die Wachen, nicht die Frauen und auch nicht die Kinder – konnte den Blick von der Pistole wenden, die Jean-Pierre in der Hand hielt.

Er hatte sehr gründlich nach dieser Pistole gesucht. Sie hatte kleine Kugeln, die eher Staubkörnern aus Eisen glichen. Er hoffte, diese Art Kugeln werde den geringsten Schaden für Muskeln, Knochen und Nerven anrichten.

Aber er stand einer Reihe schlaksiger, junger Männer und Frauen gegenüber, die von der Arbeit völlig ausgelaugt waren. Selbst eine kleine Kugel konnte immer noch töten, besonders wenn der Schütze nicht richtig zielte.

»Stellt euch in einer Reihe an der Wand auf.« Sandre klang lebhaft und fröhlich.

Natürlich. Sandre hatte sich seit drei Tagen auf diesen Moment gefreut.

Jean-Pierre wollte die Augen schließen und einfach abdrücken. Aber das wagte er nicht. Dann brachte er vielleicht noch jemanden um. Ein Kind. Eine Frau.

Stattdessen wählte er sein Ziel mit Bedacht. Er drückte den Abzug.

Tavereses Mutter knallte gegen die Wand. Blut strömte aus ihrem Arm.

Taverese schrie auf und fluchte. Er musste von den anderen Wachmännern davon abgehalten werden, sich auf Jean-Pierre zu stürzen.

Jean-Pierre wusste, dass Sandre recht hatte.

Jean-Pierre könnte nie wieder ruhigen Gewissens schlafen.

34

Zwei weitere Nächte folgten, in denen Jean-Pierre keinen Schlaf fand und keinen Erfolg hatte. Er hätte am liebsten den schön gekleideten, geselligen und fröhlichen Gästen bei der Teeparty der Petits etwas zugerufen. Sahen sie denn nicht, wie die Situation in Moricadia sich zugespitzt hatte? Der Fürst war wahnsinnig, der Schnitter war nirgends zu finden, und Jean-Pierre blieben nur eine Nacht und ein Tag, ehe er wieder auf das Familienmitglied eines Wachmanns schießen musste. Und dieses Mal gäbe es keine alte Frau, die er statt einer Ehefrau oder eines Kinds opfern konnte.

Jean-Pierre nahm einen großen Schluck Absinth. Die alte Frau lebte noch, aber wenn Jean-Pierre auf das Kind eines seiner Männer schoss, wusste er nicht, wie lange er selbst noch am Leben war.

Ach, sieh an. Da war Sandre. Er stolzierte in seiner Uniform umher und kam zu Jean-Pierre, um ihn zu fragen, ob er seine kleine blühende Blume Emma Chegwidden gesehen habe. Und da waren auch Lord und Lady Fanchere, die sich in ihre nachmittäglichen hellen Kleider gekleidet hatten, die direkt auf den Fürsten zusteuerten. Leider war Miss Chegwidden nicht in ihrem Schlepptau. Da drohten ernste Probleme.

Jean-Pierre brachte sich in Position, um das Gespräch zu belauschen.

»Eleonore, du hast mir doch versprochen, dass Miss Chegwidden an dieser Gesellschaft teilnehmen wird. Sag mir jetzt nicht, dass sie nicht mitgekommen ist.« Sandre klang nicht fürstlich, sondern eher verdrießlich.

»Nein, Sandre. Es tut mir wirklich leid.« Lady Fanchere wirkte, als bedauerte sie es sehr.

»Ist es wegen Aimée? Sie bleibt doch nicht wegen *Aimée* fern, oder?« Er hob die Stimme, wenn er ihren Namen sagte.

»Das ist nicht der einzige Grund«, sagte Eleonore beruhigend. »Aimée hat sich mit ihrer Zofe in ihr Haus begeben, bis sie abreist. Man hat mir gesagt, jemand von unserem Personal habe sich verletzt, und Miss Chegwidden sah sich gezwungen, dort zu bleiben und sich um ihn zu kümmern.«

Sandre atmete schwer. Er war eindeutig wütend, doch er hielt sich vor seiner Cousine und vor den anderen Gästen sichtlich zurück. Ein paar ausländische Besucher und ihre Diener waren von den Wachsoldaten nicht besonders sanft angefasst worden. Die Gerüchte über die zunehmende Instabilität des Lands taten ein Übriges, sodass immer mehr Reisende Moricadia verließen und ihr Geld mitnahmen. Sandre konnte es sich nicht leisten, noch mehr Gäste zu verprellen, indem sich die Nachricht verbreitete, dass es zu einem fürstlichen Tobsuchtsanfall gekommen sei. »Ich hoffe, die Verletzung deines Dieners ist nicht so schlimm, dass du Unannehmlichkeiten hast, Eleonore.«

Jean-Pierre trank sein Glas leer und fand im selben Moment ein Tablett mit frischem Absinth direkt vor seiner Nase. Er schaute den Lakaien nicht an. Es interessierte ihn nicht, wer der Mann war. Das Einzige, was ihn interessierte, war die

Antwort auf seine Frage. Also machte er einen Schritt nach vorne und fragte: »Wer wurde verletzt?«

»Ich weiß es nicht. Ich habe nicht danach gefragt.« Sie drückte die Hand auf ihren Unterleib. »In letzter Zeit habe ich den Anblick von Blut nicht besonders gut vertragen.«

»Dann ist es eine *ernsthafte* Verletzung?« Jean-Pierre tauschte sein leeres Glas gegen ein volles.

»Ich glaube schon«, antwortete sie. »Warum fragst du?«

Jean-Pierre schaute sich um. »Wo ist eigentlich Durant?« Er war vor zwei Jahren noch nicht Teil des inneren Kreises gewesen, als Sandre Michael Durant einkerkern ließ. Aber er erinnerte sich sehr gut an Durant. Er war eingebildet gewesen, hatte viel gelacht und die Damen mit seinem Charme verführt. Die Männer hatte er bei jeder Gelegenheit übertrumpft und immer im Spiel gewonnen – genau der Typ Mann, der in die Rolle des Schnitters schlüpfen mochte.

»Der letzte Ball war zu viel für seine Stimme. Der arme Mann.« Plötzlich schien sie zu verstehen, in welche Richtung seine Fragen abzielten. Mit einem tadelnden Blick in Jean-Pierres Richtung wandte sie sich an Sandre. »Mein Fürst, wenn er nicht in unserer Gesellschaft ist oder mit Eurer Erlaubnis an einem gesellschaftlichen Ereignis teilnimmt, ist Michael Durant stets in dem Witwensitz eingeschlossen, und unsere Diener und Wachen passen auf ihn auf.«

»Das stimmt, Euer Hoheit«, sagte Fanchere.

Jean-Pierre hob seine Augenbrauen. Es bedurfte einer Menge, um Fanchere zum Sprechen zu bringen.

»Ihr habt ihn meiner Obhut anvertraut«, sagte Fanchere mit seiner langsamen, exakten Stimme. »Ich bin kein Narr, der glaubt, sich erlauben zu dürfen, Euch zu enttäuschen.«

Präzise und auf den Punkt, fand Jean-Pierre. Mit zwei Sätzen hatte Fanchere Sandre daran erinnert, dass Sandre ihm vertraute. Zugleich ließ er subtil durchblicken, dass Fanchere sich vor dem Fürsten und seinen brutalen Repressalien fürchtete. Was er übrigens auch sollte, wie Jean-Pierre inzwischen wusste.

»Absolut richtig«, sagte Eleonore. »Außerdem wird Aimée vor Einbruch der Nacht in unser Haus zurückkehren und ist zur Stelle, um für Miss Chegwidden als Anstandsdame zu fungieren. Im Übrigen würde Miss Chegwidden nie etwas tun, von dem sie glaubt, es sei falsch.«

Sandre lachte. Er lachte tatsächlich! »Unser Cousin Jean-Pierre glaubt allen Ernstes, dass Michael Durant der Schnitter sein könnte. Aber ich kenne diesen bemitleidenswerten Aristokraten besser. Er fällt ja schon bei meinem Anblick zu einem Häuflein Elend zusammen. Ich versichere euch, er würde sich niemals der Frau nähern, an der ich Interesse gezeigt habe.«

»Aber du hast ihn in den Kerker gesperrt, weil du geglaubt hast, er besitze Informationen über die Revolutionäre«, erinnerte Jean-Pierre ihn.

Ungeduldig fuhr Sandre zu ihm herum. »Ja. Und?«

»Du konntest ihm diese Informationen nie entlocken. Entweder er hatte sie nicht, oder er hat dich hingehalten.« Jean-Pierre sah, wie Eleonore das Gesicht verzog. Er blickte sie prüfend an.

Sie sah Sandre an, als sehe sie zwar deutlich, *was* er war, als könnte sie es aber einfach nicht glauben. Oder wollte es nicht glauben.

»Das hat hiermit nichts zu tun«, erklärte Sandre erstaunlich heftig. »Ich mache mir um ihn und Miss Chegwidden keine Sorgen. Selbst wenn er es aus Boshaftigkeit wagen sollte, um sie zu werben, würde doch keine Frau einen Mann wollen, der gebrochen ist.«

Der Lakai stand immer noch neben ihm und hielt das Tablett. Jean-Pierre stellte sein Glas darauf und wandte sich ab.

Jeder wusste, dass die Engländer eine Schwäche für Außenseiter hatten. Und Emma war eine unabhängige Engländerin mit der Fähigkeit, Kranke zu heilen. Sie lebte in einem Haus, in dem unzählige Menschen aus Moricadia sich nach der Revolution sehnten, die zudem von einem englischen Butler angeleitet wurden. Und unter ihrem Dach wohnte ein englischer Adeliger, der bereits einmal mit den Revolutionären in Zusammenhang gebracht worden war und höchstwahrscheinlich nach Rache dürstete.

Er war froh, dass Sandre dachte, Durant sei nur noch ein Schatten seiner Selbst. Jean-Pierre war sich da aber nicht so sicher.

Jemand rüttelte an Emmas Schulter und flüsterte ihr ins Ohr: »Miss Chegwidden. Der Mann des Fürsten ist auf dem Weg hierher.«

Emma öffnete die Augen und schaute Elixabete dümmlich an. »Wie bitte?«

Mit zunehmender Dringlichkeit erklärte das Mädchen: »Jean-Pierre de Guignard ist auf dem Weg hierher.«

Durants Fieber war letzte Nacht endlich gesunken. Er würde sich wieder vollständig erholen, und nachdem sie die letzte Nacht damit zugebracht hatte, ihm Wasser einzuflößen und Rubio zu helfen, die durchgeschwitzte Bettwäsche zu wechseln, war Emma mit ihm auf dem Bett liegend eingeschlafen. Jetzt lag sie in seinen Armen und starrte Elixabete ungläubig an. Sie versuchte zu verstehen, was das Mädchen da sagte. Schließlich löste sie sich aus Michaels Umarmung und fragte leise: »Woher weißt du das?«

»Die Diener im Palast der Petits haben belauscht, was gesagt wurde, und sie haben sofort begriffen, was er im Schilde führt. Sie haben ihn aufgehalten, während einer der Stalljungen hergeritten ist, um uns zu warnen.«

Die Diener in den Palästen hassten und fürchteten Jean-Pierre also auch und taten, was sie konnten, um ihn bei seiner Arbeit zu behindern. Sie riskierten sogar noch mehr, um den Schnitter zu beschützen.

Vermutlich kannten nur wenige die Wahrheit. Aber diese wenigen Moricadier halfen, wenn es in ihrer Macht stand. »Warum ist Jean-Pierre auf dem Weg hierher?«, fragte Emma.

»Er sucht nach dem Schnitter. Er hat gehört, dass Ihr eine *curadora* seid und dass Ihr diese Woche zwei Festen in Folge ferngeblieben seid. Darum wurde er misstrauisch.«

Emma schob sich die Haare aus den Augen. »Woher weißt du das alles?«

»Mr Brimley hat seine Mittel und Wege.«

»Unser aufrechter Butler hat ein eigenes Netzwerk? Ach, egal. Was sollen wir jetzt unternehmen?« Emma schaute auf Michael, der immer noch schlief.

»Mr Brimley sagt, er wird sich um alles kümmern. Aber er hat mich nach Euch geschickt. Ihr sollt mit rüberkommen, Euch umziehen und waschen, und dann sollt Ihr Jean-

Pierre die Geschichte erzählen, die Brimley sich zurechtgelegt hat.«

»Gut, ich komme mit.« Sie schlüpfte aus dem Bett und rannte mit Elixabete zum Haupthaus.

Tia packte Emmas Hand, sobald sie die Eingangshalle betraten, und zerrte sie zur Treppe. »Mr Brimley sagt, ich soll Euch helfen, damit Ihr ruhig und strahlend schön ausseht.«

»Gut.« Emma hoffte, dass sie zumindest ruhig wirkte. Aber vielleicht wirkte sie nach einer Nacht voller Sorge um Durant alles andere als strahlend.

Sie eilten in ihr Schlafgemach. Tia zog Emma das dunkelblaue, zerknitterte Kleid aus. Emma wusch sich Gesicht und Hände und kniff sich in die Wangen, damit sie wieder Farbe bekamen. Dann zog Tia ihr ein hellblaues Kleid über den Kopf. »Mr Brimley hat ausdrücklich nach dem hellblauen Kleid verlangt. Er sagt, Ihre Augen nehmen davon ein vertrauenswürdiges Blau an.« Sie knöpfte das Kleid in fliegender Hast zu, während Emma ihre Haare löste und mit einem Kamm durch die Strähnen fuhr. Sie setzte sich hin, damit Tia die Haare im Nacken zu einem Knoten aufstecken konnte. »Mr Brimley sagte, es solle etwas zerzaust aussehen.«

Offensichtlich hatte Brimley sich alles ganz genau überlegt.

Sie eilten zur Treppe, aber ehe sie dort waren, hielt Tia sie zurück. »Wartet hier.« Sie schlich auf Zehenspitzen zur Galerie. »Ist es sicher?«, rief sie leise zum Treppenabsatz.

Elixabete stand für sie Schmiere. »Ja. Ihr könnt kommen.«

Jetzt liefen sie alle nach unten ins Erdgeschoss und von dort weiter bis in den Keller.

In der Küche war es heiß. Schluchzende Dienstmägde und

grimmig dreinblickende Lakaien drängten sich zusammen. Die Köchin presste entsetzt die Schürze an ihren Mund. Eine der Spülmägde war in Ohnmacht gefallen, und zwei andere fächelten ihr frische Luft mit einem Papierfächer zu. Für Emma machten alle Platz und bildeten einen Durchgang. »Miss Chegwidden, ich bedarf Eurer Dienste«, rief Brimley.

Trotz des offensichtlichen Durcheinanders, das in diesem Raum herrschte, klang Brimleys Stimme so ruhig wie immer.

Aber es kam Emma so vor, als schluchzten die Dienstmägde nach seinen Worten noch heftiger.

Emma eilte zu dem langen Holztisch, an dem er saß … und verlangsamte ihre Schritte, als sie begriff, was sie sah.

Rund um seinen Platz waren Tücher und Lumpen verstreut, die mit Blut durchtränkt waren. *Er* war mit Blut durchtränkt. Sein weißes Hemd und der steife Kragen waren davon benetzt, als habe er zu dicht danebengestanden, als die Köchin ein Huhn schlachtete.

Ein Fleischerbeil lag neben seiner rechten Hand.

»Wenn es Euch nichts ausmacht, würde ich Euch bitten, Eure Medizintasche holen zu lassen. Diese Blutung ist wohl doch etwas heftiger als ich erwartet habe.« Er hob seine linke Hand. »Außerdem bleibt uns nicht allzu viel Zeit, um die Verletzung so aussehen zu lassen, als wäre sie schon etwas älter.«

Brimleys kleiner Finger war abgetrennt.

35

Emma untersuchte den Finger. Es war ein glatter Schnitt, der entschlossen durchgeführt worden war. Nur noch das unterste Fingerglied hing an Brimleys Hand.

Der Diener Henrique hielt für Emma die Medizintasche auf.

Sie nahm einen dünnen, sauberen Lappen heraus und wickelte den Lappen um den Fingerstumpf. Sie drückte den Stoff fest um die Wunde, um einen Druckverband anzulegen. »Mr Brimley, was ist passiert?«

Ehe Brimley darauf antworten konnte, nahm die Köchin die Schürze herunter, die sie gegen den Mund gepresst hatte, und begann zu reden. »Er kam nach unten und war absolut ruhig. Er verkündete, wir bräuchten eine ernsthafte Verletzung, die wir vorzeigen können, weil dieser großmüttermordende Bastard Jean-Pierre de Guignard auf dem Weg hierher sei, um den Schnitter aufzustöbern. Wir Moricadier wissen ganz genau, was da draußen im Witwenhaus vor sich geht. Aber uns war nicht bewusst, dass Mr Brimley das auch weiß. Sobald wir also begriffen, dass er Bescheid weiß, dachten wir … Nun, wir dachten … Er ist schließlich so gut darin, jedem seine Aufgabe zuzuweisen, und darum dachten wir, er solle entscheiden, wem von uns wir diese ernsthafte Verwundung zufügen sollten.«

Emma blickte ihn an. Es bestürzte sie, dass die Moricadier über Michael Bescheid wussten. Noch mehr bestürzte sie, das Brimley davon wusste, und am meisten, dass er diese Tat vollbracht hatte, um sie alle zu retten. »Also habt Ihr das Fleischerbeil genommen und Euch selbst den Finger abgehackt?«

Er erwiderte ihren Blick. »Ich hätte niemals jemanden von meinen Leuten um etwas gebeten, bei dem ich zögern würde, es mir selbst zuzufügen.«

Das war der Grund, warum englische Butler das Rückgrat der zivilisierten Gesellschaft waren.

»Hol mir eiskaltes Wasser«, wies Emma die Köchin an. »Mr Brimley, habt Ihr den Rest vom Finger noch?«

»Ja.« Er zog ein blutiges Taschentuch aus seiner Brusttasche und gab es ihr.

»Wir werden ihn wieder annähen«, erklärte sie ihm.

»Wird er dann nicht verfaulen?« Einer von den schlaksigen Botenjungen starrte sie aus großen Augen grausamerweise fasziniert an.

»Vermutlich«, erklärte sie ihm. »Aber es ist einen Versuch wert. Wenn wir keinen Erfolg haben, können wir später immer noch amputieren.«

»Wenn Ihr ihn wieder annäht, wie soll das dem kindermordenden Schwein Jean-Pierre de Guignard dann irgendetwas beweisen?«, wollte einer der Wachleute wissen.

»Wir werden den Finger behutsam wieder auswickeln und ihm zeigen.« Sie drückte Brimleys Hand in die Schüssel mit Eiswasser, die die Köchin neben ihnen auf den Tisch stellte. »Ihr tut ja alle so, als wäre Jean-Pierre noch schlimmer als der Fürst.«

»Die de Guignards sind ausnahmslos eine Teufelsbrut. Aber Jean-Pierre hat Augen, die so hell sind, dass sie fast weiß aussehen.« Die Köchin schauderte. Sie sah wie ein großer Berg Gelee aus, der in Wallung geriet. »Er hat im Palast auf seine eigenen Leute geschossen. Der ist ein gespenstischer Kerl, genau das ist er.«

»Hört mir alle zu!« Brimley zuckte, als wollte er in die Hände klatschen, um die Aufmerksamkeit der Anwesenden auf sich ziehen. »Jeden Augenblick wird de Guignard hier eintreffen. Räumt diese Schweinerei auf. Die blutigen Lappen werft ihr hier in den Mülleimer. Werft sie nicht draußen auf den Abfallhaufen. Sollte er danach suchen, müssen wir sie zur Hand haben, um zu beweisen, dass das hier wirklich passiert ist. Und ich weiß es ja durchaus zu schätzen, dass die jungen Mädchen um meinen kleinen Finger weinen. Aber es war schließlich nur ein kleiner Finger, und ich bin immer noch ein Brite.«

Mit erstickter Stimme widersprach Tia. »Nein, Mr Brimley. Ihr seid kein Brite mehr. Ihr seid jetzt einer von uns.«

Die Mädchen fingen wieder an zu heulen.

Seine Hand zuckte. »Ich weiß euer Mitgefühl durchaus zu schätzen, aber jetzt ist es genug! Wenn ihr weinen müsst, verschwindet in eure Kammern. Wir müssen den Anschein erwecken, wieder zur Tagesordnung übergegangen zu sein. Los, rührt euch! Geht wieder an die Arbeit, und wenn ihr das nicht könnt, bleibt wenigstens außer Sichtweite, sobald de Guignard hier auftaucht. Denkt dran, die Sicherheit des Schnitters hängt jetzt allein von euch ab.«

Innerhalb einer Minute war die Küche bis auf die Köchin, ihre drei Gehilfinnen und die beiden Spülmägde leer.

Die Frauen arbeiteten harmonisch Hand in Hand an dem Abendessen. Eine der Gehilfinnen schniefte, was ihr aber einen Schlag in den Nacken von der Köchin eintrug. Eines der Mädchen kam mit einem Eimer Sand zum Tisch. Sie hatte einen feuchten Lappen in der Hand und wollte die roten Flecken wegschrubben. Sie warf einen Blick auf Brimleys Fingerstumpf, aus dem immer noch langsam Blut strömte, und drehte sich weg. Sie ging gefasst zum Komposteimer in der Ecke des Raums und gab ihre letzte Mahlzeit von sich.

Emma verspürte tiefes Mitgefühl mit dem Mädchen. Sie trocknete Brimleys Hand ab.

»Ich hätte vorher an einen Druckverband denken sollen«, meinte Brimley. »Natürlich haben wir das gemacht, damit möglichst viel Blut zu sehen ist.«

»Wir hätten nicht Euer Blut benutzen müssen. Es gibt genug Tiere hier in der Küche, Mr Brimley«, rief die Köchin vom Herd.

»Darauf hätte ich eher kommen sollen«, sagte er.

»Vielleicht wart Ihr abgelenkt, weil Ihr ein Ziel vor Augen hattet.« Vorsichtig fügte Emma den abgetrennten Finger wieder ans Fingerglied. »Ich werde ihn später wieder annähen, sobald ich Zeit dafür finde. Für den Moment werden wir ihn nur verbinden.« Als sie das tat, achtete sie darauf, dass die zwei Teile des Fingers sich unter dem Verband berührten.

Henrique tauchte in der Tür auf. »De Guignard reitet gerade die Auffahrt herauf.«

Brimley nickte. »Junger Mann, erinnert Euch daran, was ich Euch beigebracht habe. Ihr seid der stolze Repräsentant der Fancheres, und in dieser Stellung bewegt Ihr Euch langsam und würdevoll.«

Henrique erwiderte das Nicken. Er imitierte Brimleys würdevolle Haltung, drehte sich um und schritt die Treppe zur Eingangshalle hinauf.

»Henrique wird es noch weit bringen.« Stolz schwang in Brimleys Stimme mit. »Nun, Miss Chegwidden. Wenn Ihr Euch derweil in die Bibliothek begeben und dort unübersehbar hinsetzen wollt. Tut so, als würdet Ihr lesen. Ich glaube, das wird die richtige Strategie sein.«

»Ihr gehört eigentlich ins Bett, Mr Brimley«, sagte Emma.

»Ich habe tatsächlich das Gefühl, meine Beine sind recht wacklig.« Er wirkte ehrlich überrascht. »Wenn die Köchin mir also eine Tasse Tee macht, bleibe ich lieber hier. Ich denke, dieser Ort wird für unsere Konfrontation schon in Ordnung gehen.«

Emma schob ihre Tasche unter den Tisch und warf einen letzten prüfenden Blick auf den Verband um Brimleys Finger. Die Vorstellung, die Verletzung so unzureichend versorgt zurückzulassen, widerstrebte ihr zutiefst. Dann lief sie nach oben, griff sich wahllos ein Buch aus dem Regal und setzte sich in der Bibliothek in einen Sessel.

Gerade rechtzeitig, denn im nächsten Augenblick öffnete Henrique die Eingangstür und rief: »Bitte tretet ein, Mr de Guignard.«

Jean-Pierre kam hereingetöst. Seine Stiefel stapften laut auf den Marmorfliesen. »Wo ist sie? Wo steckt Miss Chegwidden?«

Emma beobachtete aus dem Augenwinkel, wie er an der Tür zur Bibliothek vorbeistapfte. Er hatte den Hut tief ins Gesicht gezogen, ein schwarzer Mantel wehte hinter ihm her.

Auf sie machte er nicht den Eindruck, als sei er eine Teufelsbrut.

»Sie ist in der Bibliothek, Sir. Wenn Ihr gestattet, werde ich ihr Eure Ankunft melden …«

Sie hörte seinen Mantel knallen, als er sich abrupt umdrehte. Sie blickte gespielt überrascht auf.

Jean-Pierre stand in der offenen Tür und musterte sie von oben bis unten. Die Köchin hatte recht. Seine Augen waren blass, und die schwarzen Pupillen in der Mitte wirkten wie Löcher. »Miss Chegwidden?« Er zog nicht einmal den Hut.

»Ja, die bin ich. Aber ich bin nicht mit Euch bekannt, Sir«, sagte sie.

»Ich bin Jean-Pierre de Guignard.«

»Etwa Fürst Sandres Cousin?«

»Ich fühle mich geschmeichelt, dass Ihr schon von mir gehört habt.« Er hätte seinen Sarkasmus und seine Verachtung kaum deutlicher zum Ausdruck bringen können. »Was tut Ihr da?«

Sie drehte das Buch um und schaute auf den Buchrücken. Sie las angeblich etwas, das *Als die Welt noch jung war – eine Geschichte der Auserwählten* hieß. Dann schaute sie ihn an, als sei sie ernsthaft um seine Beobachtungsgabe besorgt. »Ich … lese?«

»Man sagte mir, Ihr sorgt für jemanden in diesem Haushalt, der verletzt sei.«

Dann stimmten Brimleys Informationen also. »Das habe ich. Das tue ich auch jetzt noch. Unser Butler Mr Brimley wurde heute früh verletzt. Im Moment bedarf er meiner Hilfe allerdings nicht.« Sie legte das Buch beiseite, stand auf und trat ihm entgegen.

Er roch nach Absinth. Er hatte also getrunken, ihrer Erfahrung nach wurden Männer labil und streitsüchtig, wenn sie getrunken hatten.

Sie ließ ihre Stimme fest klingen und hielt Augenkontakt. Sie wich nicht vor ihm zurück. »Warum dieses Kreuzverhör, Mr de Guignard? Was ist Euer Problem?«

»Zeigt mir diese Verletzung, derentwegen Ihr zu Hause geblieben seid.«

»Wie Ihr wünscht. Hier entlang, bitte.«

Henrique war zur Stelle und führte die beiden die Treppe hinunter und in die Küche. Er schritt so ruhig einher, dass Emma sich ein Schmunzeln nicht verkneifen konnte, während Jean-Pierre ungeduldig knurrte: »Schneller.«

»Es besteht kein Grund zur Eile«, erklärte sie ihm. »Ich glaube nicht, dass Mr Brimley in nächster Zeit irgendwo hingehen wird. Er hat viel Blut verloren.«

Die Küche, die sie nun betraten, roch, klang und sah genauso aus, wie man es von der Küche eines herrschaftlichen Anwesens erwarten durfte. In Töpfen simmerte etwas auf dem Herd, die Köchin schrie ihre Untergebenen an und schwang drohend die Suppenkelle.

Aber aus dem Mülleimer schauten blutige Lappen hervor, stellte Emma zufrieden fest, und die Spülmagd hatte es noch nicht geschafft, die Blutflecke vom Tisch zu schrubben.

Brimley saß genau dort, wo Emma ihn zurückgelassen hatte, und trank eine Tasse Tee. Er blickte fragend auf, als sie die Küche betraten. »Sir!« Er versuchte, sich zu erheben, und sank erschöpft zurück. »Entschuldigt bitte meine Verwirrung. Ich habe nicht damit gerechnet, in der Küche Besuch empfangen zu müssen.« Unheilvoll starrte er Henrique an.

Henrique verbeugte sich. »Ich bitte vielmals um Entschuldigung, Mr Brimley. Mr de Guignard bestand darauf, Euch umgehend zu sehen.«

»Man hat mir erzählt, Ihr seid verletzt.« Jean-Pierres Augen blitzten unheilvoll.

»Ich fürchte, bei einem fehlgeleiteten Versuch, der Köchin die richtige Methode zu zeigen, um ein Huhn zu zerteilen, habe ich mir mit dem Fleischerbeil den kleinen Finger abgehackt.« Brimley hielt seine bandagierte Hand hoch.

Jean-Pierre trat näher. »Für mich sieht Euer Finger intakt aus.«

»Das liegt daran, dass ich die Hoffnung hege, er wird wieder anwachsen. Wenn Ihr darauf besteht, kann ich den Verband …« Emma wollte auch an den Tisch treten, doch Jean-Pierre war schneller.

»Nicht nötig. Das kann ich auch allein.« Er streckte die Hand aus und riss den Verband ab.

Blut spritzte durch die Küche.

Die Köchin schrie.

Zwei zimperliche Spülmägde verloren das Bewusstsein.

Das erste Mal an diesem Abend erlebte Emma, dass Mr Brimley einen Schmerzenslaut von sich gab.

»Mr de Guignard!« Emma eilte an Mr Brimleys Seite, riss Tücher aus ihrer Tasche und versuchte, den Blutstrom zu stillen. »Habt Ihr den Verstand verloren? Was habt Ihr nur getan?«

Jean-Pierre untersuchte Brimleys Finger. Dann warf er ihn auf den Tisch. »Dann stimmt es also. Entschuldigt, Miss Chegwidden, dass ich an Euch gezweifelt habe. Und bei Euch, Mr Brimley«, er verbeugte sich leicht, »möchte ich mich für die verursachten Schmerzen entschuldigen. Ich mache nur meine Arbeit.«

Nachdem er die Küche verlassen hatte, sagte Brimley schwach. »Das habe ich auch.«

»Ich würde sagen, Ihr habt Eure Arbeit über die Pflicht hinaus erfüllt«, erklärte Emma ihm. Dann sagte sie an die Köchin gewandt: »Holt ein paar starke Männer. Wir müssen Mr Brimley ins Bett bringen.«

Zu ihrer Überraschung erschienen diese starken, jungen Männer fast augenblicklich. Es waren zum Großteil Gärtner. Dienstmädchen und Lakaien strömten in die Küche. Henrique und Elixabete waren unter ihnen. Bis Emma die Blutung wieder gestillt hatte, war die Küche so voll wie vorhin bei ihrem ersten Erscheinen. Sie wechselte einen verblüfften Blick mit Brimley.

»Wenn Ihr irgendetwas braucht, egal was, dann fragt uns«, sagte die Köchin. Ihre Stimme war heiser und ernst. »Wir werden alles für Euch tun. Es wird uns eine Ehre sein, Euer Leben zu retten, wie Ihr das Leben unseres Helden und unser Land gerettet habt.«

Die Dienstmädchen knicksten gleichzeitig, und die Männer verneigten sich vor Brimley und Emma. Es war eine so aufrichtige Anerkennung, dass Emma nur mühsam die Tränen zurückhalten konnte.

Zum ersten Mal, seit sie England verlassen hatte, war sie zu Hause.

36

Obwohl Brimley stoisch widersprach, wurde er rasch in sein Schlafzimmer im Gesindetrakt gebracht und auf sein Bett gelegt. Emma nähte seinen Finger wieder an und bandagierte ihn sorgfältig. Dann verabreichte sie ihm ein Schlafpulver und wies Henrique an, dafür zu sorgen, dass jederzeit jemand bei ihm war.

»Wir werden auf ihn aufpassen«, erklärte Henrique. Zum zweiten Mal hörte sie, wie einer der Moricadier sagte: »Er ist jetzt einer von uns.«

»Gut.« Dafür hatte Mr Brimley einen Finger opfern müssen, aber er hatte erreicht, was er wollte. Er hatte sich die Stellung als Anführer der Dienerschaft von Lord Fanchere gesichert.

Auch sie selbst war nicht länger eine Außenseiterin und die Hure des Fürsten. Sie hatte sich ihren Platz erkämpft.

Sie eilte nach unten und wollte sich versichern, dass Jean-Pierre de Guignard das Haus verlassen hatte. Denn wenn er nicht gegangen war, würde sie ihn eigenhändig vor die Tür setzen. Oder ihm einfach einen Tritt in den Hintern geben. Sie war noch nicht sicher, was ihr lieber war.

Doch als sie das Erdgeschoss erreichte, hörte sie männliche Stimmen aus der Bibliothek. Ein dunkles Knurren, das klang, als spreche Jean-Pierre mit …

Aber nein. Das war unmöglich. Denn Michael schlief drüben im Witwensitz. Er war von dem tagelangen Fieber völlig erschöpft und geschwächt. Auf keinen Fall saß er nebenan und plauderte angeregt.

Sie bewegte sich sehr vorsichtig und machte kein Geräusch, als sie zu der Tür schlich und hineinschaute.

Jean-Pierre saß in einem Sessel einem lässig gekleideten und sichtlich gut gelaunten Michael Durant gegenüber, der auf einem langen Sofa Platz genommen hatte.

»Wollt Ihr sie noch einmal sehen?«, sagte Michael gerade. Er schob das Hemd erst von einer Schulter, dann von der anderen. »Seht Ihr? Keine Schusswunden.«

Jean-Pierre schüttelte den Kopf, als könne er das nicht glauben.

Emma erging es ebenso. Immerhin hatte sie Michael in den vergangenen sechs Tagen wiederholt gesehen, und sie wusste, dass er eine üble, rote Wunde zwischen Hals und Schultergelenk hatte. Wo war diese Verwundung jetzt?

»Gibt es noch andere Teile meines Körpers, die Ihr untersuchen möchten?« Michael grinste Jean-Pierre böse an. Er gab den verletzten und wütenden Lord geradezu perfekt. Vielleicht war es auch gar nicht geschauspielert. »Wollt Ihr meine Rippen sehen oder einen Oberschenkel? Ich weiß – ich ziehe die Hose runter und zeige Euch meinen Hintern.«

»Nein. Das wird nicht nötig sein.« Jean-Pierre stand auf. »Ich werde jetzt lieber gehen. Einen schönen Abend noch.«

»Vielen Dank, den werde ich haben.«

Mit nicht annähernd so viel Selbstbewusstsein und Wut wie bei seiner Ankunft ging Jean-Pierre an Emma vorbei. Er verbeugte sich, schien etwas sagen zu wollen, doch dann verbeugte er sich erneut. Er blieb einfach stehen.

»Ja?«, fragte sie frostig.

»Nichts«, sagte er. »Wenn Ihr mich jetzt entschuldigen würdet ... Ich muss ein Kind töten.« Ein Lakai – dieses Mal nicht Henrique – öffnete die Tür. Jean-Pierre ging hinaus, stieg in den Sattel seines Pferds und ritt davon.

Sie starrte ihm hinterher und fragte sich, ob der Wahnsinn, auf den sie gerade einen Blick hatte erhaschen dürfen, von mehr als nur seiner Trunkenheit hervorgerufen wurde.

Dann hörte sie einen schwachen Ruf aus dem Arbeitszimmer, der sie jede Sorge um Jean-Pierre de Guignards Geisteszustand vergessen ließ.

»Emma?« Michaels Stimme klang ganz klein.

Sie eilte in den Raum. »Wie hast du das nur angestellt? Wo ist deine Verwundung?«, verlangte sie zu wissen. Und sie fuhr fort, ohne ihn zu Wort kommen zu lassen: »Was tust du hier überhaupt? Warum bist du aufgestanden und angezogen?«

Michael blickte lächelnd zu ihr auf. »Rubio ist ein Genie im Umgang mit Wachs, Ton, Puder und Farben. Er lässt mein Gesicht auf Wunsch wie ein Skelett aussehen, und er hat meine Schusswunde verschwinden lassen. Ich bin vielleicht angekleidet, aber auf bin ich nicht.« Die Farbe wich aus seinem Gesicht, als er seitlich auf das Sofa rutschte und halb auf der Sitzfläche lag.

»Verdammt noch mal, Michael.« Sie vergaß, welches Verhalten für eine Dame schicklich wäre. Sie vergaß, dass sie sich geschworen hatte, ihn auf Distanz zu halten, indem sie ihn nicht mehr mit seinem Vornamen ansprach. Sie vergaß alles, was richtig und anständig war, sobald es um Michael Durant ging. Aber sie vergaß nicht, wie wütend sie auf ihn war. Es war schwer zu vergessen, dass er sie wie ein Flittchen benutzt hatte und sie dabei vermutlich die ganze Zeit ausgelacht hatte.

Trotzdem legte sie die Hand auf seine Stirn und war froh, weil sie sich kühl und fieberfrei anfühlte.

»Geht es ihm gut?« Rubio stand in der Türöffnung.

»So weit, ja.« Ihre knappe Antwort klang sehr verärgert. »Warum hast du ihm erlaubt, das zu tun?«

»Er hat Elixabete gehört, die Euch erzählte, Jean-Pierre sei auf dem Weg hierher, weil er nach dem Schnitter sucht. Er befand, er müsse ebenfalls erscheinen, um Jean-Pierres Verdacht vollständig auszuräumen. Glaubt Ihr denn, ich kann Durant aufhalten, wenn er sich etwas in den Kopf gesetzt hat?« Rubio hatte das halbe Dutzend breitschultriger Männer um sich versammelt, die vorhin bereits Brimley in sein Bett getragen hatten. Jetzt hoben sie Michael hoch und trugen ihn aus dem Zimmer, dem Haus und den Weg zum Witwensitz hinauf. Als sie ihn in seinem Schlafgemach auf das Bett legten, zitterte er vor Erschöpfung, und nachdem Rubio endlich das Wachs von seiner Wunde gelöst und Emma die Wunde wieder versorgt hatte, lagen tiefe Furchen um seinen Mund. Er war vom Schmerz gezeichnet. Sie gab ihm einen Becher mit Birkenrindensud und erwartete, dass er schon bald einschlafen würde.

Doch als sie gerade gehen wollte, packte er nach ihrer Hand. »Du bist wütend auf mich, weil ich der Schnitter bin. Aber du musst mir vergeben, dass ich dich betrogen habe. Ich konnte dir die Wahrheit nicht sagen.«

Ihr war es egal, wie krank er war. Sie weigerte sich, ihm diese gespielte Unschuld anzunehmen. »Du konntest mir nicht sagen, dass du der Schnitter bist. Ich verstehe das. Aber nach der ersten Nacht, als ich dich in meinem Bett versteckt habe, hättest du nicht zu mir zurückkehren dürfen. Du hättest mir nicht zeigen dürfen, was wahre Romantik ist.«

»Ich wollte nicht, dass es so weit kommt.« Er versuchte, spitzbübisch und jungenhaft zu wirken, aber unter der Bettdecke steckte immer noch der Körper eines Mannes. Seine Schultern waren nackt und muskulös.

Sie erinnerte sich nur allzu gut an die Kraft, die diesem Körper innewohnte, wenn er sich auf ihrem bewegte. »Du bist ein Schuft und ein Räuber. Es ist mir so schrecklich peinlich, dass ich dumm genug war, mich dir an den Hals zu werfen.«

»Du bist mir böse wegen dem kleinen bisschen Spaß, das wir uns im Palast gegönnt haben, nicht wahr?«

»Du Esel!« Sie entriss ihm ihre Hand. Glaubte er denn wirklich, sie war nur deshalb auf ihn böse? War er denn tatsächlich so gefühllos?

»Gut möglich, dass es mir etwas zu gut gefallen hat, dich zu täuschen«, gab er zu.

Sie stürmte zur Tür.

»Nicht, Emma.« Er wollte sich aus dem Bett hochkämpfen, um ihr zu folgen. »Hör mir zu.« Er schlug wild um sich.

Sie hörte, wie etwas auf den Boden knallte. Wasser spritzte, Glas zerbrach. Sie drehte sich um und sah, dass er das Bewusstsein verloren hatte.

So war er ihr lieber.

Rubio kam angerannt. Er verzog missbilligend das Gesicht. »Er hat seinen Genesungsprozess um eine ganze Woche zurückgeworfen«, sagte er.

»Ja.«

»Jemand anderes muss für ihn reiten«, fügte er hinzu.

»Ja.« Denn egal wie wütend sie auf Michael war, der Schnitter hatte die Sache der Moricadier vorangetrieben. Emma trug Verantwortung. Für Elixabete, für Henrique, Tia und die Köchin. Sie war dafür verantwortlich, seine Arbeit fortzuführen. Sie alle hatten geschworen, ihr zu dienen, und sie war jetzt unwiederbringlich mit diesen Menschen verbunden. »Bereite das Kostüm vor. Ich werde heute Abend reiten.«

37

Das Kostüm war zu groß. Der Sattel war zu groß, und das Pferd auch. Selbst Rubios vielfache Versicherung, bei Old Nelson handle es sich um einen braven Wallach mit einem breiten Rücken, dessen einziger Wunsch es war, seinen Reiter zu tragen, half Emma nicht. Sie musste zum ersten Mal rittlings auf einem Pferd sitzen und nicht im Damensattel. Sie war bisher ohnehin nicht allzu oft geritten. Sie kanterte aus der Höhle unter dem Witwensitz, die als Weinkeller und Stall zugleich diente, und schlug einen Pfad ein, der sich durch den dunklen Wald wand.

Rubio stand im Höhleneingang. »Gebt Old Nelson einfach den Kopf frei«, rief er ihr nach. »Dann wird schon alles klappen.«

Rubio war der geniale Maskenbildner, der hinter dem Kostüm und der Maskerade des Schnitters steckte. Damit ihr das Kostüm passte, hatte er die Hose gerafft und festgesteckt, die Ärmel aufgekrempelt und für sie ein Paar passende weiße Lederhandschuhe gesucht. Außerdem hatte er eine Maske für sie angefertigt. Das alles hatte nur einen Nachmittag beansprucht. Er hatte ihr Gesicht mit so viel Kunstfertigkeit geschminkt, dass sie die Fremde, die sie im Spiegel anstarrte, völlig perplex ansah. Er hatte ihr danach in den Sattel geholfen und dabei nicht mit Ratschlägen und Lob gespart.

Aber wo war er jetzt?

Vermutlich wieder im Stall, von wo aus er sich auf den langsamen und schmerzhaften Aufstieg ins Haus machte.

In der Zwischenzeit war sie ganz allein. Zweige schlugen ihr ins Gesicht. Im Wald gab es wilde Tiere, die krächzten und heulten und sie vermutlich nicht aus den Augen ließen. Sie konnte nichts sehen außer dem Funkeln der Sterne, die durch das Blätterdach blitzten. Wenn sie Pech hatte, trug Old Nelson sie direkt vor die Nase eines Wolfs, der sie zerfleischen wollte. Und wer rettete sie dieses Mal, wenn Michael oben in dem kleinen Schloss gegen das zurückgekehrte Fieber ankämpfte? Und … und … *Oh.*

Sie unterbrach die quengelige Litanei ihrer Gedanken.

Old Nelson brach aus dem Wald hervor und erreichte eine Straße.

Sie wusste nicht, wo sie war. Sie wusste nicht, wohin diese Straße führte. Aber Old Nelson schien sich auszukennen. Er trabte dahin und schüttelte sie ordentlich durch, bis ihre Zähne klapperten. Dann wurden seine Bewegungen geschmeidiger, und er galoppierte durch das Mondlicht.

Sie klammerte sich an die Zügel und seine Mähne, denn sie fürchtete immer noch, tief zu fallen, wenn sie aus dem Sattel stürzte. Sie schloss die Augen und drückte die Pobacken tief in den Sattel. Seine Hufe trommelten in einem beruhigenden Rhythmus auf die Straße.

Sie saß erstaunlich beständig im Sattel, während die kühle Nachtluft an ihr vorbeistrich.

Sie atmete tief durch und öffnete für einen winzigen Moment die Augen.

Vor ihr breitete sich eine vom Mondlicht silbrig beschienene Landschaft aus. Auf der einen Seite erstreckte sich der Wald, auf der anderen die steile Klippe.

Sie kniff die Augen zusammen. Öffnete sie ein zweites Mal.

Die Straße war ein helles Band, das sich vor ihr wand. Eine Milliarde Sterne beleuchtete den samtschwarzen Nachthimmel. Die Straße wand sich und tauchte immer wieder in die Dunkelheit des Walds ein. Als sie an einer Wiese vorbeigaloppierten, sah sie ein Rotwild, das den Kopf hob und ihnen nachstarrte. Sie sah eine Eule, die sich von einem Baum erhob und auf dem nächtlichen Wind davonsegelte.

Als sie eine Kutsche überholte, winkte sie den Insassen zu und lachte, weil sich die entsetzten Gesichter gegen das Fenster drückten. Dann beugte sie sich tief über Old Nelsons Hals und trieb ihn an. Denn es war wunderschön, so zu reiten. Sie war allein mit dem Pferd und der Nacht und dieser Wildheit, die ihre Seele durchdrang.

Als sie schließlich kurz vor Morgengrauen zum Stall zurückkehrte, erklärte sie Rubio, sie sei so spät, weil sie sich verloren habe.

Old Nelson hatte die ganze Zeit den Weg nach Hause gekannt. Aber dennoch sagte sie die Wahrheit.

Denn zum ersten Mal in ihrem Leben hatte sie sich in der Freiheit verloren.

»Sie ist als der Schnitter geritten?« Michael packte Rubios Kragen und starrte ihm tief in die Augen. Er wünschte, Rubio habe beide Arme.

»In den letzten vier Tagen dreimal«, erklärte Rubio sichtlich stolz. »Sie hatte überhaupt keine Probleme.«

Weil er keinen zweiten Arm hatte, konnte Michael ihn nicht zu Brei schlagen, obwohl es genau das war, was er tun wollte. Rubio schlagen.

Er war heute früh mit diesem zwingenden Gefühl aufgewacht, dass irgendetwas nicht stimmte. Emma war in der Nacht nicht zu ihm gekommen, um zu sehen, ob er noch atmete. Als er richtig krank war, war ihre Berührung das Einzige gewesen, was ihn zu beruhigen vermochte. Erst heute Morgen war ihm aufgegangen, dass sie auch in den vergangenen Nächten nicht zu ihm gekommen war. Nur in aller Frühe hatte sie kurz bei ihm vorbeigeschaut, und sie hatte anders gerochen. Nach … Leder. Nach Pferd. Sie roch wie der Schnitter.

Dass erst jetzt alle Puzzleteile an ihren Platz fielen, erstaunte ihn. Wahrscheinlich fühlte er sich erst jetzt gut genug, um sich der Wahrheit zu stellen. Vielleicht hatte etwas an ihren rosigen Wangen und den strahlend funkelnden Augen ihn alarmiert.

Darum hatte er sich eine Hose und ein Hemd angezogen, hatte den Schal um den Hals gewickelt, sich einen Mantel gegriffen und war nach unten in den Stall gegangen, wo Rubio auf ihre Rückkehr wartete.

»Jemand musste doch als Schnitter reiten, solange Ihr verletzt wart. Die Moricadier bekamen Angst, und Jean-Pierre wurde misstrauisch.« Rubio sprach mit großer Überzeugung.

»Sie hätte verletzt werden können.«

»Nein.« Rubio verspottete ihn. »Ihr wisst doch, Old Nelson ist ein vernünftiges Pferd.«

Als könnte das Michaels Zorn auch nur annähernd beruhigen.

»Sie hätte getötet werden können. Die Wachleute des Fürsten suchen nach ihr!«

»Sie hatte nicht einmal annähernd irgendwelche Probleme. Es gab es in den letzten Nächten Sichtungen des Schnitters. Die ausländischen Gäste fliehen aus Moricadia, und es geht das Gerücht, Fürst Sandre sei vor Wut außer sich.« Rubio rüttelte an Michaels Händen. »Könntet Ihr jetzt bitte meinen Kragen loslassen?«

Erschrocken und verblüfft lockerte Michael seinen Griff. Er ging zur Stalltür und schaute nach draußen. Ein schmaler Pfad wand sich durch den Wald. Er wusste, dieser Weg führte zu der Straße, die an den Anwesen der Reichen und dem fürstlichen Palast vorbei nach Tonagra führte.

Er wollte Rubio die Faust ins Gesicht schlagen, weil er Emma zu diesem Wahnsinn ermutigt hatte. Doch noch mehr wollte er Emma nachsetzen. Er wollte sie finden und ihr klarmachen, dass der Platz einer Frau daheim war. Denn sie schien sich der Gefahr gar nicht bewusst zu sein, in die sie sich brachte, wenn sie nachts als Schnitter herumritt, während er sich um sie sorgte wie ein Vater um sein pflichtvergessenes Kind.

Aber er konnte ihr nicht nachsetzen. Old Nelson war das einzige Pferd, zu dem er freien Zugang hatte.

Rubio trat zu ihm. »Sie ist noch jedes Mal vor Einbruch des Tages zurückgekommen und wirkte immer sehr zufrieden. Diese Emma ist ein kluges Mädchen.«

»Es wird schon hell.« Michael wandte sich an Rubio. »Wo steckt sie nun?«

»Ah, keine Ahnung. Tja.« Rubio kratzte seine stoppelige Wange. »Solange Ihr hier seid und Euch so gut fühlt, brauche ich wohl nicht zu bleiben und Miss Chegwidden zu helfen, Old Nelson nach dem Ritt zu versorgen und ihr aus dem Kostüm zu helfen …«

Michael fletschte die Zähne.

Rubio wich langsam zurück. »Also, ich denke, ich schaue mal lieber, was die Köchin für Euch zum Frühstück bereitet hat. Ihr wisst ja, Ihr seid ihr Liebling.«

»Wo ist Emma?«, schrie Michael hinter Rubios hinkender, fliehender Gestalt her.

»Frühstück!«, rief Rubio zurück. »Ihr müsst wieder zu Kräften kommen! Sie braucht auch etwas Ordentliches!«

Verflucht soll er sein! Sie sollen alle verflucht sein! Michael lief in den Stall, dann rannte er wieder nach draußen.

Er hatte seine Rache an Rickie mit viel Sorgfalt geplant, und als er ihn gehängt hatte, hatte er damit Vergeltung geübt für zahllose andere Leben, die Rickie ausgelöscht hatte.

Trotzdem lebte und regierte Sandre nach wie vor, und solange Michael seinen Rachefeldzug nicht zu Ende geführt hatte, konnte er unmöglich gehen.

Die Zeit lief ihm davon, das wusste er. Er wusste, seine Familie würde früher oder später von seiner Wiederauferstehung erfahren, und dann würden sie jemanden schicken, der seine Identität bestätigte. Sie würden wahrscheinlich niemanden schicken – sein Vater, seine Stiefmutter und die beiden Brüder würden womöglich persönlich in Moricadia auftauchten und Sandre dafür büßen lassen, dass er es gewagt hatte, einen Durant einzukerkern.

Aber schlimmer war, dass Michael jetzt unwissentlich Emma in seine Maskerade hineingezogen hatte. Und das nur, weil Jean-Pierre so ein verflucht guter Schütze war.

Er lief in dem engen Stall auf und ab. Er hatte den Geruch von Leder, Heu und den Duft von üppiger Erde in der Nase.

Michael öffnete die Boxentür zu Old Nelsons Verschlag. Rubio hatte die Box bereits gesäubert, weshalb Michael nur noch Striegel, Kardätsche und Hufkratzer bereitlegen musste.

Er blickte auch in die Box daneben, wo er sich immer vor und nach den nächtlichen Ritten umzog. Es gab einen sauberen Strohhaufen, an der Wand hing ein Sattel, und auf einem Holztisch standen eine Waschschüssel und ein Krug. Emmas Stiefel standen ordentlich auf dem Boden. Direkt darüber hingen ihre Sachen an einem Haken: ein dunkelgrünes Kleid, steife und gerüschte Unterröcke und ein Batistunterhemd, das so zart war, dass er fast hindurchsehen konnte.

Rubio hatte für ihre Rückkehr schon alles vorbereitet.

Er fühlte sich unwiderstehlich von dem Unterhemd angezogen und nahm es vom Haken. Er drückte es zusammen wie einen Stängel Lavendel, dem er seinen Duft entlocken wollte. Dann hielt er das Hemd dicht an seine Nase und atmete ein. Er atmete einfach nur. Sofort regte sich seine Lust und reagierte auf den zarten, weiblichen Duft von Emma.

Seine Einkerkerung hatte dieses Verlangen in ihm entfesselt.

Nein. Als man ihn freiließ, hatte er noch nicht an dieser ständigen Qual aus Verlangen gelitten.

Es war Emma, die die Lust in ihm entfesselt hatte.

Ja. Es musste an Emma liegen.

Vorsichtig hängte er das Hemd wieder auf. Er überprüfte den Wasserkrug, ob genug Wasser vorhanden war, und legte die Seife neben die Schüssel. Dann lief er wieder zum Stalltor.

Die Sonne lugte bereits über den Horizont.

Wo steckte sie bloß? War sie kopfüber aus dem Sattel geflogen und lag jetzt bewusstlos irgendwo im Wald? War sie von Jean-Pierre und seinen Männern gefangen genommen worden? Er stellte sich vor, wie sie angeschossen irgendwo lag und verblutete …

Endlich hörte er in der Ferne das sanfte *klock-klock* der Pferdehufe. Er spannte sich an und starrte so angestrengt ins Dunkel des Waldes, dass seine Augen schmerzten.

Da kam sie. Die Maske hing über ihrem Arm, und die Schminke an ihrem Kinn war verschmiert. Unbekümmert ritt sie näher. Sie tätschelte Old Nelsons Hals und lobte ihn leise.

Er trat an den Waldrand, stemmte die Hände in die Hüften und blickte ihr finster entgegen. »Wo hast du gesteckt, Emma?« Zufrieden sah er, wie sie beim Klang seiner Stimme zusammenzuckte.

Aber seine sanfte kleine Gefährtin ließ sich von seinem Missfallen nicht einschüchtern. Sie runzelte ebenfalls die Stirn. »Wieso bist du nicht im Bett, wo du hingehörst?«

»Mir geht's gut.« Und das stimmte. Sich vom Krankenlager zu erheben und Jean-Pierre entgegenzutreten, hatte ihm einen üblen Rückfall beschert. Aber Michael nahm inzwischen wieder große Mahlzeiten zu sich und konnte sich sogar schon ohne Schmerzen bewegen. Die Wunde hatte sich geschlossen, und es gab keine Anzeichen für eine Infektion.

»Was tust du auf dem Rücken dieses Pferds in diesem albernen Kostüm?«

»Willst du etwa behaupten, ich sehe wie ein Dummkopf aus?«

»Genau das!«

»Dann solltest du dich lieber daran erinnern, wenn du zukünftig dieses Kostüm wieder trägst.« Sie zog den Kopf ein, als Old Nelson in den Stall trottete.

Das Pferd steuerte direkt auf seine Box zu.

Michael folgte den beiden.

Sie rutschte neben dem Aufsitzblock aus dem Sattel und nahm einen Lappen zur Hand.

Michael nahm ihn ihr ab. »Ich werde ihn abrubbeln. Geh schon, zieh dich um und wasch dein Gesicht.«

»Meinetwegen«, fauchte sie ihn an und zog sich in die angrenzende Box zurück.

Er musste Geduld mit ihr haben. Nach dem Ritt war sie bestimmt müde, und er war überzeugt, dass sie sich die ganze Nacht gefürchtet hatte, während sie allein auf den Straßen unterwegs war, die sie nicht kannte und ständig fürchten musste, dass jemand auf sie schoss. Er musste auch bedenken, dass er das erste Mal mit ihr in aller Ruhe reden konnte, seit sie die wahre Identität des Schnitters enthüllt hatte. Als sie ihn das erste Mal in dem Kostüm gesehen hatte, war sie wütend geworden, und er hatte in aller Eile die Liste mit den Informanten niedergekritzelt. Sobald er das erledigt hatte, war er bewusstlos geworden.

Er schuldete ihr eine Erklärung, daran konnte kein Zweifel bestehen. Aber sie war eine vernünftige Frau. Sobald er ihr erklärte, warum er tat, was er tun musste – warum er der Schnitter wurde und vor ihr Geheimnisse hatte –, würde sie es verstehen.

Während er Old Nelson abrubbelte, meinte er daher: »Ich weiß, diese Nacht muss für dich sehr anstrengend gewesen sein.«

»Ich hatte keine Probleme«, erwiderte sie. »Du bist nicht der Einzige, der in der Lage ist, ein Pferd zu reiten. Und du bist nicht der Einzige, der einen Grund hat, die Herrschaft der de Guignards zu bekämpfen.« Etwas klatschte gegen die Holzwand zwischen den Boxen, die unter dem Schlag erzitterte.

Etwa das Oberteil vom Schnitterkostüm? »Ich habe nicht gemeint, dass du Probleme hättest oder nicht über denselben Gerechtigkeitssinn verfügst wie andere. Ich meinte, dass du …« Er verstummte.

Wenn sie das Oberteil vom Kostüm ausgezogen hatte, was trug sie dann in diesem Augenblick?

»Dass ich was?«

Michael riss sich von der Vorstellung ihres halbnackten Körpers los. Er nahm die Kardätsche und begann, Old Nelsons Hals abzubürsten. »Es wäre vielleicht eine gute Idee, wenn ich dir erzähle, warum ich der Schnitter geworden bin.«

Sie antwortete nicht.

Er hörte Wasser plätschern.

Wusch sie sich das Gesicht und den Körper? War sie von der Taille aufwärts nackt? Oder war sie vollständig nackt? Liefen kleine Wasserbäche an ihrem Hals und ihrer Brust hinab und sammelten sich an ihren Brustspitzen, ehe sie ins Stroh tropften?

Old Nelson drehte den Kopf und blickte ihn aus dunklen, wissenden Augen an. Erst da ging ihm auf, dass seine Hand in der Luft verharrte.

»Ich hör dir zu!« Sie klang ernsthaft verärgert.

Michael warf dem Pferd einen verbissenen Blick zu. Er legte seinen Schal ab, zog den Mantel aus und warf ihn über die Trennwand. »Mir wird nur gerade zu warm.« Er machte sich wieder an die Arbeit. »Ich habe es aus Rache getan.«

»Redest du von Rickie? Du hast das aus Rache getan für das, was er dir angetan hat?«

»Ich tat es aus Rache für das, was Rickie uns allen angetan hat.« Michael hatte bisher niemandem von den genauen Umständen seiner Gefangenschaft erzählt. Er wollte auf keinen Fall das Mitleid in ihren Augen sehen. Aber Emma konnte ihn nicht sehen, und er konnte sie nicht sehen. Sie war so wütend auf ihn, dass er bezweifelte, ob sie zu einem anderen Gefühl als Verzweiflung fähig war.

Mit Verzweiflung konnte er umgehen.

Er sprach weiter. »Zwei Jahre sind eine lange Zeit. Besonders dann, wenn man sie allein in vollständiger Dunkelheit verbringt. Wenn man nichts anderes tut, als nachzudenken, zu schwitzen und Angst zu haben.«

»Das klingt schrecklich.« Das Stroh raschelte, als sie sich auf der anderen Seite der Wand bewegte. Sie zog sich aus, zog sich an …

»Ja. Weißt du, wie es ist, mit jemandem Freundschaft zu schließen, den man nie gesehen hat? Der nicht mehr ist als eine Stimme in der Dunkelheit? Du kennst diesen Mann, weil er denselben Haferschleim isst wie du, weil er dieselben Schmerzen erleidet wie du und weil er dieselben Tränen weint, die du auch weinst.« Der Rhythmus, in dem er Old Nelson striegelte, beruhigte den Wallach, und in der Ruhe seines Pferds fand auch Michael Trost. Die Erinnerungen übermannten ihn schier, doch er konnte mit jedem Striegelstrich besser darüber sprechen. »Dann weinte er nicht länger. Sprach nicht mehr. Du weißt, er lebt noch, denn du kannst hören, wie er atmet. Du hörst die Wachen, die ihn verspotten. Sie ziehen ihn aus seiner Zelle und bringen ihn zur Folter. Aber sein Lebenswille ist erloschen. Schließlich ziehen sie eines Tages seinen Leichnam aus der Zelle, stecken ihn in einen Sack und tragen ihn weg. Du hast ihn nie gesehen, aber du hast einen Freund verloren.«

»Ach, Michael.« Mitleid. Er hörte ihr Mitleid.

Das wollte er nicht, aber nachdem er einmal angefangen hatte, darüber zu reden, konnte er nicht mehr aufhören. »Es passiert immer wieder. Bis sie eines Tages jemand Neues in der Zelle nebenan unterbringen, und der schreit vor Angst und will einfach nur eine andere menschliche Stimme hören … und du antwortest nicht. Weil du kein Herz mehr hast. Sie haben es dir Stück für Stück aus der Brust geholt und es in diesen Leichensäcken weggetragen.«

Er hörte ein ersticktes Schluchzen, als versuchte sie gerade, sich die Unterröcke über den Kopf zu ziehen. Dann hörte er ihre Stimme deutlicher, die zittrig wiederholte: »Ach, Michael.«

»Während all dieser hoffnungslosen Tage und Nächte meiner Gefangenschaft habe ich zugehört, während meine Mitgefangenen um Mitleid flehten, vor Schmerzen schrien oder einsam schluchzten … und still starben.« Er wusste nicht, warum, aber es fühlte sich gut an, ihr diese Dinge zu erzählen. Sie hörte ihm zu, sie sah in die dunklen Winkel seiner Seele und schien nicht zu glauben, dass er schwach oder herzlos war. Sie verstand ihn. »Darum habe ich meine Rache an

Rickie und Sandre geplant. Darum reite ich nachts als Schnitter durch Moricadia.«

Er hörte ganz deutlich ihr Schniefen.

Sie war ihm gegenüber nicht mehr so abweisend, sondern nachgiebig. Gut. In diesem Fall konnte er ihr Mitleid nutzen, um sie zu manipulieren. »Du verstehst also, dass du absolut keinen annähernd so guten Grund hast, dich in Gefahr zu bringen. Und ich verbiete dir, das noch einmal zu tun.«

38

Emma starrte auf das tränenfeuchte Taschentuch, das ihre Hand umklammerte. Sie glaubte, ihren Ohren nicht trauen zu können. »Wie bitte?«

»Ich sagte …«

»Du *verbietest* es mir? *Du* verbietest es mir?« Sie hatte das Unterhemd und die Unterröcke angezogen, ehe sie sich hinsetzte, um Michaels Martyrium zu beweinen. Aber jetzt ließ heißer Zorn ihre Tränen trocknen, und sie umrundete wütend die Trennwand. »Weil ich keinen Grund habe, nach Gerechtigkeit zu verlangen? *Du* bist doch derjenige, der mich in die Unterstadt mitgenommen hat. *Du* bist derjenige, der mir das Elend gezeigt hat, das die de Guignards über das Land gebracht haben.«

Old Nelson stampfte mit einem Huf auf.

Michael ließ die Kardätsche sinken und warf eine Decke über den Pferderücken. »Du verärgerst ihn. Er mag es nicht, wenn hinter ihm ein Zankteufel steht.«

»Wag es nicht, so mit mir zu reden.« Michael war nicht der einsame, bemitleidenswerte Gefangene, den sie vor ihrem geistigen Auge gesehen hatte. Vielleicht war er das früher einmal gewesen. Aber jetzt war er groß und gut aussehend. Ein gesunder, selbstsicherer Mann.

Sie trat beiseite, damit er die Box verlassen konnte, und

half ihm, die Tür zu schließen und den Riegel vorzuschieben. »Soll ich etwa nicht wollen, dass für den Tod von Damacias Mann Vergeltung geübt wird?«, fragte sie. »Soll ich Elixabete nicht helfen, ein besseres Leben zu führen?«

»Es gibt andere, sicherere Methoden, das zu erreichen. Dafür musst du nicht als Schnitter durch die Nacht reiten, solange die Leibgarde des Fürsten das ganze Land absucht.«

»Die gibt es nicht, solange du fast sterbenskrank bist, weil du dir eine Kugel eingefangen hast.« Sie drohte ihm mit dem Finger. »Soll ich denn untätig zusehen, wie Fürst Sandres Männer kommen und dich holen, weil sie entdeckt haben, dass du der Schnitter bist? Wer bist du eigentlich, dass du mir irgendetwas verbietest? Wer bist du, mich als sanftmütig, furchtsam und unfähig zu beurteilen? Wie kannst du überhaupt die Frechheit besitzen, mich zu einem Leben voller Reue zu verdammen, weil ich nicht gehandelt habe, sondern die Hände tatenlos in den Schoß gelegt habe, als man mich brauchte?«

Mit gesenktem Kopf packte er das Tor. Seine Brust hob und senkte sich, als empfinde er jedes einzelne ihrer Worte wie einen Peitschenhieb.

Sie hoffte, dass ihre Worte ihn schmerzten. Das hoffte sie wirklich. »Du bist vielleicht der Erbe des Herzogtums von Nevitt«, sagte sie und schleuderte ihm ihre ganze Verbitterung ins Gesicht. »Aber du hast absolut kein Recht, mir etwas vorzuschreiben.«

Sein Kopf ruckte hoch. Er blickte sie an, und zu ihrem Erstaunen wirkte er nicht im Geringsten betroffen. Er wirkte wütend und … nun, vor allem wütend. Aber das war nicht alles.

Er kam auf sie zu. Sie wich unwillkürlich zurück in Richtung Tür. Er drängte sie in die Box, in der sie sich umgezogen hatte. Er riss den Mantel von der Wand und warf ihn über den Strohhaufen. Seine Augen blitzten. Er hatte etwas ganz Bestimmtes im Sinn.

»So unverfroren bist nicht einmal du. Glaubst du wirklich, du kannst dich jetzt mit mir … paaren?« Sie versuchte, an ihm vorbeizuflitzen.

Er packte sie um die Taille. »Ich *habe* das Recht. Ich werde mir dieses Recht einfach *nehmen.*« Er warf sie auf seinen Mantel und war in der nächsten Sekunde über ihr.

Stroh knisterte, und Staub wirbelte auf.

»Denk nicht einmal daran!« So hart sie konnte, schlug sie gegen seine Schläfe.

Er packte ihr Handgelenk und drückte es über ihren Kopf. Dann umschloss er ihr zweites Handgelenk und hielt beide mit einer Hand fest. Er hielt sie mit der einen Hand unter Kontrolle, während er die andere benutzte um … um sie zu begrapschen. Die empfindliche Haut ihrer Ellbogeninnenseite und ihres Handgelenks. Ihren schlanken Hals. Die Wölbung ihrer Brüste unter dem weichen Unterhemd.

Das Gefühl von ihrem nächtlichen Ritt, frei zu sein, steckte ihr immer noch in den Knochen, und die Wut schenkte ihr Kraft. Sie kämpfte gegen ihn an, wand sich unter seinem starken Griff und versuchte sogar, in sein Gesicht zu beißen. Doch dabei achtete sie darauf, seine Wunde nicht zu treffen.

Warum eigentlich?

Dachte er allen Ernstes, sie werde sich ihm ergeben? Jetzt und hier? Nachdem er ihr auf so entsetzliche und peinliche Art gezeigt hatte, was er von ihrer Meinung hielt?

Anscheinend dachte er das wirklich, denn er setzte sich auf, packte ihren Unterrock und zerrte ihn nach oben. Sie war der kalten Morgenluft ungeschützt ausgesetzt. Seine Hand ruhte auf ihrem Oberschenkel, und er schob den Rock noch weiter hoch. Er setzte sein Knie ein, um ihre Beine zu spreizen, und als sie nach ihm trat, setzte er seinen Daumen in der verdorbenen Absicht ein, sie zu reizen. Er ließ ihn über die Spalte zwischen ihren Schenkeln gleiten, liebkoste ihre Klitoris und rammte den Daumen schließlich tief in sie hinein.

Er schaute in ihr Gesicht und lachte leise. »Warum kämpfst du gegen mich an? Du bist nass. Nachgiebig. Du willst mich.«

»Ich hasse dich!« Es hörte sich in ihren Ohren dumm, kindisch und bockig an – mehr Widerstand konnte sie ohnehin nicht leisten.

»Ich liebe es, wie du mich hasst.«

Als er den Daumen zurückzog, biss sie die Zähne zusammen, um nicht frustriert aufzuseufzen.

Irgendwie hatte er es derweil geschafft, seine Hose zu öffnen, denn jetzt legte er den Arm um ihre Hüften, hob sie hoch und drückte seinen Bauch gegen ihren.

»Wage es nicht, das … tu das nicht!« Sie keuchte und versuchte verzweifelt, entschlossen zu klingen. Sie wollte ihn von sich fernhalten, sie wollte … sie versuchte, ihn nicht zu wollen.

»Was denn? Das hier?« Er bewegte sich kaum, sondern wiegte sich nur leicht und erkundete, wie bereit sie schon war.

Und sie war bereit. Verflucht sollte er sein. Ihr Körper war nachgiebig und bereit, ihn aufzunehmen. Ihr Körper wollte ihn.

»Oder meinst du das?« Die Spitze seines Penis drückte sich ganz langsam zwei, drei Zentimeter tief in sie hinein und zog sich dann ebenso gemächlich wieder zurück.

Sie versuchte, sich zu erinnern, warum genau sie so wütend auf ihn war. »Du bist der undankbarste, rücksichtsloseste, besitzergreifendste Mann, mit dem ich je das Pech hatte, mich zu …«

»Paaren?« Er zog sie auf. »Ich bin der *einzige* Mann, meine Liebe. *Du warst noch Jungfrau.* Beim ersten Mal warst du eine heiße, süße Jungfrau. Ganz jung und eng, und ich dachte, ich werde sterben, weil es mir so viel Lust bereitete, dich zu nehmen. Und weil ich dir so viel Lust schenken durfte.« Er atmete tief durch. »Außerdem werde ich der einzige Mann sein, der dich jemals haben wird.«

»Du hast kein Recht …«

Er drang wieder in sie ein.

Die Worte blieben ihr im Hals stecken.

Rein und raus. Nur diese zwei, drei Zentimeter, mit denen er sie für sich öffnete und in ihr ein schmerzliches Sehnen weckte.

Ihre Beine bewegten sich unruhig, als sie versuchte, ihre Antwort zu formulieren.

Sie konnte nicht mehr reden. *Oh Gott.* Sie war auf halbem Wege zu ihrem Orgasmus, und das nur von seiner Berührung, seinem Gewicht auf ihr und seiner unnachgiebigen, kehligen Stimme, mit der er seinen Besitzanspruch auf sie festigte.

»Du bist mein«, flüsterte er. »Das ist der Grund, warum ich mich um dich sorge. Das ist der Grund, warum ich es wage, dir zu sagen, was du zu tun hast. Das ist der Grund, warum ich dich nehme, bis du mit jedem Atemzug, jedem Herzschlag weißt, dass ich dich besitze.«

»Und ich besitze dich!« Sie dachte nicht über die Konsequenzen nach, als sie so eindrücklich den Anspruch auf ihn formulierte.

»Ja.« Damit rammte er sich tief in sie. Er füllte sie aus, erhitzte sie und fand wie schon zuvor jenen tief verborgenen Ort in ihr, wo ihre Geheimnisse hausten. Und jetzt war ihr Geheimnis, dass sie das hier *liebte.*

Sie liebte die kraftvolle Bewegung, das ungezügelte Ungestüm. Sie liebte, wie er sie öffnete und dehnte, bis sie ganz erfüllt von ihm war und trotzdem mehr davon brauchte. Sie liebte, wie er sie niederdrückte. Sie liebte, dass er die Kontrolle verlor, und liebte, wie sie selbst sich ihm nur widerstrebend unterwarf.

Das alles liebte sie, obwohl sie versuchte, sich von ihm fernzuhalten, was er einfach nicht zuließ. Er hob ihre Füße und legte ihre Beine um seinen Rücken. Sie konnte jetzt nichts anderes tun als das anzunehmen, was er ihr aufzwang. Schließlich begann er, mit jedem Stoß auch die Hüften kreisen zu lassen.

Sie liebte es, Teil der Nacht zu sein und über die leeren Straßen zu fegen, wenn das Kostüm hinter ihr herflatterte und sie sich ganz in ihrer Freiheit verlieren konnte.

Das hier gefiel ihr allerdings noch besser.

Sie kam heftig und sehr schnell. Gegen diesen Angriff der Liebe und der Lust war sie völlig hilflos. Sie gab sich dem verzweifelten Sehnen und der köstlichen Entladung ganz und gar hin. Als sie endlich losließ, umklammerten ihre Muskeln ihn und massierten ihn.

Er stöhnte und hielt für einen Moment atemlos still. Er ließ zu, dass sie ihn benutzte, bis sie zusammenbrach.

Dann zog er sich zurück und rammte seinen Schwanz erneut in sie.

Sie bewegten sich gemeinsam. Er ritt sie wild, und der Hunger, der sie beide trieb, war heftig und kannte keine Grenzen.

Sein Mantel verhedderte sich um ihre Körper, nervte und bremste sie.

Sie trat ihn einfach beiseite.

Blind trieb er seinen Schwanz tief in sie hinein und war jetzt nicht mehr zu bremsen. Er war ein Mann, der sich seiner Frau einbrannte.

Sie kam wieder und wieder und weinte vor Ekstase, weil er sie ausfüllte und befriedigte. Trotzdem wollte sie immer mehr. Sie wollte nur ihn.

Ihr Rhythmus beschleunigte sich, es fühlte sich immer intensiver an.

Sie betrachtete sein Gesicht. Seine Augen blitzten erhitzt, seine Muskeln spannten sich vor Verzweiflung an. Sie würde vor Lust sterben, und es war eine köstliche Qual für sie, diesen kleinen Tod zu erleiden. Sie wollte, dass es zu Ende ging, und gleichzeitig hätte es für sie ewig so weitergehen können.

Endlich zog er sich in ihr zusammen und verströmte sich in ihr. Er stieß voller Wucht in sie und stöhnte: »Emma, Emma …«

Seine Wildheit ergoss sich in sie, und sie kam erneut. Eine herrliche Entladung, die sie von einem Gipfel zum nächsten trug, bis sie gebrochen und geheilt in seine Arme fiel.

Er sank auf sie nieder. Sie atmeten gemeinsam, schnappten schwer nach Luft und erholten sich nur langsam. Erst dann wurden sie wieder zu zwei Wesen, zu Michael und Emma, die jeder für sich ganz und vollständig waren.

Sie erinnerte sich jetzt wieder – er hatte sie gekränkt. Hatte ihr etwas verboten. Und sie dann genommen.

Dafür würde sie ihn bezahlen lassen.

»Hast du deine Wunde wieder aufgerissen?« Sie zog an ihm.

»Wie bitte?« Er stützte sich auf die Ellbogen und schaute auf sie herunter.

Sie war zufrieden – nein, sogar erfreut – zu sehen, wie verwirrt er sie ansah. »Ob du deine Wunde aufgerissen hast!« Sie zerrte mit mehr Kraft an ihm.

Er ließ sie gewähren, drehte sich auf den Rücken und nahm sie mit sich. »Ich glaube nicht.«

Sie schob das Hemd von seiner Schulter und schaute nach. Kein Rot drang durch den weißen Verband. »Bist du sicher, dass du dir nichts getan hast?«

»Es geht mir gut!«

Sie packte die beiden Schöße seines Hemds mit den Händen und riss es auf. »Dann hältst du jetzt gefälligst absolut still. Dann werde ich dir auch nicht wehtun.« Sie legte den Mund auf seinen und küsste ihn. Ein heißer, inniger Kuss. Als er aufstöhnte, wusste sie, dass sie dieses Mal gewinnen würde.

Sie würden dieses Mal beide gewinnen.

Als sie sich später wieder anzogen, konnte sie seinem Blick nicht begegnen. Sie war wild gewesen. Hatte die Führung übernommen und ihn hart geritten. Sie hatte ihn dorthin getrieben, wo sie ihn haben wollte.

Sie musste sich an mehr erinnern als nur an diese Augenblicke. Sie musste sich an das erinnern, was vorher passiert war. Er hatte sie mit einer Lüge verführt, und er lachte hinter ihrem Rücken über sie.

Aber es fühlte sich nicht wie eine Lüge oder wie Verführung an. Auch nicht als lachte er über sie. Es fühlte sich an wie … eine Vereinigung. Es fühlte sich an wie die Verschmelzung zweier Seelen.

»Emma?« Seine tiefe Stimme weckte in ihr den Wunsch, sich zu verstecken.

Er legte eine Hand auf ihre Schulter und hob mit der anderen ihr Kinn an, bis sie ihn ansehen *musste.* »Heirate mich.«

»Wie bitte?« Jetzt sah sie ihn wirklich an. Sie schaute ihn an, weil sie wissen wollte, ob er das ernst meinte.

Das Entsetzen schien ihr deutlich ins Gesicht geschrieben zu stehen, denn er lachte widerstrebend und wiederholte: »Heirate mich. Bitte.«

Er sah aus, als meinte er das ernst. Und sie konnte sich keinen Grund denken, warum er scherzhaft um ihre Hand anhalten sollte. Schließlich hatte er bereits alles mit ihr gemacht, was er wollte – nein, was sie beide wollten. Dennoch erwachte in ihrem Bauch die Panik wie eine Schlange, die sich entrollte, und sie nutzte den Moment, in dem sie das Kleid über den Kopf zog, um ihr Gesicht zu verstecken.

Er trat hinter sie und begann, die Knöpfe zu schließen.

Schnell und klug bemerkte sie: »Ich bin eine bezahlte Gesellschaftsdame. Die Tochter eines Pastors. Ich kann unmöglich den Erben des Herzogtums von Nevitt heiraten.«

»Du bist eine kleine Wichtigtuerin.« Mit den Fingern kämmte er die Strohhalme aus ihren Haaren.

»Eine Wichtigtuerin!« Ihr raubte es den Atem, wie beiläufig er ihre Herkunft abtat. Sie fuhr zu ihm herum. »Ich vermute, eines Tages wirst du nach England zurückkehren?«

»Schon eines baldigen Tages.« Sie hörte heraus, wie sehr er sich nach seiner Heimat sehnte.

Sein Heimweh war offensichtlich ansteckend, denn sie sehnte sich auf einmal auch heim. Aber das machte seinen Heiratsantrag nur noch lächerlicher. »Ich erinnere mich an England. Und falls du dich nicht so gut erinnerst: Man würde mich dort meiden. Und du müsstest dich meinetwegen schämen.«

Er richtete sich auf, und zum ersten Mal sah sie das Gesicht des Edelmanns, der tief in ihm schlummerte. »Ich müsste mich nicht schämen, und niemand würde dich meiden. Du wärst eine Durant.«

Seine Arroganz raubte ihr den Atem. Aber als sie wieder Luft holen konnte, holte sie zum Gegenschlag aus. »Nicht für lange. Dein Vater wird dafür sorgen, dass die Ehe annulliert wird.«

»Mein Vater wird vor Freude die Hacken zusammenknallen, wenn er erfährt, dass ich endlich geheiratet habe.«

Widerstrebend musste sie lachen.

Doch er wirkte zunehmend ernst. »Noch viel wichtiger aber: Er wird mir lobend auf die Schulter klopfen, sobald er dich erst kennengelernt hat. Und er wird mich beglückwünschen, weil du viel zu gut für einen Tunichtgut wie mich bist.«

»Du bist doch kein Tunichtgut«, erwiderte sie automatisch.

»Nicht mehr. Aber ich war einer. Früher war ich ein verwöhnter Schlingel, ein Tunichtgut und Abenteurer. Dann war ich ein Gefangener.« Seine Augen wurden dunkel. »Mehr war ich nicht mehr. Sogar nach meiner Freilassung kauerte sich meine Seele weiterhin hinter Gitterstäben in der Dunkelheit zusammen. Bis du kamst, Emma. Du hast Elixabete gerettet. Da habe ich gesehen, dass es noch Güte gibt in dieser Welt. Das war der Anfang meiner Heilung.«

»Niemand kann einfach tatenlos danebenstehen, wenn ein Kind vor Schmerzen weint!«

»Tatsächlich schaffen das die meisten Leute. Und dann hast du mich vor Fürst Sandre und seinen Häschern gerettet. Nun ja«, er machte eine wegwerfende Handbewegung, »nicht mich, wenn man es genau nimmt, sondern den Schnitter.«

»Zuerst hast du mich gerettet!«

Er sah sie an, als erkenne er jetzt etwas in ihr, das er sich nicht hätte ausmalen können. »Du hast deine Schuld einem verrückten Mann im Kostüm gegenüber beglichen. Du hast ihn aus Dankbarkeit geküsst. Beide Teile von mir – Michael Durant und der Schnitter – haben sich in dich verliebt.«

Liebe.

Nein, das konnte nicht sein. Er musste noch immer unter den von seiner Gefangenschaft hervorgerufenen Wahnvorstellungen leiden.

Sie glaubte ihm nicht. Besser gesagt: Sie wagte nicht, ihm zu glauben. »Du bist wahnsinnig.«

Er lachte leise. »Vielleicht. Aber was ich wissen möchte, ist dies: Wer bist du, Emma Chegwidden? Was willst du aus deinem Leben machen? Willst du die Fürstin von Moricadia werden?«

»Nein!« Sie erschauerte voller Abscheu. »Nein.«

»Du könntest hier viel Gutes bewirken, könntest deinen Einfluss auf Sandre nutzen, um seine Politik zu mildern. Du könntest dich zum Wohle anderer Menschen opfern.«

»Nein. Das will ich nicht!«

»Oder du wirst eines Tages die Duchess of Nevitt.«

»Du verspottest mich.«

»Sehe ich so aus, als würde ich dich verspotten?«

Sie drehte den Kopf weg, denn die Vorstellung, seine Frau zu werden und ihr ganzes Leben an seiner Seite zu verbringen, zerrte an ihr mit der Kraft, mit der der Polarstern an einem Magnet zog. Wie sehr sie ihn wollte!

»Oder du machst, was du willst.«

Sie blickte zu ihm auf. »Wie meinst du das?«

»Du bist nicht mehr die kleine, verängstigte Gesellschaftsdame, die nach Moricadia kam und sich im Wald verirrt hat. Du wurdest neu geboren, Emma Chegwidden, du bist nun eine Amazone, die das tut, von dem sie glaubt, es ist richtig – egal was dir dafür droht.«

Sah Michael sie tatsächlich so? War sie eine Amazone? Im Moment fühlte sie sich überhaupt nicht wie eine Amazone. Ihre Beine fühlten sich wie Gelee an, nachdem sie die ganze Nacht als Schnitter geritten war. Und nachdem sie anschließend Michael gerettet hatte und so intensive Orgasmen erlebte, dass sie vor Glück geweint hatte.

»Denk darüber nach. Du fürchtest dich vor nichts, und du kannst sein, was du willst. Ich bitte dich, sei mein.« Er küsste sie sanft auf die Stirn, die Wange, die Lippen. »Heirate mich.«

39

»Das hat meinem Vater gehört.« Aimée zeigte Elixabete die kleine Holzfigur eines Pferds, die sorgfältig geschnitzt und poliert war. »Einer unserer moricadischen Arbeiter hat die Figur aus einem Eichenstumpf gefertigt, und Vater hat sie ihm abgekauft. Die Familie wurde von ihrem Land vertrieben. Von … nun, du weißt, von wem.«

»Von den de Guignards.«

»Ja. Sieh doch nur, welche Kunstfertigkeit in dieser Arbeit steckt.« Aimée hielt die Statue hoch, sodass sie im Sonnenlicht badete, das durch das Fenster strömte. »Moricadier reiten heutzutage nicht mehr, zumindest die meisten von ihnen. Sie haben nicht genug Geld, um Pferde zu füttern und ihnen Ställe zu bauen.«

»Ich liebe sie«, erklärte Elixabete leidenschaftlich.

»Ja, Moricadier haben ein Gespür für Pferde, und die Pferde wissen das. In diesem Stück Handwerkskunst siehst du den Respekt und die Bewunderung für die Kreatur.« Aimée strich liebevoll über die Figur. Sie genoss das weiche Spiel von Muskeln und Knochen, das in dieser Holzfigur hauste.

Ihre Schlafkammer war wie der Rest des Hauses in weiße Laken gehüllt. Die Dienerschaft war entlassen. Ein Wagen kam heute, um Aimées letzte Habseligkeiten zu holen, ehe sie das Haus verschloss und ging.

Sie hatte es noch niemandem erzählt, vor allem nicht ihrer lieben Freundin Eleonore, aber Rickies Tod hatte sie befreit. Sie würde niemals nach Moricadia zurückkehren.

Impulsiv drückte sie Elixabete das Pferd in die Hand. »Das behältst du.«

»Nein. Nein, das gehört doch Euch! Euer Vater hat es Euch geschenkt.« Elixabete versuchte, ihr die Statue zurückzugeben.

»Ich reise nach Italien, und ein moricadisches Pferd gehört nach Moricadia in die Hände eines moricadischen Kindes.« Aimée zerzauste die Haare des Mädchens. »Behalte es in Erinnerung an mich.«

Ein Rumsen vor dem Haus ließ die Fenster klirren, die Frau und das Mädchen schauten einander alarmiert an.

»Hier ist doch niemand«, flüsterte Elixabete. »Das Haus ist verlassen.«

»Fancheres Männer sollten später noch den Wagen bringen, um meine letzten Sachen zu holen. Glaubst du, sie sind in die Eingangshalle gefahren? So hört es sich nämlich an.« Aimée verzog missbilligend die Nase. »Das würde ziemlich viel Unordnung mit sich bringen, ich will nicht noch länger bleiben und mich darum kümmern müssen.« Sie schaute auf die letzte Reisetruhe. »Ich bin hier fast fertig. Liebes, geh nach unten und schau für mich nach.«

»Nein. Bitte, Lady de Guignard.« Elixabete drängte näher heran und drückte das Pferd an ihre schmale Brust. »Ich mag dieses Haus nicht.«

Aimée blickte sich in ihrem farblosen Schlafzimmer um. »Aber warum denn nicht, Kind?«

»Hier gibt es Gespenster.«

Aimée lachte. Dann aber ging ihr auf, wie herzlos es von ihr war, das Kind auszulachen. Elixabete hatte wirklich Angst. Darum erklärte sie beruhigend: »Nein, ich schwöre dir, hier gibt es keine Gespenster. Niemand ist in einem der Zimmer gestorben. Das Haus ist noch ganz neu, und selbst während wir hier gewohnt haben, hat doch niemand wirklich hier *gelebt*.«

Erneut hörten sie ein Rumsen vor dem Anwesen.

»Dann ist es das Haus selbst«, flüsterte Elixabete. »Das Haus ist *böse*.«

»Liebes, es ist bestimmt nicht das Haus, das so viel Lärm macht. Das sind auch keine Gespenster. Die Leute sind entweder mit dem Wagen in die Eingangshalle gefahren, oder«, bei der Vorstellung dieser zweiten Möglichkeit hob sich ihre Stimmung, »jemand vor der Tür versucht, unsere Aufmerksamkeit auf sich zu ziehen. Geh schon und sieh nach, was da los ist. Ich möchte es gern wissen.«

Elixabete starrte sie mit vor Angst weit aufgerissenen Augen an.

»Nun geh schon.« Aimée gab ihr einen Klaps auf den Hintern. »Ich verspreche dir, niemand wird dich erschrecken.«

Elixabete machte einen Knicks und schlich aus dem Raum.

Aimée packte die letzten Sachen ein und schaute sich im Raum um. Sie lachte leise. Elixabete fürchtete sich vor den Gespenstern, die in diesem Haus umgingen. Aimée hatte sich früher vor allem vor dem Mann gefürchtet, der hier mit ihr gewohnt hatte. Nach Rickies Tod wusste Aimée, dass dieses Haus sicher war.

Wenn sie an Italien dachte, an die Sonne, Weintrauben und

Musik, dann wollte sie vor Freude weinen. Sie wollte Emma küssen und ihr danken, dass sie auf diese Idee gekommen war, und sie wollte Fanchere umarmen, der das alles möglich gemacht hatte. Vor allem wollte sie Eleonore umarmen und für sie hoffen, dass sie sich die Illusionen über Sandre und Moricadia bewahren konnte. Denn wenn Eleonore jemals herausfand, wozu ihr geliebter Cousin tatsächlich fähig war … Ach, Eleonore war zu gutherzig und verdiente diesen Kummer nicht.

Aimée schaute zur Tür. Elixabete hätte längst zurückkommen müssen.

War das Kind etwa gestürzt und hatte sich verletzt?

Aimée runzelte die Stirn.

Und was war das für ein Rumsen, das sie gehört hatten? Sie hatte Elixabete doch nicht direkt in die Arme von Dieben gescheucht?

»Ach, Aimée.« Sie trat auf den Gang und schalt sich selbst auf dem Weg zur Halle. »Du bist so eine dumme Närrin. Warum hast du daran nicht zuerst gedacht?« Sie eilte zur Treppe, die sich in elegantem Schwung nach unten zum Erdgeschoss erstreckte. Wie das Anwesen der Fancheres besaß auch dieses Haus eine lang gestreckte Galerie über der Eingangshalle.

Anders als bei den Fancheres war hier alles weiß, makellos und farblos.

Sobald Aimée erst in Italien war, wollte sie überall Farbe sehen. Sie wollte Lavendel in Vasen aufstellen, die Wände sollten in Gold und Terrakotta bemalt werden, und sie wünschte sich Vorhänge aus Knautschsamt in königsblau. Dort wäre ihr warm, und sie würde endlich glücklich …

Der Körper eines Kinds lag mit dem Gesicht nach unten auf der Galerie.

Elixabetes Körper.

»Mein Gott!« Aimée rannte auf sie zu. »Was ist passiert? Bist du gestürzt? Kannst du sprechen?«

Elixabete stöhnte. Ihre Augen öffneten sich flatternd.

Blut strömte aus einer halbmondförmigen Wunde an ihrer Stirn.

Aimée fuhr mit dem Finger über das Blut. Es sah fast so aus, als habe jemand das Kind geschlagen.

Elixabete schaute auf das Pferdchen, das sie noch in der Hand hielt. Sie runzelte die Stirn. Ihre Augen gingen ins Leere, und das Mädchen wirkte verwirrt.

»Erinnerst du dich, was passiert ist?«, fragte Aimée.

Elixabete blickte auf. »Lady de Guignard … Wo kommt Ihr denn her? Was ist passiert?« Ihre Augen wanderten umher und richteten sich auf etwas auf Aimées Schulter. Oder dahinter. Das Kind schrie auf und versuchte, sich aufzurappeln.

Aimée drehte sich halb um. Sie erhaschte einen Blick auf jemanden, der hinter ihr stand. Ein Mann, breit gebaut und groß.

Er packte sie von hinten am Kragen und an der Taille.

Sie kreischte. Er hatte ihre Haare erwischt, als er sie packte. »Was tut Ihr da?«, schrie sie und wand sich, um irgendwie bessere Sicht auf ihn zu bekommen.

Elixabete knurrte wie ein Hund, der seine Zähne in einen Knochen graben wollte. Sie packte nach seinem Stiefel.

Er trat das kleine Mädchen gegen den Kopf, dass es rückwärts über die Fliesen schlitterte.

Aimée kreischte. Sie kämpfte gegen den Unbekannten.

Er hob sie hoch und wuchtete sie über die Balustrade.

Einen schrecklichen Moment lang starrte sie auf den Marmorfußboden, der sich tief unter ihr erstreckte.

Dann ließ er sie los.

Sie schrie während ihres Falls die ganze Zeit.

Jean-Pierre hörte, wie sie aufschlug. Er hörte ihr Stöhnen und schaute über das Geländer.

Aimée war mit dem Gesicht nach unten gelandet. Im vergeblichen Versuch, ihren Fall aufzuhalten, hatte sie die Arme ausgebreitet. Blut war über den Boden gespritzt und befleckte die weißen Marmorfliesen. Sie bewegte sich nicht. Sie war tot. Jetzt konnte sie die Gerüchteküche um den Schnitter nicht länger anheizen. Gut so.

Diese Aufgabe hatte er mit Bravour erledigt.

Er hatte festgestellt, dass es gar nicht so schwer war, jemanden zu ermorden, wenn man zur Übung ein paar Mal auf Frauen und Kinder geschossen hatte.

40

Lady Fanchere fuhr vor Aimées Château vor, zügelte das Pony und hob den Picknickkorb von der Ladefläche. Aimée war bestimmt froh, sie zu sehen, und das war das Mindeste, was Eleonore tun konnte – sie wollte Aimée helfen, das Château zu verschließen, in dem sie so lange mit Rickie gewohnt hatte. Außerdem wollte sie ihr eine gute Reise wünschen, ehe sie aufbrach und ihr neues Leben begann.

Das Anwesen lag ruhig da. Es war zu ruhig. Keine Vögel sangen in den Bäumen. Nichts bewegte sich in der Umgebung.

Niemand kam heraus, um sie zu begrüßen, kein Diener kam, um ihr beim Tragen zu helfen. Aimée hatte ihre Leute schon entlassen. Sie hatte ihnen Geld, gute Wünsche und Empfehlungsschreiben mit auf den Weg gegeben und sie dann weggeschickt.

Es gab also keinen Grund, sich wegen der Stille unwohl zu fühlen.

Eleonore schleppte den Korb zur Eingangstür, öffnete sie und betrat das Haus. »Aimée!«, rief sie. »Elixabete!« Ihre Stimme hallte die Treppe hinauf und herunter.

Sie war so sehr mit dem sperrigen Korb beschäftigt, dass sie zuerst nicht bemerkte, was da vor ihr mitten in der Halle auf dem Boden lag.

Dann erkannte sie es.

Ein Körper, der vom Sturz zerschmettert war, lag da. Der Körper trug Aimées Kleid, und durch die blutigen Haare auf dem gebrochenen Schädel waren Aimées farbenfrohe Haarbänder geflochten.

Eleonore schrie auf. Sie rannte zu Aimée, hob den leblosen Körper hoch und barg ihn in ihren Armen.

Der Leichnam war noch warm.

Sie schrie erneut.

»Eleonore, warum bist du hergekommen?« Fanchere beeilte sich, mit ihr Schritt zu halten, während sie durch den Palast direkt auf Sandres Arbeitszimmer zusteuerte.

Sie blickte ihn nicht an. Er war ihr Ehemann, und zum ersten Mal in ihrem Leben schämte sie sich vor ihm.

Sie war schließlich auch eine de Guignard.

Er musste ihre Miene bemerkt haben, vielleicht auch ihre blutigen Hände oder … oder etwas anderes. Er packte sie und hielt sie mit aller Kraft zurück. Dann musterte er sie eingehend und fragte: »Was ist los? Was ist passiert?«

»Aimée wurde ermordet. Sie haben Aimée ermordet.« Eleonore wiederholte es wieder und wieder, als könnte sie es irgendwann begreifen, wenn sie es nur oft genug sagte.

»Bist du sicher?« Fanchere schüttelte den Kopf, als verwirrte ihn seine eigene Frage.

Eleonores Kleid war über und über mit Blut befleckt. Dort hatte Aimées zerschmetterter Schädel geruht, als sie ihn an ihre Brust drückte. »Aimée wurde ermordet, und ich werde das jetzt Sandre melden. Er will bestimmt, dass der Mörder gefasst wird. Das weiß ich.« Sie schritt wieder fest entschlossen auf Sandres Arbeitszimmer zu.

Fanchere versuchte nicht, sie aufzuhalten. Aber er blieb dicht neben ihr.

Die Doppeltüren zu Sandres Arbeitszimmer waren geschlossen, davor stand auf jeder Seite ein Wachposten.

Das war Eleonore egal. Sie blickte die beiden Männer herausfordernd an, dann verkündete sie mit einer Stimme, mit der sie noch nie gesprochen hatte: »Ich bin die Cousine des Fürsten. Ich werde hineingehen.«

Sie traten vor, um Eleonore davon abzuhalten.

»Wollt ihr mich mit Gewalt davon abhalten, zu Sandre vorgelassen zu werden?«

Die Wachen wichen zurück.

Fanchere öffnete ihr die Türen.

Sie trat ohne Zögern ein.

Sandre saß ganz entspannt mit einer Pobacke auf dem Schreibtisch und redete mit Jean-Pierre. Er lachte.

Sie lachten gemeinsam.

Als sie Eleonore erblickten, verstummte ihr Lachen.

»Was ist mit dir passiert?«, fragte Sandre. Er klang nicht im Geringsten überrascht.

Darum sagte sie ihm – sagte beiden Männern –, was sie in Aimées Haus vorgefunden hatte.

Aimées Leichnam. Zerschmettert auf den Marmorfliesen.

Elixabete, deren Schädel von einem silbernen Leuchter eingedrückt worden war. Deren Nase gebrochen war, weil jemand nach ihr getreten hatte.

Sandres Trauer war gut gespielt. »Die arme Aimée«, meinte er. »Ich habe schon so etwas befürchtet. Sie konnte einfach nicht ohne Rickie leben. Darum hat sie erst versucht, diese Elixabete umzubringen, ehe sie sich von der Galerie gestürzt hat.«

»Aimée würde niemals einem Kind wehtun!«, widersprach Eleonore.

»Sie glaubte wirklich, der Schnitter sei ein Gespenst. Sie wurde von ihrer Angst getrieben und wurde wahnsinnig!« Sandre verhielt sich, als glaubte er seinen eigenen Worten.

Tat er das wirklich? Eleonore war versucht, ihm zu glauben, sie kämpfte gegen die Flut aus Schmähungen, die sie über ihn ergießen wollte. Doch das würde Sandre wohl kaum von der Rechtmäßigkeit ihrer Klage überzeugen.

Aber sie kannte ihn. Sandre dachte logisch. Darum versuchte sie, sich in Geduld zu üben und erklärte ihm die Wahrheit, sodass er sie verstehen musste. »Erinnerst du dich noch an unsere gemeinsame Zeit als Kinder?«

»Natürlich«, sagte Sandre.

»Rickie hat gerne aus Spaß einem Frosch ein Bein ausgerissen und ihn dann laufen gelassen. Er hat mit den anderen Jungs gewettet, ob die arme Kreatur verreckte, bevor ein Raubtier ihn fraß.«

»Ach, das war ein Dummejungenstreich.«

Doch sie widersprach heftig. »Je älter er wurde, umso schlimmer wurde es mit ihm. Aimée hat Rickies Tod nicht betrauert! Sie wurde nicht verrückt vor Kummer. Jemand hat sie umgebracht!«

»Wir werden sie selbstverständlich neben ihm beerdigen«, sagte Sandre. »Das hätte sie auch gewollt.«

»Nein, das hätte sie nicht gewollt! Was sie gewollt hat, war ihre Reise nach Italien.« Eleonore konnte einfach nicht glauben, dass Sandre so blind war. »Sie wurde ermordet!«

»Du bist ja ganz aufgelöst. Das wird an deinem Zustand liegen.« Sandre kam zu ihr und versuchte, sie auf einen Stuhl zu schieben.

Sie machte sich steif, ballte die Fäuste und leistete so stumm Widerstand.

Noch immer ganz ruhig erklärte Sandre: »Wir freuen uns alle so sehr, dass du endlich guter Hoffnung bist. Du weißt doch, wie gefährlich Aufregung für deine Gesundheit und die Gesundheit deines Kinds sein kann.«

»Ich rege mich nicht auf.« Sie hob die Stimme. »Ich sage dir, einer von Rickies Kameraden hat deine angeheiratete Cousine ermordet. Du musst den Fall untersuchen!«

»Ja, natürlich. Das werde ich.« Er nahm ihre Hand – ihre geballte *Faust* – und führte sie zurück zur Tür. »Doch jetzt geh nach Hause und ruh dich aus. Fanchere, Ihr bringt sie heim. Und wenn du zurückkommst, Eleonore, bring doch bitte Miss Chegwidden mit. Es ist schon viel zu lange her, seit ich ihr schönes Gesicht erblicken durfte. Mir ist die Vorstellung verhasst, dass sie mir aus dem Weg geht.« Er tätschelte Eleonores Schulter und drehte sich zu seinem Schreibtisch um.

Er schickte sie einfach fort.

Da erkannte sie plötzlich … Er hatte das getan.

Er hatte Aimée ermordet.

Vielleicht hatte er sie sogar eigenhändig über die Balustrade geworfen.

Vielleicht hatte er auch seine Männer damit betraut.

Er hatte ihre Cousine ermordet. Eine schlichte Frau mit einem guten Herz einfach ermordet. Und das nur, weil Aimée glaubte, der Schnitter besitze die Macht, sein Regime zum Einsturz zu bringen und es allzu offen aussprach.

Aimée hatte recht: Der junge Sandre, der Spielkamerad der kleinen Eleonore, war für immer verschwunden und hatte einer korrupten Kreatur Platz gemacht, die landauf, landab in Moricadia gehasst wurde.

Weil sie das gewusst hatte, war Aimée nun tot. Und dafür war allein Eleonore verantwortlich.

Ihr drohten die Sinne zu schwinden. Ihre Knie gaben nach.

Fanchere legte die Hand auf ihre Taille und stützte sie. Er führte sie schweigend in eine stille Bibliothek am anderen Ende des Korridors. Weit weg von Sandres Arbeitszimmer. Dort schob er sie auf ein Sofa und brachte ihr ein Glas Wasser.

Sie trank kleine Schlucke und wünschte, das Wasser könne den Geschmack des Todes wegwaschen. »Ich kann unser Kind hier nicht aufziehen. Ich kann es einfach nicht.«

Er erhob sich rasch, schloss die Tür und drehte den Schlüssel um. Dann kam er wieder zu ihr.

»Ich weiß, wie sehr du die Verbindung zur Familie de Guignard schätzt, aber ich kann unmöglich in einem Land leben, in dem man über das Morden scherzt und in dem Korruption gang und gäbe ist.« Sie blinzelte und versuchte, die Tränen zurückzudrängen, die ihr in den Augen standen. »Es tut mir leid.«

»Es muss dir nicht leidtun.« Er ging vor ihr auf die Knie und rieb ihre kalten Hände. »Ich muss dir ein Geständnis machen. Sobald du mir von unserem Baby erzählt hast, habe ich heimlich begonnen, unser Geld aus Moricadia zu transferieren und auf ausländische Banken zu überweisen – die Bank von England, die Banque de France und sogar auf eine amerikanische Bank. Denn ich wusste, dieses Baby würde dich früher oder später dazu zwingen, dich dem zu stellen, was du bisher nicht hast sehen wollen. Ich wusste, wir würden woanders hingehen wollen, wo wir unser Kind ohne Angst aufziehen können.«

Sie starrte ihn ungläubig an.

Er hatte gewusst, dass etwas Derartiges passieren würde? Wie war das möglich?

Weil er die Wahrheit über Sandre wusste. Eine Wahrheit, die sie bisher ignoriert hatte.

»Wir werden unser Zuhause verlieren«, sagte Fanchere. »Aber hab keine Angst. Ich habe Verbindungen in aller Welt, und wir werden nicht hungern müssen.«

Sie konnte die Tränen nicht länger zurückhalten. Sie und Fanchere hatten immer eine gute Ehe geführt. Sie hatten einander respektiert, und jeder wusste zu schätzen, was der andere in die Ehe einbrachte. Er hatte ein Vermögen als Kaufmann gemacht. Sie stammte aus einer altehrwürdigen Familie und brachte ihm gute Verbindungen und den Einfluss, der damit einherging. Aber sie hatten nie von Liebe gesprochen. Sie hatte gedacht, es sei nur eine Partnerschaft und mehr nicht. Jetzt aber entdeckte sie, dass er bereit war, Moricadia um ihretwillen zu verlassen. Und um des Babys willen.

Sie schaute auf sein schmales, schlaff gewordenes und liebes Gesicht. Dann legte sie spontan die Hand auf seine Wange. »Du bist ein herzensguter Mann, und ich danke Gott für den Tag, an dem mein Vater dich als meinen Ehemann ausgewählt hat.«

Er drehte den Kopf leicht und küsste ihre Handfläche. »Ich liebe dich auch.«

Sie badeten nur kurz in diesem unerwartet innigen Augenblick.

Sie beugte sich zu ihm herüber und flüsterte ihm ins Ohr: »Da ist noch etwas. Ich würde gerne mit dem Schnitter sprechen. Weißt du, wie wir ihn erreichen können?«

Er lächelte. »In der Tat glaube ich, das zu wissen. Komm, Eleonore. Wir gehen nach Hause.«

41

Ein Klopfen an der Tür weckte Emma aus ihrem Nachmittagsschlaf, den sie immer hielt, weil sie keinen Nachtschlaf mehr bekam.

»Herein!«, rief sie, und dann starrte sie einen Moment an die Decke und dachte: *Er will, dass ich mich für ihn entscheide. Er will mich heiraten.*

Michael hielt sie für eine Amazone. Er fand, sie sei mutig und stark. Eine Frau, die aus ihrem Leben machen konnte, was sie wollte.

Und er wollte, dass sie ihn heiratete.

»Miss Chegwidden?« Tia erschien vorsichtig im Zimmer.

»Ich bin wach.« Emma wusste nicht, was sie mit Michaels Antrag anfangen sollte. Seit dem Tod ihres Vaters hatte niemand sie gewollt. Und jetzt meinte Michael, sie habe die Wahl. Vielleicht stimmte das sogar.

Was wollte sie?

Was war das Richtige?

Sie hatte den Schnitter geliebt. Er war dunkel, geheimnisvoll und verführerisch.

Aber liebte sie Michael Durant?

Sie setzte sich im Bett auf und rieb ihre Stirn mit den Handballen. Dann schaute sie aus dem Fenster. Die Sonne ging bereits unter. »Es ist schon so spät? Ich muss mich umziehen!«

»Miss Chegwidden … Unten gibt es einen Notfall.« Tia stand jetzt neben ihrem Bett.

Emma schaute zum ersten Mal bewusst auf und blickte Tia an.

Tias Gesicht war gerötet und fleckig. Ihre Augen waren verweint. »Es ist nicht Durant«, sagte sie hastig.

Emma stand sofort auf. »Was ist es dann? Ist etwas mit Brimleys Finger?«

»Seinem Finger geht es gut. Er wächst wieder an. Es ist ein Wunder. Nein.« Tia schüttelte den Kopf und fing wieder an, heftig zu weinen. »Es sind Lady de Guignard und Elixabete.«

Nein. *Nein.*

Während sie sich in fliegender Hast ankleidete, befragte Emma Tia.

Tia schien nichts mit absoluter Sicherheit zu wissen, außer dass die Männer Elixabete gerade zum Anwesen der Fancheres brachten. Aber sie sprach nicht über Aimée, und sie weinte so heftig, dass Emma spürte, wie sich ein harter Knoten in ihrem Bauch bildete.

Nicht Aimée. Nicht die liebe, freundliche Aimée, die so kurz davorgestanden hatte, ein neues Leben zu beginnen.

Emma stürzte die Treppe herunter.

Die Männer trugen soeben Elixabete ins Haus. Sie lag auf einer Decke, die die Männer zwischen sich gespannt trugen. »Legt sie auf den Boden«, befahl sie, und sehr behutsam legten die Männer die Decke mit dem Kind auf den Boden.

Sie kniete neben Elixabete.

Das Mädchen lag auf der Seite. Es hatte sich wie ein Embryo zusammengerollt und hielt die Augen geschlossen. Elixabete drückte etwas fest an ihre Brust. Jemand hatte sie ins Gesicht getreten und ihre Nase gebrochen, aber es war vor allem die Wunde an der Stirn, die Emma Sorgen bereitete. Sie hatte eine Delle im Schädel, und das war eine Verwundung, die sie umbringen konnte.

Diener scharten sich um sie.

»Tretet zurück«, befahl Brimley. »Gebt den beiden genug Platz zum Atmen.«

Emma berührte sanft Elixabetes Schulter.

Die Augen des Kinds flatterten und öffneten sich.

»Elixabete, kannst du mich hören?«, fragte Emma.

»Ja.« Das Mädchen richtete den Blick auf Emma, dann auf die anderen Leute, die sie umstanden.

»Wie viele Finger halte ich hoch?«

»Drei.«

»Gut.« So Gott wollte, würde Elixabete sich vollständig erholen. »Kannst du die Finger bewegen? Die Zehen?«

»Ja. Ja! Oh, Miss Chegwidden.« Sie schluchzte herzzerreißend. »Warum musste das ausgerechnet ihr passieren?«

Dieser Knoten in Emmas Bauch wurde immer schwerer. »Was ist mit ihr passiert?«

»Er hat sie über das Geländer geworfen. Sie hat geschrien, aber er hat sie einfach runtergeworfen. Ich habe versucht, ihn aufzuhalten, aber er hat nach mir getreten und sie dann einfach fallen gelassen.« Elixabete hob die Hand, in der sie ein geschnitztes Pferdchen hielt. Eine wunderbare, polierte Handarbeit. »Das hat sie mir geschenkt. Es hat ihrem Vater gehört, und sie wollte, dass ich es bekomme. Jetzt ist sie *tot*.«

Mit ganz leiser Stimme fragte Emma: »Wer ist tot?«

Elixabete zitterte und weinte.

»Ist es Aimée?«, fragte Emma.

Elixabete nickte. Dann rollte sie sich wieder ein und umklammerte das Pferdchen. »Ich will zu meiner Mama«, jammerte sie.

Emma streichelte ihre Stirn. Dann stand sie auf und wandte sich an Brimley. »Sie sollte zu Bett gebracht werden. Lasst sie nicht aufstehen und legt kalte Tücher auf ihr Gesicht, damit die Schwellung abklingt. Gebt ihr Wasser, redet mit ihr. Und um Gottes willen, bringt ihre Mutter her.« Sie wandte sich ab und drängte sich durch die versammelte Dienerschaft.

»Miss Chegwidden.« Brimleys Stimme ließ sie stehen bleiben. »Was habt Ihr vor?«

»Ich werde sie dafür bezahlen lassen.«

»Durant … Irgendetwas geht im Haupthaus vor sich.«

Michael legte den Füller beiseite. Er war froh um die Ablenkung, denn er widmete sich gerade der schweren Aufgabe, einen Brief an seinen Vater zu schreiben, in dem er ihm mitteilte, sein verlorener Sohn sei am Leben und bedürfe seiner Hilfe. Fragend blickte er Rubio an.

»Das Mädchen Elixabete wurde verletzt, und Lady de Guignard …« Rubio schüttelte den Kopf, und seine Augen wirkten wieder so wie damals, als er aus dem Kerker gekommen war. Dumpf. Resigniert. Vom Schmerz gezeichnet.

Michael sprang auf. »Wo ist Emma?«

»Sie haben nach ihr gerufen, damit sie Elixabete versorgt.«

Er hatte noch nicht ganz ausgesprochen, als Michael schon Richtung Haupthaus lief. Er eilte hinein und schnappte sich den nächsten Diener, den er sah. »Wo ist Elixabete?«

»Sie haben sie nach oben gebracht. Habt Ihr gehört«, er war so erregt, er musste sich räuspern. »Habt Ihr gehört, was mit Lady de Guignard passiert ist?«

Michael nahm zwei Stufen auf einmal und folgte einem weinenden Dienstmädchen nach oben in den zweiten Stock, wo er in Elixabetes Schlafkammer stürmte.

Emma war nicht da.

Er packte Brimley an den Aufschlägen seines Jacketts. »Wo ist Emma?«

Brimley packte seinerseits Michael. »Sie gab uns Anweisung, wie wir für Elixabete zu sorgen haben, dann ist sie verschwunden.«

»Wohin ist sie gegangen?«

»Ich glaube, sie … Sie sagte, dafür werde sie sie bezahlen lassen.«

»Sie will sie bezahlen lassen? Nein, nein, nein. Sie will heute Nacht reiten? Aber wieso habt Ihr sie nicht aufgehalten?«

»Ich habe hier eine schwierige Situation zu bewältigen, Durant. Und ich kann unmöglich Hand an eine Dame legen!«

»Wie lange ist das her?«

»Eine Viertelstunde, vielleicht etwas länger.«

Michaels Gedanken rasten. Emmas Weg und seiner hatten sich nicht gekreuzt, als er zum Château gerannt war, weshalb es nun zu spät war, um sie am Stall abzufangen. Aber wenn er den Weg an der Vorderseite nahm und von dort direkt in den Wald lief, fing er sie hoffentlich ab, ehe sie die Hauptstraße erreichte.

Er lief wieder los. Die Treppe hinunter und durch die Tür nach draußen. Er rannte über die Einfahrt.

Die Kutsche der Fancheres kam in diesem Augenblick durch das Tor.

Er wich der Kutsche aus, sprang über die Hecke und rannte über den Rasen.

Seine Lungen brannten. Seine Beine schmerzten. Seine Schulter pochte.

Er rannte eine Anhöhe hinauf und schlug sich in den Wald. Die Zweige klatschten ihm ins Gesicht, und die Büsche zerkratzten seine Beine.

Er konnte nicht so schnell laufen, wie er wollte.

Er würde es nicht schaffen.

Aber dann war er da. Er brach durch das Dickicht und kam stolpernd an der Böschung zum Stehen, die unter ihm sieben Meter steil abfiel. Die Straße erstreckte sich direkt darunter. Aber er war zu spät. Zu spät.

Old Nelson galoppierte ohne Reiter in den Wald.

Fürst Sandres Wachleute umringten eine in Weiß gekleidete Gestalt, die in einem Busch am Rand der Straße lag.

Sie kam mühsam hoch und setzte sich auf.

Sie lebte!

Michael wollte gerade die Böschung hinabsteigen und ihr zur Hilfe eilen.

Da packte jemand seinen Arm und riss ihn zurück.

Er drehte sich um und hob drohend die Fäusten.

Fanchere schüttelte ihn heftig. »Tut das nicht!«

Michael rang mit ihm und versuchte, ihn abzuschütteln.

»Nein! Seht doch nur!« Fanchere sprach eindringlich und leise.

Michael schaute nach unten. Die Soldaten stiegen wieder auf die Pferde. Sie hatten Gewehre, Schwerter, Messer. Sie sahen missmutig und wütend aus. Diese Männer waren bereit, zu töten.

Einer von ihnen packte sie und zog sie hinter sich in den Sattel.

»Sandre lässt ihre Frauen und Kinder ermorden«, sagte Fanchere. »Wenn wir versuchen, ihnen den Schnitter jetzt zu entreißen, werden sie uns umbringen.«

»Sie ist dem Tod geweiht, wenn sie in den Palast gebracht wird. Oder Schlimmeres.« Michael versuchte erneut, sich loszumachen.

»Eleonore hat einen Plan.«

Michael schaute Fanchere an. »Wieso einen Plan? Sie wusste doch nicht, dass das hier passieren würde.«

»Das stimmt. Aber wir können den Plan entsprechend anpassen. Um Gottes willen, Michael. Wenn Ihr Euch umbringen lasst, wird das Emma nicht helfen, zu entkommen. Und Ihr bekommt keine Gelegenheit, Euch am Fürsten zu rächen.« Fanchere klang eindringlich. »Das Ganze wird Eleonore das Herz brechen. Es ist schon jetzt genug angeknackst.«

Michael wusste, dass Fanchere recht hatte. Aber der Zorn schmeckte bitter, während er tatenlos zusehen musste, wie die Soldaten davonritten. Emma saß hinter ihrem Anführer im Sattel und hielt sich an ihm fest.

»Also gut.« Er wandte sich wieder Richtung Haus. »Wie sieht dieser Plan aus?«

42

Der Soldat schubste Emma in Fürst Sandres Arbeitszimmer.

Sie wusste, sie würde es später bereuen, der kurze Blick in Sandres Gesicht, als er sie erkannte, schenkte ihr eine tiefe Befriedigung, die mehr wert war als alles Gold in seinen Truhen.

Er stand langsam auf. »Was geht hier vor?« Er wandte sich an den Hauptmann der Wache. »Quico, was hast du getan?«

Mit rauer, tiefer Stimme erwiderte Quico: »Ich weiß nicht, ob sie *der* Schnitter ist, Eure Hoheit. Aber wir haben sie dabei erwischt, wie sie in seinem Kostüm ritt, und haben sie darum hergebracht.«

»Sie ist eine Dame!«, sagte Sandre.

Als er das sagte, musste sie an Aimée denken. Sie erinnerte sich an Elixabete. Sie erinnerte sich, wie sehr sie ihn verabscheute. Voller Wut stürzte Emma sich auf ihn. »Nein, ich bin der Schnitter! Und Ihr seid ein mordender Verrückter!«

Quico packte ihre Arme und riss sie zurück.

»Ich bin der Schnitter!«, schrie sie und kämpfte gegen seinen eisernen Griff an. »Und jeder wird erfahren, dass Ihr einen Mann gejagt habt, obwohl Euch die ganze Zeit bloß eine Frau zum Narren gehalten hat!«

Sandre war im ersten Moment sichtlich überrascht gewesen, und er war immer noch bemüht, die Situation wieder unter Kontrolle zu bekommen. Sein Gesicht war ausdruckslos. »Das ist unmöglich. Ihr wart doch gar nicht im Lande, als die nächtlichen Ausflüge des Schnitters begannen.«

»Ich habe mich damals versteckt und ritt jedes Mal von meiner geheimen Höhle aus.«

»Und wo ist diese geheime Höhle?« Er beschwatzte sie, als sei sie eine störrische Zweijährige.

»Unter dem Grab König Reynaldos.« Sie hasste ihn. Hasste ihn mit der ganzen Kraft ihrer verzehrenden Qual.

»Was wollt Ihr mit ihr machen, Euer Hoheit?« Quico schubste sie zu zweien seiner Männer.

Die Männer packten ihre Arme.

Sie wehrte sich gegen den Griff.

»Lasst sie los.«

Die Männer ließen von ihr ab.

Sandre kam auf sie zu. »Nun, Miss Chegwidden. Das Beste wird sein, wenn wir uns einfach hinsetzen und wie vernünftige Leute miteinander reden.«

Sie stürzte sich auf ihn, die Finger zu Krallen gekrümmt, mit denen sie ihm die Augen auskratzen wollte.

Sandre drehte den Kopf in letzter Sekunde weg. Er stolperte rückwärts. Von seinem Ohr tropfte Blut.

Das war sogar noch besser, als nachts im Kostüm des Schnitters über Land zu reiten.

Die Wachen rissen sie zurück, ehe sie nachsetzen konnte.

Sandre stürmte vor und versetzte ihr eine so heftige Ohrfeige, dass ihr Kopf zur Seite ruckte und ihr Hals schmerzte. Nur die Männer, die ihre Arme hielten, bewahrten sie davor, zu Boden zu stürzen.

»Es tut mir wirklich leid, dass Ihr mich dazu gezwungen habt«, erklärte er.

»Ich habe Euch zu gar nichts gezwungen. Ihr liebt es einfach, Menschen wehzutun.« Einen Moment lang erinnerte sie sich wieder daran, wie er Aimée wehgetan hatte, und die Tränen drohten, sie zu übermannen.

Doch dann sagte er: »Ihr werdet mir gefälligst mit Respekt begegnen!«

Ihr Zorn verdrängte die Tränen. »Ihr seid ein Mörder. Ein Totschläger! Niemand respektiert Euch. Ihr solltet für Gerechtigkeit stehen. Stattdessen ermordet Ihr Menschen, weil sie die Wahrheit sagen.« Sie wehrte sich gegen den Griff der Wachen. Sie wünschte sich nichts mehr, als ihn erneut anzugreifen. »Ihr seid eine Farce.«

Seine Wachen wurden unruhig.

Er hob erneut die Hand.

Sie wappnete sich für seinen Schlag.

Er stand erstarrt da. Dann senkte er kontrolliert die Hand. »Sagt mir, wer der wahre Schnitter ist, dann muss es zu keinen Unannehmlichkeiten mehr kommen.«

»Das habe ich Euch bereits gesagt. Ich bin der Schnitter.« Offensichtlich glaubte er ihr nicht. Aber das schenkte ihr eine wilde Befriedigung. »Ich bin der Schnitter, und ich werde für Aimées Tod Vergeltung üben.«

»Vielleicht wird eine Nacht im Kerker Euer Mütchen kühlen und Euch wieder daran erinnern, wie sich eine künftige Fürstin zu verhalten hat.«

Eine künftige Fürstin? Was musste sie denn tun, um diesen Kerl abzuschrecken? Abweisend erklärte sie: »Ich werde Euch niemals heiraten!«

»Wir werden sehen.« Das Blut, das aus seinem Ohr floss, lag hellrot auf Sandres Hals, er musterte sie prüfend, als müsse er ihre Reaktion abschätzen.

»Ihr würdet mich doch niemals heiraten wollen. Ich bin nicht anständig. Ich bin kein braves Frauchen. *Das* wollt Ihr doch in Wahrheit.«

»Ihr habt keine Ahnung, was ich will.«

»Doch, das weiß ich. Ihr wollt eine junge Frau aus einem anderen Land, die keine Familie hat, die sie beschützt. Ihr wollt diese Frau missbrauchen, ohne sich um die Konsequenzen zu scheren. Ihr wollt sie betrügen und zwingen, zu tun, was Ihr von ihr verlangt. Und diese Frau soll wissen, dass sie sich nicht wehren kann.« Leiser fügte sie hinzu: »Und wenn Ihr mit dieser Frau fertig seid, könnt Ihr mit ihr ebenso verfahren wie mit Aimée. Niemand wird es bemerken oder sich um ihr Schicksal scheren.«

Sandre hob die Brauen, als überraschte ihn der Gedanke.

Emmas Mut sank. Sie erkannte, dass sie noch immer seine ideale Ehefrau war. »Aimée hat mich vor Euch gewarnt«, schloss sie.

Sandres gespielte Überraschung schwand und machte einem Zorn Platz, der nur allzu leicht geweckt wurde. »Bringt sie nach unten.«

Sie ging zwischen Quico und einem anderen der Wachleute ins Erdgeschoss. Sie durchquerten einen Steinbogen, danach ging es eine düstere Treppe hinunter, die nur von Fackeln an den Wänden beleuchtet wurde.

Ein kleiner, fetter Mann saß am Ende der Stufen auf einem Stuhl und pfiff unmelodisch vor sich hin. Als er sie sah, grinste er. In seinem Mund waren nur schwarze Stümpfe. Er begann, sie unter dem Kinn zu tätscheln, doch als er den Fürsten entdeckte, der hinter der kleinen, ergrimmten Gruppe Wachen die Treppe herunterkam, nahm er Haltung an.

Der Fürst hielt einen großen, schwarzen Eisenring mit zwei Schlüsseln hoch. »Gotzon, diese Gefangene gehört mir.«

Gotzons Miene verfinsterte sich, doch er nickte. Sobald der Fürst an ihm vorbei war, begann er wieder zu pfeifen.

Sie stiegen eine weitere Treppe hinunter. Die Fackeln waren hier weiter auseinander, und als sie das untere Ende der Treppe erreichten, nahm Fürst Sandre die letzte Fackel aus der Halterung. »Wir verschwenden kein Licht an unsere Gefangenen«, erklärte er und ging den Gang entlang voran.

Sie stolperte über den unebenen Steinboden, und sie schaute verstohlen in die Zellen, an denen sie vorbeikamen. Die Gitterstäbe waren dick, schwarz und glänzend, als sorgte jemand jede Woche dafür, dass sie gut in Schuss waren.

Fürst Sandre blieb vor einer Tür stehen und stieß sie mit dem Fuß auf. »Dies ist eine ganz besondere Zelle. Wir heben sie uns für die wichtigsten Besucher auf. Man erzählt sich, König Reynaldo höchstpersönlich habe die letzten Tage seines Lebens hier verbracht. Wie Ihr seht«, er wedelte mit der Fackel im Innern der Zelle herum, »ist sie recht luxuriös. Es gibt sogar eine Liege. Die meisten Zellen haben nicht so viel Komfort.«

»Es ist ein dreckiges Loch.« Nie war ihr etwas so ernst gewesen.

»Dann solltet Ihr einmal sehen, was weiter unten noch auf Euch wartet. Aber vielleicht habt Ihr ja Eure Meinung schon geändert und möchtet gerne mit mir zusammen zurück nach oben?«

Sie schüttelte die Wachen ab und betrat die Zelle.

Sandre nickte, als überraschte ihn das nicht.

Die Wachen schlossen die Tür hinter ihr.

Er trat an die Tür und verriegelte sie. Er sprach weiterhin in diesem entsetzlichen Plauderton und erklärte: »Das Beste ist: Ich habe den einzigen Schlüssel zu dieser Zelle. Aber, ach! Ihr verabscheut mich ja. Vielleicht ist es Euch lieber, in eine Zelle gesteckt zu werden, die Gotzon kontrolliert?«

Bittere Galle stieg in ihren Mund auf. »Nein.«

»Seht Ihr, ich bin gar nicht so schlimm, wie Ihr behauptet. Jetzt solltet Ihr Euch lieber aufs Bett setzen. Hier unten ist es ziemlich dunkel, wenn das Licht erst fort ist.« Sandre wandte sich ab und klopfte Quico auf die Schulter. »Wie geht es deiner Frau?«, fragte er. »Hat sie sich von der Schusswunde gut erholt? Ohne ihre fleißigen Hände ist es in meinem Arbeitszimmer recht staubig.«

Als sie gingen, blieben die Wachen hinter dem Fürsten, und Emma sah, wie mancher mitfühlend zu ihr zurückblickte.

Alle schauten mitleidig. Außer Quico. Als er sich umdrehte, warf er ihr einen so verachtenden Blick zu, dass sie vor ihm zurückschrak.

Ehe das Licht verschwand, eilte sie zum Bett und sank auf die Matratze.

In der kalten Feuchte des Kerkers spürte sie die Prellungen, die sie sich beim Sturz von Old Nelsons Rücken zugezogen hatte. Sie hatte es irgendwie geschafft, die Arme vors Gesicht zu heben, um es zu schützen, aber nichts hatte ihre Arme geschützt, die sich jetzt wie ein einziger großer Bluterguss anfühlten. Ihr Knie schmerzte, als habe sie es sich durch das Kostüm aufgerissen. Und sie glaubte, sie habe sich auch die Hüfte geprellt, denn die schmerzte wie verrückt.

Die Pritsche war schmal, die Decke darauf dünn. Die Dunkelheit um sie war so absolut, dass sie nichts sehen konnte, dafür hörte sie umso besser. Die Ratten, die über den Boden trappelten. Das tropfende Wasser, das an den Wänden herabfloss. Weiter oben hörte sie das Pfeifen des Wachmanns.

Ihr Magen knurrte, weil sie nur heute Früh eine leichte Mahlzeit zu sich genommen hatte. Aber eigentlich hatte sie keinen Hunger, denn ganz in der Nähe war jemand gestorben und verrottete. Der Gestank war schier unerträglich.

Michael hatte hier unten zwei Jahre lang überlebt.

Wo war er jetzt? Wie lange würde es dauern, ehe er kam und sie rettete?

Am nächsten Tag – sie glaubte zumindest, es sei der nächste Tag – kündigte das Licht einer Fackel die Ankunft von Fürst Sandre an.

Er kam nicht allein. Fürst Sandre hatte seinen Cousin Jean-Pierre mitgebracht. »Seid Ihr jetzt bereit, Euch daran zu erinnern, was Ihr mir schuldet?«, fragte Sandre.

Sie klammerte sich an das kalte Metallrohr, aus dem ihre Pritsche geschmiedet war. »Ich schulde Euch den Tod.«

Er schloss die Tür auf. »Kommt heraus«, befahl er.

»Ich habe meine Meinung nicht geändert. Ich bleibe lieber hier unten, als mit Euch zu kommen.«

Jean-Pierre kam in die Zelle, packte ihren geschundenen Arm und zerrte sie durch die Tür. »So redest du gefälligst nicht mit deinem Fürsten.«

Sie rammte ihm den Ellbogen in die Seite. »Er ist nicht mein Fürst. Ich bin Engländerin. Königin Victoria ist meine Fürstin, und sie ist keine eiskalte Mörderin.«

Fürst Sandre packte ihr Kinn und drehte ihr Gesicht zu sich. »Seid Ihr hungrig? Oben habe ich etwas zu essen für Euch. Wenn Ihr Euch benehmt.«

»Was habt Ihr mit mir vor? Wollt Ihr mich hungern lassen, bis ich gefügig werde?« Da sie schon lange nichts gegessen hatte, drängte sich ihr der Gedanke auf, dass diese Strategie gar nicht so dumm war.

»Hungern ist so ein hartes Wort«, erwiderte Sandre freundlich. »Aber ich weiß, wie man gutes Essen als Anreiz einsetzen kann, damit sich jemand gut benimmt.«

Sie spuckte ihm ins Gesicht.

Auf der Stelle war sie zurück in der Zelle und allein. Aber dieses Mal hatten sie ihren Arm an die Wand gekettet.

Als das Licht das nächste Mal am Ende des Korridors auftauchte, verstand sie jedenfalls, was Sandre damit meinte, dass man Essen als Anreiz für gutes Benehmen einsetzen konnte. Sie hatte zuletzt Wasser von den schleimigen Wänden geleckt und war so hungrig, dass ihre Beine unter ihr nachgaben, als Jean-Pierre zu ihr in die Zelle kam. Ihr Arm hing schlaff an ihrem Körper und war kalt und gefühllos. Er musste sie über die Schulter werfen und durch den Gang tragen.

Sie glaubte zu sehen, wie Sandre grinste.

Jean-Pierre trug sie den ganzen Weg hinauf in die privaten Gemächer des Fürsten und setzte sie auf einen Stuhl vor einem Tisch, auf dem Brot und Käse standen.

Aber als sie danach greifen wollte, schlug Sandre ihr auf die Hand. »Ich füttere Euch«, sagte er. Und genau das tat er.

Sie ließ es zu, weil ihre Hände so sehr zitterten, dass sie nicht wusste, ob sie das Essen an den Mund führen konnte.

Obwohl die Versuchung groß war, biss sie ihn nicht in die Hand.

Sie hatte nur ein paar Happen bekommen, ehe er die Hand zurückzog. »Das ist genug.«

Sie funkelte ihn wütend an wie ein wildes Tier, das vermutlich inzwischen aus ihr geworden war.

»Geht Euch umziehen«, befahl er ihr. »Ihr stinkt, und ich habe keine Lust, Euch noch länger in diesem albernen Kostüm zu sehen.«

Sie schaute an den verdreckten, feuchten Überresten vom Kostüm des Schnitters herunter. »Für den Kerker ist es meiner Ansicht nach ein angemessenes Kostüm.«

Sandre beugte sich zu ihr herüber und lächelte. »Ihr müsst aber gar nicht im Kerker bleiben.«

Wenn sie die Wahrheit nicht gekannt hätte, hätte sie durchaus den freundlichen und weltgewandten Fürsten gesehen, den er ihr zeigte. »Doch, das werde ich.«

Er richtete sich auf. »Ihr könnt Euch umziehen oder mich das machen lassen. Aber Ihr werdet auf der Stelle etwas anlegen, das einer anständigen Frau angemessen ist.« Er zeigte auf einen Wandschirm in der Zimmerecke. »Ihr findet die Sachen dahinten.«

Sie stand auf.

Jean-Pierre mischte sich ein. »Zunächst jedoch …«

Er bedeutete ihr, ihm die nackten Schultern zu zeigen.

Sie weigerte sich.

Also rissen die beiden Männer sie zu Boden, ohne sich um ihre Prellungen und Schürfwunden zu kümmern. Sie glühte vor Scham, denn Sandre hielt ihr Gesicht in den bunten Teppich gedrückt, während Jean-Pierre ihre Haut untersuchte.

»Gut möglich, dass sie *ein* Schnitter ist. Aber sie ist nicht *der* Schnitter.« Jean-Pierre klopfte zufrieden seine Finger an der Hose ab. »Sie weiß vermutlich, wer er ist. Mit Eurer Erlaubnis könnte ich die Information aus ihr herausholen, Hoheit.«

»Nein. Keine Folter. Das ist nicht notwendig.« Sandre strich ihr die Haare vom Hals – seine verdrehte Vorstellung von einer liebevollen Geste. Dann half er ihr vom Fußboden auf.

Emma drückte ihr Kostüm vor die Brust und stürzte hinter den Wandschirm. Seine Berührung bereitete ihr Übelkeit.

»Dort stehen auch einen Kamm, eine Schüssel mit Wasser und Handtücher bereit«, rief er. »Benutzt diese Sachen, bevor Ihr Euch wieder anzieht.«

Ein dicker Unterrock, ein Unterhemd aus feinem Stoff und ein Kleid aus ordentlicher, dunkelblauer Wolle warteten auf sie. Diese Sachen wären ihr im Kerker nützlich. Das bedeutete wohl, dass Sandre von ihr erwartete, dass sie sich noch immer nicht geschlagen gab.

Er war ein Tyrann, der alle Trümpfe in seinen grausamen, mit Juwelenringen besetzten Händen hielt. Und er genoss ihren Überlebenskampf und den Fall, mit dem er fest rechnete, viel zu sehr.

Was käme am Schluss auf sie zu? Sie würde fluchen und sich gegen das Unvermeidbare wehren. Aber letzten Endes würde er obsiegen. Sie würde ihn heiraten, und die Jahre, die dann folgten, wären eine einzige Katastrophe. Sie würde in seinem Bett zittern. Sie würde sich unter seiner Knute ducken. Sie würde wissen, dass er sein Geld mit den verabscheuungswürdigen Zockern verdiente, dass er unschuldige

Menschen folterte und tötete. Und sie hätte keine Möglichkeit, ihn aufzuhalten. Bis schließlich ihr eigenes Selbst einfach entschwinden würde und sie sich umbringen würde.

Sie lehnte mit dem Rücken an der Wand.

Sich selbst umbringen? Nein, das war unwahrscheinlich. Er würde sie ermorden.

Sie hatte sich das selbst zuzuschreiben. Sie hatte gehört, dass Aimée ermordet worden war, und hatte daraufhin die Beherrschung verloren. Sie war spontan und unbeherrscht losgeritten und war von der Wache des Fürsten festgenommen worden.

Sie wünschte, sie könnte Michael sagen, wie sehr ihr das leidtat. Was für eine Närrin sie war. Sie hatte sich in diese Klemme gebracht, und dieses Wissen war mit das Schlimmste an ihrer Situation. Aber jede Minute, die sie da unten im Kerker verbrachte, betete sie, dass irgendjemand – sei es Michael, Raul Lawrence oder sie selbst – Vergeltung dafür übte, dass Sandre Aimée ermordet hatte.

Sie wollte sehen, wie Sandre im Fegefeuer brannte.

»Miss Chegwidden? Seid Ihr so weit?«, rief der Fürst.

Sie war so bereit wie sie nur sein konnte. Sie trat hinter dem Wandschirm hervor und wusste, jetzt war sie wieder mehr sie selbst, ihre Haltung war trotzig und stolz. Ihr Blick jedoch ruhte auf dem Tisch, wo die Speisen noch immer einladend aufgereiht standen.

Sandre hatte für sie den Stuhl vom Tisch abgerückt. »Setzt Euch und esst, Miss Chegwidden. Ich werde Euch derweil unseren Plan erläutern.«

Sie zögerte nicht, sondern setzte sich.

Trotzdem verzog sie das Gesicht, als er seine Hände auf

ihre Schultern legte. Doch dann hielt sie einfach still und ertrug seine Berührung reglos und abweisend.

Er drückte die Finger tief in ihre Haut und grub sie bis tief in die Muskeln. Als sie sich endlich unter ihm wand, lachte er und ließ sie los. »Erläutere ihr unseren Plan, Jean-Pierre.«

»Ihr wisst ja, wer der Schnitter ist, Miss Chegwidden«, begann Jean-Pierre.

»Ja, das weiß ich.« Sie aß eine Weintraube, dann noch eine. Schließlich trank sie ein Glas Wasser und nippte am Wein. Erst dann blickte sie auf und bemerkte die beiden Männer, die gespannt auf ihre nächsten Worte warteten. »Ich bin der Schnitter.«

Sie erwartete, jetzt würden sie ihr sofort das Essen fortnehmen, aber Jean-Pierre wandte sich nur empört ab. Sandre hingegen lächelte zufrieden.

»Ich habe dir doch gesagt, dass sie nicht gleich nachgeben wird, Jean-Pierre.« Sandre schob das Brot näher zu ihrem Ellbogen. »Wir beobachten natürlich Eure Freunde. Brimley ist eine Möglichkeit, glauben wir. Ebenso dieser Diener Henrique. Jean-Pierre hingegen vermutet, es müsse Fanchere sein, was ich allerdings absolut lächerlich finde. Er denkt auch, es könnte genauso gut Michael Durant sein. Das ist eine Option, aber keine besonders wahrscheinliche. Ich sage immer noch, er ist ein gebrochener Mann, der sich zu sehr schämt, um auch nur seinem Vater zu schreiben, damit dieser ihn nach Hause holt.«

Sie aß ein Eckchen Brie und trank Wasser.

»Wer es auch sein mag«, fuhr Sandre fort, »er wird beunruhigt sein, weil wir Euch gefangen genommen haben.«

»Was ist mit Lady Fanchere?« Emma fragte sich, was ihre

gütige Herrin ohne Aimée und Emma wohl tat. »Ist sie nicht beunruhigt?«

»Es geht ihr nicht gut«, sagte Jean-Pierre.

Emma ließ die Weintrauben auf den Teller sinken. Einzelne Trauben rollten über den Tisch und fielen auf den Boden, aber das bemerkte sie gar nicht. »Ist es wegen des Babys?«

»Das hat man uns gesagt.« Jean-Pierre wirkte irgendwie anders als bei seinem Besuch im Haus der Fancheres. Seine blassen Augen waren noch heller. Es sah fast so aus, als sei seine Seele aus ihnen entwichen, und zurückgeblieben waren nur die Bruchstücke eines Mannes.

»Wenn Ihr ein braves Mädchen wärt, könntet Ihr Eleonore jetzt helfen«, erklärte Sandre ihr.

»Wenn Ihr Aimée nicht ermordet hättet, wäre sie nicht krank vor Kummer«, erwiderte Emma.

Sandre packte ihren Zopf und riss ihren Kopf nach hinten. »Miss Chegwidden, ich werde das Gefühl nicht los, dass Ihr Ärger sucht.«

»Nein, ich suche keinen Ärger. Ich will Gerechtigkeit.«

»Nimm ihr das Essen weg«, schlug Jean-Pierre vor.

Sie stopfte das restliche Brot hastig in die Tasche.

Sandre gab ihr einen Apfel. »Hört mir gut zu. Jean-Pierre und ich haben aller Welt erzählt, dass wir Euch im Kostüm des Schnitters aufgegriffen haben. Wir haben angekündigt, dass wir Euch am Sonntag aufhängen.«

Ein eiskalter Schauer lief an ihrem Rückgrat hinauf.

»Wir werden Euch natürlich nicht wirklich am Sonntag aufhängen«, versicherte Sandre ihr.

»Werden wir nicht?« Jean-Pierre nahm sich ebenfalls einen Apfel und biss lautstark hinein.

»Nein, werden wir nicht. Sei doch nicht so unzivilisiert, Jean-Pierre«, tadelte Sandre ihn. An Emma gewandt fuhr er fort: »Ihr seid unser Köder. Wir glauben nämlich, der wahre Schnitter wird versuchen, Euch zu retten. Dann schnappen wir ihn uns endlich. So einfach ist das!«

»Es ist einfach«, räumte sie ein. »Aber es wird nicht klappen. Es gibt nämlich niemanden, der mir zur Hilfe eilt. Ich bin der Schnitter.«

»Habt Ihr schon einmal bei einer Hinrichtung zugesehen, Miss Chegwidden?«, fragte Sandre im Plauderton. »Das ist sehr unterhaltsam. Wenn man es richtig anstellt, dauert es Stunden.«

»Vielen Dank, dass Ihr mich das wissen lasst.« Ihr Herz schlug ganz langsam und fühlte sich eisig an von dem Blut, das ihr in den Adern gefror.

»Eigentlich müssen wir Euch gar nicht hängen. Es gibt noch eine andere Möglichkeit.« Sandre klang wirklich bezaubernd.

Sie wollte sich am liebsten die Finger in die Ohren stecken.

»Ihr könnt mich stattdessen am Sonntag heiraten.«

»Euch heiraten? Einen eiskalten Mörder, der seine eigene Familie umbringen lässt? Der eine liebe, herzensgute Frau tötet, deren einzige Sünde ihre Dummheit war? Nein. Nein! Glaubt mir, Sandre: Ich bin vielleicht nur eine bezahlte Gesellschaftsdame. Aber niemals würde ich so tief sinken und Euch heiraten.«

Als sie im Kerker zurück war, wo sie ihr dieses Mal beide Hände an die Wand ketteten, wünschte sie, das alles ließe sich irgendwie beschleunigen. Sie wusste, irgendwann würde es

Sandre ermüden, ihren Trotz weiter mit anzusehen. Sie wusste, er würde dann das mit ihr tun, was er bereits mit Aimée getan hatte, dann würde man ihren Leichnam zerschmettert unterhalb der Palastterrasse finden.

Je schneller es dazu kam, desto besser – denn wie Sandre und Jean-Pierre wusste auch sie, dass der Schnitter versuchen würde, sie zu retten. Er würde den fürstlichen Palast und Fürst Sandre angreifen – aber er konnte unmöglich gewinnen.

Durant war dieser Hölle schon einmal entkommen. Unter keinen Umständen wollte sie, dass er hierher zurückkehrte.

Denn beim nächsten Mal würde er hier nicht lebend herauskommen.

43

Am späten Samstagnachmittag kam Fürst Sandre in Jean-Pierres Gemächer. Er hielt einen Bogen Papier in der Hand, der mit einem roten Siegel versehen war. Seine Miene wirkte finster.

Jean-Pierre richtete sich auf. Er hatte soeben konzentriert eine Karte von Moricadia betrachtet und verneigte sich eilig. »Wie kann ich Euch helfen, Euer Hoheit?«, fragte er.

»Ich habe hier einen Brief von unserer Cousine Eleonore. Sie schreibt, sie habe Gerüchte gehört, dass der Schnitter heute Nacht den Leuten von Moricadia erscheinen werde und eine Rebellion anzettelt, um meine Herrschaft zu zerschmettern.«

»Aber Hoheit, solche Gerüchte haben wir schon früher gehört.« Jean-Pierre hatte die Gerüchte ignoriert und sich stattdessen lieber der Aufgabe gewidmet, alle Ecken und Winkel Moricadias auf der Suche nach dem Versteck des Schnitters zu durchkämmen.

»Eleonore klingt sehr beharrlich und scheint äußerst besorgt um meine Sicherheit zu sein. Sie ist keine Frau, die ohne Grund Alarm schlägt.«

»Soll ich jemanden schicken, der sie herholt, damit wir sie befragen können?«

Sandre klopfte mit dem Brief gegen seine Fingerspitzen.

»Nein. Eleonore ist die Einzige, die … Nein, ich kann sie unmöglich befragen, als wäre sie eine Verbrecherin.«

Jean-Pierre verstand durchaus, warum Sandre zögerte. Er hatte Aimée getötet, und Eleonore wusste das. Er fürchtete, dass er nun schließlich auch Eleonores Liebe verloren hatte. Dieser Brief jedoch war ein Zeichen, dass sie immer noch an das Gute in Sandre glaubte, der von vielen anderen schlechter gemacht wurde, als er war. Tief in seiner korrupter Seele brauchte Sandre sie, um weiterzumachen. Solange sie in aller Unschuld an ihn glaubte, war alles gut.

Jean-Pierre hingegen hielt sie für eine Närrin.

»Soll ich sie besuchen und in ihrem Heim befragen?«, schlug er vor.

»Nein! Fanchere würde mir das sehr verübeln.«

»Warum sollte dich das kümmern?«

»Er ist ein stiller Mann, doch er verfügt über große Macht. Ich möchte ihn lieber nicht verärgern.«

Jean-Pierres behänder Verstand hatte auch Fanchere als einen möglichen Schnitter ausgemacht, und er zog ihn auch jetzt wieder in Betracht. Fanchere sprach so selten, dass er bestimmt still genug war, um diese Rolle auszufüllen. »Wie lauten nun Eure Befehle, Hoheit?«

»Nimm deine Leute und reite die Straßen ab. Schau, ob du den Schnitter finden kannst. Schau, ob an diesem Gerücht etwas Wahres dran ist.«

Jean-Pierre wollte seinen Fürsten darauf hinweisen, wie viel nützlicher er sein konnte, wenn er das verdächtige Verhalten der Reichen beobachtete. Aber Sandre band ihm weiterhin die Hände, weil er verhindern wollte, dass die zahlungskräftigen Zocker und Vergnügungssüchtigen das Land verließen. Jean-Pierre hatte seine Stellung als rechte Hand von Fürst Sandre noch nicht so weit gefestigt, um sich gegen ihn zu stellen. Es fehlte ihm noch an Einfluss und Geld, denn beides konnte er nur dann erlangen, wenn Sandre ihm vertraute. Und damit der Fürst ihm endlich vertraute, musste er herausfinden, wer den Schnitter versteckte. Das musste ihm bald gelingen – nachdem er heute Nacht die Straßen abgesucht hatte. Er verneigte sich. »Wie Ihr befehlt, mein Prinz.«

Als Michael auf Old Nelson Richtung Palast ritt, lächelte er unter der schwarzen Maske, die die obere Hälfte seines Gesichts bedeckte. Es war Samstagabend, der volle Mond segelte an einem wolkenlosen Himmel dahin und beleuchtete die Straße, als wollte er sie segnen. Er hörte das Geräusch vieler Hufe, die auf ihn zugaloppierten.

Die Palastwache war wieder in Bewegung.

Und damit trat Eleonores Plan in Kraft.

Michael durfte jetzt unter keinen Umständen schwächeln.

Hinter der nächsten Kurve kam ein Dutzend Pferde auf ihn zu. Die Reiter umringen ihn, und Jean-Pierre de Guignard zielte mit der Pistole direkt auf Michaels Herz. Seine Stimme klang kühl, die Hand war ganz ruhig. »Zeig dich uns oder du wirst sterben.«

Michael schob die Maske in die Stirn, dann hielt er die Hände hoch, als wollte er sich ergeben. »Was ist denn los, de Guignard? Ist es jetzt schon ein Verbrechen, an einer Gesellschaft in Moricadia teilzunehmen?«

»Einer Gesellschaft?« Jean-Pierre musterte ihn von oben

bis unten. »Was soll das denn für eine Gesellschaft sein, an der Ihr so gekleidet teilnehmt?«

Michael schaute auf seine Verkleidung. Er trug eine schwarze Reithose, schwarze Reitstiefel und ein weites, weißes Hemd, das am Hals offen stand. Außerdem hatte er sich eine schwarze Krawatte umgebunden und trug einen schwarzen, knielangen Mantel. Er schaute Old Nelson an, dem er Schleifen ins Mähnenhaar geflochten hatte. Seine Satteldecke hatte sogar weiße Rüschen. »Was soll denn damit nicht stimmen? Ich fand mein Kostüm eigentlich schnittig, und das meines Pferds auch.«

Jean-Pierre glaubte ihm offensichtlich kein Wort. »Schnittig, das kann durchaus sein.«

»Ich dachte eigentlich, Ihr seid Sandres erster Mann, nachdem Rickie tot ist?«

Diese spitze Bemerkung verfehlte ihre Wirkung nicht. Wie ein Widerhaken grub sie sich unter Jean-Pierres Haut und ließ seine Augen vor unterdrückter Wut weiß glühen. »Das bin ich auch.«

»Wie kommt es dann, dass Ihr nichts über diese Gesellschaft wisst? Alle wurden eingeladen.«

Jean-Pierre schwieg lange. »Offensichtlich nicht alle.«

Michaels Stichelei machte die Wachsoldaten nervös. Ihre Pferde spürten die Unruhe und tänzelten am Zügel. Die Reiter versuchten vergeblich, ihre Pferde zu beruhigen.

Die berittenen Wachleute – tatsächlich jeder, der im Palast diente – fürchteten Jean-Pierre. Sie fürchteten und hassten ihn.

Auf dieser Tatsache ruhte der Erfolg von Eleonores verwegenem Plan.

»Ich bin sicher, Eure Einladung ging nur verloren. Ihr wisst doch, wie sorglos Diener sein können. Oder es ist einfach ein Versehen.« Michael ließ seine Arme sinken.

Jean-Pierre winkte mit seiner Pistole.

Hastig hob Michael die Hände wieder. »Ihr könnt Euch selbst einladen. Es ist eine Maskerade. Niemand wird bemerken, wenn Ihr Euch ohne Einladung unters Volk mischt.« Er sprach beruhigend, obwohl er sich zugleich bewusst war, dass er Jean-Pierre reizte, wie ein dummer Junge, der einen bissigen Hund reizte.

Jean-Pierre musste so wütend gemacht werden, dass er ohne einen zweiten Gedanken zu verschwenden die Initiative ergriff.

Damit Michaels Teil des Plans klappte, brauchte er Zeit.

Gleichzeitig musste er sich den Anschein geben, als spiele Zeit für ihn keine Rolle.

»Wo findet diese Party statt?«, fragte Jean-Pierre.

Michael ließ die Hände nach unter hängen, so schlaff wie tote Fische. »Meine Arme werden langsam müde. Darf ich sie bitte runternehmen? Ich bin nicht so dumm zu glauben, dass ich Euch entkommen könnte. Ihr habt schließlich ein Dutzend Feuerwaffen auf meine Brust gerichtet.«

Jean-Pierre schaute seine Männer an, dann Michael. Er nickte knapp. Seine Pistole ließ er aber nicht sinken.

Michael ließ die Arme mit einem Stöhnen sinken. Er rieb die Oberarme, als schmerzten sie.

»Wo findet diese Gesellschaft nun statt?«, wiederholte Jean-Pierre.

»Möchtet Ihr vielleicht, dass ich Euch meine Einladung zeige?« Michael legte die Hand auf seine Satteltasche.

Jean-Pierre überlegte nicht lange. »Ja, zeigt mir die Einladung.«

Michael zog die Lederklappe nach oben. Die Klappe traf Old Nelson an der Kruppe, und wie aufs Stichwort tanzte der Wallach auf dem Pfad seitwärts.

Jean-Pierre schnappte: »Bringt Euer Pferd unter Kontrolle.«

»Das tue ich ja!« Michael machte sich einen Spaß daraus, die Zügel straff zu ziehen, im Sattel zu schwanken und sich wieder aufzurichten. Er tätschelte Old Nelsons Hals, bis der wieder ruhig war. »Er ist in die Jahre gekommen und übellaunig, und ich bin nicht mehr der Reiter, der ich vor zwei Jahren war … vor meiner Einkerkerung.«

»Mich interessiert weder Eure Unfähigkeit, im Sattel zu bleiben, noch Euer alter Gaul«, blaffte Jean-Pierre. »Ich will diese Einladung sehen!«

»Ich versuche ja, sie Euch zu zeigen!« Michael zog einen Wollschal aus der Tasche.

»Wofür ist der denn?«, wollte Jean-Pierre wissen.

»Ein Geschenk für meine Gastgeberin.« Michael sprach ganz langsam und vorsichtig, als halte er Jean-Pierre für einen Deppen in Sachen Anstand und Benimm.

Einer von Jean-Pierres Männern sprach leise und drängend auf ihn ein. »Mylord.«

Michael zog einen Lederholster und eine Pistole aus der Tasche.

»Ist das auch ein Geschenk für Euren Gastgeber?«, fragte Jean-Pierre.

»Nicht jeder, den ich auf der dunklen Straße treffe, ist so freundlich und charmant wie Ihr, de Guignard.« Jetzt ließ

Michael sich vom Sarkasmus hinreißen. »Manche sind sogar Diebe und Räuber, und natürlich gibt es noch die Legende vom Schnitter, der die Angewohnheit hat, gute Männer aufzuhängen.«

»Mylord«, drängte Jean-Pierres Mann erneut.

»Halt die Klappe, Quico«, blaffte Jean-Pierre den Mann an. Zu Michael gewandt fragte er: »Dann glaubt Ihr nicht, dass der Schnitter ein Ghul ist?«

»Natürlich nicht. Ich bin kein Kind und kein Narr, um zu glauben, dass der Geist eines längst verstorbenen Königs über die Straßen Moricadias reitet.« Michaels schwarzer Lederhut hatte eine breite Krempe und beschattete das Gesicht, weshalb selbst bei Vollmond sein Gesichtsausdruck dem Gegenüber verborgen blieb. »Der Schnitter ist auf jeden Fall ein Mann aus Fleisch und Blut.«

»Ihr glaubt also nicht, Miss Emma Chegwidden könne der Schnitter sein?«

Michael erwiderte den Blick von Jean-Pierre standhaft. »Wie soll eine Frau mit dem Körperbau von Emma Chegwidden denn einen Mann von der Größe Rickie de Guignards aufhängen?«

»Doch sie ist im Kostüm des Schnitters geritten. Und wir werden *sie* morgen für dieses Verbrechen aufhängen.«

»Davon habe ich gehört.«

»Ihr kennt diese Engländerin. Sie schien Euch zu mögen. Wollt Ihr sie nicht retten?«

»Natürlich will ich das. Aber glaubt Ihr wirklich, ich würde noch einmal in diesen Kerker hinabsteigen, um sie zu befreien?«

»Mylord!« Quico klang inzwischen ehrlich verzweifelt.

»Was ist denn?« Jean-Pierre fuhr wütend zu Quico herum.

Stumm wies Quico zum Ende der Straße.

Auf einem großen weißen Pferd in vollem Galopp ritt auf der Straße … der Schnitter.

Mit einem Schrei stürzten Jean-Pierre und seine Männer auf den Pferden hinter der geisterhaften, furchteinflößenden Gestalt her.

Michael blickte ihnen so lange nach, bis er sicher war, dass Jean-Pierre aus dem Sattel gesprungen war und den Schnitter eigenhändig vom Pferderücken zog.

Dann stopfte er die Pistole zusammen mit Emmas Schultertuch zurück in seine Satteltasche und ritt schnell wie der Blitz Richtung Palast.

44

Michael hob seinen Blick zu dem Palast, der wie ein riesiger, mittelalterlicher Kristall aus dem Felsen wuchs. Mit den hohen Mauern, die vor ihm aufragten, und mit den Treppen, die von der Küche im Erdgeschoss bis zu den Gemeinschaftsräumen darüber und weiter zu den fürstlichen Gemächern reichten.

Er wusste aus eigener, leidvoller Erfahrung, dass dieselben Treppen sich auch ihren Weg hinab in den Kerker bahnten, der sich tief unten zwischen den düsteren Höhlen verbarg.

Der Palast war vor langer Zeit von einem moricadischen König entworfen worden. Doch als die de Guignards das frühere Königsgeschlecht enteignet und ermordet hatten, war dieses Gebäude einer ernsteren Bestimmung zugeführt worden. Nachts schürten die Köche ein letztes Mal das Feuer und flohen dann aus der Küche. Gelegentlich aber stolperten Besucher auf der Suche nach heißem Wasser oder etwas zu Essen da unten herum, und selbst die Vernünftigsten munkelten, dass es dort Gespenster gebe, die aus der Tiefe emporsteigen und ihre Münder weit aufreißen, um stumm ihr Leid herauszuschreien.

Das hintere Tor, ein schmaler Zugang, durch den die Diener kamen und gingen und durch den die Lebensmittel für die Küche geliefert wurde, war über einen steilen, sich windenden Pfad zugänglich, der selbst im Tageslicht trügerisch war. Old Nelson konnte ihn dorthin nicht begleiten. Michael rutschte aus dem Sattel und führte seinen Gefährten in den Wald und band ihn an einen Ast. »Warte hier. Es wird so lange dauern, wie es nun mal dauern wird. Aber dann werden wir dich brauchen. Sei also geduldig, mein Freund.« Er schaute durch die sich sachte im Wind bewegenden Blätter zum Palast hinauf. »Ich verspreche dir, ich werde mich dort nicht länger aufhalten als unbedingt nötig.« Er lockerte die Zügel etwas. Nur für den Fall.

Dann kletterte er den steilen Pfad hinauf. In jeder Manteltasche hatte er eine geladene Pistole, und am Gürtel trug er ein Schwert. Ein Messer steckte in seinem Stiefel und ein zweites unter seinem Ärmel. Doch nichts, was er bei sich trug – keine Feuerwaffe und keine Klinge – konnte ihn für die vor ihm liegende Aufgabe in Sicherheit wiegen. Doch was zählte es schon, wenn er heute starb, solange Emma überlebte?

Man hatte ihm versprochen, dass die Wachleute samt und sonders anderweitig beschäftigt wären, und das stimmte offensichtlich auch. Man hatte ihm versprochen, die Hintertür wäre unbewacht und stünde offen, und so war es auch. Er betrat eine leere Kammer, in der die Lieferungen dieses Tages lagerten. Eine Stiege mit frischen Erdbeeren. Ein Dutzend Sack weißes Mehl. Ein Käfig mit lebenden Hühnern, die protestierend gackerten, weil sie wohl ahnten, welches Schicksal ihnen blühte. Durch die offene Tür hörte er das geschäftige Summen des Küchenpersonals, das wohl gerade Tee und Kuchen herrichtete. Er lauschte, wie die Köchin einen Lakai anschrie. »Für den Fürsten. Sofort! Los jetzt! Sonst ergeht es dir wie den anderen.« Sie stampfte mit dem Fuß auf den Boden und spielte damit vermutlich auf den Kerker an. Dann legte sie die Hände um ihren Hals und ließ die weit aufgerissenen Augen aus den Höhlen quellen.

Nette Zeitgenossin. Wenigstens hatte sie Michael so unbeabsichtigt mitgeteilt, wo Michael Fürst Sandre an diesem Abend finden würde.

Michael folgte dem Lakaien die Treppe hinauf. Dann zog er ihm mit einer geschickten Bewegung das Tablett aus den Händen, schubste den armen Mann in einen Wandschrank und schob einen Stuhl unter den Türgriff. Der Tee in der Porzellantasse dampfte, und die Küchlein waren mit geeisten Buttercremeröschen verziert. Der Lakai trat gegen die Tür und schrie, während Michael das silberne Tablett mit sicherer Hand dem Ziel entgegentrug.

Das Wappen der de Guignards zierte die Doppeltüren, die am Ende des Korridors auf ihn warteten. Er klopfte kurz und trat nach Sandres Herein ein.

Das Arbeitszimmer wirkte im Kerzenlicht verändert. Die Walnussholzmöbel waren sorgfältig poliert, vergoldeter Stuck, orientalische Teppiche mit Fransen und Samtvorhänge, die die Nacht ausschlossen. Ein gedämpfter, luxuriöser Rückzugsort, wo der Fürst arbeiten und entspannen konnte – und zwar allein.

Sandre war tatsächlich allein. Er saß an seinem alten Schreibtisch in einem See aus Licht, den ein Leuchter mit Bienenwachskerzen verströmte. Er tauchte die Feder in ein silbernes, reich verziertes Tintenfass und schrieb konzentriert an einem offiziellen Dokument. Eine italienische Glasschüssel mit Süßigkeiten stand neben seiner rechten Hand. Die Messingskulptur eines Adlers thronte auf einer Tischecke, als wollte sie den Besucher – oder vielleicht auch Sandre – an seine Fürstlichkeit erinnern.

Ohne aufzusehen, sagte er: »Stell das Tablett auf den Tisch.«

Michael schloss die Tür hinter sich, drehte den Schlüssel im Schloss und trat an den Tisch. Mit einem leisen Knall stellte er das Tablett neben Sandres Ellbogen.

Sandre versteifte sich. Dann wanderte sein Blick langsam von Michaels Stiefeln bis zur Krempe seines schwarzen Huts hinauf. Er seufzte. Sein Blick suchte Michaels. Dann lehnte er sich unbekümmert zurück und lächelte. »Ihr Engländer seid so vorhersehbar. Ihr seid hergekommen, um das Mädchen zu retten.«

»Mehr als das. Ich bin gekommen, um meine Verbrechen zu gestehen. Ich bin der Schnitter.«

»Natürlich seid Ihr das.« Sandre klang ungläubig.

»Und ich kenne den wahren Erben des Throns von Moricadia. Ich weiß, wo er ist und wie er die Revolution anzetteln will.«

»Natürlich tut Ihr das«, knurrte Sandre. Beiläufig schlich seine Hand zu der Schublade, in der er die geladene Pistole aufbewahrte.

Michael zog seine eigene Waffe und spannte den Hahn. »Ich denke nicht, dass Ihr das tun solltet, Euer Hoheit.«

Ebenso beiläufig zog Sandre die Hand zurück. Immer noch höflich und ungläubig erklärte er: »Eure Bemühungen sind ja wirklich äußerst niedlich. Niedlich und wertlos. Was glaubt Ihr, was Ihr damit erreichen werdet, außer einen erneuten, lange währenden Aufenthalt in meinem Kerker? Ihr seid vielleicht in den Palast gelangt, aber Ihr werdet niemals wieder herauskommen. Ihr könnt Emma nicht mitnehmen. Sie hat Zuneigung zu mir gefasst. Und was Eurem erbärmlichen Versuch noch mehr im Weg steht, ist der Umstand, dass niemand Euch glauben wird, dass Ihr über so viel Intelligenz verfügt, um nachts Eurem Hausarrest bei den Fancheres zu entkommen. Und schon gar nicht habt Ihr so viel Mumm in den Knochen, mir zu trotzen, meinen Cousin zu ermorden und nachts als Geist von Reynaldo zu reiten.«

Michael lächelte ihn ehrlich amüsiert an.

Sandre riss den Kopf zurück, als habe er ihn geschlagen. »Ihr habt nicht … Ihr seid nicht …«

Mit einer Hand öffnete Michael die schwarze Krawatte, schob das Hemd von der Schulter und zeigte Sandre die rote, vernarbte Schusswunde. »Wenn Jean-Pierre ein besserer Schütze wäre, wärt Ihr den Schnitter ein für alle Male los gewesen. Außerdem hätte niemand erfahren, dass es der feige, gebrochene Engländer war, den Ihr als Verdächtigen so leichtfertig verworfen habt. Doch nun wird jeder die Wahrheit erfahren, nämlich dass Fürst Sandre ein von sich selbst überzeugter Idiot ist.«

Sandre sprang auf und wollte nach Michael greifen.

Michael antwortete darauf mit einem Faustschlag gegen das Kinn.

Sandre sackte rückwärts in seinen Stuhl.

Vorsichtshalber machte Michael einen Schritt zurück und zielte mit der Pistole zwischen Sandres Augen. »Ihr habt sie Tag und Nacht im Kerker eingesperrt und gehofft, so ihren Geist zu brechen. Sie sollte sich Euch ergeben.«

»Woher wisst Ihr das?«, blaffte Sandre.

»Der *wahre* König von Moricadia ist zurückgekehrt, und

er hat seine Spione überall. In Eurem Schlafzimmer. In Eurer Küche. Unter Euren Wachleuten.«

An Fürst Sandres Kinn begann ein Bluterguss zu erblühen, doch er lachte sorglos auf. »Wenn das stimmte, wäre ich schon längst tot.«

»Nein. Die Moricadier warten auf ihren *gerechten* König.«

Sandre lächelte noch immer, aber als er die Armlehnen seines Stuhls umfasste, wurden seine Knöchel weiß. »Seid Ihr so eifersüchtig auf mich und meine liebe Emma, dass Ihr versucht, uns auseinanderzutreiben?«

Mit einer geradezu unerschöpflichen Geduld erwiderte Michael: »Sandre, Ihr haltet sie im Kerker gefangen. Wenn Ihr das mit einer Frau tut, die Ihr liebt, was tut Ihr dann erst mit einer Frau, die Ihr hasst?« Ehe Sandre darauf etwas erwidern konnte, hob Michael abwehrend die Hand. »Sagt es mir nicht. Ihr hängt sie Sonntagfrüh auf, um all jenen eine Lehre zu erteilen, die es wagen, sich gegen Euch zu erheben.«

»Ich bin bereit, ihr Gnade zu gewähren.«

Einen kurzen Moment lang erkannte Michael, dass Sandre sie wirklich liebte, so weit ein Mann wie er überhaupt lieben konnte, und das brachte ihn kurz aus dem Konzept.

Sandre sprach weiter. »Emma kann sich selbst retten, wenn sie will. Sie braucht mich nur zu heiraten.«

»Sie braucht sich nicht zu retten. Ich werde sie retten.« Michael schob Sandre einen Bogen Papier zu. »Schreibt für sie einen Gnadenerlass und siegelt ihn mit Eurem Siegel.«

»Nein.«

»Ich habe gehofft, dass Ihr das sagt.« Michael packte Sandre am Hemd. »Seit über zwei Jahren habe ich auf diesen Moment gewartet. Ich habe vor, jede Sekunde zu genießen.«

»Ich werde tapfer in den Tod gehen.« Sandre richtete seinen Blick auf die Pistole, die noch immer auf seinen Kopf gerichtet war.

»Ihr meint die hier? Nein.« Michael schob die Pistole zurück in die Tasche. »So einfach mache ich es Euch nicht.«

»Fechten? Ein Duell?« Sandre klang hoffnungsvoll. Überlegen.

»Ich werde Euch grün und blau schlagen.« Michael hob die Fäuste. »Das hätte man schon viel früher tun sollen.«

Ehe Michael ausgeredet hatte, packte Sandre sein silbernes Tintenfass und warf es nach ihm. Das schwere Metallgefäß trag ihn an der Wange. Tinte spritzte ihm in die Augen und die Haare, und der teerähnliche Geruch biss ihm in die Nase. Sandre schnellte vor, packte Michael an der Schulter, die verwundet worden war, und grub die Finger tief hinein.

Die kaum verheilte Wunde riss auf, und der Schmerz durchzuckte ihn bis in den letzten Winkel seines Körpers. Michaels Sichtfeld verschwamm, und er sah rote Punkte. Er sank hilflos auf die Knie.

Durch das Summen, das seine Ohren erfüllte, hörte er Sandre. »Ihr Engländer mit eurer Vorstellung von einem fairen Boxkampf. Ihr seid wirklich leicht zu schlagen.«

Michael senkte den Kopf und rammte ihn in Sandres Bauch.

Sandre fiel rückwärts gegen den Schreibtisch und schnappte nach Luft wie ein Fisch am Haken.

Papiere flogen in die Luft.

Die Stunden der Folter hatten Michael eines gelehrt: Er konnte jeden Schmerz ertragen. Er schaffte es irgendwie, die Füße unter den Körper zu ziehen und Sandre mit seiner ganzer Körperkraft erneut anzugreifen. Er riss ihn zu Boden. Der dumpfe Knall ließ die Fenster klirren.

Sandre schnappte schmerzerfüllt nach Luft.

Einen Augenblick waren ihre Gesichter einander ganz nah, und in Sandres blauen Augen blitzte ein wahnsinniges, kaltes Feuer. Dann schlug er mit dem Ellbogen nach Michael und traf ihn in die Rippen.

Michael krümmte sich zusammen.

Sandre rollte herum.

Mit beiden Händen packte Michael die sorgfältig frisierten, von Silber durchzogenen Haare und rammte Sandres Kopf auf den Boden.

Sandres Augen tränten. Er schloss sie, als sei er zu benommen, um klar zu sehen.

Michael fragte: »Was denkt Ihr jetzt über die Fairness beim Boxen?« Keuchend erlaubte er sich eine kurze Verschnaufpause.

Er wollte spüren, wie Sandres Knochen unter seinen Fäusten brachen. Er wollte Sandres Schmerz und Frustration genießen.

Vielleicht war er genauso verdorben wie Sandre. Aber das kümmerte ihn jetzt nicht. Während der endlosen Tage im Kerker hatte ihn nur der Gedanke an diesen Moment am Leben erhalten.

Er hielt Sandres Haare gepackt und zog ihn auf die Füße.

Sandres Augen öffneten sich. Darin standen Arglist und ein verzweifeltes Wissen. Er packte die Enden von Michaels Krawatte und wickelte sie um Michaels Hals. Er schnitt ihm die Luft ab und drückte die bereits beschädigte Luftröhre zu.

Michael griff nach seinem Hals. Er würgte und glaubte zu ersticken. Derweil lachte Sandre böse. Ihm gefiel, was er tat. Er zog fester, stand jetzt hinter Michael und verstärkte den Druck. Michael warf sich nach hinten und riss Sandre von den Füßen. Er landete auf Sandre, und als dieser den Griff um die Krawatte lockerte, konnte er sich dem tödlichen Griff entwinden.

Er versuchte, nach Luft zu schnappen, doch seine Luftröhre krampfte sich zusammen. Es war ein Kampf gegen das allzu vertraute Gefühl, erhängt zu werden.

Grausam und mit Bedacht drückte Sandre das Knie in Michaels Bauch und schlang erneut die Krawatte um seinen Hals.

Blind schlug Michael nach Sandre und spürte, wie die Nase seines Gegners brach.

Blut benetzte beide.

Sofort kam Michael wieder zu Atem und fühlte sich besser.

Sandres Hand fuhr zu seinem Gesicht. »Verflucht sollt Ihr sein!«, knurrte er gedämpft. Jetzt spielte er nicht länger. Er fuhr herum, warf sich mit dem Bauch flach auf seinen Schreibtisch und griff nach der Schublade. Er zog sie auf und holte die Pistole heraus.

Michael stürzte sich auf Sandre und landete auf ihm. Er packte seinen Arm. Sie schlitterten über den Schreibtisch, und beide Männer grapschten nach der Waffe.

Die Glasschüssel flog quer durchs Zimmer und zerschellte an der Wand. Die Süßigkeiten flogen durch das Zimmer. Als Nächstes knallte der schwere goldene Kerzenleuchter auf den Teppich. Die Kerzen verloschen, und Michael war plötzlich in einer dämmrigen, unwirklichen Höhle, in der Blut und Gewalt regierten, und das einzige Geräusch der keuchende Atem der Kämpfenden war.

Sandre schlüpfte unter ihm weg und fiel auf den Boden. Sein Sturz wurde durch die offene Schublade gebremst. Holz splitterte und zerbarst. Sandre schrie unartikuliert auf, ob nun vor Schmerz oder wegen der Entweihung seines Schreibtischs, wusste Michael nicht zu sagen.

Sandre rollte auf den Rücken und zielte mit der Pistole auf Michael.

Michael hingegen griff nach dem Messingadler und schwang ihn über den Kopf. Der Adler kollidierte mit Sandres Kopf.

Der Schuss durchschnitt die Stille.

Michael zuckte zurück.

Sandre wurde schlaff.

Stuck rieselte von der Decke und erfüllte die Luft mit Staub. Michael wurde mit Stückchen aus weißem Gips und glänzendem Blattgold bedeckt.

Er öffnete die Augen. Er lebte. Der Adler hatte Sandre bewusstlos geschlagen, und dieser hatte zugleich sein Ziel verfehlt. Michael lebte, er hatte gewonnen.

Er öffnete die Schublade im Schreibtisch und nahm die Schlüssel zum Kerker an sich. Er steckte sie sorgfältig in die Tasche seines Mantels.

Jetzt musste er nur noch Emma befreien und endlich seine Vergeltung vollenden. Er wollte Sandre zwingen, sich dem zu stellen, was er am meisten fürchtete.

Der Demütigung.

Er begann mit seiner Arbeit an Sandre.

45

»Was glaubt Ihr, was Ihr hier tut?«, bellte der spanische Botschafter so laut, dass sein dicker Bauch bebte.

Jean-Pierre klopfte sich den Straßenstaub von der Reithose und erklärte zum bestimmt vierten Mal: »Es tut mir leid, Mylord, aber Ihr habt Euch wie der Schnitter gekleidet.«

»Ich wurde noch nie zuvor in meinem Leben so übel behandelt!«

»Ja, Mylord.« Jean-Pierre nahm die Zügel, stieg wieder in den Sattel und versuchte erneut, die Situation in den Griff zu bekommen. »Es tut mir leid, aber warum habt Ihr Euch als Schnitter verkleidet?«

Lord Torres-Martez hielt überhaupt nichts von Jean-Pierres Entschuldigungen. »Ich werde Fürst Sandre erzählen, was Ihr hier treibt, und er wird Schritte unternehmen, um Euch zu bestrafen, Ihr … Ihr, Ihr … Sohn einer Hure!«

Jean-Pierre versteifte sich. Er würde diesen eingebildeten Mistkerl so gerne wieder zu Boden werfen. Wollte sein Gesicht in einen Haufen Pferdeäpfel drücken, bis er sich dafür entschuldigte, dass er es gewagt hatte, so despektierliche Bemerkungen über Jean-Pierres Mutter zu machen. Er wollte …

Einer seiner Männer rief: »Mylord!«

Dieses Mal war Jean-Pierre nicht so leichtsinnig, den drängenden Unterton in der Stimme des Mannes zu missachten. Er schaute auf, und auf der Hügelkuppe hinter ihnen … ritt der Schnitter. Er jagte der Kutsche eines Edelmanns hinterher.

Oh, dieses Mal würde er den Schnitter bezahlen lassen.

Alle sind eingeladen.

Als Jean-Pierre an der Spitze seiner Truppe losgaloppierte und sein Pferd mit Gertenhieben die Steigung hinauftrieb, klangen ihm Durants Worte geradezu höhnisch in den Ohren.

Wie kommt es, dass Ihr nichts über diese Gesellschaft wisst?

Jean-Pierre verfluchte den selbstzufriedenen Michael Durant und den hinterlistigen Fürst Sandre, der Jean-Pierre *nichts* vom Ereignis des heutigen Abends erzählt hatte. Er verfluchte jeden, der an diesem Abend den Maskenball besuchte. Und jeden verfluchten Edelmann in diesem Land.

Ihr könnt Euch einfach selbst einladen. Es ist eine Maskerade. Niemand wird überhaupt wissen, dass Ihr ohne Einladung gekommen seid.

Eines Tages würden sie alle bezahlen, weil sie ihn nicht geachtet hatten und ihre Vorurteile gegen Jean-Pierre pflegten. Er würde sie alle bezahlen lassen.

Wie eine Kugel richtete er seine ganze Wut auf den maskierten Schnitter. Er schrie und trieb sein Pferd vorwärts.

Der Schnitter gab einen kreischenden Laut von sich. Er versuchte, sein Pferd zu wenden und das Tier wieder die Straße hinabzulenken.

Mit einem wütenden Brüllen warf Jean-Pierre sich aus dem Sattel und riss den Schnitter mit sich. Sie schlugen hart auf dem Boden auf. Sie rollten übereinander, und als sie endlich wieder zu Atem kamen, riss Jean-Pierre dem Bösewicht die weiße Maske vom Gesicht. Er musste feststellen, dass er auf dem ihn entsetzt anstarrenden Lord Nesbitt hockte. »Mylord. Was tut Ihr hier?«

Lady Nesbitts scharfe, hohe Stimme erklang hinter seiner linken Schulter. »Was er hier tut? Was tut Ihr denn, Ihr Emporkömmling von einem de Guignard?«

Jean-Pierre fuhr herum und blaffte sie an.

»Wagt es bloß nicht, so mit mir zu sprechen!« Ihr Gesicht war mit hellem Puder geschminkt, und sie trug ebenfalls weiße, zerfetzte Spitze, die an ein Leichentuch denken ließ. Doch es konnte kein Zweifel an ihrer Lebendigkeit bestehen, denn sie fuchtelte wild mit dem Finger vor seinem Gesicht herum. »Ihr habt meinen Ehemann angegriffen!«

»Was treibt er auch hier draußen so verkleidet? Und warum seid Ihr ebenfalls verkleidet?«

»Wir gehen zu der Gesellschaft des Fürsten.«

»Wie bitte?« Jean-Pierre ließ Lord Nesbitts Krawatte los.

»Die Gesellschaft des Fürsten. Sein Maskenball. Heute Abend. Ich dachte, Ihr seid Fürst Sandres Cousin und Leibwächter. Aber Ihr habt ja offensichtlich überhaupt keine Ahnung.«

»Die Einladung. Habt Ihr die Einladung?«

»Warum? Brauchen wir die etwa, um in den Palast zu kommen?« Lord Nesbitts Stimme bebte.

»Nein, die brauchen wir nicht!« Lady Nesbitt erhob die Stimme. »Wir sind Lord und Lady Nesbitt. Selbst der Fürst weiß das!«

»Ich will diese Einladung sehen«, wiederholte Jean-Pierre. »Habt Ihr sie bei Euch?«

Etwas an seiner drängenden Forderung schien Lady Nesbitts gerechtfertigten Ärger zu durchdringen, denn sie betrachtete ihn eingehend. Dann nickte sie herrisch. »Das habe ich. Kommt mit.«

Jean-Pierre stand auf und wies auf seine Männer. »Helft Lord Nesbitt wieder auf die Füße und helft ihm, den Staub abzuklopfen.« Dann folgte er Lady Nesbitt zur Kutsche.

Sie griff ins Innere, holte ihr Retikül heraus und fand darin einen Bogen schweres Papier. Jean-Pierre versuchte, es ihr abzunehmen, doch sie zog es im letzten Moment weg und wies einen ihrer reitenden Wachen an, mit der Fackel näher zu kommen. Dann las sie vor: »Um den Erfolg unserer Jagd und die Gefangennahme des Schnitters zu feiern, findet auf Befehl des Fürsten Sandre ein Maskenball statt. Kommt zum Palast und tragt Eure persönliche Interpretation des Schnitterkostüms. Gesiegelt mit dem fürstlichen Siegel an diesem 18. September des Jahres 1849.« Sie hielt ihm anschließend die Einladung hin.

Jean-Pierre nahm sie und starrte ungläubig auf die Worte. Der *Fürst* richtete diese Gesellschaft aus? Ohne zu Jean-Pierre auch nur ein Wort zu sagen, hatte Fürst Sandre jeden Edelmann des Landes eingeladen, in den *Palast* zu kommen? Als *Schnitter* verkleidet? Und dann hatte er Jean-Pierre ausgeschickt, um diese Schnitter auf der Straße dingfest zu machen?

Nein. Das ergab einfach keinen Sinn.

Aber das königliche Siegel sah echt aus.

Und was war mit Michael Durant? Er hatte eine Gesellschaft erwähnt. Eine Maskerade. Doch er war wie ein Korsar gekleidet. Er trug eine Waffe. Jean-Pierre schaute über die zerklüfteten Berge und zurück zu der Straße, wo er Durant ergriffen hatte. Die Straße führte direkt zum Palast. Die Erkenntnis traf ihn wie ein Schlag und dämpfte sogar seinen Zorn. Endlich erkannte er seinen Fehler.

»Mylady, ich schlage vor, Ihr geht lieber nach Hause. Die Einladung ist eine Fälschung, wenn Ihr heute Abend in den Palast geht, werdet Ihr dort nur Grauen und Blutvergießen sehen.«

Ihr Mund klappte überrascht auf.

Mit einer Verbeugung reichte er ihr die Einladung, bestieg sein Pferd und ritt zum Palast. Dort würde er Michael Durant ermorden.

Als Lady Nesbitt wieder in die Kutsche stieg, wies sie den Kutscher an: »Lass die Pferde die Peitsche schmecken. Wir fahren natürlich zum Palast. Das könnte tatsächlich ein sehr interessanter Abend werden.«

46

Michael stand an dem gähnenden Abgrund, der direkt in den Kerker führte. Dieser Eingang führte in die Hölle. Der Übermut, der ihn nach dem Sieg über Sandre erfasst hatte, den er nun seinem Schicksal überlassen würde, machte einer starren Angst Platz, die von hinten auf ihn zukroch. Er fürchtete sich vor der Dunkelheit und der Kälte da unten, vor dem Schleim und den Ratten und einem Tod, der schrittweise erfolgte, bei dem ein Mann von diesem Leben ins nächste hinüberglitt, ohne überhaupt zu merken, dass er die Domäne gewechselt hatte.

Er machte den ersten Schritt die Treppe herunter. Er hatte noch nicht einmal das erste Tor erreicht, und trotzdem stieg ihm schon der vertraute Geruch nach Dreck und Schimmel in die Nase und füllte seine Lungen. Er konnte kaum noch atmen. Trotzdem machte er einen Schritt nach dem nächsten.

Emma war irgendwo hier unten in diesem Kerker, wo jede Hoffnung starb.

War sie noch am Leben?

Natürlich. Sandre hatte keinen Spaß daran, sie einfach umzubringen. Er lebte, um zu quälen, und er liebte seine besonderen Haustiere – für sie reservierte er die königliche Zelle. Michael wusste, dort würde er sie finden.

Langsam stieg er weiter hinab, bis er den ersten Treppenabsatz erreichte, wo Gotzon hockte und döste. Der Höllenhund.

Michael beugte sich über ihn, rüttelte an seiner Schulter und flüsterte: »Gotzon, lass mich rein.«

Gotzon grunzte und wachte auf. Er starrte Michael an und musste grinsen. »Ich wusste, dass Ihr nicht fortbleiben könnt. Nicht, wenn dieses schöne Mädchen im Kerker verrottet.«

»Das stimmt.« Michael hob den Ring mit Sandres Schlüsseln. »Ich bin gekommen, um sie zu holen.«

Gotzon lachte. Ein lautes, vergnügtes Lachen wie das eines falschen St. Nikolaus. »Das könnt Ihr nicht. Morgen wird sie Sandre heiraten, oder wir hängen sie auf. Wenn sie sich Sandre nicht unterwirft, kriege ich sie heute Nacht. Wir alle kriegen sie. Das wird ein schönes Fest, ich will es auf keinen Fall verpassen, nur weil ich Euch die Tür öff…«

Michael rammte sein Messer tief in Gotzons weichen Bauch.

Gotzons Mund bewegte sich lautlos, und seine Augen standen überrascht vor.

Michael zog das Messer heraus und wischte es an seinem Taschentuch sorgfältig ab.

Gotzon sank zu Boden und brach zusammen. »Ihr«, flüsterte er. Dann brach sein Blick, und er starb zu Michaels Füßen.

Der Gerechtigkeit Genüge getan.

Michael trat über den Leichnam hinweg und nahm den Ring mit einem Dutzend Schlüsseln vom Haken an der Wand. Er probierte den größten zuerst; der dritte öffnete schließlich das erste Tor. Er wollte die Schlüssel schon wegwerfen, bremste sich aber. Lieber nicht. Er durfte nicht riskieren, dass jemand hinter ihm herkam und ihn einschloss.

Also ging er mit Fürst Sandres persönlichen Schlüsseln in der einen Hand und Gotzons Schlüsseln in der Tasche weiter nach unten.

In den Halterungen weit oben an der Wand flackerten Fackeln. Er nahm sich eine und stieg die dunklen Stufen hinunter. Die kleine Insel aus gelbem Licht begleitete ihn und besiegte tapfer die finstere Dunkelheit. Feuchtigkeit tropfte von der Decke. Die Panik umschloss wie eine eisige Hand Michaels Hals, es fiel ihm schwer, Luft zu bekommen oder zu schlucken. Jeder Schritt hallte unheimlich von den Steinwänden zurück, und unterwegs stieß er auf Orientierungspunkte, die der Stoff seiner Albträume waren.

Dort. Dort hatte Sandre ihm die Brandnarbe an der Schulter zugefügt.

Michael verlangsamte die Schritte.

Dort. Rickie hatte ihn mit einer Peitsche gezüchtigt, bis das Blut an seinen Beinen hinabrann.

Dieser Ort stank nach vergangenen Schrecken.

Dort. Gotzon hatte ein Seil um seinen Hals gewickelt, es über einen Stützbalken geworfen und ihn daran aufgehängt. Sandre und Rickie hatten gelacht, während Michael verzweifelt um sich trat und das Seil um seinen Hals umklammerte. Dann verlor er das Bewusstsein. Als er wieder zu sich kam, fingen sie von vorne an. Und noch einmal. Und noch einmal.

Seit er den Kerker hatte verlassen dürfen, hatte sich sein ganzer zerstörerischer Zorn auf Sandre gerichtet. Er hatte nicht bemerkt, wie dieser Ort, an dem Sandre ihn gefangen gehalten hatte, noch immer seine Seele gepackt hielt.

Der Kerker war zu tief unter der Erde, weshalb sich nur die widerlichsten Kreaturen hertrauten. Nicht mal die größten Palastkatzen würden auch nur versuchen, eine der Ratten zu fangen, die heimlich an den Wänden entlanghuschten.

Emma war irgendwo hier unten. Sie war hier.

Der Gang führte immer weiter nach unten in die Finsternis, und er wanderte durch einen nicht enden wollenden Albtraum.

»Michael.« Eine leise Stimme flüsterte seinen Namen. *»Michael.«*

Überrascht drehte er sich in die Richtung, aus der diese geliebte Stimme kam. »Emma?«

»Hier!«

Ihre Stimme, die so eifrig klang, war zugleich ganz leise und rau, als ob … *Lieber Himmel!* Hatten sie auch Emma aufgehängt? Hatten sie sie vom Seil geschnitten und wieder aufgehängt?

»Sprich mit mir.« Er fuhr mit der Fackel nach links und rechts, immer an den Türen und Gitterstäben vorbei.

»Du musst nach rechts und ein Stück zurück. Bitte. Bitte, Michael. Dieses Mal darfst du kein Traum sein.«

Er folgte der verzweifelten Stimme und stieß die Fackel gegen die Gitterstäbe, bis das schwache Licht sie berührte. Eine kleine, kaum sichtbare Gestalt, die auf einer Pritsche an der gegenüberliegenden Wand kauerte.

Dieser dreckige Mistkerl hatte sie in der Königszelle untergebracht – in der Zelle, in der auch Michael für zwei lange, verzweifelte Jahre untergebracht war.

Er steckte nacheinander die beiden Schlüssel von Fürst Sandre ins Schloss. Der zweite passte, und mit einem Quietschen ging die Tür auf. Er bedeutete ihr, aus der Zelle zu kommen. »Komm, beeil dich.«

Ketten rasselten. »Ich kann nicht.«

Sie hatten sie an die Wand gekettet. Natürlich hatten sie das getan.

Er schloss die Augen und war einen Moment von der Pein, die sie hatte erleiden müssen, völlig paralysiert. Von ihrer Hilflosigkeit.

Dann öffnete er die Augen. Die Pein blieb, sie schmeckte säuerlich, und er schluckte vergebens dagegen an.

So schmeckte Angst.

»Michael?« Ihre Stimme zitterte. »Du hast die Schlüssel.«

»Ja.« Er hielt Sandres Schlüssel in der Hand. Darum zog er Gotzons Schlüssel aus der Tasche und nahm sie in Augenschein. Sie lagen schwer und kalt in seiner Hand, und er war von so schrecklichem Entsetzen gepackt, dass er sich nicht bewegen konnte.

Wie konnte er in diese dunkle Erdhöhle gehen, in der Stunde auf Stunde folgte, Tag auf Tag ohne Licht und Wärme, ohne den Klang einer menschlichen Stimme oder die Wärme einer Berührung? In dieser Höhle dehnte sich jeder Augenblick unendlich, bis allzu bald Sandre zurückkam und ihn aus der Zelle zerren ließ, um ihn dann Rickie zu überlassen, wie eine Katze der anderen eine Maus zum Spielen überließ.

»Michael, ich brauche dich.« Emmas Stimme war nur ein Hauch.

Emma. Wenn er sich nicht bald in Bewegung setzte, würde sie sterben.

Er machte einen ersten Schritt in die Zelle. Die Angst streifte seine Haut wie eisige Spinnweben. Noch ein Schritt.

Der vertraute Geruch nach Schimmel und Moder erfüllte seinen Kopf. Noch ein Schritt. Sein Verstand schrie: *Das ist eine Falle! Raus hier!*

Dann beleuchtete die Fackel Emmas Gesicht, das ihm zugewandt war. Sie wirkte dünn und müde, aber sie betrachtete ihn mit strahlenden Augen, als ob er stark und tapfer sei.

»Hör auf«, murmelte er.

»Aufhören? Womit denn? Ich kann mich nicht bewegen.« Ihre Hände waren an die Wand gekettet, die Füße zusammengekettet, und die Kette von den Füßen führte hinauf zu den Händen.

Er sank vor ihr auf die Knie, legte die Fackel behutsam auf den Boden und versuchte, im spärlichen Licht an Gotzons Schlüsselring nach einem kleineren Schlüssel zu fahnden, der in die Handschellen passte. »Hör auf, mich so anzusehen. Als käme ich ohne Angst hier runter, um dich zu retten.« Er fand den Schlüssel und probierte ihn an den Fußfesseln aus.

Seine Hände zitterten, und der Schlüssel landete neben dem Schlüsselloch. Der metallische Laut gellte ihm in den Ohren.

»Sandre hat mir erzählt, dies sei früher deine Zelle gewesen. Er hat mir erzählt, was er dir angetan hat. Ach, Michael.« Sie hob die Hand und versuchte, seine Wange zu berühren, aber die Kette rasselte, weil sie allzu schnell und noch Zentimeter von seinem Gesicht entfernt das Ende erreichte. »Du wusstest, was dich hier unten erwartet, als du hergekommen bist. Du wusstest, dass sie dich ein zweites Mal gefangen nehmen und foltern könnten. Du wusstest, dass du bei meiner Rettung getötet werden könntest. Trotzdem bist du gekommen. Ich hoffe, du bist meinetwegen gekommen. Aber ich weiß auch, dass du vor allem deshalb gekommen bist, weil du immer das Richtige tust.«

Erneut schob er den Schlüssel ins Schloss, aber das Zittern wurde immer schlimmer. Er konnte es nicht. Er konnte einfach nicht den letzten Schritt machen, um sie zu befreien.

Er war ein Versager.

»Ich mache nicht das Richtige«, erwiderte er leise. »Ich tue das, was ich tun muss.«

Sie lachte. Sie schaffte es tatsächlich, zu lachen! Bestimmt hatte hier unten noch nie jemand gelacht, und dieser Laut schaffte es, die Dunkelheit zu vertreiben. »Du hättest nichts davon tun *müssen*. Nach deiner Freilassung aus dem Kerker und nachdem du einen Weg gefunden hattest, aus Lady Fancheres Zelle zu entkommen, hättest du einfach heim nach England gehen können. Wer hätte dir einen Vorwurf gemacht? Stattdessen hast du das Kostüm des Schnitters angelegt und bist für die Gerechtigkeit geritten. Als du erfahren hast, dass ich gefangen genommen wurde – und das, nachdem du mich davor gewarnt hast, zu reiten –, hättest du mich der Bestrafung überlassen können, die ich vermutlich auch verdient habe. Stattdessen stellst du dich diesem Schrecken. Du warst gerade eben noch völlig gelähmt vor Schreck. Trotzdem bist du hereingekommen, weil du mich retten willst. Es ist eine bewusste Entscheidung, den ehrenvollen Weg zu gehen. Tapferkeit ist auch eine bewusste Entscheidung. Und du bist der mutigste Mann, den ich kenne!« Sie versuchte, ihn zu berühren, aber erneut erreichte sie das Ende ihrer Handfessel. »Ich wäre jedenfalls irgendwann hier unten wahnsinnig geworden. Aber ich wusste, dass du kommst und mich rettest. Das hat mich am Leben erhalten.«

Während sie sprach, ließ das Zittern seiner Hände nach.

Er öffnete die Fußfesseln und dann die Handschellen. Danach zog er sie einfach in die Arme und hielt sie eine Minute lang an sich gedrückt. Nur eine Minute, länger nicht. Er vergaß nicht die verschlossene Tür der Zelle und auch nicht den langen Gang, den sie überwinden mussten. Außerdem war da noch der Palast über ihren Köpfen, in dem die Diener und Soldaten des Fürsten lauerten.

Er und Emma mussten von hier verschwinden, ehe der Fürst auf den Tisch kam.

Doch diese eine Minute, in der sie sich aneinander festhielten, war so viel mehr: Licht und Leben. Ihre Liebe wurde erneut bekräftigt.

»Kannst du stehen?«, fragte er schließlich.

»Ja.« Sie kam humpelnd auf die Füße. »Ich habe nur … Beim Sturz von Old Nelson habe ich mich verletzt, und das konnte nicht besonders gut heilen.«

»Natürlich konnte es das nicht.« Er versuchte, beruhigend zu klingen. Wenn er das vorher gewusst hätte … Hätte er sich dann bremsen können? Oder hätte er Sandre dann umgebracht, als er die Gelegenheit dazu hatte?

Er nahm die Fackel vom Boden und half ihr. Doch die schweren Eisenringe mit den Schlüsseln behinderten ihn. Er starrte die beiden Ringe an. Am liebsten wollte er sie wegwerfen, doch er wusste, wie dumm das wäre. Solange Emma und er nicht aus dem Kerker entkommen waren, war es gut möglich, dass er sie noch einmal brauchte.

»Hier.« Sie hob die dreckige, dünne Matte hoch, die Sandre boshaft als Matratze bezeichnet hatte. »Leg sie hier drunter.«

Der Bettrahmen war aus verrosteten Eisenrohren und Metalldraht gefertigt. Er gab ihr die Fackel und hatte im Nu die Schlüssel versteckt. Sie konnten jederzeit zurückkommen und die Schlüssel holen. Und wer wusste schon, ob die Schlüssel einem zukünftigen Gefangenen nicht nützlich sein konnten?

Er nahm die Fackel wieder an sich und legte den freien Arm um ihre Taille. So steuerten sie die Zellentür an.

Sie humpelte und schonte eine Hüfte. »Das wird bald besser«, versicherte sie ihm. »Sobald ich etwas laufe, legt sich der Schmerz.«

Es schien ihr auf dem Weg durch den nachtschwarzen Gang aber nicht besser zu gehen.

Seine Hände ruhten auf ihren Rippen, und er spürte, wie schrecklich dünn sie in so kurzer Zeit geworden war. Seine Wut erwachte mit neuer Kraft. »Haben sie dich hungern lassen?«

»Wenn ich gehungert habe, war es allein meine Schuld.« Auf dem ersten Treppenabsatz hielt sie ihn zurück. »Ich kann nicht weiter, wenn ich dich nicht vorher um Verzeihung bitten darf. Ich konnte während der dunklen Tage und Nächte nur an das eine denken – nämlich dass Lady Fanchere und du alle Hebel in Bewegung setzen würdet, um mich zu retten. Und es war allein mein Fehler, dass ich hier gelandet bin. Ich habe die Beherrschung verloren und bin einfach drauflosgeritten, ohne an etwas anderes zu denken als an die Befriedigung meiner eigenen Rachegelüste. Es ist das eine, wenn ich für meine eigene Gedankenlosigkeit bezahle. Aber dich damit in Gefahr zu bringen … Ach, Michael! Das tut mir so leid.«

Er war verlegen. »Ich kann nicht glauben, dass du mich

um Verzeihung bittest, nachdem ich dich so sehr getäuscht habe.«

»Das vergebe ich dir auch nicht.« Sie klang gerissen, und er hörte sogar ihren alten Humor wieder heraus. Sie küsste ihn einmal und legte all ihre Leidenschaft in diesen einen Kuss. »Ich will dich für den Rest deines Lebens dafür bezahlen lassen.«

Er schnaubte, doch dann stockte ihm der Atem. »Dann wirst du mich heiraten?«

»Wenn du mich noch willst. Michael ...« Sie streichelte seine Wange. »Ich liebe dich.«

Das war alles, was er hören musste. »Komm. Wir müssen von hier verschwinden. Dies ist nicht der richtige Ort, um sich zu lieben.«

Sie lachte, während er sie halb trug, halb stützte. Sie stiegen die Treppe hinauf und gingen durch das obere Tor. Sie hatte nicht einmal einen Blick für Gotzon übrig, als Michael die Fackel neben dem Leichnam fallen ließ. Die nächste Treppe war von zahlreichen Fackeln beleuchtet, und am oberen Ende konnte er bereits das weiche Kerzenlicht des Palasts ausmachen.

Sie bewegten sich jetzt schneller voran und hatten schon fast den Kerker verlassen. Sie erreichten den oberen Treppenabsatz ...

Doch dort stand Jean-Pierre. Er hielt ein Schwert in der Hand und versperrte ihnen den Weg.

47

Michael trug keine Waffe in den Händen, weil er Emma die Stufen hinauf geholfen hatte.

Jetzt waren sie dem Feind hilflos ausgeliefert. Sie standen Jean-Pierre gegenüber, der sie mit seinem hellen, tödlichen Blick maß und ein scharfes Schwert in der Hand hielt.

Jean-Pierre schaute sie kurz an und konzentrierte sich dann ganz auf Michael. »Wo ist mein Cousin?«, fragte er. »Wo ist Fürst Sandre?«

Michael machte große Augen. »Woher soll ich das wissen?«

Dieser gespielt unschuldige Tonfall überzeugte Jean-Pierre nicht.

»Hast du etwas mit Sandre gemacht?«, fragte sie.

Michael blickte sie an und neigte leicht den Kopf.

»Ich hoffe, es ist etwas Schreckliches.«

Ein ganz leises Lächeln umspielte Michaels Lippen.

»Sein Arbeitszimmer ist ein einziges Durcheinander. Auf dem Teppich ist Blut.« Jean-Pierre streckte den Arm aus und drückte die Schwertspitze in Michaels Brustbein. »Bevor ich Euch aufspieße, sagt mir eins: Wo ist mein Cousin?«

Michael antwortete mit einer Unbekümmertheit, die ihr schier den Atem raubte. »Wenn Ihr mich sowieso aufspießen wollt, werde ich kein Wort sagen.«

Sie wollte vor Jean-Pierre niederknien und ihn um Michaels Leben anflehen, doch Jean-Pierre zog das Schwert zurück. Frustriert fragte er: »Wie habt Ihr das nur angestellt? Ihr habt eine Gesellschaft angekündigt und Einladungen verschickt, die mit dem Siegel des Fürsten verschlossen waren?«

»Es war nicht das persönliche Siegel des Fürsten«, erwiderte Michael sanft. »Es war das Siegel der Familie de Guignard. Sie selbst haben vermutlich auch eines.«

»Du hast im Namen des Fürsten eine Gesellschaft gegeben? Du hast das gemacht, damit du mich retten kannst?« Dieser Schachzug war so verdammt klug, dass Emma es kaum glauben konnte.

»Ihr lebt bei den Fancheres. Habt Ihr Eleonores Siegel gestohlen?« Jean-Pierre hob die Stimme.

»Ich brauchte es ihr nicht zu stehlen.« An Emma gewandt fügte Michael hinzu: »Die Idee stammt auch gar nicht von mir. Die Gesellschaft, die Maskerade – das alles war Lady Fancheres Idee.«

Emma lachte laut. »Ich wusste, sobald sie entdeckt, wer Aimée getötet hat, gehen ihr die Augen auf. Ich wusste, dass sie Sandre damit nicht ungeschoren davonkommen lassen würde.«

»Sie hat alles geplant – das Essen, die Dekoration, sogar das Orchester. Sie hat die Diener des Fürsten angewiesen, was sie zu tun haben. Sie schrieb eigenhändig die Einladungen. Sie erhitzte das Wachs und verschloss die Briefe mit ihrem eigenen Siegel.« Michael klang eingebildet, er stand vor Jean-Pierre mit dem Selbstvertrauen eines jungen, stolzen Hahns. »Sie ist inzwischen fort. Zusammen mit ihrem Mann ist sie in die Villa in Italien gefahren, die Fanchere für Aimée angemietet hat. Ihr Geld haben die beiden mitgenommen. Das ist ein herber Verlust für Moricadia, findet Ihr nicht auch?«

»Eleonore hat uns betrogen«, hauchte Jean-Pierre.

»Nein. Sie hat die Wahrheit entdeckt. Über Euch und über Sandre«, sagte Michael.

»Ihr hättet Aimée nicht umbringen dürfen.« Emmas Wut wuchs wieder. Sie war so frisch und klar wie in dem Moment, als sie von Aimées Tod erfahren hatte.

Jean-Pierres Blick ging zwischen Emma und Michael hin und her. »Er hat verlangt, dass ich es mache.«

»Wenn der Teufel einen Befehl gibt, müsst Ihr ihm nicht gehorchen.« Sie versuchte, sich auf Jean-Pierre zu stürzen.

Michael hielt sie zurück. »Ihr werdet dafür in die Hölle kommen, Jean-Pierre. Und Ihr werdet Sandre auf Eurem Rücken dort hinabtragen.«

Jean-Pierres Schwert durchschnitt die Luft und zielte direkt auf Michaels Kehle. Emma schrie.

Ein Blitz, ein lauter Knall, und Jean-Pierre stolperte nach hinten. Er ließ das Schwert sinken und umklammerte seine blutende Hand.

Drei Männer traten vor. Sie hatten die Hüte tief ins Gesicht gezogen, und um ihre Münder und Nasen hatten sie Tücher gewickelt. Jeder hielt eine Pistole in der Hand.

Von einer Pistole stieg eine kleine Rauchfahne auf.

Obwohl Emma noch nie einem dieser Männer begegnet war, erkannte sie zumindest zwei von ihnen. Sie hatten beide blaue Augen, und der jüngere hatte braune Haare, die über seinen Hemdkragen ragten. Etwas haftete diesen beiden Männern an – die Art, wie sie sich bewegten oder vielleicht ihr kühles Auftreten – das sie an Michael erinnerte.

Sein Brüder. Der Schütze war zweifellos sein Vater.

Der andere Mann ähnelte keinem der anderen. Er war ein Mann, der sich in den Schatten wohlzufühlen schien. Ein Mann, der es gewohnt war, Verantwortung zu übernehmen.

Trotz ihrer Verkleidung schien Michael sofort zu wissen, wer diese Männer waren. Er schrie auf und rief dann hoch erfreut: »Vater! Throckmorton! Jude!«

Der Mann, den er Throckmorton nannte, wandte seinen kalten Blick nicht ein einziges Mal von Jean-Pierre ab. Er zielte mit der Pistole auf ihn und sagte: »Entwaffne ihn.«

»Ich mach das schon selbst.« Ungeschickt und langsam zog Jean-Pierre mit der linken Hand eine Pistole aus dem Gürtel und legte sie auf den Boden.

»Er wird auch ein Messer haben«, meinte Michael. »Vielleicht sogar mehr als eins.«

Jean-Pierre zog nacheinander ein Messer aus seinem Ärmel und eins aus seinem Stiefel. Beide legte er neben die Pistole.

»Fessel ihn«, befahl Throckmorton.

Jean-Pierre warf Throckmorton einen hasserfüllten Blick zu.

Die Atmosphäre war dunkel und angespannt.

Emma konnte kaum atmen, während sie darauf wartete, dass Jean-Pierre wie ein tollwütiger Hund angreifen würde.

Doch er drehte sich um und legte die Hände gehorsam auf den Rücken.

Jude benutzte eine Spule mit Schnur an seinem Gürtel, um Jean-Pierres Hände zu fesseln und ihn an die Gitterstäbe vor dem Fenster zu binden. »Reicht das?« Er hob fragend in Richtung Throckmorton die Brauen.

»Ich denke schon.« Throckmorton wandte sich ab. »Lasst uns gehen.«

»Ja.« Michael konnte nur mühsam seine Freude in Zaum halten. Er zog Emma an sich. »Lasst uns von hier verschwinden.«

Er ging mit Emma voran. Die anderen Männer folgten dichtauf, und ehe sie um die nächste Ecke verschwanden, blickte Emma ein letztes Mal zurück.

Blut zeichnete sich auf dem Taschentuch ab, das Jean-Pierre sich um die Hand gewickelt hatte. Er drehte sich um, und seine blassen Augen richteten sich auf sie. Diese Augen … sie waren wie ein Leuchtfeuer des Bösen.

Sie erschauerte und beschleunigte ihre Schritte.

Sie eilten den Gang entlang Richtung Küche.

»Wie geht es Mutter?«, fragte Michael, während sie liefen. »Und wie geht es Adrian?«

»Beide sind wohlauf. Sie warten darauf, dass wir mit dir zurückkommen«, antwortete Nevitt.

»Sie werden sich freuen, wenn sie feststellen, dass es eine Zugabe gibt.« Jude betrachtete Michael, der Emma immer noch fest an sich gedrückt hielt.

»Ja«, erwiderte Michael. »Sie werden meine Emma mögen.«

Emma wollte ihm sagen, dass er schon zu viel verriet. Es war dafür noch zu früh. Wenn sie das hier richtig machen wollten, sollte sie ihr bestes Kleid anziehen und den Duke of Nevitt und seine Familie offiziell besuchen. Sie sollte in einem Salon in England der Familie vorgestellt werden.

Aber vielleicht war es dafür schon zu spät. Vielleicht war es dafür von Anfang an zu spät gewesen.

»Wie kommen wir hier raus?«, fragte Michael.

»Auf demselben Weg, auf dem wir reingekommen sind«, sagte Michaels Vater. »Durch das Tor.«

»Natürlich.« Michael lachte. »Du bist der Duke of Nevitt. Wie sonst solltest du einen Palast betreten und verlassen?«

»Eben.« Nevitt zog das Tuch vor dem Gesicht nach unten.

Jude folgte seinem Beispiel, und jetzt sah Emma die erstaunliche Ähnlichkeit zwischen dem Vater und seinen Söhnen.

Livrierte Diener schoben sich hastig an ihnen vorbei. Sie trugen Tabletts mit Speisen und Weinflaschen hinauf ins nächste Stockwerk. Emma erwartete, dass einer von ihnen sie ansprach und fragte, was sie und ihre vier Retter hier unten trieben, oder um sie vielleicht woanders hinzuschicken. Oder um Hilfe zu rufen, weil eine Gefangene aus dem Kerker entwischt war.

Stattdessen schienen die Lakaien Michael, Emma und die anderen Männer gar nicht zu bemerken.

Fürst Sandres Diener bereiteten ein Fest vor ... und sie lächelten.

Wie merkwürdig. Sie hatte noch nie einen von ihnen lächeln gesehen.

»Throckmorton hat einen Stalljungen angewiesen, unsere Pferde zu halten«, sagte Jude. »Irgendetwas an diesem Palast und dem Fest ist merkwürdig. Und dieses Land ist auch komisch, wenn du mich fragst. Hier ist heute ein seltsames Kostümfest. Sie haben sich alle als Gespenster oder etwas Ähnliches verkleidet.«

Jetzt erkannte Emma, was Michael und Lady Fanchere bewerkstelligt hatten. Sie lachte leise.

Michael strahlte sie an.

»Ich nehme an, du weißt nicht zufällig, was hier vor sich geht, Michael?«, fragte der andere Mann.

»Doch, Throckmorton. Das könnte durchaus sein.« Emma liebte es, wie Michaels Stimme klang, wenn er so selbstzufrieden lächelte: warm und amüsiert. So klang er.

Sie erreichten die massive Eingangstür. Die Männer steckten die Pistolen in die Holster – vermutlich ein fruchtloser Versuch, diskret zu sein – und betraten den Innenhof.

Die Nachtluft war rauchig. Fackeln beleuchteten die Außenwände des Palasts.

In einem steten Strom rumpelten Kutschen über das Kopfsteinpflaster und hielten vor der Freitreppe. Männer und Frauen, die sich als Schnitter verkleidet hatten, stiegen aus, blieben abwartend stehen und betraten schließlich gemeinsam mit anderen Gästen den Palast. Sie lachten, als würden sie alle diese Maskerade mehr genießen als sie eigentlich durften.

Niemand schien an den vier Männern, die Reisekleidung trugen, interessiert zu sein. Die junge Frau in feuchten, schmutzigen Kleidern übersahen die meisten einfach.

»Ein merkwürdiger Ort, den du dir da ausgesucht hast, Michael«, knurrte Nevitt.

»Den Großteil der Zeit war es nicht meine Entscheidung, Sir«, erwiderte Michael fest.

»Hier entlang.« Throckmorton führte sie zu den Ställen. Er pfiff, und sofort kam ein Junge aus dem Dunkeln und führte zwei Pferde am Zügel. Er gab Throckmorton und Jude die Zügel und verschwand wieder, um die anderen beiden Pferde zu holen, die in der Nähe angebunden waren.

»Ich habe weiter unten noch ein Pferd«, sagte Michael. »Wir können kurz anhalten und es mitnehmen.«

»Old Nelson.« Emma seufzte glücklich. »Das freut mich so. Ich fände es schrecklich, wenn wir ihn zurücklassen müssten.«

»In der Zwischenzeit kann die junge Dame ja mit dir reiten, Michael«, stellte Throckmorton fest.

»Throckmorton, ich würde es nicht anders haben wollen.« Michael strahlte ihn an.

Emma mochte es nicht, wenn man sie zu Sattelgepäck degradierte. »Vielleicht kann Michael auch mit mir reiten, Mr Throckmorton.«

»Wer ist diese freche Göre?« Der Duke of Nevitt klang sehr ernst, aber ein Mundwinkel verzog sich leicht, als müsste er ein Lächeln unterdrücken.

»Ich stelle euch einander gerne vor.« Michael umfasste ihre Schultern und drehte sie, sodass sie dem Duke of Nevitt ins Gesicht sah. »Vater, diese Lady ist Miss Emma Chegwidden.«

Sie machte einen vollendeten, höfischen Knicks, als stünde sie dem Duke in einem Ballsaal gegenüber.

Michael fuhr fort: »Sie hat mir das Leben gerettet, als ich in Gefahr war. Sie hat mein Herz gerettet, als ich glaubte, es sei gebrochen. Sie hat mich davor bewahrt, verrückt zu werden – was auch immer das wert sein mag.«

Jude schnaubte.

Michael hatte die ganze Zeit nicht den Blick von seinem Vater abgewendet, aber seine Faust schnellte zur Seite, und er boxte Jude auf den Arm. So ruhig, als sei nichts geschehen, sprach er weiter an seinen Vater gewandt. »Sie hat zugestimmt, meine Frau zu werden, ich werde sie so bald wie möglich heiraten. Bitte gib uns deinen Segen.«

Nevitt nahm die Zügel von dem Stallburschen entgegen, stellte den Fuß in den Steigbügel und zog sich in den Sattel.

Emma verkrampfte sich. *Oh Gott.* Er würde sich dagegen aussprechen.

Doch dann schaute er sie von oben herab an. »Wenn sie all das vermag, dann ist sie mehr, als du verdienst, Junge. Natürlich habt ihr meinen Segen.«

Emma brach beinahe vor Erleichterung zusammen … und vor Überraschung.

»Vater erkennt eben eine Amazone, wenn sie ihm gegenübersteht«, flüsterte Michael ihr ins Ohr.

»Ich helfe Euch in den Sattel, Miss Chegwidden.« Jude legte die Hände auf ihre Schultern. »Michael, rauf mit dir.«

Michael stieg in den Sattel und hielt ihr seine Hand hin.

Emma legte ihre Hand in seine. Ihr Fuß ruhte in Judes ineinandergelegten Händen, und so schaffte sie es, hinter Michael auf den Pferderücken zu steigen. Sie war sicher, dass sie dabei nacktes Bein zeigte, denn sie setzte sich rittlings hinter Michael.

Sie war der Schnitter gewesen, also würde sie auf keinen Fall im Damensitz reiten!

Natürlich blieb das von den Männern nicht unbemerkt. Sie waren Männer. Doch in ihren Blicken lag nichts Tadelndes.

Nevitt wendete sein Pferd. Doch dann kam er noch einmal zurück. »Michael, ich fürchte, du solltest dir viel mehr Sorgen machen, ob Miss Chegwiddens Vater euch seinen Segen gibt.«

»Mein Vater ist schon lange tot, Sir«, sagte sie.

»Ich habe ja immer schon gesagt, dass Michael höllisches Glück hat«, bemerkte Nevitt grimmig. »Aber ich werde für Euren Vater einstehen und sage Euch daher eines: Ihr müsst diesen verkommenen Gesellen nicht heiraten. Ihr habt sein Leben gerettet, und dafür schulde ich Euch etwas. Ich kann gerne eine Leibrente für Euch aussetzen, die es Euch ermöglicht, ein unabhängiges Leben zu führen.«

»Vater, um Gottes Liebe willen, halt den Mund!« Michael zog Emmas Arme enger um seinen Oberkörper. »Sie *will* mich heiraten.«

Jude lachte und schwang sich in den Sattel. »Vermutlich vor allem, weil du der zukünftige Duke of Nevitt bist.«

Throckmorton lachte grollend, doch sein Blick fand keine Ruhe. Er wanderte über das Tor und die Wachen. Erst dann stieg er als Letzter in den Sattel.

»Es ist mir egal, warum sie mich heiraten will«, erklärte Michael. »Sie kann jeden einzelnen Penny von mir haben; sie kann mit dem Titel protzen, sobald sie ihn trägt. Solange sie nur an meiner Seite bleibt und die Dunkelheit vertreibt.«

Emma erkannte, dass sie ihre eigene Position deutlich machen musste, ehe sie losritten und ein Gespräch vorerst unmöglich war. Mit sehr fester Stimme erklärte sie: »Ich werde Michael heiraten, sein ganzes Geld verschwenden und über sein Leben bestimmen. Ich werde dafür sorgen, dass er nie wieder Umgang mit verdorbenen Weibern hat oder mit ausschweifenden Männern spielt. Ich verspreche, dass ich ihn unter meinem Pantoffel halten werde, bis er kein Leben hat außer dem, was ich ihm zugestehe. Und wenn wir sterben, will ich bis in alle Ewigkeit in seinen Armen liegen.«

Einen Moment schwiegen die Männer betreten.

Nevitt zog ein weißes Taschentuch heraus und schnäuzte sich geräuschvoll.

»Da habt ihr's. Ich habe jegliche Kontrolle über mein eigenes Leben verloren.« Michael klang fröhlich, er nahm ihre Hand von seiner Taille und küsste sie.

»Es wird Zeit. Du warst übrigens nie besonders gut darin, die Kontrolle über dein eigenes Leben zu haben«, bemerkte Nevitt.

»Bravo, Miss Chegwidden!« Throckmorton trieb sein Pferd voran. »Gut gesprochen. Und jetzt lasst uns losreiten.«

Michael legte ihre Hand wieder auf seine Taille. »Halt mich fest. Lass mich nie wieder los.«

Er und Emma folgten Throckmorton durch das Tor und die steile Straße hinab. Nevitt und Jude folgten ihnen. Sie wichen den ankommenden Kutschen aus und verschwanden schon bald in der Dunkelheit des Walds jenseits der Straße.

Michael führte sie dorthin, wo er Old Nelson zurückgelassen hatte.

Während Michael die Steigbügel einstellte, begrüßte Emma den Wallach mit großer Freude. Dann stieg sie in den Sattel und seufzte erleichtert. Jetzt fühlte sie sich angekommen. Sie fühlte sich frei.

Michael blickte zu ihr auf. »Du kannst in England nicht über die Straßen fegen und Missstände korrigieren.«

»Nein?« Sie lächelte zu ihm herab. »Kann ich nicht?«

»Du wirst mich schon ordentlich auf Trab halten, kann das sein?« Er klang resigniert. Und glücklich.

Nevitt beobachtete die beiden und bemerkte: »Es wird das Beste sein, wenn wir die beiden schon in Spanien verheiraten. Michael war schon immer so ein ungeduldiger Junge.«

Emma blickte ihren zukünftigen Schwiegervater missbilligend an. Wie viel hatten sie mit einem Blick und wenigen Worten verraten?

Nevitt lachte leise. »Keine Sorge, Mädel. Das erste Kind kann jederzeit kommen. Für jedes weitere braucht es mindestens neun Monate.«

Michael stieg in den Sattel. »Vater, jetzt hör endlich auf, Emma so zu beschämen, und reit einfach los. Wir wollen bis zum Morgen möglichst weit von Jean-Pierre weg sein.«

»Er ist ein Feigling«, erklärte Jude.

»Er ist kein Feigling.« Michael führte die Gruppe zur Straße zurück. »Er ist der gefährlichste Mann, den ich kenne. Throckmorton hat recht: Wir sollten so schnell wie möglich aus Moricadia verschwinden – möglichst bevor er herausfindet, was ich mit Sandre getan habe und bevor hier die Puppen tanzen.«

»Dann haben meine Quellen recht?«, fragte Throckmorton. »Die de Guignards kriegen ernsthafte Schwierigkeiten?«

Michaels Blick war kalt und sehr selbstzufrieden. »Sandre hätte besser aufpassen sollen. Das Auftauchen des Schnitters war ein Zeichen. Der König ist zurückgekehrt.«

Das Fest im Palast war in vollem Gange. Gäste, die sich als Schnitter verkleidet hatten, tanzten ausgelassen im Schutz ihrer Masken und ihrer Kostüme. Wenn man sie fragte, sagten sie nur, sie seien halb verrückt vor Freude, weil sie wussten, dass der Schnitter gefangen genommen sei und morgen gehängt wurde.

Jean-Pierre fand, sie verhielten sich wie Kinder, die ausgelassen tobten, weil Fürst Sandre nirgends zu sehen war.

Jean-Pierre stand auf dem Balkon. Seine Hand war in ein blutiges Tuch gewickelt, die Handgelenke waren vom Kampf gegen die Fessel aufgescheuert, und er beobachtete die Feiernden. Er fragte sich, wo dieser verfluchte Durant Sandre versteckt hatte. Er hatte die Wachen ausgeschickt, jeden Winkel, jede Kammer und jeden Schrank des Palasts zu durchsuchen. Sie hatten ihn nicht gefunden. Oder sie behaupteten nur, sie hätten ihn nicht gefunden.

Er vertraute ihnen nicht mehr. Ihre Wut hatte die Angst überflügelt. Wenn einer von ihnen Sandre gefesselt und geknebelt irgendwo gefunden hatte, war Jean-Pierre sicher, dass der Wachmann ohne Zögern Sandre die Kehle durchgeschnitten hatte.

Den Dienern vertraute Jean-Pierre auch nicht. Sie hatten am Rand der Tanzfläche einen langen Tisch aufgestellt und ihn mit den köstlichsten Speisen gefüllt – einem Pfau, dem sie die Schwanzfedern wieder angesteckt hatten, einer Sülze in der Form einer Rose. Und während sie das Essen auftrugen, lächelten sie. Sie lächelten! So verhielten sich Sandres Diener sonst nie.

Wo waren überhaupt die Schlüssel zum Kerker? Sandres Schlüssel waren verschwunden. Auch Gotzons Schlüssel waren nirgends zu finden. Gab es noch andere Schlüssel? Jean-Pierre wusste es nicht. Verflucht sollte Durant sein! Er sollte in der Hölle schmoren!

Das kleine Orchester hörte mitten im Lied auf zu spielen und eine Fanfare erklang.

Jean-Pierre beugte sich über das Geländer.

Zwei kräftige Männer schleppten einen riesigen Silberteller mit passendem Deckel herein. Leises Geplauder setzte ein.

»Das Hauptgericht!«

»Ein ganzes gebratenes Schwein!«

Die Gäste versammelten sich.

Die Männer wuchteten den Teller auf den Tisch.

Jean-Pierres Augen verengten sich. Er beobachtete die beiden scharf.

Diese Männer waren mehr als nur stark. Es waren grobschlächtige, bärtige Typen, und keiner von ihnen trug die Livree der Palastdiener.

Sein Blick fiel erneut auf den Teller mit dem riesigen, kuppelförmigen Silberdeckel. Jetzt erkannte er, was sich darunter befinden musste. Er richtete sich auf und schrie: »Nein!«

Die Männer blickten zu ihm auf. Sie erwiderten seinen Blick und grinsten. Dann hoben sie den Deckel und traten zurück. Da lag Fürst Sandre. Nackt und wie ein Hühnchen gefesselt. Sein Hintern ragte in die Luft, und zwischen seinen haarigen Pobacken lugte eine brennende Kerze hervor.

Einen Augenblick lang herrschte entsetztes Schweigen. Dann fingen hundert Schnitter an, brüllend zu lachen.

Jean-Pierre stürzte die Treppe herunter. Er schrie die Männer an, die Sandre getragen hatten, dass sie bleiben sollten, wo sie waren. Er würde schon herausfinden, wer dahintersteckte, brüllte er.

Die Schnitter lachten noch lauter.

Jean-Pierre zog seine Pistole und richtete sie auf einen der Eindringlinge, die den Fürsten hereingeschleppt hatten.

Der Mann erstarrte.

Dann schrie Sandre auf.

Die Kerze brannte herunter, und Sandres Haare am Hintern hatten sich daran entzündet.

Jean-Pierre vergaß die lachenden Gäste. Er vergaß die beiden Verräter. Sofort war er an Sandres Seite und blies die Kerze aus und alles andere, was munter vor sich hinkokelte. Als er sich wieder aufrichtete, hatte sich die Menge zerstreut. Sie waren verschwunden, als habe es sie nie gegeben.

Das Fest war vorbei.

Keiner lachte mehr.

Fürst Sandres viel gepriesener Stolz lag im Staub.

Aus einer dunklen Ecke hatte Raul Lawrence zugesehen. Er lächelte nun und wandte sich ab, um in sein Haus zurückzugehen. Zu seinen Leuten und zu dem Geheimnis, das er so sorgfältig gehütet hatte.

Die Gerüchte stimmten. Der wahre König von Moricadia war tatsächlich zurückgekehrt.

Danksagung

Nach vier Jahren Pause das erste Mal wieder einen historischen Roman zu schreiben, war für mich eine Herzensangelegenheit, und mein Vergnügen an der Arbeit wurde durch die begeisterte Unterstützung des Teams bei NAL verstärkt. Leslie Gelbman, Kara Welsh und Claire Zion – ich weiß eure Arbeit wie immer zu schätzen. Ein besonderes Dankeschön geht an Jesse Feldman, die den Laden am Laufen hält. Dieses wunderschöne Cover ist die Idee und das Werk von NALs brillanter Grafikabteilung unter der Leitung von Anthony Ramondo. Danke! Mein Dank geht auch an die Abteilung für Öffentlichkeitsarbeit, dort insbesondere an Craig Burke und Jodi Rosoff. Mein Dank an die Herstellung und natürlich ein besonderes Dankeschön an den außergewöhnlich guten Vertrieb von Penguin. Schließlich danke ich aus ganzem Herzen meiner Lektorin Kara Cesare, die mit ihrem scharfen Auge und den behutsamen Vorschlägen so viel für meine Bücher tut.

Ganz besonders danke ich Ihnen, liebe Leserinnen, weil Sie wie ich es lieben, einen ausgelassenen historischen Roman zu lesen. Der hier ist für Sie!